Marc Friedrich
Im Sternbild der Hydra

Marc Friedrich, geb. 1982 in Essen, studierte Kommunikationswissenschaft und Anglistik, war als Volontär und Redakteur in Lokalredaktionen im Ruhrgebiet und im Sauerland tätig. Heute arbeitet er in der Unternehmenskommunikation. Er liebt Popkultur und ist passionierter Cineast. Mit seiner Frau und seinen beiden Töchtern wohnt er in Essen.

Im Sternbild der Hydra ist sein Krimidebüt. Mit der jungen Laienermittlerin Polly hat er eine Figur geschaffen, die wie ein frischer Wirbelwind durchs Lokalkrimi-Genre fegt.

www.marcfriedrich.net

Marc Friedrich

Im Sternbild der Hydra

KBV

MIX
Papier | Fördert gute Waldnutzung
FSC® C083411
FSC
www.fsc.org

Originalausgabe

www.kbv-verlag.de
E-Mail: info@kbv-verlag.de
Telefon: 0 65 93 - 998 96-0
Umschlaggestaltung: Ralf Kramp
unter Verwendung von © Hollygraphic - stock.adobe.com
Lektorat: Nicola Härms, Rheinbach
Druck: CPI books, Ebner & Spiegel GmbH, Ulm
Printed in Germany
ISBN 978-3-95441-630-1

Für meine geliebten Töchter.
Greift nach den Sternen.
- Papa -

TEIL I

KAPITEL 1

Einsatz auf Phobos

Schrotkugeln gruben sich aus kürzester Distanz in den Rücken des ahnungslosen Space Marines. Die massive Wucht der Detonation riss quadratische Fetzen aus seinem Fleisch und schleuderte sie durch das Dämmerlicht der Halle. Pauline trank einen Schluck aus ihrer Cola-light-Dose, als sie durch die Blutlachen der verstümmelten Kadaver watete, die ihren Weg pflasterten. Mit einem kräftigen Zug am Vorderschaft der Shotgun schob sie frische Munition ins Patronenlager. Sie liebte das ästhetische Klicken, wenn die perfekt konstruierten Metallteile des Schlittens ihre Bestimmung erfüllten wie ein Uhrwerk made in Switzerland. Sie hatte genügend Patronen dabei. Sie nickte im Takt der Heavy-Metal-Riffs, schob ihre Brille mit dem Mittelfinger die Nase hoch und drückte auf den roten Schalter am Ende der Halle. Die stählerne Tür glitt mit einem gierigen Sog senkrecht in die Wand, als herrschte in der Fuge Unterdruck. Dahinter warteten zwei weitere Space Marines darauf, zur Strecke gebracht zu werden. Polly drückte ab.

»Netter Versuch, Jungs. Aber so läuft das nicht!« Pauline kannte die exakte Position jedes Gegners, hätte mit verbundenen Augen einen pixelperfekten Grundriss der Weltraumstation zeichnen können. Zwei Schüsse aus ihrer Shotgun, und die ausgeweideten Space Marines lagen auf dem Fußboden der Basis irgendwo auf der kraterübersäten Oberfläche von Phobos, dem größeren der beiden Marsmonde, achtundsiebzig Millionen Kilometer vom Erdball entfernt.

Selbst Jahre nach dem Release blieb Pauline dem treu, worin sie sich eine meisterhafte Leistung antrainiert hatte: *Doom*. Als sie in die siebte Klasse ging, hatte sie den Ur-Ego-Shooter auf dem Familien-PC entdeckt – ein Doppelklick auf die *EXE*-Datei hatte ihr Leben verändert. Ihr Vater hatte das Spiel in einem Unterordner mit dem Titel *Wichtige Dokumente* versteckt. Nicht, weil er sich geschämt hätte, sondern, um das Erwachsenenspiel vor den Kindern geheim zu halten. In den Neunzigern war es ein gesellschaftliches Sakrileg, seinen Kindern Ballerspiele zu erlauben. Die Bundesprüfstelle verbannte *Doom* auf den Index. Pauline zockte heimlich. Jede Minute, die ihre Eltern nicht zu Hause waren, war sie durch die unendlichen Gänge der Marsbasis marschiert. Mit krummem Rücken hatte sie auf dem beigen Velours-Teppichboden unter einer Schräge des elterlichen Schlafzimmers gehockt. Die Lämpchen des Rechners hatten den Einbauschrank mit den frischen Hand- und Badetüchern in grelles Licht getaucht. In Neongrün und Neonpink – die Nationalfarben der Neunziger.

Sie hatte Phobos unzählige Male auf jedem Schwierigkeitsgrad von der Dämoneninvasion befreit, als die Deathmatch-Welle Deutschland erreichte – erst die Großstädte, dann ländliche Regionen. Man traf sich zu LAN-Partys. Jeder brachte seinen großen, grauen Computer mit, schleppte hinkelsteinartig den tonnenschweren Bildschirm und verzichtete von freitagabends bis sonntagmittags auf Schlaf, um sich gegenseitig um die Wette abzuschießen. Im Computerclub an ihrer Schule war Pauline die begabteste Killerin von allen – obwohl sie die einzige Teilnehmerin ohne eigenes Gerät war. Der dicke Karl aus der Oberstufe lud sie zu geheim organisierten Turnieren des Clubs ein. Er machte sich einen Spaß daraus zu sehen, wie Pauline sich durch die volljährigen Experten fräste, die bei Großstadtturnieren mit hundert und mehr Spielern auf Top-Plätzen landeten. Sie war die gekrönte *Doom*-Königin der Schule, hochachtungsvoll von den anderen Zockern »Schwarze Witwe« genannt, was sie zu ihrem Nickname machte: Bl4ckW1d0w.

Vor dem Bildschirm konnte sie ihre arachnoiden Instinkte ausleben. In der echten Welt hatte sie nicht diese körperliche Macht. Während sie beim Zocken über sich hinauswuchs, stoppte ihr physisches Wachstum in der Frühphase der Pubertät. Auf Klassenfotos überragten sie alle Mitschüler, teilweise um eineinhalb Köpfe. Sogar ihre drei Jahre jüngere Schwester überholte sie größentechnisch.

Als ihr Vater Ende der Neunziger zu Hause aus- und mit einer jüngeren Frau zusammenzog, überließ er seiner Großen den Rechner. Ein Trostpflaster aus Platinen und einem abgenutzten Keyboard, dessen Pfeil- sowie W-, A-, S- und D-Tasten glatt gerieben waren. Pauline wäre lieber mit der Familie in dem großzügigen Einfamilienhaus wohnen geblieben, anstatt mit Mutter und Schwester in die Siebzig-Quadratmeter-Wohnung zu ziehen, bei der das verblichene Gelb im Treppenhaus von dunklen Rissen gekennzeichnet war, als hätte ein Erdbeben gewütet. Seitdem waren die einzigen Lebenszeichen des Vaters jährliche Päckchen zum Geburtstag. In Paulines Ranking hatte er den Vater-Status verloren; sie hatte ihn zum Erzeuger degradiert – die emotionslose und pragmatische Variante.

Die Hardware des ehemaligen Familien-Computers war schlecht gealtert, taugte aber aufgrund der für damalige Verhältnisse superben Grafikkarte bestens für das Training auf Phobos.

Selbst jetzt, am 15. August 2001, als in anderen Jugendzimmern die Scheiben in den Playstations kreisten, reiste Pauline mit ihrem Waffenarsenal auf den Marsmond, der traurig missgestaltet an eine stümperhaft gearbeitete Lehmkugel erinnerte.

Filigrane Zahnräder griffen am anderen PC ineinander, zwei Brenner warfen synchron CDs aus. Pauline nahm die Edding-Kappe ab und atmete die betörende Chemie der schwarzen Farbe tief ein. Sie kritzelte *Shrek CD1* auf die beiden Rohlinge und steckte sie, warm wie frische Brötchen aus dem Bäckereibackofen, in quadratische Papierhüllen, die sie im Tausenderpack gekauft hatte.

»Mittagessen ist fertig«, schallte es aus der Küche.

Pauline warf die beiden CDs zu den anderen in ihren Rucksack und stellte ihn auf den Schreibtisch neben die aufgestapelten Brenner, von denen sie sich im Frühjahr den vierten angeschafft hatte. Die Laufwerk-Laser arbeiteten emsig für ihre geplante Flucht an die Großstadtuni. Der Geruch von Köttbullar mit Champignonsoße, gepaart mit einer süßlichen Preiselbeerkompottnote, wies ihr den Weg.

»Mir schmerzt der Nacken.«

Pauline fasste sich in den Nacken und streckte den Kopf bis fast auf die linke Schulter, dann nach rechts. Das laute Knacken mutete wie ein Genickbruch an. Pauline zog ein Schnütchen, die Sommersprossen unter ihren Augen rollten sich zusammen. Sie hatte sich beim Volleyballspielen in der Schule den obersten Wirbel verknackst. Die Beschwerden folgten den verlässlichen Schwingungen einer Sinuskurve.

»Einfach nur ekelhaft«, beschwerte sich Juli, die eigentlich Julia hieß. »Muss das sogar beim Essen sein?«

An heißen Tagen war die Sechzehnjährige besonders reizbar; eine Katze, die Kinder mit einem Stock gepiesackt hatten. Gekreppte Haare baumelten über dem Nokia 3310, auf dem vom Aufstehen bis zum Einschlafen ihr Zombieblick haftete. Sie hatte das Handy nach monatelangem Betteln zu Weihnachten bekommen und ihm ewige Treue geschworen. Im Gegensatz zu Pauline, die nicht einmal ein geschenktes Handy nehmen würde. Handys brauchten nur Geschäftsleute zum Arbeiten und Assikinder als Statussymbol.

»Ich hatte einen Bandscheibenvorfall. Zeig mal ein bisschen Mitgefühl«, ermahnte Pauline ihre Schwester.

Mama war genervt von der ständigen Kläfferei. Weil Diskussionen mit Pubertierenden nicht zu gewinnen waren, schwieg sie meistens, wenn Pauline und Juli sich zofften. Sie stellte eine Schüssel mit dampfenden Kartoffeln auf den Esstisch. Aus einer anderen Schale verströmten Fleischklopse ihr würziges Aroma. Mama trug noch ihren petrolfarbenen Schwesternkittel aus dem Krankenhaus. Für Nachtschichten gab es einen Zuschlag. Die permanente Erschöpfung hatte sie seit Monaten mit dunklen Augenringen stigmatisiert.

»Wollten wir nicht Nudeln essen?« Pauline steckte einen Finger in die Champignonsoße und leckte ihn ab. In ihrem Beilagen-Ranking standen Kartoffeln hinter Nudeln und Reis abgeschlagen auf dem Bronze-Rang.

»Du darfst uns morgen gerne mit einem leckeren Mittagessen überraschen«, sagte Mama. Sie wollte sich auf einen der Holzstühle zu ihren Kindern setzen, da klingelte das Telefon. »Ich geh schon.«

»Hetz dich nicht ab. Ist eh nicht für mich«, gab sich Juli großmütig.

Die Eltern vieler Freunde hatten ein modernes Telefon mit Akkubetrieb, das man durch die Wohnung tragen und mit dem man auf dem Klo oder der Terrasse telefonieren konnte. Aber ihr dunkelgrünes mit der Wählscheibe und dem eingedrehten Kabel war auf die Kommode im Wohnzimmer betoniert. Die

Mädchen argumentierten mit mangelnder Privatsphäre, aber Mama wollte weder Geld für ein schnurloses ausgeben noch eines, das sie in den Zimmern ihrer Töchter suchen musste.

Pauline schaufelte sich Fleischbällchen zu den beiden Alibikartoffeln. Juli war Vegetarierin, sie machte nur bei Cheeseburgern eine Ausnahme. Pauline bezeichnete sich als Carnivorin. Lediglich dem Verzehr von Hühnchen entsagte sie aus ethischen Gründen. Sie verstand die Politik nicht, die gewalttätige Videospiele verteufelte, aber das Schreddern männlicher Babytiere als Norm legitimierte.

»Polly, die Zeitung«, rief Mama aus dem Wohnzimmer.

Pauline hatte eine Aversion gegen ihren Vornamen. Wer suchte bitte einen Namen wie Pauline für sein Kind aus? Das klang nicht nach einem echten Namen, sondern wie ein Kompromiss. Als hätten sich ihre Eltern einen Paul gewünscht – und ein Mädchen bekommen. Es gab weibliche Formen von Männernamen, die vollwertig akzeptabel waren. Alexandra zum Beispiel. Oder Martina. Die klangen nicht unterwürfig abgeleitet, sondern hatten die Genese der Emanzipation vollständig durchlaufen. Aber Pauline: Das spielte in einer Liga mit Lukasa oder Sebastiane. Eine merkwürdige Namenskopie. Völlig inakzeptabel. Normalerweise bekam man einen Spitznamen von Familienmitgliedern oder Freunden verpasst – oder von Feinden etwas Fieses wie Fetti oder Vierauge. Manchmal schon im Kindergarten, manchmal im Sportverein, manchmal erst an der Uni. Aber Pauline war ihnen zuvorgekommen: Sie hatte sich ihren selbst ausgesucht, im Alter von nur fünf Jahren. Außer Oma Anna nannte sie seitdem niemand mehr Pauline. Alle nannten sie Polly.

Polly schob sich beim Aufstehen einen Klops in den Mund und marschierte pflichtbewusst ins Wohnzimmer. Sie konnte das Geld gut gebrauchen.

»Ja?«

»Hi Polly, hier ist Gabi. Wir haben einen Tipp bekommen. Könntest du einen Termin für uns machen? Müsste aber sofort sein.«

Polly griff nach Block und Kugelschreiber, die sie extra für Aufträge neben dem Telefon deponiert hatte. Sie riss das oberste Blatt ab, das ihre Schwester für Pizzabestellungen und zum Kritzeln zweckentfremdet hatte. »Was denn?«

»Super. Die Polizei will um eins eine Messiewohnung im Palazzo aufmachen. Hausbewohner haben sich beim Vermieter beschwert, es würde nach Katzenkot stinken. Der Mieter reagiert seit Tagen nicht aufs Klingeln, deswegen wollen die jetzt nachsehen. Der Hausmeister hat uns angerufen, der steht dann vor der Tür. Wir bräuchten auch eine Stimme von der Polizei.«

»Der alte Mann mit den sechzehn oder siebzehn Katzen, mit dem ich vorletztes Weihnachten einen Beitrag zur *Tierfreunde*-Reportagereihe gemacht habe?«

»Ja, genau der.«

Polly schnippte mit den Fingern. »Ich habe doch gewusst, dass der Ärger mit den Nachbarn eines Tages eskaliert.«

Die Redaktion hatte sie damals beauftragt, für die Weihnachtsfeiertage eine warmherzige Personality-Geschichte im Rahmen einer Serie über alleinlebende Menschen und deren Haustiere zu schreiben. Nach dem Termin in der zwölften Etage des Palazzos hatten andere Hausbewohner auf sie eingeredet, dass er nicht der tierliebe ältere Mann sei, als der er sich ausgab. Sie nannten ihn einen Messie, der mit zu vielen Katzen in einer heruntergekommenen Wohnung hauste. Der Gestank belästigte die Nachbarn. Ein Bewohner aus der Vierzehnten, dessen Balkon zwei Etagen exakt über der Katzenwohnung lag, hatte Polly berichtet, er habe mehrmals den Tierschutz alarmiert. Das nächtliche Mauzen sei so laut wie

Hilfeschreie. Er hatte befürchtet, dass die Tiere hungerten. Doch es war bei der blumigen Gutmenschenreportage und den flauschigen Fotos geblieben. »Über die Feiertage wollen die Menschen in ihren Schaukelstühlen am Kamin sitzen und Wohlfühlgeschichten lesen«, hatte der Chefredakteur erklärt und die kritischen Stimmen der Nachbarn aus dem Text gestrichen. »Außerdem passt so eine Story nicht in unsere Reportagereihe.« Für Polly war es Zensur gewesen.

»Wie viel wollt ihr ungefähr haben?«

»Hundertzwanzig Zeilen wären gut. Gerne mehrere Fotos, damit sich die Leser vorstellen können, wie das in der Wohnung aussieht. Sollten die den festnehmen, wäre was mit Handschellen optimal; ohne Gesicht. So ein Aufregerthema können wir weiterdrehen, wenn wir beim Tierschutz oder beim Ordnungsamt nachfragen. Wäre großartig, wenn du sogar ein Zitat von dem Typen kriegen würdest«, sagte die Redakteurin mit der genügsamen Stimme einer Sozialarbeiterin.

»Ist das für morgen?«

»Wir haben das auf der Vier eingeplant. Aber ist natürlich ergebnisoffen. Je nachdem, was du vor Ort erfährst. Kriegst du das hin?« Gabi war die gute Seele der Redaktion. Dass sich freie Mitarbeiter wohlfühlten, war ihr wichtig. Sie versuchte niemals, Polly zu einem Termin zu überreden, nur um ihn loszuwerden. Sie bettelte nicht, redete kein schlechtes Gewissen ein, hatte Verständnis, wenn es gerade an Wochenenden nicht klappte.

»Ich fahre mit dem Rad, sind natürlich ein paar Kilometer. Aber das müsste ich rechtzeitig schaffen.«

»Kannst das auch gerne hier schreiben.«

Das wäre die pragmatischere Lösung, aber Polly tippte lieber in Ruhe. In der Redaktion krächzte Jungredakteur Niklas beim Telefonieren wie ein cholerischer Papagei und stellte so sicher, dass jeder seine Rechercheergebnisse mitbekam. Berauscht von seinen eigenen Theorien, geriet er schnell in Ekstase. Er gestikulierte wild, vergaß, beim Sprechen Luft zu holen, bis ihm das Blut aus dem Kopf wich. Die daraus resultierende Unruhe zerrte an der Konzentration der Kollegen. Niklas nahm das billigend in Kauf.

»Supi-dupi, bis später.« Polly legte den Hörer auf die Gabel, ohne Gabis Antwort abzuwarten.

Es war halb eins, und sie musste die gut zehn Kilometer mit dem Fahrrad zum Palazzo radeln. Wollte sie vor dem Eintreffen der Polizei mit dem Hausmeister sprechen, musste sie sich beeilen. Vielleicht würde er ihr unter vier Augen Details über den Katzenmann erzählen, die er sonst geheim hielt. Polly hastete an der Küche vorbei und ließ ein kurzes: »Ich muss los. Lasst mir etwas übrig«, im Türrahmen stehen.

»Können wir bitte in Ruhe und gemeinsam zu Ende essen wie normale Leute?« Mama streckte ihre Hände in die Höhe, aber Polly war längst in ihr Zimmer verschwunden.

Die anderen beiden Brenner hatten ausgespuckt. Polly kritzelte *Shrek CD2* auf die CDs, tütete sie ein und packte sie in ihren grauen Rucksack, aus dessen Trägern die Schaumstofffüllung spross. Sie steckte ihren Collegeblock und einen Kuli dazu. Das Deospray hatte sie immer dabei, wenn sie mit dem Fahrrad unterwegs war. Sie zog die Multimediakarte aus dem Lesegerät und steckte sie in die schicke Digitalkamera, die sie vor zwei Monaten aus dem Geburtstagspaket ihres Vaters geschält hatte. Es war zwar kein Markengerät, aber die Auflösung von sagenhaften eins Komma eins Megapixeln lieferte fantastische Bilder. Außerdem war auf der mit zweiunddreißig Megabytes monströsen Speicherkarte Platz für mehr als fünfzig Fotos.

Kurz dachte Polly darüber nach, ihr geliebtes Harry-Potter-T-Shirt mit dem Hogwarts-Emblem gegen ein seriöseres zu tauschen. Es sprachen drei Argumente dagegen: Erstens war das kein Termin bei einer politischen Sitzung oder mit einem stinkreichen Firmenboss, sondern mit der Polizei, dem Palazzo-Hausmeister und dem Katzenmann – und für die musste sie sich nicht verkleiden; zweitens hatte sie keine Zeit, einen passenden Ersatz aus dem riesigen Wäschehaufen am Fußende ihres Bettes zu kramen; drittens trug sie das Hogwarts-Shirt besonders stolz, seitdem der erste Trailer zu *Harry Potter und der Stein der Weisen* erschienen war. Sie hatte die Bücher verschlungen und konnte es kaum erwarten, bis der Film im November endlich in den Kinos anlief.

»Gucken wir Mädels heute Abend zusammen *Charmed*?«, fragte Mama, bevor Polly bestens ausgerüstet aus der Wohnungstür rauschte. Polly hob im Vorbeigehen Zeige- und Mittelfinger und bestätigte per Peace-Zeichen.

Sie war auf ihre Mission fokussiert, eine spannende Geschichte für die lokale Tageszeitung *Stimme der Region* mitzubringen. Einer dieser Termine, bei denen nicht klar war, was herausspringen würde. Vielleicht öffnete der Mann der Polizei, und die Sache klärte sich mit einer Verwarnung und dem Versprechen, sich künftig besser um die Tiere zu kümmern. Dann war es nur eine kleine Meldung ohne Foto in einer Außenspalte. Leistete er Widerstand gegen die Beamten und würde verhaftet, wäre eine Aufmachergeschichte inklusive Foto für Seite vier drin. Hatte er im Mietnomadenstil die verwahrloste Wohnung verlassen, und faulende Tierkadaver sorgten in der Hochsommerhitze für bestialischen Gestank, der in alle Wohnungen des Hochhauskomplexes kroch, dann wäre das eine Aufreger-Story für die erste Lokalseite – hundertzwanzig Zeilen mit Stimmen von Polizeibeamten, dem Vermieter und Nachbarn, garniert mit Detailfotos aus der Messiewohnung. Der Fame war ihr egal, aber bei einer großen Geschichte war für Polly das beste Honorar drin.

KAPITEL 2

Hortung

Beim Verlassen des Hauses vergewisserte sich Polly, dass sie unbeobachtet war, hob vorsichtig die Briefkastenklappe und warf einen heimlichen Blick hinein. Wieder kein Kuvert, das ihre Sehnsucht stillte. Mama ahnte nichts von den innigen Hoffnungen ihrer Tochter.

Polly setzte die Kopfhörer auf. Play. *Mein Herz brennt* passte zu der Mördersonne, die das Potenzial hatte, jedem Lebewesen das Fleisch von den Knochen zu brennen. Polly drehte den Kopf, bis es knackte. Sie trat in die Pedale, die Kette zog an. Sie musste vor den Bullen beim Palazzo sein.

Sie absolvierte fast jede Strecke mit dem Rad, was ihrem Porzellankörper disproportional kräftige Waden verlieh. Aber bei diesen Temperaturen war jede Strecke eine Tortur. Vor allem, weil die Landstraße mit den kargen Feldern kein Baum säumte. Auf den krustigen Furchen lagen gigantische Landwirtschaftsmaschinen brach wie Dinosaurierskelette. Mohnblumen sorgten vereinzelt für freundliche Farbpunkte. Polly war dem laut Wettervorhersage heißesten Tag des Jahres für den größten Teil der Strecke schattenlos ausgeliefert. Sie strampelte, der Fahrtwind wehte durch ihre langen rostblonden Haare. Hinter den Feldern markierten hohe Silos und zwei Autohäuser den äußeren Ring des Ortes. Am Horizont flirrten die oberen Stockwerke des Palazzos wie ein surreales Trugbild. Bei einer Leserumfrage der *Stimme der Region* nach den architektonischen Schandflecken im Umkreis hatte der Palazzo sagenhafte vierundsiebzig Prozent der Stimmen erhalten und sogar den alten Steinbruch mit dreizehn Prozent auf den zweiten Rang sowie das Gebäude des Blue Penguin – in der Version als Großraumdiskothek – mit sechs Prozent auf den dritten Rang verwiesen. Polly hatte nie verstanden, wieso man mit diesem hässlichen Klotz die Umgebung verschandelt hatte. Platz, um nicht in die Höhe, sondern in die Breite zu bauen, gab es hier, an der Nordgrenze des Münsterlandes, genügend.

Hinter den Autohäusern folgten der Baustoffhandel und ein überdimensionierter Großmarkt, auf dessen Parkplatz Stellplätze für siebenhundert Autos waren. Das einzige Event des Jahres, an dem alle belegt waren, war die Sommerkirmes, die weit über die Ortsgrenzen hinaus bekannt war. Polly kürzte über den Parkplatz ab und radelte wie bei einem alpinen Slalom um die Handvoll Fahrzeuge, dann nahm sie sich die nächste Landstraße vor und mündete nach weiteren Kilometern vor dem Palazzo.

Von der rechten Fassade des Betonmolochs grinste in Übergröße die niedliche Werbefigur eines Reifengroßhändlers herunter. Das Männchen mit dem dunkelblauen Arbeitshelm streckte die Handflächen zu beiden Seiten aus und surfte auf einem Autoreifen. Es hatte dicke, aufgeblasene Bäckchen – die Automobilbranche schien satt zu machen. Auf dem Dach des Klotzes suchten mehr Satellitenschüsseln Empfang, als die NASA Flugkörper in die Umlaufbahn geschossen hatte. Wie der Körper einer Libelle stand in der Mitte des Palazzos der Eingangsturm und ragte knapp vierundsechzig Meter in die Höhe. Zu beiden Seiten entwuchsen ihm Flügel, die sich über achtzehn Etagen erstreckten und auf jeder Etage neun

Wohneinheiten boten. Die Bewohneranzahl kreiste um die zweihundertsiebzig, war bei so vielen Parteien äußerst dynamisch und hatte keine Woche Bestand. Aufeinandergestapelte Massenmenschhaltung.

Polly wischte sich mit dem Arm über die Stirn, war außer Atem, aber äußerst zufrieden: Sie konnte weit und breit keinen Streifenwagen erblicken. Ihr Fahrrad kettete sie an eine Bank, die mitten in der Sonne stand, sodass dort ohnehin niemand sitzen würde. Sie kramte im Gehen ihren Lieblingsblock mit den Sternen und einen Stift aus ihrem Rucksack und hängte sich die Kamera um den Hals. Vor dem gläsernen Eingangsbereich stand Hausmeister Mike mit verschränkten Armen wie ein Türsteher und rauchte. Aleister saß hechelnd an seinen Beinen und wedelte mit dem Schwanz, als er Polly erblickte. Er konnte sich unmöglich an ihren Besuch vor eineinhalb Jahren erinnern. Sie schrieb diese ehrliche Freude dem heiteren Gemüt des schneeweißen Maltesers zu, der auch als ausgewachsener Hund drollig wie ein Welpe war.

»Ach, du schon wieder«, sagte Mike zur Begrüßung, als wäre ihr Termin für die weihnachtliche Wohlfühlgeschichte erst vergangene Woche gewesen.

Der Hausmeister wischte sich die rechte Hand am Blaumann ab, bevor er sie Polly reichte. Selbst bei der Hitze trug er gewissenhaft seine Arbeitskleidung, die für ihn eine Uniform war. Unter dem Blaumann beschränkte er sich auf ein schmuddeliges Feinrippunterhemd. Mike war nicht verheiratet, seine Freundin hatte ihn vor Ewigkeiten verlassen. Er wohnte in einer Zweizimmerwohnung, die an sein Büro grenzte und für die er keine Miete zahlte. Er gehörte quasi zum Inventar.

»Du scheinst dich aber beeilt zu haben«, sagte Mike und zog die Oberlippe ein Stück hoch. »Heiß hier draußen. Verdammt heiß. Sollen wir schon mal hochgehen?«

»Ja, warum nicht«, antwortete Polly und meinte eigentlich: Ja, unbedingt. Aber sie wollte dem Hausmeister nicht das Gefühl vermitteln, ihn dazu zu drängen, vor dem Eintreffen der Polizei einen Blick in die Wohnung des Katzenmannes zu werfen. »Darf ich ein Foto von Ihnen machen? Fürs Archiv.«

Polly siezte Menschen, die mehr als zehn Jahre älter als sie waren. Sie zückte wie selbstverständlich die Kamera, ohne eine Antwort abzuwarten. Die meisten Menschen ergaben sich erfahrungsgemäß ihrem Schicksal, wenn die Linse auf sie gerichtet war. Mike ließ sich bereitwillig ablichten, und sein Dreitagebart schenkte ihr ein gekonntes Grinsen. Wie ein britischer Adeliger hatte er Aleister auf den Arm genommen. Aber Polly war nah dran, hatte den Bildausschnitt so eng gezogen, dass sie den Hund nicht mehr draufhatte. »Okay.« Sie ließ die Kamera sinken. »Gehen wir.«

Der kleine Aleister trottete neben den beiden her und freute sich auf den Spaziergang mit der unerwarteten Gesellschaft. Er kannte sich in dem gigantischen Gebäude bestens aus, begleitete er sein Herrchen doch täglich bei der Arbeit und gab nur ein quietscheentchenhaftes Fiepen von sich, wenn er ernsthaft müde oder sehr, sehr hungrig war. Er hatte die rosinengroßen Augen eines Stofftieres. Polly hätte als Kind gerne einen Hund gehabt, aber ihre Eltern waren strikt dagegen gewesen. Noch schlimmer hätten sie nur eine Katze gefunden.

Die Eingangstür kam der Kühlzelle eines Schlachthauses gleich. Beim Betreten des Palazzos richteten sich die Härchen an Pollys Armen auf. Die bulligen Betonwände isolierten den oberirdischen Bunker gegen Wärmeeinflüsse. Der Eingangsbereich war mit einer Armada an Briefkästen gepflastert. Die Fliesenoptik hatte den abweisenden Charme von unendlichen Zubringertunneln zu Londoner U-Bahn-Gleisen.

Anstatt auf die Taste zu drücken, steckte Mike einen Schlüssel in das Bedienfeld und drehte ihn um, als könnte er die Ankunft der Kabine so beschleunigen. »Hast Glück. Letzten zwei Wochen waren beide Aufzüge kaputt. Das hat für ganz schön viel Wirbel gesorgt, kann ich dir sagen. Der ein oder andere …«, ein Zeigefinger drehte sich neben seinem Kopf und beschrieb den Geisteszustand einiger Palazzo-Bewohner. »So ist das, wenn die Nerven blank liegen.«

»Das kann ich mir vorstellen«, sagte Polly verständnisvoll. Sie fragte sich, ob die älteren Hausbewohner aus dem siebzehnten oder achtzehnten Stock es in dieser Zeit vor die Tür geschafft hatten. Schiffbrüchige auf der eigenen Insel, von der Außenwelt abgeschnitten.

»Ein Mann ist neu einzogen. So ein Alternativer mit großen Ohrlöchern.« Mike grinste verschmitzt. »Der musste den ganzen Umzug übers Treppenhaus regeln. Kühlschrank, Bett, alles. Bis fast ganz nach oben. Ein paar Alkis haben vor dem Haus gesessen und den angefeuert. Jedes Mal, wenn der zum Umzugswagen kam, haben die gejohlt und geklatscht. Hätte sich seinen Einzugstag fast mit einer Schlägerei versüßt. Der hatte nachher Arme!« Der Hausmeister fuhr mit der Hand von der Schulter bis zu seinem Ellbogen und wieder zurück. »Adern von hier bis hier waren zu sehen. Dick wie Regenwürmer. Ins Fitnessstudio braucht der nicht mehr.« Der Aufzug kam tatsächlich sehr schnell. Mike steckte den Generalschlüssel in das Kabinenbedienfeld. »Aber jetzt fahren sie ja wieder.« Er drückte auf die Zwölf.

Polly kam nicht zum Antworten, Mike lederte mit seiner Udo-Lindenberg-Nuschelstimme weiter, während der Aufzug abhob wie eine Langstreckenrakete. »Diese Blagen. Darüber könntet ihr mal schreiben. Ich habe dieses Jahr bestimmt sechs Liter Reinigungsmittel für die Aufzüge benötigt.«

Graffitischmierereien machten fast die komplette Kabine zu einem mit Tattoos übersäten Körper. Selbst die quadratische Lampe an der Decke und der Boden waren bekritzelt und besprüht. Es roch nach Qualm.

»Wie alt ist der?«, fragte Polly, als sie auf die Knie ging, um Aleister zu streicheln. Sie hatten beide darauf gewartet. Der Hund quiekte zufrieden.

Mike rechnete. »In Hundejahren ist der schon siebenundsechzig.« Polly fragte sich, mit welchem Faktor er auf diese Zahl kam. »Ist viel zu warm für den kleinen Racker. Deswegen habe ich dem die Haare schneiden lassen. Wenn die Aleister scheren, hat man das Gefühl, der halbe Hund besteht aus Fell.«

Polly kraulte den Malteser hinter den Öhrchen. »Ich würde dich am liebsten knutschen, so niedlich bist du.«

In der zwölften Etage gab der Fahrstuhl ein Mikrowellen-Ping von sich. Mike drückte die Tür auf. Zu beiden Seiten ging ein langer Gang ab, in dem sich muffiger Geruch mit aggressiv süßlichem Orangenakzent paarte. Vor der vierten Tür mit der Nummer fünf blieben die beiden stehen. Polly hatte sich schon beim ersten Besuch gefragt, warum die Wohnung nicht die Nummer vier hatte.

»Der macht nicht auf.« Mike drückte mehrmals auf die Klingel, um seine Theorie zu beweisen. »Siehst du?« Das Läuten klang näher als erwartet. »Aber ich habe einen Schlüssel für alle Türen«, sagte er stolz und zückte seinen üppig behangenen Bund.

»Ich glaube, die ist offen«, sagte Polly.

Mike setzte zu einem: »Das kann nicht …«, an, da stupste Polly zart mit der Spitze ihres Zeigefingers gegen die Tür. Der Holzquader gab mit einem ungeölten Quietschen nach und schwang langsam auf.

Sie starrten in den Wohnungsflur des Katzenmannes, als hätten sie das verborgene Tor zu verschollen geglaubten Katakomben geöffnet. Kistenweise alte Zeitschriften türmten sich auf beiden Seiten und ließen nur einen schmalen Pfad in die Wohnung frei. Er hatte exponentiell mehr Müll und wertlose Gegenstände angesammelt als bei Pollys erstem Besuch. Was vorher vollgestellt, aber strukturiert war, hatte tumorartig zu streuen begonnen. Den Katzen schien dieser Papierdschungel ein willkommener Kratzbaumwald geworden zu sein. Aus dem ein oder anderen Karton leuchteten den Eindringlingen Augenpaare entgegen: Die Szenerie erinnerte Polly an *Friedhof der Kuscheltiere*, eines ihrer Lieblingsbücher.

»Das ist heftig«, flüsterte sie und senkte den Kopf ein wenig, als würde sie gegen einen Sandsturm anlaufen. Sie hielt sich ihren Handrücken vor die Nase.

»Katzenpisse«, analysierte der Hausmeister und machte keinerlei Anstalten, sich vor dem ihm entgegenwuchernden Gestank zu schützen.

Eine weiße Katze mit schwarzen Kringeln um die Augen rannte im Zickzack zwischen ihren Beinen vorbei in den Hausflur.

»Wie viele von den Viechern hat der denn hier?«, wunderte sich Mike mit einem verkniffenen Blick, als würde ihm der Muff in den Augen brennen. »Stinkt wie ein ganzes Rudel.«

»Mit einem Rudel werden Sie da nicht auskommen«, kommentierte Polly und rief ein lang gezogenes »Hallo« durch den Wohnungsflur.

Keine Reaktion.

Noch einmal.

Nichts.

»Sollen wir nicht doch lieber auf die Polizei warten?«, verließ Mike der Mut.

»Vielleicht geht es ihm nicht gut. Vielleicht braucht er medizinische Hilfe«, sagte Polly und schritt durch die Mammutbäume aus Papier.

Sie öffnete die Tür zum Wohnzimmer. Als sie eintrat, setzte ihr Bewegungsapparat urplötzlich aus. In ihren vorderen Fingergliedern kribbelte es, als wäre ihr Blut komplett in die untere Körperhälfte gesackt. Ihre Pupillen weiteten sich. Mike blieb hinter ihr stehen, als wäre er an ihr abgeprallt wie eine Flipperkugel und in einem Sandloch stecken geblieben. Polly spürte sein Zittern in ihrem Nacken. Mike hatte in seinem Hausmeisterdasein mit so vielen unterschiedlichen Menschen, die ihn täglich umschwirrten, fast alles gesehen. Aber das hier war ein Novum. Zu der Katzenarmee hatten sich Myriaden von Fliegen gesellt, die um ihr Objekt der Begierde in der Wohnzimmermitte kreisten. Der alte Mann hing schwer wie eine gusseiserne Glocke von der Decke. Von seinem Hals ging ein Kabel hoch zu einem Karabiner und von da aus diagonal zu dem klobigen weißen Heizkörper. Das Kabel war straff gespannt. Die Gliedmaßen des Katzenmannes waren abstrakt wuchernde Äste, die zu wenig Wasser bekommen hatten. Im Schritt seiner Hose hatte sich ein dunkler Fleck gebildet.

Der Alte hing über dem Wohnzimmertisch, der übersät war mit Getränkekartons von Billigwein und Eistee, benutztem Geschirr und Besteck, Gläsern mit schwarzem Wasser, in dem Zigarettenfilter schwammen, haufenweise Bierdosen, zerdrückten Zigarettenschachteln, Katzenkot und offenen Marmeladengläsern, aus denen der Schimmel quoll. Auf der Hülle einer CD mit österreichischer Flötenmusik lag ein Schlüssel, höchstwahrscheinlich passte er in die Wohnungstür. Es stand sogar noch der Mini-Plastiktannenbaum mit den fingernagelgroßen Kugeln auf dem Tisch, an den sich Polly von dem

Weihnachtsbesuch erinnerte und den sie »süß« gefunden hatte. Zwischen Regalen ragte eine stehen gebliebene Standuhr aus dem Müll, an der auf einem Messingbeschlag *tempus fugit* eingraviert war. Selbst der Boden war übersät mit Müll, und aus dem Müll quoll noch mehr Müll. Alte Bücher auf Deutsch, Englisch, Niederländisch, Französisch und mit kyrillischen Schriftzeichen lagen herum. Auf den beiden Couchelementen war kaum Platz zum Sitzen, auf dem länglichen Schrank keine Ablage frei, die Steinoberfläche der Fensterbank konnte nur erahnt werden. Wie ein Stoppschild leuchtete ein gelber Putzeimer, der vermutlich von dem Tisch in einen Klamottenhaufen gefallen war und für den letzten Schritt in die ewige Umarmung des Kabels hergehalten hatte. Und überall waren Katzen; kleine, alte, junge, zerzauste, die den Korpus bewachten.

Mike hielt sich nun doch die Hand vor den Mund und unterdrückte Würgegeräusche. Polly hustete laut und verfluchte sich, weil das anschließende tiefe Einatmen noch abstoßender war. Kein Experte weltweit hätte diese konzentrierte und von stickigen Temperaturen aufgeheizte Geruchsmixtur, deren Gärungsprozess weit fortgeschritten war, voneinander trennen können. Instinktiv schob Mike einen Fuß vor den anderen, um zu vermeiden, irgendwo draufzutreten, bahnte sich eine Schneise bis zur Fensterbank und riss das Wohnzimmerfenster auf. Wie mit Deospray attackiert, vertrieb die laueste aller Brisen, noch wärmer als die Konservenluft in der Wohnung, einen beträchtlichen Anteil des Fliegenkokons von dessen verpuppter Hauptspeise. Ebenso unbewusst ließ der Sauerstoffstoß Pollys Journalisteninstinkt erwachen, sie zückte die Kamera und schoss Fotos von der Szenerie. Von den Katzen, von dem Unrat, von dem Eimer. Sie knipste die Füße, die lautlos über dem Tisch schwebten wie ein ausgeschwungenes

Pendel. Sie war nicht getrieben von einer animalischen Sensationslust, wie Autofahrer, die Tempolimits drastisch unterboten, um einen Unfall zu begaffen. Es war eine aufrichtige Beflissenheit gegenüber ihrer Tätigkeit als Berichterstatterin. Ihr war klar, dass dies eine einmalige Gelegenheit zum Fotografieren war. Nach fünfzehn oder zwanzig Bildern ließ sie die Kamera an ihrem Hals baumeln und notierte sich Details.

»Was machen Sie da?«, dröhnte es durch den Flur. »Sie haben hier keine Befugnis!« Zwei Polizisten stürmten auf Polly und Mike zu. Als sie den Hausmeister erkannten – vermutlich wählte er den Notruf mehrmals im Jahr –, erlosch die Hektik. Die Polizisten rissen sich merklich zusammen, um sich vor Zeugen unbeeindruckt von der Leiche zu zeigen. »Du weißt doch, dass du keine fremden Wohnungen ohne uns betreten darfst«, belehrte der ältere der beiden Cops Mike.

»Torsten, ich hatte doch keine Ahnung«, sagte Mike und deutete auf den toten Katzenmann.

Und während Mike, mit den Nerven am Ende, mit wilden Gesten und einer versagenden Stimme versuchte, mit dem Polizisten auf einen Nenner zu kommen, und der zweite Polizist Küche und Badezimmer nach weiteren Personen durchsuchte, reagierte Polly blitzschnell. Sie zog die Speicherkarte aus ihrer Digitalkamera und versteckte sie in ihrem linken Socken. Dann nahm sie den mutmaßlichen Wohnungsschlüssel von der CD-Hülle und stopfte ihn in den rechten Socken.

Der jüngere Polizist kam aus dem zugemüllten Badezimmer und packte Polly am Oberarm. »Sie verlassen jetzt umgehend den Tatort und warten vor der Tür. Das ist eine polizeiliche Anweisung.«

Er war fast doppelt so groß wie sie und muskulös, hätte sie mühelos mit seinen Pranken zerquetschen können. Aber es war weniger seine Statur denn seine Uniform, die Polly unangenehme Autorität vermittelte. Sie hatte vor dem rabiaten Polizisten nicht weniger Furcht als vor dem Anblick des ersten Toten ihres Lebens. Denn ihr kamen die Raubkopien in den Sinn, die sie im Rucksack schmuggelte. Polly war ausgeliefert.

Der Polizist eskortierte sie mit straffen Schritten vor die Wohnungstür, wo der kleine Aleister wartete, und blieb bei ihr stehen. Polly sortierte ihre Gedanken gleich einem Apnoetaucher, der nach Minuten ohne Sauerstoff die Wasseroberfläche durchbrach.

»Wer sind Sie überhaupt?«, wollte der Polizist wissen, der sie im Quadrat überragte. »Ihren Personalausweis.«

»Ich komme von der Lokalzeitung.«

»Auch das noch.« Der Polizist drehte seinen Kopf über die Schulter in Richtung der Wohnungstür. »Torsten, kommst du mal? Presse.« Er wandte sich wieder an Polly und stemmte die Hände in die Seiten. »Sie wissen, dass Sie sich strafbar gemacht haben? Sie haben unbefugt eine fremde Wohnung betreten. Das ist Hausfriedensbruch.« Wieder über die Schulter: »Torsten. Presse.«

»Bestatter?«, rief der ältere Polizist gelassen aus der Wohnung.

»Habe ich bereits alarmiert. Die sind auf dem Weg«, sagte der jüngere. »Torsten, die junge Dame ist von der Presse.«

Er wollte den Personalausweis nehmen, den Polly ihm reichte, da kam der ältere Polizist mit Mike aus der Wohnung und schob ihren Arm sanft zurück. »Schon gut. Ich habe mit Mike gesprochen. Er hat sie angerufen.« Er schaute Polly an. »Alles in Ordnung? Geht es dir gut?« Torsten hatte das Testosteron in seinem Blut unter Kontrolle. Sein übereifriger junger Kollege presste seine Zunge gegen die Unterlippe. Er hätte Polly am liebsten eine Lehre erteilt. Torsten nahm keine Notiz von ihm. »Brauchst du einen Krankenwagen?«

Polly schüttelte den Kopf.

»Setz dich erst mal.«

Polly schüttelte wieder mit dem Kopf. »Geht schon.«

»Kanntest du den Mann?«, fragte Torsten.

»Ich habe mal eine Geschichte mit ihm gemacht.«

»Für die Zeitung?«

Polly nickte.

»Worüber?«

»Eine Tierfreundegeschichte zu Weihnachten.«

»Tierfreunde, aha«, zischte der jüngere Polizist sarkastisch.

Torsten gab ihm mit einer dezenten Handbewegung zu verstehen, sich nicht mehr einzumischen, dann zeigte er auf Pollys Digitalkamera. »Hast du in der Wohnung fotografiert?«

»Nein«, antwortete Polly geistesgegenwärtig. Ihr Blick streifte den von Mike. Er hatte sie beim Fotografieren gesehen. Mike blieb stumm.

»Sehen Sie, hier.« Polly öffnete den leeren Schacht für die Speicherkarte. »Da ist gar kein Film drin.«

Torsten nahm den silbernen Kasten, untersuchte, drehte und wendete ihn. Er hatte noch nie eine Digitalkamera in Händen gehalten. »Wie soll da überhaupt ein Film reinpassen?« Er gab das Wunderwerkzeug zurück und zückte eine Visitenkarte. »Wenn dir etwas einfällt, klingle durch.«

Polly unterdrückte ihr Zittern und kritzelte ihre Festnetznummer in ihren Collegeblock, trennte die Seite heraus und reichte sie dem Polizisten. »Bitte melden Sie sich bei mir, wenn es etwas Neues in dem Fall gibt«, sagte die besonnene Journalistin.

KAPITEL 3

Tipps vom Meister

Polly verdrehte die Augen, wenn eine Figur in einem Spielfilm Nein schrie, um einen schmerzlichen Verlust zu ertragen. Ihre Ratio schloss aus, dass ein lang gezogenes Nein eine adäquate Reaktion war. Sie fand das Klischee abgewetzter als die Dosen an der Stoßstange eines frisch vermählten Brautpaares. Polly vergötterte Michael Corleones Reaktion im Abschluss der *Der Pate*-Trilogie. Wenn der Mafiaboss den sterbenden Körper seiner Tochter Mary auf den Treppen des sizilianischen Opernhauses in den Armen hält und seinen Mund aufreißt und es einen tragischen Moment dauert, bis sein Herz die Gedanken eingeholt hat, und einen Schrei ausstößt, der roher und authentischer nicht sein könnte. Der Mann, dessen Leichenstapel in den Himmel wuchs, war ein Meister der Verlusttheatralik. Polly begleitete diese Szene jedes Mal mit eigenen Tränen.

Es schmerzte sie, dass einige Menschen ihre Offenheit als Schwäche auslegten. Und dass die Gesellschaft Diplomatie als intelligent ansah. Für sie war Diplomatie die schamlose Beschönigung des Wortes Lüge. Ein Diplomat ernährte seine Familie mit professionellen Lügen. Den Ratschlag ihrer Englischlehrerin bei einem Vieraugengespräch, sie müsse diplomatischer sein, um im Leben weiterzukommen, verstand Polly als pädagogische Aufforderung, das Werkzeug der Lüge taktisch einzusetzen. Menschen, die ihr eingetrichtertes Weltbild, ohne es zu hinterfragen, als gesellschaftliche Norm akzeptierten, waren ihr zu konformistisch. Sie hatte sich vorgenommen, nicht gegenüber der Welt einzuknicken und in Eigenregie über die Einhaltung von Erwartungen zu entscheiden. Damit gehörte sie zu einer weiteren Generation unzufriedener Jugendlicher. Die Millenniumskinder fühlten sich verpflichtet, diese Unzufriedenheit stets unter Beweis zu stellen. Es war zentraler Bestandteil ihrer Weltphilosophie, die Menschheit wissen zu lassen, dass sie anti war.

Was Polly hingegen genoss, war das Lesen von Mangas; ihr absoluter Liebling war die sechsteilige Dystopie *Akira*. Sie liebte Katsuhiro Otomos triste Zweitausendvierhundert-Seiten-Vision eines aus den Ruinen des Dritten Weltkrieges auferstandenen Neo-Tokios, das einem weiteren unvermeidlichen Untergang entgegensteuerte. Die klaren Formen der Zeichnungen, die komplexe Geschichte, die den Vorwurf eliminierte, Manga wäre ein Kindermedium. Die Filmadaption hatte sie so oft gesehen, dass ihre VHS von Farbflackern und flimmernden Störstreifen gebrandmarkt war. Niemals hatte die geniale Komposition auch nur ein My ihrer bewusstseinserweiternden Grandeur eingebüßt.

Polly liebte Bananen, Gorgonzola und Sardellen auf ihrer Pizza – nur nicht gemeinsam –, fand aber niemanden, der ihre Geschmacksverirrung teilte. Ließ sie ein Stück übrig, gab es keine Abnehmer. Ihr bester Freund Kirby fand die salzigen Ausdünstungen ungenießbar, beschwerte sich stets über die Genusskontamination der Pizza. Dabei war er sonst froh, wenn er etwas von Pollys Portionen abgreifen konnte. Er diskutierte mit ihr ausgiebig über Computer- und Videospiele, Filme, Bücher, Musik. Über Form, Inhalt und Wirkung. Über Sinn und Intention. Kirbys historisches und handwerkliches Wissen übertraf ihres um Lichtjahre. Könnte man Nerd-Wissenschaften studieren, hätte er mehrere Doktortitel. Kirby kannte die Programmierer ihrer Lieblingsvideospiele und deren Biografien mit Namen. Er wusste, wie die Splattereffekte in italienischen Horrorschockern der Siebziger und Achtziger gemacht waren. Er hatte sich ein paar Sätze Elbisch autodidaktisch beigebracht. Und er konnte die Metal-Alben aller von ihm als relevant erachteten Bands aus dem Kopf chronologisch sortieren. Kirby war König im Sortieren. Polly bewunderte ihn.

Ging es aber darum, an der Konsole oder am PC gegen sie anzutreten, nahm sein grobschlächtiges Timing überhand. Für das Zocken fehlte ihm natürliches Talent – im Gegensatz zu Polly, die sich in jedes Spiel binnen Minuten einfühlen konnte, als hätte sie es selbst programmiert.

Das Schreiben fiel Polly hingegen weniger leicht. Zwar stellten sie die Ergebnisse meistens zufrieden, aber der Prozess stresste sie. Sie brauchte Ruhe, um sich zu entfalten. Wenn sie nicht weiterkam, kaute sie ihre Nägel – was nicht schön aussah, besonders im Vergleich mit denen von Juli, die immer akkurat gefeilt und lackiert waren. Es brachte Polly aus dem Flow, beim Schreiben angequatscht zu werden. Das Schlimmste waren Schatten, die hinter ihr standen und ihr dabei zusahen, wie sie die Sätze gebar.

Polly legte die Hände hinter den Kopf und schürzte unzufrieden die Lippen. Der Tod des Katzenmannes stotterte ihr aus dem Hirn in die Finger. Sie ärgerte sich, dass sie vergessen hatte, bei Mike, Torsten oder einem Anwohner Zitate einzuholen. Der groteske Anblick ihrer ersten Leiche hatte die gelernten Automatismen außer Kraft gesetzt und schlummernde Fluchtinstinkte aktiviert. Die Fotos hatte sie ohne nachzudenken geschossen, den Schlüssel eingesteckt. Dafür hatte sie vor den Polizisten gekuscht, als wäre sie selbst für das Ableben des Katzenmannes verantwortlich. Eigentlich hätte sie bei mindestens einem Nachbarn klingeln müssen, aber sie hatte ihr Glück nicht überstrapazieren wollen. Sie hatte den Palazzo sofort verlassen, nachdem sie den Polizisten ihre Telefonnummer mit der Ehrfurcht einer geheiligten Opfergabe überreicht hatte.

Niklas würde sowieso über das Resultat meckern. Er verstand es als Journalistenehre, partout zu widersprechen, war in diesem Metier gottbegnadet. Seine Skandalstory über ehrenamtlich tätige Jugendliche in einem Altenheim, die zu Ostern für ihren Einsatz drei Baumkuchen geschenkt bekommen hatten, hatte eine Beschwerdebriefflut erzeugt. *Ehrenamtliche halten die Hände auf – Jugendliche nehmen delikate Zuwendungen an* hatte er getitelt. Der Text war Anklage und Verurteilung in einem. Die Heimleitung hatte sich erst nach einem hitzigen Gespräch mit Chefredakteur Hubert Hermanns vom Boykott der Zeitung in ihrer Einrichtung abbringen lassen. Zudem ging die Legende einer fünfzehnjährigen Schülerin um, die zu ihrem zweiten Praktikumstag nicht mehr in der Redaktion erschienen war. Die harmlosen zwanzig Zeilen des Mädchens über ein Schulkonzert hatte Niklas mit chirurgischer Präzision seziert und abschließend den Wunsch nach einem »Minimum an Talent für diesen Beruf« geäußert. Die Praktikantin brach in Tränen aus. Niklas empfand das als Auszeichnung: Die geschnittenen Skalpe der Schülerpraktikanten waren seine Trophäen. Polly war zu dem Schluss gekommen, dass sie neben Niklas keinen weiteren Menschen kannte, der völlig frei von Charme und Charisma war. Vielleicht hatte er sich einer Seelenreinigung unterzogen und dabei seine Seele löschen lassen. In der Redaktion munkelte man, Niklas habe es auf den Posten des Chefredakteurs abgesehen. Vielleicht war das auch nur die Hoffnung der Redakteure, die in jedem Fehlverhalten verzweifelt einen Sinn suchten, damit nicht Bösartigkeit als einzige Option übrig blieb. Ehrgeiz wäre erträglicher und nachvollziehbarer gewesen.

Hubert Hermanns war mittlerweile einundsechzig und stand kurz vor der Rente. Er wollte noch ein, höchstens zwei Jahre die *Stimme der Region* leiten – das war offiziell. Selten gab Hermanns etwas von sich preis. Er war freundlich-distanziert, ein ruhiger Typ, dem die Menschen vertrauten, weil er zuhörte, anstatt über sich selbst zu reden. Aber selbst freien Mitarbeitern wie ihr gegenüber hatte er in letzter Zeit von seinem Reetdachhäuschen an der Grenze zu Dänemark geschwärmt, in das er sich mit seiner Frau zurückziehen wolle. Frei stehend, knisternder Kamin und sein dunkelbrauner Schaukelstuhl. Er träumte von Fischbrötchen am Morgen und einem dezenten Salzgeschmack in der Luft. Hubert Hermanns war groß und bullig, mit dem Haarkranz und seinen Westen konnte Polly sich ihn als Kapitän eines Kutters vorstellen. Dazu passte seine gestopfte Pfeife perfekt. Obwohl Niklas immer wieder versuchte, seine Grenzen auszuweiten, hatte Hermanns eine väterlich-gelassene Kontrolle über den für alle anderen Unkontrollierbaren. Eine sanfte und unantastbare Autorität, für die ihn die Menschen achteten. Als kannte er einen Bannspruch, dem sich sein übereifriger Mitarbeiter widerwillig beugen musste.

Schon im Treppenhaus stieg ein beißender Geruch in die Nase, der nichts Gutes verheißen konnte. Hinter einer Tür in der zwölften Etage …

Nein, so konnte sie nicht anfangen. Polly schüttelte verärgert den Kopf und löschte die Zeilen. Sie schrieb mit Vorliebe Reportagen und Portraits für den hinteren Teil der Ausgabe, aber diese Story sollte auf der ersten Seite landen – sie musste nüchtern und nachrichtlich bleiben.

Die Polizei hat am Mittwochmorgen eine grausige Entdeckung in einer Wohnung des Wohnkomplexes an der Pater-Merrin-Straße gemacht: Ein älterer Bewohner hatte in den vergangenen Tagen Selbstmord begangen. Beim Betreten der Drei-Zimmer-Wohnung in der zwölften Etage fanden die Beamten den 62-Jährigen tot vor. Der Mann hatte sich mit einem Kabel selbst erhängt. Auch ein von den Polizisten herbeigerufener Notarzt konnte nur noch den Tod des Rentners feststellen. Eine Gewalttat schließt die Polizei aus.

In der Wohnung des Verstorbenen befanden sich unzählige Katzen. Was nun mit den Tieren passiert, ist zum jetzigen Zeitpunkt noch unklar. Die Wohnung selbst war beim Eintreffen der Beamten in einem katastrophalen und unbeschreiblichen Zustand: Katzenexkremente sorgten für einen bestialischen Geruch, die Räumlichkeiten waren mit Kartons zugestellt, überall sammelte sich Müll an. Es wird bestimmt einige Tage, vielleicht sogar Wochen dauern, um die Wohnung wieder bewohnbar zu machen.

Wie lange der Bewohner des Palazzos – wie der umstrittene Betonbau von den Menschen umgangssprachlich genannt wird – zum Zeitpunkt seines Auffindens schon tot gewesen ist, dazu konnte die örtliche Polizei bislang keine genaueren Angaben machen.

Bereits vor gut einem Jahr hatte es massive Kritik an der exzessiven Katzenhaltung des Mannes gegeben. Nachbarn hatten sich im Gespräch mit Reportern dieser Zeitung über den 62-jährigen Hausbewohner lautstark beschwert. Unzumutbare Zustände bei der Tierhaltung und Geruchsbe-

lästigung wurden damals explizit angesprochen. Weder die Polizei noch das Ordnungsamt hatten Maßnahmen im Zuge der Vorwürfe gegen den Mann eingeleitet.

Polly las über die Zeilen. Das Fehlen der Zitate war unverzeihlich. Sie fuhrwerkte an dem Artikel herum, nach fast zwei Stunden schafften es aus dem Rohtext nur wenige Fragmente in die fertige Geschichte. Sie brauchte nur noch eine Überschrift – Pollys Endgegner. *Katzenmann tötet sich selbst* war zu boulevardesk. Bildhaft, aber flapsig. Polly lehnte sich gegen ihren Schreibtischstuhl, ohne die Hände von der Tastatur zu nehmen. Sie kniff die Augen zu kleinen Strichen, als könnte sie dann die Wörter besser erkennen. *Ein letztes Miauen im Palazzo.* Scheußlich, schnell weg damit. *62-Jähriger erhängt in Wohnung aufgefunden* – schlicht, nachrichtlich. Wenig Glamour und ein bisschen staubig, aber funktionell. Das passte. Der Drucker spuckte ihre Geschichte aus, Polly las erneut drüber. Sie war sich sicher, den Aufmacher für den nächsten Tag in Händen zu halten. Auch wenn die Zeilen nicht so gut waren, wie sie auf dem Rückweg vom Palazzo gehofft hatte. Aber der Inhalt rechtfertigte eine prominente Platzierung: große Geschichte, erste Seite und somit ihr erstes Farbfoto. Polly konnte es kaum erwarten, den Text in die Redaktion zu bringen.

KAPITEL 4

Werthers Kodex

»Das können wir nicht machen.« Hubert Hermanns tippte mit seinem fleischigen Zeigefinger energisch auf den Ausdruck, wollte die Buchstaben und Wörter wie Käfer zerdrücken. Hermanns war eingemauert von Aktenbergen. Polly hatte sich schon öfter gefragt, ob das blanke Unordnung oder eine höhere, bis ins winzigste Detail ausgeklügelte Struktur war. Die Redaktion war ein gemütliches Durcheinander, ein Antiquariat, seit Jahren nicht aufgeräumt. Hermanns sah Polly, die vor seinem Schreibtisch stand, in die Augen, um ihre Reaktion zu studieren, als wäre sie ein wissenschaftliches Versuchsobjekt. Er wollte herausfinden, wie sie mit Misserfolgen umging, die für ihn Bestandteil ihres Reifeprozesses waren.

»Das ist eine riesige Geschichte«, sagte Polly mit einer Mischung aus Verzweiflung und Überraschung. Sie hatte mit Lob gerechnet, jetzt flog ihre Story aus der Ausgabe. Hermann war geradeheraus, sie wusste es. Jeder wusste es. Er irrte sich nie, hatte das angeborene Gespür eines blinden Bluthundes. »Der hat da in der Wohnung gehangen, und überall waren Katzen. Ein totaler Messiehaushalt. Müll. Dreck. Überall. Ich habe die Bilder dabei.« Sie gestikulierte wild.

»Polly, verstehen Sie mich nicht falsch: Sie haben gute Arbeit geleistet. Sofort gehandelt, Informationen mitgebracht.

Vorbildlich.« Die Kombination aus Vorname und Siezen war Hermanns' Markenzeichen. Das vereinte Nähe und professionelle Distanz. Rhetorisch ein genialer Schachzug, gerade für einen Lokaljournalisten, der mittendrin, aber nicht dabei sein sollte. Ein objektives Element im Zentrum. Vom Bürgermeister bis zum Praktikanten: Mit niemandem sprach er anders. »Aber wir berichten nicht über Selbstmorde. Der Werther-Effekt, Polly. Wir wollen keine Nachahmungstäter.«

Sie brach einen Antwortversuch ab, setzte erneut an, öffnete den Mund, stockte wie ein abgewürgtes Auto, zog einen Schmollmund und senkte die Augenbrauen. Mit ihren chromgrünen Augen konnte Polly wunderbar schmollen. Sie sah verärgert und hilflos zugleich aus – beides auf eine liebenswerte Art.

Hermanns merkte, dass sie mit dem Terminus nichts anfangen konnte. Er würde ihn ihr wie ihr Mentor erklären. »Wenn in den Medien über Selbstmorde berichtet wird, dann macht sie das salonfähig. Gesellschaftlich akzeptiert. So argumentieren zumindest schlaue Köpfe der Medien- und Verhaltensforschung. Menschen, die klüger sind als Sie und ich, Polly. Wahrscheinlich klüger als wir beide zusammen.« Weitere Insekten verendeten unter dem Druck seiner Fingerkuppen. »Man will herausgefunden haben, dass die Selbstmordrate gestiegen ist, immer dann, wenn über einen Suizid berichtet wurde. Besonders dann, wenn es ein berühmter Mensch gewesen ist. Als Goethe im späten 18. Jahrhundert seinen gleichnamigen Protagonisten in *Die Leiden des jungen Werther* in den Freitod schickte, sollen sich mehrere junge Menschen das Leben genommen haben. Nicht wegen des Buches als solches, sondern weil es Selbstmord als adäquate Erlösung von Liebeskummer etabliert hatte. Um es mit den Worten Ihrer Generation zu sagen: Die damalige Jugend fand Selbstmord geil.

Nicht aber die älteren Zeitzeugen. Als ›Epidemie‹ haben sie es damals bezeichnet. Und das Letzte, was wir wollen, ist ein weiterer Erhängter, motiviert durch unseren Zeitungsartikel.«

Er beendete das Konglomerat aus Literatur-, Geschichts- und Psychologieunterricht und nahm einen Schluck aus seiner täglichen Tasse Kakao. Sein Hausarzt hatte ihm den Kaffeekonsum strengstens untersagt. Koffein, das Herz. Und Hermanns hatte ein großes Herz, das jede Menge Pumpleistung zu absolvieren hatte, um den voluminösen Körper und seine seidene Seele mit sauerstoffreichem Blut zu versorgen. Seitdem Polly ihn kannte, gab es Kakao für den großen Mann.

»Was war mit dem Hubschrauber auf der B70 vor ein paar Monaten? Das war auch ein Selbstmord, und darüber gab es eine große Story. Spektakuläre, großformatige Fotos, wie der Heli zwischen den Autos landet und die Polizei die Brücke absperrt.«

»Nicht der Selbstmord war die Story. Wir haben nicht über den Suizid berichtet, sondern über die Hubschrauberlandung. Hunderte Neuenkirchener konnten an diesem Abend nicht pünktlich nach Hause zum Abendbrot mit ihren Kindern, weil die Bundesstraße für gut eine Stunde gesperrt war. Die mussten in ihren Autos sitzen und warten oder großräumige Umwege fahren, die sie Zeit, Geld und Nerven gekostet haben. Mit Sicherheit haben die, wenn sie nicht beim Bund gewesen sind, das erste Mal einen Helikopter mitten auf der Straße landen gesehen, wo die eigentlich nicht hingehören. Wir sind die Tageszeitung, wir müssen Antworten liefern. Wenn wir den Leuten nicht sagen, warum dort ein Helikoptereinsatz war und warum die B70 gesperrt war, dann verlieren wir unsere Glaubwürdigkeit. Und nicht nur das: Sie erfahren es aus anderen Medien. Dann sind wir nicht mehr Nachrichtenquelle Nummer eins für unsere Leser. Das darf nicht passieren. Diese Menschen vertrauen uns, Polly«, er sagte ihren Namen so oft, als bereitete es ihm Freude. Polly war ein Unikat, das nutzte sich nicht ab. »Bei Ihrem Fall ist es aber anders. Hier müssen wir keine Antworten liefern. Ein Mensch hat sich selbst getötet. Das ist tragisch. Aber diese Tat, so schlimm sie auch ist, hat nicht das Leben anderer Menschen dahingehend beeinflusst, dass sie davon erfahren müssten. Da haben ein Krankenwagen und ein Polizeiauto vor dem Palazzo gestanden. Das wird dort nicht das erste Mal der Fall gewesen sein. Auch für die Polizisten wird das nicht der erste Selbstmord gewesen sein. Das wissen Sie aber nicht, Polly. Beziehungsweise können Sie gar nicht wissen, denn darüber wird nicht geredet. Und das aus gutem Grund: weil wir nicht darüber berichten. Weil wir als Zeitung solche Dinge nicht zum Thema in dieser Stadt machen.« Er nahm einen großen Schluck Kakao. Er hatte schon zwei gehabt, könnte aber einen dritten vertragen. »›Öffentliches Interesse‹ lautet der Zauberterminus. Wie groß wird das in diesem Fall sein? Das wird doch sehr, sehr überschaubar sein. Da bin ich mir sicher. Die anderen Bewohner des Hauses werden möglicherweise gar nicht bemerkt haben, dass der alte Mann dort nicht mehr wohnt. Sie werden denken, er sei weggezogen oder vielleicht auf natürliche Weise verstorben. Einige grämen sich, andere sind vielleicht sogar froh, und in wenigen Wochen wohnt dort ein anderer Mensch und die Geschichten von dem alten Mann mit seinem krankhaften Drang zur Katzenhortung werden zu Legenden des Palazzos. Von denen gibt es so viele, dass bei den meisten niemand weiß, wie viel Wahres und wie viel Fantasie in ihnen steckt.«

Polly gab nicht auf, stürmte ein letztes Mal gegen die Windmühlen an. »Wir können es über die Bilder erzählen. Die Fotos sind beklemmend. Ein Blick hinter die Kulissen. Sie haben sie noch gar nicht gesehen.« Was konnte sie schon gegen Naturgewalten ausrichten?

»Polly. Ich bitte Sie. Bilder von Katzenkot, Dreck und einer Leiche.« Hermanns verkantete die Fingerkuppen ineinander. »Sollen unsere Leser morgens in ihr Müsli kotzen? Wir sind eine Familienzeitung.«

»Was hast du überhaupt für ein Verständnis von Journalismus?«, biss eine Stimme von jenseits des Chefredakteurbüros zu. Die Hyäne hatte bei der Zoofütterung auf rohes Fleisch gelauert.

Als hätte er sich teleportiert, stand Niklas plötzlich zwischen Polly und Hermanns. Die Arme verschränkt, der Blick penetrant und überheblich. Er war in seinem gesetzten Anzug pfleglich gekleidet, was seine körperlich knabenhafte und kaum imposante Erscheinung zu einem gewissen Grad kompensierte. Die Haare trug er zu einem hochnäsigen Pinsel gebunden wie ein Rokoko-Komponist, die Kopfhaut spannte unter dem straffen Haargummi. Der Vater arbeitete beim Finanzamt, die Mutter im Büro des Ordnungsamtes eines Nachbarortes; Niklas war deren freudlose Frucht.

»Hast du schon mal was vom Pressekodex gehört? ›Die Berichterstattung über Selbsttötung gebietet Zurückhaltung‹«, rezitierte er aus der heiligen Schrift, wobei ihm seine Stimme leicht entglitt. Wenn er aufgeregt war, brach dieser Tick aus seinem überkorrekten Verhalten hervor, war sein physisches Ausrufezeichen. »Wir sind hier nicht auf einem Basar. Der Kodex ist nicht verhandelbar.« Ein erhobener Finger. Die Stimme zwei Oktaven zu hoch; Unwissenden konnte der Tick im Unterbewusstsein herumpfuschen. Niklas war sehr erregt. Es war seine oberste Mission, sich auf Pollys Kosten zu profilieren.

Polly hätte bei jedem anderen zurückgewettert. Aber bei Niklas war das anders. Ihn umgab eine schützende Aura, unsichtbare Paragrafen umschwirrten ihn und blockten jeden Verbalangriff ab. Seine Argumente beanspruchten den Anschein des Souveränen. Ihr war der Kodex fremd. Sie war sich bewusst, dass sie sich nach dem Gespräch über sich selbst aufregen würde. Die stickige Redaktionsluft war Kopfschmerz erregend. Alle Fenster waren geschlossen, um die Hitze draußen zu halten. Ein einsamer Ventilator kämpfte eine aussichtslose Schlacht, ratterte laut und drohte, seine Dienste für immer einzustellen. Polly blieb stumm und ließ ihre Chance verstreichen.

Niklas ignorierte Pollys Anwesenheit und redete auf den Chefredakteur ein: »Das geht nicht. So eine Story wäre rufschädigend für unsere Zeitung. Das können wir nicht machen.« Ein viel zu hohes letztes Wort. »Unter keinen Umständen. Wir haben einen Ruf zu verteidigen. Hubert, ich bitte dich!«

Hermanns' väterliche Gesichtszüge verhärteten sich. Er konnte diese penetranten Versuche nicht ausstehen, wenn Niklas sich mit ihm gegen Dritte verbünden wollte. Aber auch dieser Blick zerschellte an der Selbstgefälligkeit seines jungen Skandalreporters.

»Niklas, ich fände es sehr angebracht, wenn auch Sie die Form wahren würden«, insistierte Hermanns.

»Nein«, sagte Niklas und stampfte auf den Boden. »Das«, sagte er und zeigte auf Polly, »geht so nicht. Es ist ja nicht das erste Mal.« Das Argument war ein Leichtgewicht auf der Goldwaage, Niklas legte es aber wie einen massiven Barren auf. »Nicht das erste Mal.«

Sie hatte bei der Freibadreportage vor zwei Wochen »Bademeister« geschrieben. Es hatte einen pikierten Anruf gegeben. Man fühle sich beleidigt, »Schwimmmeister« sei die korrekte Bezeichnung. Die Redaktion würde doch auch nicht »Masseuse« oder »Friseuse« schreiben, oder? »Sie haben recht«, hatte Niklas den Herren des Freibadvorstandes zugesichert. Das Eingeständnis krampfte in seinem Inneren, verstopfte sein gereiztes Magenventil. Er musste eine Korrekturmeldung schreiben. Mickrige acht Zeilen als Richtigstellung. Er hasste es, sich zu entschuldigen. Noch dazu für andere. Diese Erniedrigung würde er Polly – und war sie nicht greifbar, dann eben die anderen freien Mitarbeiter – die nächsten Monate spüren lassen.

»Niklas, es reicht. Beruhigen Sie sich«, mahnte Hermanns. »Wir finden eine Lösung. Jetzt lassen Sie mich bitte mit Polly zu Ende sprechen.« Er wies mit einem Finger an den dicken Glasbausteinen vorbei aus seiner Tür.

Niklas machte auf der Stelle kehrt. Widerwillig. Äußerst widerwillig. Hermanns zwinkerte Polly zu, um sie ein wenig aufzubauen. Der Fels in der Brandung.

»Danke«, flüsterte Polly aus einer tiefen Kränkung heraus.

»Das kriegen wir hin. Wir brauchen etwas mit Ihrem Namen drunter, damit Sie nicht umsonst Ihre Zeit für uns geopfert haben. Was haben Sie heute Abend vor?«

»Mädelsabend bis zweiundzwanzig Uhr.«

»Das passt«, sagte Hermanns. »Gabi, kommen Sie mal bitte«, rief er durch die vierzig Quadratmeter; die Lautstärke hätte für einhundert gereicht.

»Ja, Chef?« Eine Locke ragte über die randlose Brille. Gabi war fachlich versiert, aber relaxt. Sie würde problemlos als Lehrerin durchgehen. Sie biss die Spitze des mit einem Schokoladenhütchen überzogenen Eis am Stiel ab, von dem sie sich einen Vorrat im Gefrierfach des Redaktionskühlschranks angelegt hatte.

»Wann fangen die Mondgucker an?«

Gabi schluckte den kalten Klumpen hastig herunter. »Einundzwanzig Uhr dreißig. Frühestens. Bis zwei, drei Uhr sind die bestimmt da oben.«

»Danke«, erteilte Hermanns Gabi die Absolution. Sie verließ das Büro. »Nach Ihrem Mädelsabend gehen Sie zur *colonia luna* auf die Wiese. Die haben neue Objektive für ihre Teleskope gespendet bekommen. Sie machen eine hübsche Reportage. Hundert Zeilen und Bilder. Ich werde Ihnen das Doppelte dafür anstreichen, als Ausfallhonorar für vorhin. Das ist für uns beide das Einfachste«, skizzierte er den Deal für Polly.

Sie stand schon im Türrahmen, da rief Hermanns ihr hinterher: »Und wenn Sie schon mal da sind, tun Sie mir bitte einen Gefallen und fragen Sie nach dem Fremdlicht.«

KAPITEL 5

Lieferservice

Auf den frisch getrockneten Schweiß legte sich eine weitere Schicht, stahl Polly die Atmung und wickelte ihren Körper in Zellophanfolie. Sie sehnte sich nach einer Erfrischung. Kopfunter in einer eiskalten Badewanne. Ihr Hals klebte, als wäre Apfelsaft hinuntergelaufen. Bei jeder noch so geringen Steigung fielen Tropfen von ihrer Nasenspitze und verdampften bei der ersten Berührung auf dem Asphalt. Linkin Park trieb sie mit *Crawling* die Hügel hoch. Wenn Fred Durst den Refrain von *Rollin* beschwörend wiederholte, klappte das noch besser. Als sie von ihrem Fahrrad abstieg, hielt sie eine Handfläche in die Luft. Die Schwüle lag schwer auf der Landschaft.

Der Vorarbeiter aus dem Steinbruch hatte nicht auf sie gewartet, sondern sich nach der Frühschicht ins Bett gelegt. Die Wohnung war abgedunkelt, die ausgeblichenen Jalousien – in der Mitte rosé, an den Lamellenenden Überbleibsel von kräftigem Rot – so weit heruntergelassen, dass sie nur einen winzigen Spalt ließen. Drinnen roch es nach Öl und feuchtem Leder. Seine Freundin oder Frau, so genau wusste Polly das nicht, war mit Rastas aus dem Urlaub zurückgekehrt, die sachte mit jeder Kopfbewegung schwangen. Sie trug einen ausgewaschenen Jeansrock zum Jeanstop. Der Vorarbeiter war ein zuverlässiger Kunde, hatte per ICQ eine größere Bestellung aufgegeben. Drei Wochen Ägypten; es gab einiges nachzuholen. Polly kramte einen Stapel Video-CDs aus dem Rucksack und reichte sie einzeln der Rasta-Frau: *Tomb Raider, Shrek, Die Mumie kehrt zurück.* Jeweils auf zwei, manchmal drei gebrannten CDs – abhängig von Datenmenge und Laufzeit.

Für einen Film oder ein Playstation-Spiel verlangte Polly zehn D-Mark von Schülern, Erwachsene mussten fünfzehn D-Mark zahlen. Ab fünf Stück gab es Rabatt. Selbst wenn zwei oder drei Rohlinge beim Brennen kaputtgingen – was immer mal wieder passierte –, machte sie Gewinn. Hin und wieder gab es Beschwerden wegen der Qualität der Filme. Manchmal tauchten scherenschnittartige Silhouetten von Hinterköpfen am unteren Bildrand auf; manchmal schien der blecherne Ton durch ein Dosentelefon zu kommen. Oder wenn die Kamera wegen eines Wacklers während der Aufnahme ein paar Sekunden brauchte, um die Schärfe des blassen Bildes zu regulieren. Ihre Kunden nahmen das in Kauf, fühlten sich wie Mafiabosse, die Freunden oder Verwandten brandaktuelle Kinofilme für den heimischen DVD-Player mit dem Spruch: »Den habe ich dir besorgt«, mitgaben. Film- und Videospielpiraterie war sozial akzeptierter Diebstahl, Rohlinge gab es in Fünfzigerspindeln an jeder Supermarktkasse in dem Regal über den Videokassetten. Polly war einer der größten Medien-Dealer Neuenkirchens. Mama ahnte nichts von der eifrigen Laserproduktion in den Laufwerken ihrer Tochter.

Die Rasta-Frau hatte sandigen Lippenstift aufgetragen. Sie freute sich über den neuen Action-Kracher mit ihrem Liebling Steven Seagal, den sie für einen »bildhübschen Mann« hielt. »Der hat so was Exotisches, das mich an einen Indianerhäuptling erinnert. Da fühlt man sich als Frau geborgen. Und der spielt nicht nur richtig gut, sondern ist auch unheimlich sympathisch.« Sie drückte die CDs an ihre Brust und legte sie dann auf den Stapel neben den billig gefertigten Souvenir-Pyramiden und der Horus-Figur. Sie zückte ihr längliches Portemonnaie und drückte Polly achtzig D-Mark für sechs Filme in die Hand.

Polly sah vor ihrem geistigen Auge die nächsten Scheine in die rote Schatulle wandern. Sie brauchte das Geld, um ihren Plan zu verwirklichen. Ihrer Mutter hatte sie nichts von den Bewerbungen erzählt, die sie sorgfältig vorbereitet, in dunkle Mappen mit Sternenoptik geheftet und auf die Reise durchs Land geschickt hatte. Sie hatte immer noch keine Antwort erhalten. Die Auswahl war mager. Am innigsten sehnte sie eine Zusage aus München oder Bochum herbei, denn beide verfügten über Astronomische Fakultäten von beeindruckender Größe. Der Weg dorthin führte über ein Physik-Grundstudium. Sie bräuchte eine Unterkunft in einem Studentenwohnheim, was kostspielig werden würde. Sie wollte nur bedingt das ausgemergelte Sparbuch ihrer Mutter beanspruchen.

Mama würde, das stand außer Frage, Pollys Entscheidung nicht befürworten, sondern kritisieren. Als Alexander, der Sohn von Mamas bester Freundin, deren Familie seit sieben Generationen einen großen Bauernhof direkt an der Nordgrenze zu Niedersachsen betrieb, nach Berlin gegangen war, hatte sich ihre Mutter überzeugt auf Birgits Seite gestellt. Es wäre seine Pflicht gewesen, eines Tages den Familienbetrieb zu übernehmen. Mit Traditionen bricht man nicht. Gerade weil er das einzige Kind von Birgit und Heiner war. Mit seinem Abgang würde die Familienhistorie ein abruptes Ende finden. Alexander hatte mit Unverständnis und bitterer Enttäuschung auf die Planungen seiner Eltern reagiert. Er hatte einen der begehrten Ausbildungsplätze im Purpurpalast bekommen, einem Restaurant, das sich mit spartanischer Molekularküche erst einen Namen, dann einen Stern im Guide Michelin erkocht hatte. Er hätte mehr Unterstützung erwartet. Besonders da im Umkreis von gut fünfzig Kilometern um den Heimathof die langweiligsten Teller im Bundesland serviert wurden. Hier hätte er keine Zukunft gehabt. Seitdem waren alle Leitungen von und nach Berlin gekappt. Das Enklavenkonzept familiärer Autarkie war kein Modell, dem Polly nacheiferte. Sie wollte weder ihren großen Traum opfern noch ihre Mutter. Deswegen grübelte sie parallel zu ihren Bewerbungen, wie sie eine erhoffte Zusage möglichst schonend überbringen könnte. Bis Polly endlich in das Studentenleben einer Großstadt eintauchte, benötigte sie nicht nur eine schriftliche Zusage. Sie müsste so viel Geld wie möglich anhäufen.

Polly kannte eine Abkürzung durch den Wald, die den weiteren Vorteil mit sich brachte, dass es dort schattiger war und sie dem nackten Asphalt entkam. Für den letzten Kilometer war sie gezwungen, auf die Landstraße zu wechseln, um das imposante Anwesen ihrer nächsten Kunden zu erreichen.

Immobilienprofi Xaver hatte einen der prunkvollsten Wohntempel der Umgebung an sich selbst vermittelt. Das Haus hatte einen Vorhof, auf dessen lavaschwarzem Kies acht Autos parken konnten, ohne dass sich die Türen bei gleichzeitigem Öffnen berühren würden. Warum man ein derart luxuriöses Haus allerdings so nah an die Landstraße gebaut hatte, dass man auf der Fahrbahn stand, wenn man die Fußspitze vom Grundstück schob, war Polly schleierhaft. Sie fragte sich, was der Enddreißiger Xaver und dessen Frau Sabine machen würden, wenn sie doch noch Kinder bekämen. Bis zum zehnten, vielleicht sogar zwölften Lebensjahr wäre es lebensgefährlich, den Nachwuchs allein vor die Tür zu lassen.

»Stimmt so«, sagte Xaver mit dem gebleichten Grinsen gönnerhaft und reichte ihr einen Fünfziger.

Polly bedankte sich artig. Sie mochte Xaver nicht nur wegen des obligatorischen Trinkgeldes. Er wirkte mit seiner himmelblauen Krawatte und den protzigen Manschettenknöpfen so steif wie ein Versicherungsangestellter, war aber gänzlich unkompliziert und beschwerte sich nie, wenn die Qualität der Raubkopien unterdurchschnittlich war. Seine Frau, die alle Freiheiten einer reichen Ehe genoss, klackerte auf ihren hohen Absätzen über die weißen Fliesen heran. Ihr cremefarbenes Cocktailkleid betonte die Hüftknochen und formte einen straffen Busen. Polly lehnte das »Sektchen« mit Verweis auf die Außentemperaturen ab.

»Ist es heute wirklich so heiß, wie sie in den Nachrichten gesagt haben?«, fragte Sabine und nahm einen Schluck aus der großzügig gefüllten Tulpe. Sie brauchte keinen konkreten Anlass. Sabine hatte ihre angenehm klimatisierte Residenz den Tag über nicht verlassen. Polly dachte an den verlassenen Pool hinterm Haus.

»Allerdings«, sagte Polly gespielt verständnisvoll mit einem langen A.

»Scheußlich.« Sabine legte sich die Finger ihrer freien Hand auf die Schläfe, als würde sie von Migräne geplagt. »Ich weiß nicht, ob ich unter diesen Umständen heute Abend mit deinen Geschäftspartnern essen gehen kann. Ich fürchte, das ist mir zu anstrengend«, sagte sie zu ihrem Mann mit einer Besorgnis in der Stimme, als ginge es um Leben und Tod. Ihre Augen waren glasig und abwesend.

»Vielleicht kühlt es sich bis zum Abend ab«, sagte Polly.

»Wieso unternimmt die Regierung nichts gegen diese Temperaturen?« Sabine drehte ab, warf sich in dem fließend ineinander übergehenden Flur-, Ess- und Wohnbereich auf die helle Ledercouch und schluchzte in ihr Sektglas. Vielleicht war es besser, wenn sie kinderlos blieb.

Sabine war eine Schiffbrüchige auf einer einsamen Insel. Sie konnte den ganzen Tag, jeden Tag, tun und lassen, wonach ihr war. Es gab keine Arbeit, keine Verpflichtungen. Sie herrschte ungestört über ihr eigenes Reich. Wie eine Schiffbrüchige war sie aber auch verlassen und allein. Ihr Wirken erzeugte keine Resonanz, verpuffender Rauch, ein billiger Zaubertrick, dessen Existenzberechtigung der Selbstzweck war. Das Hauptstadtmädchen war im prunkvollen Nirgendwo gestrandet.

»Entschuldige uns bitte.« Unangenehm vom Auftritt seiner Gattin berührt, geleitete Xaver Polly höflich, aber bestimmt wie ein Butler vor die Tür mit dem antiken Klopfer.

Der schwarze Kies knarzte genüsslich unter Pollys Schuhen. Sie reckte den Kopf aus der Einfahrt, um nicht von einem heranscheppernden Lastwagen erfasst zu werden, dann schwang sie sich auf den Sattel. Die sechs Kilometer bis zu ihrem nächsten Kunden waren entspannt: Es ging fast nur bergab, Polly konnte rollen lassen. Die Neuensteins wohnten in einem dieser Neubaugebiete, die in den vergangenen Jahren aus dem Nichts hochgezogen worden waren wie Nomadenzelte in der Wüste. Dreißig Häuser mit betonierten Garagenhöfen, wo einst Roggen wuchs. Polly klingelte mehrmals, die Familie war nicht zu Hause. Sie warf die drei bestellten Filme in den Briefkasten. Die Neuensteins handelten niemals, Polly würde das Geld beim nächsten Mal unaufgefordert bekommen.

Ihre letzte Station war Oma Annas Hexenhäuschen. Selbst gestickte Vorhänge aus Unmengen Spitze, über dem Kamin im Wohnzimmer starrten die runden schwarzen Augen eines Räuchermännchens erschreckt ins Nichts, als befürchtete der in Tracht gekleidete Wicht, beim Qualmen erwischt zu werden. Das süßliche Aroma von Kräutern und schwarzem Tee lag in der Luft. Oma Anna trank Tee mit der Regelmäßigkeit einer Engländerin. Ohne ihre Aufgüsse würde sie regelrecht austrocknen. Deswegen eigneten sich ausgefalle Teesorten wie Lapacho-Tee oder Oolong hervorragend als Geburtstags- oder Weihnachtsgeschenk. Sie verzichtete auf einen Wasserkocher und brachte die Lokomotive auf dem Gasherd zum Pfeifen.

Oma Anna war ein winziges Stück kleiner als Polly, was schwierig zu unterbieten war. Sie nahm den Kopf ihrer Enkelin zwischen die faltigen Hände. Polly beugte sich vornüber, und Oma Anna ging auf die Zehenspitzen, um ihr einen Kuss auf die Stirn zu hauchen. Dann streichelte sie mit dem Handrücken über Pollys Wange, als wäre sie noch immer das kleine Baby mit den feurigen Löckchen, das so schnell sprechen gelernt hatte.

»Meine liebe Pauline.« Die lebenslustige alte Dame genoss die Sonderrechte einer Monarchin.

»Ich habe dir neue Filme gebracht«, sagte Polly. Sie hatte ihrer Oma einen DVD-Player aus dem riesigen Elektrofachgeschäft in Rheine besorgt und angeschlossen. Für ihr Alter hatte diese zügig verstanden, das Gerät zu bedienen.

»Ach, Paulinchen. Du sollst dich doch lieber mit deinen Freunden treffen, als deiner Oma Filme zu bringen«, gab es einen liebevollen Rüffel. Sie reichte ihrer Enkelin einen Stapel Video-CDs. »Die kannst du wieder mitnehmen. Nur den mit dem Skorpionenkönig würde ich gerne noch einmal sehen. Das mit diesem Untotenheer am Anfang. Pauline …«, sie machte große Augen und legte Polly die Hand auf den Unterarm, »… das war ganz schön gruselig. Da hat mein Herz ganz doll geschlagen«, sagte sie und lachte.

Oma Anna war ein großer Fan von The Rock, seit der Halbsamoaner seinen Rivalen The Big Show über das oberste Ringseil katapultiert und sich zum Sieger des Royal Rumble gekrönt hatte. Dabei, so objektiv war sie trotz ihrer Vorliebe für den 1,96-Meter-Hünen, hätte es Rikishi noch mehr verdient gehabt; schließlich hatte er sieben Kämpfer während des Wettbewerbs eliminiert und The Rock nur vier. Oma Anna verpasste keine Wrestling-Übertragung. Für eine Großveranstaltung wie Wrestlemania oder SummerSlam blieb sie bis früh morgens wach. Dabei wäre das gar nicht nötig, schließlich konnte sie den Videorekorder programmieren, zeichnete ohnehin jede Übertragung auf und archivierte die Kassetten, ordentlich etikettiert, nummeriert und mit Titel und Datum beschriftet in dem Wohnzimmerschrank mit den dicken Holztüren. Neben den VHS-Kassetten lag ein Notizbüchlein, in dem sie alle Aufnahmen penibel notierte.

»Hoffentlich zeigt The Rock auch am Sonntag, was er draufhat«, sagte Oma Anna und ballte eine Faust wie eine Zehnjährige. »Ich freu mich so sehr. Das wird ein Wahnsinnssportwochenende. Meinst du denn, der Michael packt das schon in Budapest mit Titel Nummer vier? Ich würde es ihm von Herzen gönnen.«

»Ist nicht so meine Welt, Omi.«

Mit elf Jahren war es Pollys Welt gewesen. Mit Oma durfte sie – ausnahmsweise – Catchen gucken. Ihre Eltern waren nicht begeistert über diese stupide Gewalt. Pollys Favorit war einer der Guten: Bret »The Hitman« Hart. Publikumsliebling, Kanadier, mit der Lederjacke in den Ring und dem pinken Ganzkörperoutfit auf die Matte. Die verspiegelte Sonnenbrille schlang sich wie eine Boa constrictor um den Kopf; vor jedem Kampf schenkte er sie einem kleinen Fan. Die langen Locken klebten an seinem muskulösen Körper. Und dann sein Finishing Move: der Sharpshooter! Er klemmte die Beine des Gegners zwischen seinen eigenen ein, drehte ihn so auf den Bauch und zwang ihn durch immensen Druck auf den unteren Rücken zur Aufgabe. Aus diesem Griff gab es kein Entkommen.

Polly hatte den Sharpshooter an Juli auf dem Bett ihrer Eltern ausprobiert, bis Juli auf die Matratze geklopft hatte. Er funktionierte auch in der Realität. Damals hatte Polly die Showkämpfe für echte Schlägereien gehalten, Oma Anna glaubte es immer noch. Oder sie gaukelte es ihrer Enkelin überzeugend vor, um die Magie nicht zu zerstören. Bis heute kannte Polly die Wahrheit nicht. Jede Frage könnte die Illusion zerstören. Also ließ sie es bleiben.

Polly hatte nicht nur das Interesse am Wrestling verloren, sondern keinerlei Faible für Profisport. Obwohl es sie faszinierte, wenn Menschen sich leidenschaftlich begeisterten. Als sie im Mai Nachbar Erich in seinem Garten bitterlich weinen gehört hatte, hätte sie fast mitgeheult. »Vier Minuten. Vier Minuten«, hatte er katatonisch wiederholt und sein königsblaues Trikot als Stofftaschentuch benutzt. Wenn ein erwachsener Mann wegen einer gravierten Metallscheibe weinte, die weitergereicht wurde wie ein Flittchen, war das für sie eine Grenzerfahrung.

»Für die Filme.« Oma Anna hielt Polly einen Zwanzig-Mark-Schein hin.

»Du brauchst mir nichts zu geben, Oma«, lehnte Polly ab.

»Wir sind Geschäftspartner. Also nimm das Geld.«

»Wirklich, Oma.« Polly schüttelte den Kopf. Sie meinte es ernst, aber sie wusste, dass Oma Anna es ernster meinte. Polly hatte keine realistische Chance.

Oma Anna faltete den Zwanziger zu einem dünnen Streifen und drückte ihn Polly in die Hand. »Dann für ein Eis.«

»Och, Oma.« Polly gab den Kampf, den sie nicht gewinnen konnte, auf. Sie steckte den Schein ein.

Dann schaute Oma Anna ernst. »Setz dich hin.«

Mit einem skeptischen Kribbeln in den Fingerspitzen zog Polly langsam den klapprigen Holzstuhl zu sich und nahm

Platz. Er ächzte und quietschte wie das gesamte Mobiliar und würde unter einem erwachsenen Mann zu Holzsplittern zerbersten.

»Hast du Kummer, mein Kind?«

Oma Anna konnte sie nichts vorspielen. Noch nie. Der Tote baumelte in Pollys Kopf. Er ließ sie nicht in Ruhe. Vielleicht hatte Oma Anna ihn in Pollys Augen hängen sehen. Lügen hätte keinen Erfolg, sie musste ein anderes Problem als Ersatzopfer darbringen: »Ich habe noch keine Antwort erhalten. Und Mama ...« Sie senkte den Kopf und ließ die Arme hängen. Sie fürchtete das Gespräch mit ihrer Mutter und dessen Ausgang.

Oma Anna legte wieder eine Hand auf ihre, diesmal war es die warme und beruhigende Hand einer Schamanin. »Du wirst bestimmt Post von einer Universität bekommen. Ich bin mir sicher. Ach, was erzähle ich denn da. Törichtes, altes Weib: von allen Universitäten. Wäre doch gelacht, wenn die dich nicht nehmen.« Oma Anna wusste, dass Polly sich über jedes noch so kleine Lob freute. »Was deine Mutter betrifft: Das kriegen wir hin. Wenn du möchtest, können wir das zusammen ansprechen.«

Polly nahm ihre Oma in die Arme und drückte sie fest. »Danke.« Bei keinem Menschen waren ihre privaten Geheimnisse so gut aufgehoben wie bei ihr.

»Ich glaube, du könntest einen Tee vertragen.« Oma Anna ging in die Küche und füllte die Kanne mit Wasser. Beim Entzünden des Gasherdes gab er das wohlige Knacken eines berstenden Astes von sich. Sie stellte den Metallkorpus mit dem langen, dürren Hals auf das geisterhafte Blau der Flamme.

KAPITEL 6

Gegen alle Regeln

Wieder hat eine Hexe etwas verbockt, wieder müssen die Schwestern aushelfen. Eine Wächterin des Lichts bittet um Unterstützung, weil Eames ihren Schützling getötet hat. Der Warlock übernimmt auf diese Weise die Kräfte der toten Hexen. Seine Macht wächst.

Juli konnte über den Blondinenwitz am Start nicht lachen. Polly biss von der Schokolade ab. Zartbitter war die beste, schmeckte markant und ausdauernd. Juli war eher der süße Typ, auf sie wartete eine (noch) jungfräuliche Vollmilch auf dem Wohnzimmertisch. An den vergangenen Mittwochen war die vernascht, bevor Polly ihre Zartbitter aus der Folie geschält hatte. Auch das Popcorn hatte Juli nicht angerührt. Sie kauerte zerknittert auf der Couch neben Mama, hatte ihre angewinkelten Beine umschlungen und schenkte abwechselnd der Hexenjagd und ihrem Handy Aufmerksamkeit. Sie verbrachte den halben Tag damit, SMS zu löschen, um neue empfangen zu können. Die Auswahl fiel ihr schwer. Am liebsten hätte sie alle behalten, aber der Speicher ihres 3310 hatte seine Grenzen. Juli trug bauchfrei; nicht wegen der Tropenhitze, sondern weil alle bauchfrei trugen. Sie wickelte immer wieder dieselbe Haarsträhne um ihren Finger.

Polly hatte es sich vor der Couch auf dem Boden gemütlich gemacht. Sie war gerne näher am Bildschirm, obwohl im Wohnzimmer eine Bestie mit mehr als siebzig Zentimetern Diagonale eingesperrt war. Man könnte vom Mond aus die Glotze sehen. Mama war anfangs wenig begeistert gewesen, weil die Röhre in Relation zu der monströsen Bildfläche nach hinten in den Raum hineinragte. Der Störeffekt verlor sich aber genauso schnell wie die Sensation über das Riesenbild, das in weniger als zwei Wochen nach Anschaffung Normalität geworden war. Polly war sich sicher, dass die Menschen eines Tages Fernseher mit mehr als einem Meter Diagonale anglotzen würden und das immer noch nicht groß genug wäre. Ärgerlich war die immense Flut an Staubflöckchen, die zwischen den Plastikrillen auf der Rückseite tanzten, wenn das Sonnenlicht in einem günstigen Winkel durch das Wohnzimmerfenster fiel. Wenn die Röhre aus war, sortierten sich die Partikel kreisförmig um den grauen Kasten und beteten das Gerät wie einen heidnischen Götzen an.

Juli stupste mit ihrer Fußspitze gegen Pollys Hinterkopf: »Kann ich nachher an deinen Rechner?«

Geld tropfte oben in Julis Geldbörse rein und floss unten für Beauty-Artikel aus dem Drogeriemarkt und beim Shoppen wieder raus. Sie könnte sich niemals einen eigenen Computer leisten. Die einzige Chance, mit Freunden per ICQ zu chatten, beruhte auf der Großmütigkeit ihrer älteren Schwester.

»Bist du dumm, mich zu treten?«, fuhr Polly sie an. Sie fand es widerlich, den Socken ihrer Schwester auf ihrer Haut zu spüren.

Mama schnaufte durch die Nase, in der begründeten Befürchtung, dass diese Lappalie zu einem handfesten Streit anwachsen und den gemütlichen Mädelsabend kaputtmachen könnte. Mit schnellen Bewegungen aus dem Handgelenk wirbelte sie die dicke Luft mit dem kristallgelben Fächer durch, den sie sich auf dem Kreativmarkt gekauft hatte.

Polly griff mit der Hand in die Popcornschale wie eine Kirmeskralle, mit der man Stofftiere aus Glaskabinen angelt. Sie mochte die Serienabende mit Juli und Mama. Sie versprühten die Gemütlichkeit einer Übernachtung am Lagerfeuer. Aber *Charmed* konnte nicht ansatzweise mit *Buffy* mithalten. Sarah Michelle Gellar war um Längen cooler als alle drei Hexen zusammen. Außerdem war Computerfreak und Außenseiterin Willow Pollys Lieblingsfigur. Mama sah das anders als ihre Töchter und bevorzugte das Schwesterntrio: Ihr gefiel die herzliche und manchmal witzige Atmosphäre von *Charmed* besser als die friedhofsnahen *Buffy*-Folgen. Zurzeit war das irrelevant: Die fünfte *Buffy*-Staffel startete erst an Halloween, so lange waren die Abenteuer der drei P ein unterhaltsames Surrogat, um die Wartezeit bis zum echten Stoff zu verkürzen.

Polly nagte an ihrer Popcornfaust, da spürte sie wieder den Socken ihrer Schwester an ihrem Hinterkopf. »Komm schon, nur eine Viertelstunde. Damit wäre ich schon zufrieden«, bettelte Juli. Ein Bitte bekam sie nie über die Lippen.

Polly drehte sich zur Couch um und schleuderte Juli die karamellisierten Popcornreste ins Gesicht. Ein paar Wölkchen blieben in den Haaren ihrer Schwester hängen. »Hau ab mit deinem Ekelsocken.«

»Ey, spinnst du? Meine Haare sind frisch gekreppt«, jammerte Juli und pickte mit den Fingern in ihren blond gefärbten Zickzacksträhnchen. Sie war den Tränen nahe. Aus traurig wurde schlagartig wütend. »Du blöde Fotze!«, schrie sie. Der Sturm nahm Fahrt auf.

»Juli!« Ihre Mutter erschrak. Sie war eine Menge gewohnt. »Fotze« war allerdings neu.

Polly sprang vom Parkett in den Stand. »DU bist eine hässliche Fotze!«

»Polly!« Mama war völlig perplex. »Hört auf mit dem Scheiß!«, brüllte sie.

»Mama!«, riefen beide Töchter synchron, als wäre das einstudiert. Wenn ihre Mutter eine Sache verachtete, dann Fäkalsprache. Selbst das S-Wort war untersagt und hatte bis zu Pollys vierzehntem Lebensjahr eine D-Mark gekostet, die die Mädchen in die beige Eiffelturm-Spardose im Küchenschrank werfen mussten und deren Inhalt sie vor jedem Weihnachten für soziale Projekte gespendet hatten.

»Muss das jedes Mal sein? Bringt ihr mich jetzt auch schon zum Fluchen?« Selten ergriff sie das Wort, jetzt schien ein guter Zeitpunkt für eine Ausnahme. »Ich bin es leid. Ihr haltet beide die Klappe. Wir gucken gemeinsam diese Folge zu Ende. Polly, setz dich wieder hin.« In ihrer Stimme schwang eine ungewohnte Bestimmtheit, ihr Zeigefinger wollte ein Loch in die Planken bohren, wo Polly bis vor wenigen Momenten gesessen hatte. »Und: Du lässt deine Schwester nachher an deinen Computer.«

»Geil.« Juli setzte ein Siegerlächeln auf.

»Mama, das ist mein Rechner«, protestierte Polly verzweifelt. Sie war schließlich neunzehn, eine Erwachsene. »Die beschimpft mich und wird dafür belohnt? Das nennst du Gerechtigkeit?«

Mama ignorierte Polly und wandte sich an Juli: »Und, Fräulein, wenn du dich nicht zusammenreißt, werde ich dir dein Handy für eine Woche wegnehmen.« Das wäre der Super-GAU für Juli. Die Auslöschung ihrer sozialen Existenz für sieben Tage. Hätte Juli die Wahl, wäre sie lieber ohne Essen und Trinken im Keller angekettet. »Denk gut darüber nach, welche Worte du in diesem Haus gebrauchst.«

»Das ist eine Wohnung«, sagte Juli altklug.

»Treib es nicht zu weit. Noch ein Wort, und da ist nichts mehr mit SNS schreiben!«

Juli lag die nächste Korrektur auf den Lippen, aber sie bangte um ihr Handy. Sie begnügte sich mit einem tiefen Grummeln, schenkte der Röhre ihre Aufmerksamkeit und steckte ihr Handy in die Hosentasche, um es vor einer Konfiszierung zu schützen.

»Jetzt habe ich nicht mitbekommen, was passiert«, sagte Mama.

»Phoebe, Piper und Prue sind auf der Suche nach einer Armbrust, um Eames zur Strecke zu bringen«, fasste Polly zusammen. Sie legte den Kopf so weit nach hinten, dass er mit einem Knacken auf dem Couchkissen auflag, und starrte an die Decke. Der hässliche Fleck mit gelblichem Ufer war schon beim Einzug da gewesen. Polly fragte sich, ob er sich ausbreitete oder schon immer so groß gewesen war.

»Wieder dein Nacken?«, fragte Mama mitfühlend.

»Bei der Hitze ist es besonders schlimm. Als hätte ich Stacheldraht zwischen den Wirbeln.«

Mama streichelte ihr über den Rücken. »Mein armes, großes Mädchen.« Das Pack hatte sich wieder vertragen. Angeknurrt und vertragen. »Wie war dein Termin heute?«

»Ist ausgefallen«, fasste Polly sich kurz. Sie wollte die Absage nicht aufwärmen. Sie hatte ihre Story schon auf der ersten Lokalseite gesehen, mit Farbfoto. Das kratzte an ihrer Eitelkeit wie Glaswolle. Vor allem hatte sie damit zu kämpfen, den Erhängten von ihrer mentalen Festplatte zu löschen. »Aber ich bin gleich bei der Mondkolonie für eine Geschichte.«

»Bei den Spinnern. Da wirst du dich wohlfühlen«, kommentierte Juli. Sie erntete keine Reaktion.

»So spät noch?«

»Die haben neue Objektive und wollen die heute Abend ausprobieren. So witzig das klingt, aber ohne Dunkelheit sehen die nichts.«

»Okay«, sagte Mama. »Und triffst du dich noch mit deinen Freunden, Juli?«

»Nee«, sagte sie. »Ich bleibe zu Hause.« Ihre Augen hafteten auf der Mattscheibe.

Polly und Mama tauschten skeptische Blicke. Das wäre das erste Mal in den vergangenen Wochen, dass Juli abends nicht mehr rauswollte. Als Mama ihr letztens untersagt hatte, bei ihrem Freund zu übernachten, hatte Juli eine hauptrollenreife Szene aufgeführt. Sie hatte geschimpft und geheult, hatte sich als Pädagogikmärtyrerin stilisiert, der Willkür und Unrecht widerfuhr. Hatte höhere Gerechtigkeit beschworen.

»Hast du dich mit Sven gestritten?« Mama mochte Sven nicht. Seine Noten waren noch schlechter als Julis. Er hatte zwei Klassen wiederholen müssen, um letztendlich auf dem Platz neben Juli zu landen. Die obersten Knöpfe seiner Satinhemden ließ er stets offen. Das Kinnbärtchen bestand aus einem dünnen Strich von der Lippenmitte senkrecht runter. Da Sven aber kaum Bartwuchs hatte, sah das aus wie Kükenflaum. Seine Clique, zu der jetzt auch Juli gehörte, pendelte mit ihren Rollern, an denen sie rumschraubten, damit sie schneller fuhren, von Schulhof zu Schulhof und Kinderspielplatz zu Kinderspielplatz. Wie ein Rudel Hunde, das sein Gebiet mit beißendem Urin markierte, hinterließen sie Berge von leeren Bierdosen und Zigarettenstummeln. Mama war sich sicher, einmal »Haschisch« an Julis Jacke gerochen zu haben, was zu einer ausufernden Standpauke geführt hatte. Juli hatte alle Anklagepunkte abgewiesen und sich als unwissendes Opfer hingestellt. Wenn sich Juli und Sven also getrennt hätten, wäre das für Mama eine sehr willkommene

Nachricht. Als gute Mutter durfte sie das natürlich nicht zeigen, sondern nur still hoffen. »Ihr versteht euch doch noch, oder?«, verschleierte ein fürsorglicher Ton ihre wahre Absicht.

»Jep«, war alles, was zurückkam. Juli gewährte äußerst ungern Zutritt in die Festung ihrer Gefühlswelt, was Mama traurig stimmte.

»Er kann dich heute gerne besuchen.« Was Mama damit unterschwellig meinte, waren zwei ganz andere Dinge: Erstens: Was ist zwischen euch beiden los? Zweitens: Hier habe ich euch unter Kontrolle.

»Nee. Ich hau mich gleich hin. Bin hundemüde. Die letzten Tage haben geschlaucht.« Volle Konzentration auf den Fernseher. Sie reckte die Arme zum Beweis von sich und gähnte ausgiebig. Polly verdrehte bei diesem schmierigen Auftritt die Augen.

Das Telefon klingelte aufdringlich in das Gespräch hinein. Mama ging zur verspielten Kommode und hob ab. Sie nickte unablässig, und nach mehreren Jas und »Verstehe« und »Kein Problem« legte sie auf.

»Ich muss euch verlassen.« Mama wechselte hektisch ihr T-Shirt gegen den Schwesternkittel, der längst in die Wäsche gehörte. Sie zupfte ihre Uniform zurecht, um die Falten und Knicke provisorisch zu glätten.

»Unsere Serie ist noch gar nicht zu Ende«, schmollte Polly. »Du hast gesagt, wir gucken das gemeinsam.«

»Wir haben einen Notfall reinbekommen.« Sie klippte ihr Namensschild an den Kittel.

»Ich dachte, du hast heute frei«, kommentierte Juli.

»Hey. Es ist ein Notfall. Die brauchen mich.« Sie griff die weiße Hose, die von der vorherigen Nachtschicht über dem Stuhl am Esstisch wartete.

»Warum rufen die schon wieder dich an und nicht eine andere Schwester?«, fragte Juli. Zum dritten Mal diese Woche sprang Mama ein.

»Ferienzeit ist Urlaubszeit. Ihr wisst doch, wie knapp wir im Krankenhaus während der Schulferien besetzt sind«, sagte Mama. In den Urlaub waren sie mit ihren Töchtern seit Ewigkeiten nicht gefahren. Mit Papa waren sie früher jedes Jahr im Ausland gewesen. Am liebsten in Italien, bei den knorrigen Olivenbäumen und den Wasserrutschenparks. »Nachtschichten werden besser bezahlt. Da haben wir alle etwas von.«

Den Hauptgrund, den Boden für die Torte, kannten alle drei, aber keiner sprach ihn aus: Auch im Krankenhaus wusste jeder, dass Mama nicht Nein sagen konnte. Deswegen war sie in der Telefonliste ihrer Kollegen die Nummer eins, wenn schnell Ersatz gesucht werden musste und niemand Lust hatte, eine Absage nach der anderen zu kassieren.

»Das ist unfair«, winselte Polly.

»Dein Chef ist ein Penner«, sagte Juli.

»Ach, der Holger kann da gar nichts für. So ein guter Arzt.« Mama fuhr sich durch die Haare. »Passt auf: Morgen früh erzählt ihr mir, ob die Hexen die Armbrust gefunden haben. Und als Entschädigung lade ich euch nächste Woche ins Kino ein.« Sie stand in voller Schwesternmontur im Wohnzimmer. »Aber jetzt muss ich los.«

KAPITEL 7

Mondsüchtig

»Wirklich faszinierend«, befand Polly im Stil einer Laborantin, die das azurblaue Blut eines Pfeilschwanzkrebses durch die Optik eines Mikroskops beobachtete. Der Anblick hatte eine hypnotisierende, mystische Wirkung auf sie, lud zum Träumen ein, warf Rätsel auf. Polly rieb den kleinen Schauer weg, der auf ihrer Haut kitzelte. Mit seiner rauen Oberfläche und den pockenhaften Kratern war der Mond ein kampferprobter Asteroid, bereit, eines Tages auf die Erde zu stürzen. Polly liebte seine anmutige Passivität.

»Nicht wahr? Er ist wunderschön«, schwärmte Fridolin von Hohenberg, Vorsitzender der *colonia luna,* mit dem warmen Bass, den Polly von ihrem Opa kannte, wenn er ihr Märchen vorgelesen hatte. Sie konnte sich diesen Mann nicht schimpfend vorstellen, obwohl seine Standpauke bestimmt die Wucht eines Hurrikans hätte. »Sehen Sie noch einmal durch. Heute ist der Terminator besonders deutlich zu erkennen.«

»Terminator?« Polly drückte erneut ein Auge an das lange Teleskop. Sie las viel über die wissenschaftlichen Delikatessen des Weltalls, der Terminator war ihr bislang nicht kredenzt worden.

»Die Tag-Nacht-Grenze, die den Mond teilt. Ein tolles Naturschauspiel. Manchmal ist nichts so, wie es auf den ersten

Blick zu sein scheint. Man muss ein zweites Mal hinsehen, um die wahre Natur der Dinge zu erkennen.«

Er übertrieb nicht. »Sieht total beeindruckend aus«, hauchte Polly. Der Terminator tauchte den Mond zu gut einem Drittel in absolute Finsternis, schnitt ein Stück von ihm ab und beanspruchte es für sich. Der Rest war hell erleuchtet. Der solitäre Erdtrabant heuchelte eigene Strahlkraft vor.

»Mit den neuen Objektiven, die uns von der Kanzlei Meyer & Meier selbstlos gespendet worden sind, haben wir einen wesentlich besseren Blick auf den Mond und die anderen Gestirne. Ohne die großzügige Spende von Meyer & Meier über zwölftausend Mark würden wir wohl immer noch glauben, die Mondkrater wären Wasserflecken auf der Linse. Da kann man natürlich lange putzen«, sagte von Hohenberg und lachte aufgesetzt. Polly wusste, dass jene Kanzlei, die der Mondvereins-Vorsitzende so inflationär in Anwesenheit der Presse lobte, seinem Schwager gehörte. »Das erste Meyer mit Y, das zweite mit I.« Er warf einen gierigen Blick auf Pollys Notizen. »Haben Sie das notiert?«

»Klar«, sagte Polly. Das entsprach zwar der Wahrheit, aber sie hatte nicht vor, den Sponsor namentlich zu erwähnen – wohl aber die für hiesige Verhältnisse beträchtliche Spendensumme. »Wie viele Objektive bekommt man für das Geld und was geschieht mit den alten?«

»Mit der Spende von Meyer & Meier konnten wir drei neue Okulare anschaffen. Gute Linsensysteme, sehr gute sogar. Alle Elemente sind darin sehr fein verbaut. Sie ermöglichen Fotos von einer ganz neuen Qualität. Daraus könnten Sie Poster drucken, und jedes Detail wäre scharf und deutlich zu erkennen. Die alten waren Bundeswehroptiken. Die müssen mal in Panzern oder anderen Geschützen verbaut gewesen sein; zu Aufklärungszwecken mutmaßlich. Damals gute Optiken, keine Frage. Aber Sie wissen als Redakteurin ja selbst, wie schnell sich die Technik gerade in diesen Zeiten überholt – heute tippen Sie noch auf einer Schreibmaschine, morgen sitzen Sie am Computer.«

Der Spruch mit der Redakteurin schmeichelte ihr. Sie unterdrückte ein Grinsen. Wegen ihrer zierlichen Statur und der Sommersprossen sah Polly jünger aus; wenn sie Alkohol kaufen wollte, musste sie im Supermarkt und an der Tanke den Personalausweis vorzeigen. Der Vorsitzende der Mondkolonie behandelte sie hingegen nicht nur wie eine Erwachsene, sondern wie eine vollwertige Journalistin. Vielleicht war es von Hohenbergs manipulative Absicht, sie mit Komplimenten zu umgarnen. Aber das war Polly egal.

»Kann ich ein Beispielbild für unsere Leser bekommen? Am besten eines, das Sie selbst mit den neuen Objektiven geschossen haben – es ist immer gut, eine Geschichte über den Menschen zu erzählen, der hinter Projekten wie diesem steht.«

»Werde ich Ihnen bereitstellen.« Mit dem struppigen Vollbart und der Knollennase ging er als Drehorgelspieler durch. Er trug eine dieser Anglerwesten, die unendlich viele kleine Taschen für Utensilien boten.

»Es darf nur nicht zu dunkel sein, damit es im Druck nicht absäuft. Sonst bleibt in der Zeitung nur ein schwarzes Loch übrig.«

»Das ist kein Problem. Wie gesagt: Die neuen Optiken machen es möglich. Ihre Leser werden staunen.«

Pollys Blick schwenkte über das Himmelspanorama. »Sie haben Glück. Keine Wolke weit und breit.«

»Ja, heute Abend ist die Sicht optimal«, bestätigte der Mondsüchtige. »Wenn es doch nur immer so einfach wäre …« Seine Stimme schwang ins Wehmütige um.

»Sie meinen das Fremdlicht?«

»Sehen Sie sich mal um. Von hier aus haben Sie einen fantastischen Ausblick.«

Er hatte recht. Von der kleinen Anhöhe konnte man bis zu den benachbarten Gemeinden und Kommunen sehen. Polly drehte sich gemächlich um dreihundertsechzig Grad; wie Glühwürmchen leuchteten Gebäude aus der Entfernung. So winzig, als könnte man sie mit der Hand greifen und zerquetschen, wenn sie lästig würden. Jeder Schwarm war von großen Dunkelflecken umgeben. Es gab viele dichte Wälder in der Region.

»Der Steinbruch?«, mutmaßte Polly. Sie zeigte auf ein Licht-Cluster, auf den am hellsten erleuchteten Ort, den sie ausfindig machen konnte.

»Der Steinbruch. Es war schon schlimm, aber es wird immer schlimmer. Drehen Sie das Teleskop auf die Himmelskörper über dem Werk«, forderte von Hohenberg sie zum Selbstversuch auf. Polly folgte. »Früher hat man dort – wie normale Menschen – von morgens bis abends gearbeitet. Oder von frühmorgens, meinetwegen. Aber jetzt: Rund um die Uhr leuchten diese grellen Scheinwerfer wie Flutlicht in einem Erstligastadion. Das ist Umweltverschmutzung höchsten Grades! Und unsere Politik hält die Füße still.« Er brummte ein wenig, war aber weit entfernt von einem emotionalen Grollen. »Was sehen Sie über dem Steinbruch?« Eine rhetorische Frage.

Polly prüfte, um ihre Vermutung zu belegen. »Nichts, wegen des Lichtes.«

»Exakt. Der Himmel über dem Werk ist für Astrofotografen tot.« Er seufzte. »Dazu kommen die geplanten Windräder. Wenn die uns wirklich so ein Monstrum direkt vor die Linse setzen, dann ist dieser Standort für uns komplett gestorben. Haben die einmal damit angefangen, dann ist in ein paar Jahren alles zugepflastert. Dann werden Sie nur noch Zahnräder am

Horizont sehen.« Seine Hände kreuzten sich und machten eine Wischbewegung. »Sie dürfen nicht vergessen, dass unser Verein nicht der einzige Leidtragende ist. Die Dinger werfen einen riesigen Schatten, unter dem alles Leben vergeht. Saubere Energie ist das nur für die Leute in den Großstädten, die nicht so eine Monstrosität vor der Haustür stehen haben. Unsere Region profitiert nicht davon. Wir werden ausgebeutet. Wie immer.«

»Man kann es nicht jedem recht machen«, versuchte Polly zu relativieren. Ihr waren Windräder weitaus lieber als Atomkraftwerke. Ein akzeptabler Kompromiss.

Der Märchentroll grollte. »Ich bitte Sie. Wenn die hier ihre Windräder hingeknallt haben, dann sind die Immobilienpreise im Umkreis von fünf Kilometern im Keller. Mindestens fünf Kilometern! Man sollte sich nicht mit den Eigentümern anlegen, die schon seit Jahrzehnten mit ihren Familien hier zu Hause sind.« Er schien empört, dass Polly sich nicht sofort auf seine Seite geschlagen hatte.

»Wohnen Sie in der Nähe?«

Der Vorsitzende hielt kurzzeitig inne, presste die Lippen aufeinander. Er witterte das Lockmittel. »Zwei Kilometer die Anhöhe runter«, gab er mit gedämpfter Stimme zu Protokoll.

Er verfolgte aus seinen Augenschlitzen, was Polly auf ihren Block kritzelte. *Kämpft auch für seine Immobilie.* Seine Brauen verdichteten sich. Er wollte, dass die Leser ihn nicht als Egomanen, sondern als Kämpfer für das Kollektiv betrachteten. Würde der Artikel nicht sein Anliegen angemessen würdigen, bliebe ihm keine andere Wahl, als sich an den Chefredakteur zu wenden. Es wäre nicht das erste Mal.

»Frido?« Eine Stimme näherte sich von hinten.

Von Hohenberg drehte sich um. »Ja?«

»Die Politik ist da und möchte sich unsere neuen Objektive ansehen«, sagte der hagere Mann, der Polly am Eingang in

Empfang genommen hatte. Seine Uniform war dieselbe ausgebeulte Anglerweste.

»Sie entschuldigen mich.« Von Hohenberg drehte ab.

Polly war sich der Ironie bewusst, dass sie sich mindestens so sehr für den Weltraum interessierte wie jedes Mitglied der Mondkolonie. Jedoch schaute sie aus einem wissenschaftlichen Blickwinkel in den Himmel, nicht aus einem kreativ-romantischen. Deshalb blieb trotz offensichtlich anmutender Gemeinsamkeiten keine echte Schnittmenge für tiefer greifende Gespräche. Ein Treffen zweier Profisportler, von denen einer die Dynamik des Handballspiels pries und der andere taktische Vorteile von Schacheröffnungen analysierte.

Auf dem weitläufigen Terrain der *colonia luna* herrschte eine andächtige, ehrfürchtige Kathedralenatmosphäre. Als fürchteten die Besucher, die emsig in Flüstergespräche vertieft waren, die Sterne mit lauten Stimmen zu verscheuchen. Dabei waren die Himmelskörper so erhaben und die Erde im Verhältnis so bedeutungslos, dass die menschliche Psyche keinerlei mentale Kapazitäten hatte, diese geheimnisvollen Gestirne auch nur im Ansatz zu begreifen. Die Himmelsfotografen zogen ein überwiegend männliches Publikum an. Man fachsimpelte über Lichtstärken und Brennweiten der Kameras, beeindruckte sich mit interstellaren Fotografien. Bilder des Seelennebels und des Merkurtransits vor der Sonne – mit den neuen Objektiven war das möglich.

Ein Mann um die sechzig, dem über den Ohren verlegene weiße Büschel hervorquollen, begeisterte mit Anekdoten aus seinem Astrourlaub in Chile. Über dem Observatorium auf der Südhalbkugel hätten sich monumentale Schauspiele am Himmel geboten. »Eine einmalige Erfahrung«, warb er um Nachahmer. Dieses Abenteuer sei zwar kostspielig – wie teuer, wollte er selbst auf zweifache Nachfrage eines seiner Zuhörer nicht verraten –, hätte aber seine Sicht auf die Welt gänzlich verändert.

Für alle Besucher, die sich nicht austauschen, sondern den Anblick genießen wollten, standen bunt bezogene Liegestühle verstreut. Daneben warteten ordentliche Quadrate gefalteter Baumwolldecken, die in dieser Tropennacht nicht zum Einsatz kommen würden.

Polly plante, ein oder zwei Besucher zum Erlebnis bei der Mondkolonie zu befragen. Aber zuerst ließ sie sich auf die entschleunigende Wirkung dieses Ortes ein. Sie zog einen mit einem Papageienmuster bedruckten Strandstuhl aus einer Vierergruppe abseits und machte es sich bequem. Sie ließ ihre Hände herunterbaumeln, als triebe sie auf einem Floß. Die Grasspitzen kitzelten die feinen Papillarleisten ihrer Fingerkuppen. Grillen zirpten ihre Symphonie. Millionenfach hatten sie Polly umzingelt, doch es ging keinerlei Bedrohung von ihnen aus. Sie ließ ihren Geist frei. Manchmal glaubte sie die einhundertsiebentausend Stundenkilometer, mit denen der Erdball durchs Weltall raste, in ihren Eingeweiden zu spüren.

»Ach, nee. Die rasende Reporterin.« Eine ihr vertraute Stimme näherte sich.

Polly war sich nicht sicher, wie lange sie hier gelegen hatte. Oder hatte sie sich in den Sternen verloren und war eingenickt?

»Störe ich?«

Polly war dabei, ihr Gedankenpuzzle zusammenzusetzen, als mandelförmige Augen verkehrt herum auf sie hinunterblickten wie eine Fledermaus. Die Augenbrauen zu feinen Linien gezupft, der lakritzschwarze Pony wie mit einem Lineal geschnitten. Liv hatte den exotischen Einschlag von ihrer Mutter geerbt. Die war Finnin und stammte aus einem Dörfchen namens Nellim im nördlichen Lappland, unweit des Naturreservates Tsarmitunturin erämaa-alue und in dichter Nachbarschaft zur russischen Grenze. In einem Referat für den Deutschunterricht hatte Liv von ihrer Kindheit in der unendlichen Natur berichtet. Sie hatte Dias mitgebracht vom Eisangeln mit ihrem Opa, Fahrten im Rentierschlitten und Polarlichtern. Die bunten Leuchterscheinungen, die sich im Himmel verliefen wie Himbeer- oder Waldmeistersirup in einem Glas Wasser, hatten Polly tief beeindruckt, sie hatte sie nie wieder vergessen. Sie waren ihr bis in ihre Träume gefolgt. Eines Tages würde sie in die Polargebiete reisen. Sie würde die gespenstischen Teilchen, die in der Erdatmosphäre havarierend schwebten, von einer Holzhütte aus betrachten und heißen Met trinken.

»Schon Feierabend?«, fragte Polly und streckte sich.

»Heute gibt es keine Spätvorstellung«, sagte Liv. In ihrer bedachten, leicht rauen Stimme schwang die zünftige Schmiede des hohen Nordens. »Aber wie ich sehe, bist du noch am Arbeiten.« Liv nickte in Richtung des Collegeblocks, den Polly neben sich auf die Wiese gelegt hatte. »Oder ist das hier der richtige Ort, mit all den Planeten und Sternen, um dich auf die Uni vorzubereiten, Samus Aran?«

»Und selbst? Wie läuft es bei dir?« Livs Ziele waren so weit entfernt wie Pollys Sehnsucht nach fernen Planeten.

»Ich habe meine Bewerbungen eingereicht. Jetzt heißt es abwarten.«

»Was, wenn es nicht klappt?«

»Ich weiß nicht.« Liv zuckte mit den Schultern. »Wäre keine große Überraschung. Ist sogar sehr wahrscheinlich, dass es nicht klappt. In Berlin nehmen sie zehn Studenten, in Ludwigsburg und München noch weniger. In Köln und Babelsberg habe ich mich gar nicht mehr beworben – zu wenig Zeit.« Sie zündete sich eine Zigarette an und startete mit einem besonders tiefen Zug. Das Nikotin knisterte im Tabak.

»Wieso hast du deine Unterlagen nicht nach Köln und Babelsberg geschickt?«

»Das ist nicht so einfach.« Liv spitzte die Lippen und pustete einen dichten Qualmstrahl in die Luft. »Diese verdammten Filmhochschulen stellen, jede für sich, total individuelle Aufgaben. Spezifisch und so richtig kleinteilig. Damit es bloß zu nichts passt, was man schon fertig in der Schublade hat. Da kannst du keine Serienbewerbungen hinschicken. Merken die sofort, und dann …«, sie schnippte mit den Fingern, »bist du unten durch. Gerade wenn man Drehbuch studieren möchte. Außerdem ist mein Abischnitt zu schlecht. Ich hätte doch ein bisschen Zeit ins Lernen investieren sollen.« Liv stieß ein hoffnungsloses Raunen aus.

»Und dann? Was ist, wenn es nicht klappt?«, wiederholte Polly ihre Frage.

»Nichts und dann. Ist schon in Ordnung. Ich habe damit abgeschlossen, bevor die Enttäuschung zu groß würde. Ich will sowieso keine Drehbücher über Nazis schreiben. Oder diese Klugscheißerdramen, die einem die Welt erklären. Oder Komödien mit dem ewig gleichen Pipi-Kaka-Humor. Was anderes wird in diesem Land nicht produziert. Genre ist hier tot. Oder hat es nie gegeben.« Liv schüttelte verständnislos den Kopf und nahm einen weiteren tiefen Zug. Bei ihr sah Rauchen wie harte Arbeit aus.

»Was ist mit *Flashback*?« Polly markierte ihre Frage mit einem breiten Grinsen. Die deutsche *Scream*-Kopie stand auf ihrer Flop-zehn-Liste der schlechtesten Filme des vergangenen Jahres. Bei Liv sogar auf dem unrühmlichen ersten Platz. Sie hatte sich stundenlang über diesen kläglichen Horrorversuch aufgeregt.

»Du hast gewonnen. Das Ding ist wirklich ein Meilenstein des deutschen Genrekinos.« Sie lachten zusammen. »Die gruseligste Szene ist die Hommage an den Big-Kahuna-Burger. Da kriege ich immer noch Gänsehaut, so schlecht ist das.« Liv ließ die Kippe wie ein Lkw-Fahrer schräg im Mundwinkel stecken, sodass die Glut nach oben zeigte, und rieb sich über den rechten Arm. »Immerhin waren die Effekte okay. Wo dem einen Typ die Sichel in die Schädeldecke gerammt wird und die Spitze unterhalb der Nase wieder rauskommt. Richtig cool. Die Leichen sahen echt echt aus.« Liv nickte wissend. Sie zwirbelte die Restglut aus dem Filter und trat das Häufchen auf dem Boden aus. Den Filter steckte sie in die Seitentasche ihrer Camouflage-Armeehose.

Erinnerungen kamen in Polly hoch. Das Wort »Leiche« hatte eine verkrustete Narbe in ihrer Seele aufgekratzt, die nun erneut blutete. Ihr Lächeln fiel von ihr ab. Sie hörte das monotone Surren der Fliegen. Sie sah den Katzenmann in Gedanken vor sich. Er schwang kaum wahrnehmbar von einer Seite zur anderen. Sie fragte sich, ob ihr Hirn das ausschmückte oder ob es tatsächlich diese Bewegung gegeben hatte. War ihm wirklich Blut aus dem Mund über den Bart gelaufen und hatte sich in seinem weißen T-Shirt zu einem roten Fleck gesammelt? Hatte sich das Kabel wegen des enormen Gewichtes in seinen Hals gegraben? Polly konnte Realität und Fiktion nicht mehr auseinanderhalten.

»Ich habe Zehntausende Menschen in Filmen sterben gesehen. Regelrechte Kadaverberge. Das hat mich nicht gejuckt. Aber echte Leichen sehen nicht so aus wie in den Filmen«, sagte Polly bedächtig und starrte an Liv vorbei in die Nacht. »In der Realität gibt es nichts Cooles an einem toten Menschen. Da ist nur diese irreversible Endgültigkeit. Schon morgen wird er vergessen sein.«

»So habe ich das nicht gemeint. Ich wollte nur sagen …«, setzte Liv zu einer überhasteten Rechtfertigung an. Sie war nicht gerade für einfühlsame Paraden bekannt.

»Ich habe heute das erste Mal einen Toten gesehen. Keinen Schauspieler, der wieder aufsteht, sobald jemand ›Cut‹ ruft, sich die Fake-Messer aus dem Rumpf zieht und zu seiner Familie fährt. Sondern eine echte Leiche.«

»Jemanden, den du kennst?«

»Flüchtig. Von einem Termin.« Polly schüttelte den Kopf. »Ach, eigentlich nicht. Ein älterer Mann. Er hat sich umgebracht. Aufgehängt im Palazzo. Diesen beißenden Gestank kriege ich nicht aus dem Kopf. Ich kann ihn riechen, als stünde ich in seinem Wohnzimmer. Sein Körper war von Fliegen übersät. So viele Fliegen wie Sterne in der Galaxie. Sie sind hektisch umhergeschwirrt, als hätten sie sich von mir ertappt gefühlt. Und überall Katzen.« Polly wurde kalt in dieser Tropennacht. Sie fühlte sich einsam wie ein Phantomplanet, der ohne Mutterstern durchs Weltall trieb und für den kein einziger Lichtstrahl bestimmt war.

»Wenn du reden willst, melde dich bei mir«, sagte Liv. Sie meinte es aufrichtig.

»Ich glaube, ich muss schlafen. Ich kann mich nicht erinnern, wann ich das letzte Mal so müde gewesen bin.« Polly stand auf. »Wie viel Uhr ist es?«

KAPITEL 8

In der Gefriertruhe

Polly reckte und streckte sich. Der Nacken trieb sie in den Wahnsinn. Das kalte Fleisch spannte auf den Spitzen ihrer Wirbel. Sie hatte in Unterhose und T-Shirt geschlafen, hatte es nicht mehr geschafft, in ihren *Super Mario*-Pyjama zu schlüpfen. Ein selten erreichter Erschöpfungsgrad am Vorabend. Zudem hatte sie ihre Brennroutine vernachlässigt, was ihre Film- und Spielebestellungen in zeitliche Bedrängnis brachte. Nicht einmal ein Ründchen *Doom* hatte sie zur Entspannung hinbekommen. Sie hatte sich mit letzter Kraft ins Bett geschleift.

Missmut fiel von ihr ab, als die Orientierung zurückkam und sie realisierte, dass der alte Mann sie in ihre Träume verfolgt hatte. In einem hatten Fliegenschwärme den Leichnam verpuppt. Ein gewaltiger Kokon hatte von der Decke gehangen, als wäre ein mannshohes Insekt kurz davor, sich mit seinen Sichelklauen aus dem gehärteten Sekret ins Leben zu schaben. In einer anderen Episode hatte sich Ungeziefer in kleinen Tunneln durch den Körper gefressen und ein Menschenwrack zurückgelassen. Durchlöchert und verrottet im Amazonasdschungel. An die anderen Segmente konnte sie sich nur bruchstückhaft erinnern. Jede Episode war im Hausflur des Palazzos gestartet und dann in der Ego-Perspektive stumm durch die offen stehende Wohnungstür bis ins Wohnzimmer geglitten. Sie fühlte sich mental ausgezehrt. Es mussten Tausende gewesen sein. Tausende flackernde und rauschende Versuche ihres Hirns, den Anblick ihres ersten toten Menschen zu verarbeiten. Der morbide Winterschlaf hatte sie behäbig gemacht. Polly leckte mit ihrer Zungenspitze über ihren ausgetrockneten, nach Gummi schmeckenden Gaumen. Ihre Lippen waren brüchig.

Das Duschwasser spülte mit dem Schweiß der Nacht auch die Trägheit aus Pollys Gefieder. Schlagartig stellte sie an der verkalkten Duscharmatur von kalt auf heiß und wieder zurück, um ihren Kreislauf zu motivieren. Das wirkte auch nach durchgezockten Nächten Wunder. Während das Wasser an ihr herunterlief, machte ein Knurren in ihrer Magengegend auf sich aufmerksam. Kein gelangweilter Appetit, sondern ehrlicher Hunger kribbelte in ihr. Außer zwei hastig verschlungenen Köttbullar zum Mittag und einer Handvoll Naschzeug beim Mädelsabend hatte sie am Vortag schlichtweg vergessen zu essen.

Mama war noch nicht von der Arbeit zurück, sie musste nach der Nachtschicht noch einen Frühdienst von einem Kollegen übernommen haben. Polly trocknete sich nachlässig ab, wickelte sich das Handtuch um den Körper und zog eine feuchte Fußspur bis in die Küche hinter sich her, als wäre sie einem Sumpf entstiegen. Bei den hohen Temperaturen, die während der Tropentage ins Mauerwerk gekrochen waren, verblassten die Umrisse ihrer zierlichen Füße schnell. Die Terrassentür war sperrangelweit aufgeschoben.

Die Lust auf Fleisch war ihr vergangen; Polly suchte zur Abwechslung nach etwas Vegetarischem. Sie fand eine Pizza Margherita in der Tiefkühltruhe. Hundertachtzig Grad, Umluft, vierzehn Minuten – sie mochte eine zart angekokelte Oberfläche. Polly prüfte mit einem Blick auf die Wochentabelle, die Mama an der braunen Kühlschranktür mit Magnetplättchen befestigt hatte, ob sie mit Wäscheaufhängen, Staubsaugen oder Müllrausbringen dran war. Im Gegensatz zu Juli schob Polly ihre Aufgaben selten auf. Nicht weil sie so fleißig war, sondern um diese aus dem Kopf zu haben. Ihr Magen drängelte ungeduldig. Pollys nächster Schritt war glitschig, ihr Fuß zog unkontrolliert von ihrem Körper weg wie bei einer Schlittschuhanfängerin. Ein reflexartiger Griff an die Küchenzeile brachte ihr Gleichgewicht zurück. Sie stützte sich mit dem Ellbogen ab; ein Sturz wäre schmerzhaft gewesen. Sie schaute unter ihre Sohle. Eine Tomatenscheibe klebte unter ihrem nackten Fuß.

»Kannst du nicht einmal dein Zeug wegräumen?«, rief sie genervt in Richtung der Terrasse. Immer dasselbe. Vorgestern hatte Juli versehentlich Traubensaft verschüttet, und Polly war in die klebrige Pfütze getreten. »Juli!« Ihre Worte schienen keinen Abnehmer zu finden. Niemals. Wütend stapfte sie mit dem Corpus Delicti zwischen Daumen und Zeigefinger am ausgestreckten Arm auf die Terrasse. Sie war nicht die Dienerin ihrer Schwester. »Hey«, rief Polly. Gerade als sie losmeckern wollte, sah sie, dass ihre Chance auf Erfolg gegen null tendierte.

Juli hatte auf der Wiese vor der Terrasse ein großes schwarzes Badetuch ausgebreitet und sonnte sich bäuchlings, den Kopf von Polly abgewendet, als läge sie auf einer Freibadwiese. Die dünnen Bändchen ihres Triangel-Bikinis lagen links und rechts auf dem Rasen, um Bräunungsstreifen zu vermeiden. Die klobige hellblaue Baby-G an ihrem Handgelenk hatte sie vergessen. Das Gejammer, wenn Juli später den käsigen Streifen rund um ihr Handgelenk bemerken würde, ließ Schadenfreude in Polly aufsteigen. Der Discman war so laut, dass Polly das Erfolgs-Debüt *Daylight in Your Eyes* der No Angels mithören konnte. Juli war ein Mega-Fan der Castingshow *Popstars* und träumte davon, selbst bei dem Format entdeckt zu werden.

»Juli!«, schrie Polly. Keine Regung.

Aus dem Handgelenk warf Polly die Tomatenscheibe wie eine Frisbee auf Juli und traf sie genau zwischen den Schulterblättern. Wie von einem unerträglichen Schmerz traktiert, sprang Juli panisch hoch, riss sich die Kopfhörer runter, wischte sich in einem Affenzahn über den Rücken.

»Was war das? Was ist das?«, brüllte sie in einer Endlosschleife. Sie war sich nicht bewusst, dass sie den Nachbarn ihre ungebräunten Brüste präsentierte, während sie im Garten eskalierte.

An das ölige Holz des Türrahmens gelehnt, genoss Polly das Schauspiel mit verschränkten Armen. »Dir ist eine Kröte auf den Rücken gehüpft«, antwortete sie kühl. »Außerdem bist du oben ohne.«

Polly machte auf den Ballen kehrt und hörte Juli, die verzweifelt nach ihrem Bikinioberteil fischte, in Furcht vor der imaginären Kröte auf der Wiese ein lang gezogenes »Iiihhhh« plärren.

Polly mischte sich eine Apfelschorle und warf einen Blick durch die rußige Backofenscheibe. Ihr blieben ein paar Minuten, um sich an die spannendste Mission des Vormittags zu machen, die sie aus Nervositätsgründen vor sich herschob. Mit der Schorle in der Hand und dem um den Körper geschlungenen Handtuch griff sich Polly den kleinen Schlüssel von der Küchenkommode und machte sich auf den Weg zum Briefkasten.

Vor der Haustür ratterte ein Rasenmäher. Irgendein Gartengerät lärmte immer – der Soundtrack der Siedlung. Auf der Veranda des Einfamilienhauses gegenüber thronten die beiden älteren Damen nebeneinander auf ihrer in Zimtbraun lackierten Hollywoodschaukel. Statler und Waldorf aus der *Muppet Show* genossen die Übersicht und diskutierten von ihren Rüschenkissen aus das Geschehen. Sie warfen einen lang gezogenen Schatten, wie Vogelscheuchen auf einem kahlen Feld. Sie winkten herüber, Polly grüßte zurück. Als eine der wenigen Personen der Siedlung genoss Polly das zweifelhafte Privileg, dass die Meckeromas sich mit ihr verbünden wollten. Seitdem die beiden mittels des Stille-Post-Prinzips herausgefunden hatten, dass ihre Nachbarin für die Zeitung schrieb, versuchten sie, Polly zu instrumentalisieren. Sie wollten ihr Themen unterjubeln, die ihnen das Leben erleichtern würden. Für gewöhnlich lief es auf einen inquisitorischen Anruf bei der Stadtverwaltung hinaus, um Druck seitens der Presse zu erzeugen. Im Frühling klagten sie über überfälligen Grünschnitt und wucherndes Unkraut auf Gehwegen, das ein Durchkommen mit dem Rollator erschwerte. Für sie ließ das nur eine Interpretation zu: bösartige Schikane. In den Wintermonaten sollte Polly am Bauhof nachfragen, wie viel Salz in dieser Saison gelagert war, wann endlich gestreut würde und ob es nicht möglich sei, ihre Straße in der Prioritätenliste von B auf A hochzustufen.

Hoffnungsvoll öffnete Polly die Briefkastenklappe. Griff ins Leere, jedenfalls was ein Schreiben mit Universitätsstempel betraf. Die Monatsrechnung von Julis Mobilfunkvertrag lag schwer in dem Metallgehäuse. Zu gerne hätte Polly den Umschlag aufgerissen und die Zahlen inspiziert, die jeden Monat für Diskussionen sorgten. Mama sah nicht ein, diese horrend teuren Kurznachrichten zu bezahlen, die höchstens hundertsechzig Zeichen erlaubten. Anstatt mühselig Wort für Wort auf dem Handy zu tippen, könnte Juli das Festnetz nutzen. Das sei nicht nur wesentlich günstiger, sondern auch effizienter. Alles andere als eine lautstarke Diskussion auf Basis des Gewichts dieser Rechnung wäre eine Überraschung. Vielleicht würde der längst überfällige Handyentzug in die Tat umgesetzt.

Das Telefon auf der Wohnzimmerkommode klingelte. Polly schob den Brief zurück in den Briefkasten. Sie dachte nicht im Entferntesten daran, ihre Schwester vorzuwarnen. Bestimmt rief Mama aus dem Krankenhaus an, um zu sagen, dass die Mädchen sich selber um ihr Mittagessen kümmern sollten.

»Polly hier.«

»Spreche ich mit der jungen Frau von der Tageszeitung?«, raunte eine gesetzte Männerstimme.

»Äh, ja.« Polly konnte die Tonfarbe nicht zuordnen, obwohl sie sicher war, das Muster zuvor gehört zu haben.

»Sie wissen das nicht von mir, aber die Sache gestern im Palazzo: Da gibt es Ungereimtheiten. Es sieht so aus, als wäre das doch kein Suizid gewesen. Wir haben den Tatvorgang noch nicht zusammen. Aber wir gehen jetzt von einem Tötungsdelikt aus. Rufen Sie bei der Kreispressestelle der Polizei an und fragen, ob es neue Erkenntnisse in dem Fall gibt. Fragen Sie nach einem Abschiedsbrief. Fragen Sie nach dem Kabel und nach der Tür.«

»Der alte Mann«, sagte Polly. Vor ihrem geistigen Auge hing er wieder. Die letzte Seite des Blocks, der neben dem Telefon lag, hatte Juli bekritzelt. Polly zwängte ein paar Wörter in eine verbliebene leere Ecke.

»Da ist noch etwas«, sagte der Mann. »Sie hatten gesagt, dass Sie den Alten schon mal besucht hatten. Von wie vielen Katzen hatte er Ihnen damals erzählt?«

Na klar, das war der freundlichere der beiden Bullen am anderen Ende der Leitung. »Sechzehn oder siebzehn – ich bin mir nicht sicher.«

Das Rauschen in der Leitung war plötzlich weg; Polly dachte schon, der Informant hätte aufgelegt. Dann knackte es in der Leitung. »Es sind weitaus mehr als siebzehn gewesen. Allein was lebende Katzen betrifft, haben wir mehr als zwanzig aus der Wohnung gerettet.«

»Was soll das heißen: ›allein was lebende Katzen betrifft‹?« Polly legte sich das Stiftende auf die Zähne.

»Bist du in seiner Küche gewesen?«

»Nee, wieso?«

»Dort stehen zwei große Kühltruhen. So flache Kästen, wo sie im Kiosk das Wassereis drin aufbewahren. In denen haben wir sechzig tote Katzen gefunden. Selbst im Kühlschrank hatte er Kadaver gelagert. Wir wissen gar nicht, wie wir die abtransportieren sollen. Bei der Hitze tauen die auf, bevor die in der Forensik sind. Wir wissen noch nicht, ob er die Tiere getötet hat oder ob sie krank gewesen sind. Ich fürchte, wir müssen uns ein paar Tage gedulden, bis sich die Temperaturen ein bisschen normalisiert haben. Wie gesagt: Das haben Sie nicht von mir.«

»Okay.« Es klickte in der Leitung, dann ertönte ein Tuten. Polly starrte auf die Notizen, die sich in einer Ecke und senkrecht am Rand des Notizblocks hochrankten wie Efeu. *Tötungsdelikt* hatte sie mehrfach unterstrichen.

TEIL II

KAPITEL 9

Tötungsdelikt

»›Tötungsdelikt‹: Das hat Rolf Ihnen wortwörtlich gesagt?« Hubert Hermanns musterte Polly intensiv, seine offene Handfläche schwebte in der Luft, verkrampft durch das Gewicht einer unsichtbaren Kugel. »Oder ist vielleicht ›Unfall mit Todesfolge‹, ›mutmaßliches Tötungsdelikt‹ oder eine andere Relativierung gefallen? Wir müssen bei solchen Dingen akribisch sein.«

Polly vergewisserte sich in ihren Notizen. »Man gehe von einem Tötungsdelikt aus.« Sie klammerte sich mit beiden Händen an ihren Block. Gemeinsam mit drei Redakteuren hatte sie einen Halbkreis um den Schreibtisch des Chefredakteurs gebildet. Gabi hatte die Beine übereinandergeschlagen und nagte an ihrem Eis am Stiel. Ludger, studierter Jurist auf Abwegen, der seine Erfüllung als *Der Leseranwalt* gefunden hatte – ursprünglich eine monatliche Rubrik, die erfolgsbedingt erst auf zweiwöchentlich, dann auf täglich ausgeweitet worden war –, war nur körperlich anwesend. Das kühlende Handtuch auf seinem Kopf hinterließ feuchte Stellen auf der Schulterpartie seines Hemdes. Dafür war Niklas mittendrin. Er hatte seinen Kuli zu einem Schwert gespitzt. Polly war es unangenehm, im Mittelpunkt von Leuten zu stehen, die sich mit der Materie viel besser auskannten.

»Ich hatte Ihnen gestern gesagt, dass wir nicht über Suizide berichten. Wie sind Sie überhaupt auf die Idee gekommen, auf der Pressestelle anzurufen und in der Sache nachzuhaken? Hat Rolf sich nicht gewundert, dass Sie derart dezidiert Fragen gestellt haben und über Details Bescheid wussten?« Hermanns hatte die Hände auf seiner Weste gefaltet, ein geduldiger Bestatter, der einen Auftrag annahm.

»Ich habe einen Tipp bekommen. Mein Informant hat mich zu Hause angerufen«, gab Polly sich diplomatisch. Sie wusste nicht, ob es das richtige Wort war oder ob es von Agenten in Spionagefilmen stammte.

Niklas starrte Hermanns an.

Hermanns hob die Augenbrauen. »Der da wäre?«

»Das kann ich nicht sagen.« Das hatte Polly definitiv aus den Filmen. Schließlich könnte jeder in der Runde ein Maulwurf sein.

»Das ist lächerlich. Wenn das so weitergeht, berufen sich bald Praktikanten auf Informantenschutz«, wetterte Niklas. Er schüttelte den Kopf und zappelte. Sein Zöpfchen wippte. Es musste Starkstrom sein, der in diesem Moment durch seine Adern floss. »Wir sind deine Auftraggeber. Bist du dir dessen bewusst?« Er sang in den höchsten Tönen.

Hermanns mäßigte Niklas mit einer seichten Handbewegung, wie ein Dirigent. Dann wandte er sich wieder an Polly: »Wie vertrauenswürdig schätzen Sie Ihren Informanten ein?«

»Absolut vertrauenswürdig. An allen Tipps, die ich von ihm bekommen habe, ist was dran. Die Tür hatte offen gestanden, was bei Selbstmorden total unüblich sei. Normalerweise schließen Leute von innen ab. Der Katzenmann hatte sich mit einem Kabel erhängt – das sehe nicht nach langer Planung, sondern nach einer spontanen Entscheidung aus. Sonst hätte er ein Seil gekauft oder sich etwas ähnlich Robustes besorgt. Außerdem sollte ich nach einem Abschiedsbrief fragen. Der Polizeipressesprecher bestätigte mir, dass man keinen gefunden hat.«

»Der Mann war einsam, hatte keine Angehörigen. Wozu sollte er einen Abschiedsbrief hinterlassen?«, mischte sich Niklas ein.

Hermanns hakte nach: »Hat Rolf gesagt ›keinen gefunden‹ oder ›NOCH keinen gefunden‹? Die Wohnung soll total vermüllt gewesen sein. Vielleicht liegt der Brief immer noch unter einem Abfallberg und wartet auf seinen großen Auftritt. Nicht dass wir von einem Mord schreiben, und während Tausende Exemplare in den Druck gehen, die wir in den frühen Morgenstunden in die Postkästen unserer Leser stecken, wird plötzlich ein Abschiedsbrief gefunden, den der Wind unter eine Couch geweht hat. Im Palazzo wohnen Hunderte Menschen, die uns als Nachrichtenquelle Nummer eins vertrauen. Wenn wir von einem Hochhaus-Killer schreiben, dann muss es auch einen Hochhaus-Killer geben. Es könnte ja sein, dass morgen der Nächste hängt.«

»Laut dem Polizeisprecher liegen solche Briefe immer so drapiert, dass sie sofort gefunden werden. Genau das ist schließlich ihr Zweck.« Polly vergewisserte sich erneut in ihren Aufzeichnungen, auf die Niklas vom Ende des Halbkreises aus den Augenwinkeln zu schielen versuchte. Sie las vor: »In den meisten Fällen ist ein Abschiedsbrief der erste Hinweis, den die Beamten am Einsatzort vorfinden.«

»Gut.« Hubert Hermanns nickte. »›Drapiert‹, ›spontane Entscheidung‹: Das will ich in Ihrem Artikel lesen. Das mit dem Seil und der langen Planung muss da ebenfalls drinstehen. Das macht die Geschichte plastisch. Dann haben die Leser Bilder im Kopf, und wenn das als Zitat vom Polizeisprecher kommt, ist es weniger reißerisch und man kann es uns nicht vorwerfen. Meinen Sie, dass Sie das hinkriegen?«

»Ich werde mich bemühen«, sagte Polly.

»*Bemühen* ist mir zu wenig. Das muss hieb- und stichfest sein. Das ist jetzt Ihre Story, Polly. Ihr Baby«, appellierte Hermanns wie ein Fußballtrainer während der Halbzeitansprache eines knappen Spiels.

»Ich könnte das übernehmen«, bot Niklas überfreundlich an. Prestigeträchtige Geschichten waren genau sein Beuteschema.

Niklas hatte für seine Story über eine hochgiftige Echse, die aus dem Terrarium ihres Herrchens geflüchtet war, den Journalistenpreis *Feder der Zukunft* gewonnen, den ein Expertengremium jedes Jahr an Jungredakteure aus der Region vergab. Das Tier hatte sich nach seinem Ausbruch in einem Waldstück nahe des St. Arnolder Sees versteckt. Einen älteren Wanderer vom örtlichen Gebirgsverein, der seine neuen Wanderschuhe einlief, hatte die Echse in die Wade gebissen. Dem Senior musste das Bein unterhalb des Knies amputiert werden. Niklas hatte in der darauffolgenden Nacht in dem Waldstück gezeltet und darüber eine Ich-Reportage geschrieben. Darin berichtete er von einer schockierenden Begegnung mit dem Untier. *Amputations-Skandal um Killerechse am Baggersee* hatte er in Tiefschwarz getitelt und mit der Unterzeile *Konfrontation zur Geisterstunde* plakativ ausgeschmückt. Seine Kollegen bezweifelten jedoch, dass die detailliert beschriebene Auge-in-Auge-Konfrontation jemals stattgefunden hatte. Die Fotos konnten – das hatte Niklas sehr bedauert – seine Aussagen nicht belegen, sei es doch stockfinster gewesen und der Blitz an der Kamera habe nicht ausgelöst. Der fast schwarze, unregelmäßige Balken auf dem ansonsten komplett schwarzen Foto ließ keine überzeugende Echseninterpretation zu.

»Wir zahlen ihr ein Informantenhonorar«, schlug Niklas vor und wendete sich an Polly. »Dann musst du dich nicht länger damit rumärgern, und ich mache einen sauber recherchierten Artikel daraus.«

Hermanns deutete auf Niklas. »Sie schreiben Ihre Story über den Wechsel an der Spitze des Taubenzüchtervereins. Die ist seit drei Tagen überfällig. Ich will die heute Abend auf meinem Schreibtisch haben. Dann haben wir einen Aufmacher für übermorgen.« Geschmeidig wie die Nadel eines Plattenspielers schwenkte der Zeigefinger auf Polly. »Das ist Ihre große Chance, Polly. Machen Sie was draus. Einen Mord hatten wir das letzte Mal vor drei oder vier …«, der Chefredakteur musste grübeln, während der Standventilator seine Runden drehte und verzweifelt die stickige Luft von einer Ecke in die nächste schob.

»Vor sechs Jahren. Diese Eifersuchtsgeschichte am Hof Weingärtner: der Toaster-Totschlag«, half Gabi aus. Termine, Namen, Gesichter, Daten – wenn Gabi eine Information aus ihrem braunen Lockenkopf schüttelte, war das nicht anzweifelbar. Das konnte man nicht nur drucken, sondern in Steintafeln meißeln. Selbst Niklas widersprach nicht.

»Ja, genau«, freute sich Hermanns und schnippte mit den Fingern. »Sechs Jahre. Da sehen Sie es.«

»Toaster-Totschlag?«, fragte Polly.

»Die Gattin hatte ihren Mann und dessen Affäre – eine üppig gebaute Frau aus ihrem Aerobic-Kurs«, Gabi vergrößerte mit den Händen ihre Oberweite, »in flagranti erwischt. Es war ihr Hochzeitstag, sie kam früher von der Arbeit, um ihren Mann zu überraschen.«

»Das ist ihr anscheinend gelungen.«

»Allerdings. Als sie durch die Haustür kam, konnte sie die beiden schon hören. Sie ist wohl seelenruhig in die Küche gegangen, hat den Toaster geholt, sich das Kabel um ihre Hand gewickelt und drei Finger in den Schlitz gesteckt, damit sie ihn besser greifen konnte.«

»Wie bei einer Bowlingkugel«, ergänzte Hermanns.

»Dann kam sie ins Schlafzimmer gestürmt und hat ohne Vorwarnung auf die beiden eingeprügelt wie mit einem Dreschflegel. Vom Toaster soll noch weniger übrig geblieben sein als vom Kopf ihres Mannes.«

»Und seine Liebhaberin?«

»Die ist nackt aus dem Haus raus und zum nächsten Hof gerannt. Blutüberströmt. Muss ein verrücktes Bild gewesen sein.«

»Aber wieso Toaster-Totschlag? Das müsste doch Mord sein.« Polly hatte während ihres Praktikums Ludger zu einer Verhandlung am Landgericht Münster begleitet, das gut vierzig Kilometer entfernt seinen Sitz hatte. Ein Einundzwanzigjähriger wurde damals wegen Totschlags angeklagt, weil er eine rote Ampel ignoriert und einen Radfahrer umgefahren hatte, der an den Folgen des Unfalls verstarb. Der Raser wurde nach Jugendstrafrecht zu einer zweijährigen Haftstrafe verurteilt. Eine Anklage wegen Mordes hatte niemals zur Debatte gestanden, hatte der Richter Polly auf ihre Nachfrage auf dem mit Marmorplatten opulent ausgelegten Gang des Gerichtsgebäudes erklärt. Der Rot-Raser hatte mutmaßlich keine Tötungsabsicht bei seiner Tat gehabt. Das stellte sich anders dar, wenn jemand einen anderen Menschen mit einem Toaster totprügelte.

»Doch, die wurde wegen Mordes verurteilt«, bestätigte Niklas. »Aber Toaster-Mord ist bei Weitem nicht so eingängig wie Toaster-Totschlag. Als Alliteration klingt das besser. Deswegen habe ich das geschrieben. Andere Medien haben den Terminus übernommen. Sogar in den Abendnachrichten haben die das gebracht.« Er grinste.

»Das macht es nicht besser«, sagte Gabi. Ihr Plädoyer für eine ehrlichere Überschrift war damals ungehört geblieben.

»Aber das macht Auflage«, sagte Niklas. Er nickte. »Dafür sitzen wir hier. Damit betankst du dein Auto, ernährst deine Familie.«

»Zurück zum Katzenmann: Hat jemand eine Idee, wie wir das bebildern können?«, fragte Hermanns in die Runde.

»Ich könnte zum Palazzo fahren und Fotos vom Gebäude machen.« Niklas wollte seinen Namen unbedingt als Teil der Story sehen, und wenn es im Fotografenverweis in der Bildzeile war.

Der Chefredakteur schmetterte seine Pranke auf den Tisch. »Zwei Worte: Tauben. Züchter.«

Niklas stapfte wütend zu seinem Schreibtisch, über dem die in Gold geprägte *Feder der Zukunft* hing. Jeden Morgen vor dem ersten Kaffee sprühte er den Alurahmen der Urkunde mit Desinfektionsspray ein und reinigte ihn mit einem Mikrofasertuch. Darin investierte er täglich zwanzig Minuten und in den darauffolgenden Kaffee eine weitere halbe Stunde, bevor er kurz vor der einstündigen Mittagspause das erste Mal zum Telefonhörer griff.

»Ich habe Fotos gemacht«, erinnerte Polly den Chefredakteur.

»Auch von innen?«

»Von den Müllbergen. Von den Katzen … Von allem.«

Hermanns klatschte in die Hände. »Perfekt. Die Leiche können wir nicht zeigen. Aber irgendwas, das verdeutlicht, wie schlimm es dort aussieht.« Er lobte dieselben Bilder, die er tags zuvor im Namen der unantastbaren Familienzeitung verschmäht hatte, als man noch von einem Selbstmord ausging. »Suchen Sie ein gutes aus. Auf der ersten Seite wird schließlich in Farbe gedruckt.«

»Ich weiß schon, welches ich nehme«, versicherte Polly ihm. Die erste Lokalseite. Ein Farbfoto.

»Von so einer Geschichte können wir lange leben, gerade jetzt im Sommer. Bis der Toaster-Mord für die Verrückte im Gefängnis endete, hatten wir fast zwei Jahre immer wieder etwas zu schreiben. Wir haben einen Test mit einem Mitarbeiter aus dem Elektromarkt gemacht über die Belastbarkeit von Toastern. Einer hat sogar noch einwandfrei getoastet, nachdem wir den vom Dach des Fachgeschäftes geworfen hatten. Die Leser können nicht genug von schlechter Menschheit bekommen. Also machen Sie sich Gedanken über einen Weiterdreh. Vielleicht was mit einem Psychologen, der erklärt, wieso Messies Gerümpel sammeln. Oder wir fragen einen Immobilienmakler, ob Tatorte schwieriger zu vermitteln sind. Das wär's.« Hermanns war begeistert.

KAPITEL 10

Kirby's Dream Land

Symmetrische Bräunungsränder schlängelten sich um Kirbys massige Beine. Für seine Verhältnisse waren die ungesunden Rotsprenkel ein Fortschritt gegenüber der Wikingerblässe. Er rollte eine Red-Bull-Dose, von der Kühlschranktau abperlte, über seine Stirn.

»Hast ja richtig Sonne abbekommen in Österreich«, sagte Polly.

Die sauerstoffarme Luft in dem mit Elektrokram vollgestopften Zimmer drückte. Polly vermutete, dass Kirby Fenster und Rollläden während seines vierwöchigen Urlaubs bei Verwandten geschlossen gelassen hatte, als wohnte er in einem Labor, das er vor Kontamination mit gefährlichen Keimen aus der Außenwelt schützen musste. Er erhob sich, und der abgenutzte Bürostuhl vor dem Computer-Cockpit gab ein Ächzen von sich. Kirby setzte sich zu Polly auf die braune Couch. Tiefe Furchen übersäten das Leder. Eine riesige Röhre stand auf einem TV-Board aus Birke, in dem zwei Videorekorder, zwei DVD-Player (eine handelsübliche Variante und einer, der Ländercodes aller Regionen abspielen konnte) sowie drei Nintendo-Konsolen angeschlossen waren – für den GameCube, dessen Europa-Release für Mai kommenden Jahres angekündigt war, war noch Platz. Aus der Rückseite des TV-Boards quollen Lebensadern in allen Farben und Dicken hervor. Auf dem Tischchen waren Fernbedienungen für alle Geräte mit der Sorgfalt von OP-Instrumenten aufgereiht. Kirby säuberte die Rillen zwischen den Tasten regelmäßig mit Isopropylalkohol und einem Wattestäbchen. Die Aludose gab beim Öffnen ein sattes Knacken von sich – sie war weder seine erste noch die letzte an diesem Tag. Ein süßlicher Gummibärchengeruch breitete sich atompilzhaft aus.

»War schon gut. Aber ich bin froh, wieder in meiner Basis zu sein«, sagte Kirby und strich mit seiner Hand über die Tastatur seines Rechners, als würde er ein geliebtes Haustier kraulen. Polly fehlte die Vorstellungskraft, wie der Computernerd jenseits von Elektronik existieren konnte und unverkabelt durch die österreichische Landschaft wanderte.

»Hat das mit dem Abstecher nach München geklappt?«

»Du hättest dabei sein müssen«, geriet Kirby, dessen Spitzname eine Reminiszenz an den Videospielhelden war, mit dem er seit seiner Kindheit die enorme Körperfülle und das freundliche Gemüt teilte, schlagartig ins Schwärmen. Er störte sich nicht daran, mit einem aufgeblähten Geisterwesen verglichen zu werden, das aussah wie ein gefülltes Kissen; die knuddelige Figur war beliebt. »Ich habe an den drei Tagen elf Filme gesehen. Viel Müll – wie immer auf Festivals –, wenn man die Tickets quasi blind kauft. Aber es waren echte Juwelen dabei. Von Takashi Miike – das ist der Typ, der *Audition* gemacht hat – habe ich den neuesten Streich gesehen. *Visitor Q*. Krankes Ding, total bizarr. Völlig massenuntauglich.« Kirby liebte japanische und chinesische Filme. Die Hälfte seiner Filmsammlung stammte aus Fernost. »Und nicht nur die Japaner können so irres Zeug machen. Die haben einen Ami-Film über einen Jugendlichen gezeigt, der nach einem

Flugzeugabsturz einen Mann in einem Hasenkostüm sieht. Und der Hase stiftet ihn zu Delikten in der Nachbarschaft an. Brandstiftung und so ein Zeug. Herrlich. Geboren in der Eintönigkeit von Kleinstadtjugendlichen.« Berauscht von den Erinnerungen fuchtelte Kirby in der Luft. »Ich glaube, ich habe den gar nicht verstanden. Müssen wir unbedingt noch mal zusammen gucken. Den Hauptdarsteller, Jake Gyllenhaal, sollten wir im Blick behalten. Der Junge hat Potenzial.« Kirby lag mit seinen Prophezeiungen erstaunlich oft richtig, was Hollywood-Karrieren betraf. »Der absolute Knaller aber war *Memento*, da waren sich alle einig. Guy Pearce spielt einen Typen, der in dem Mord an seiner Frau ermittelt. Aber er hat Gedächtnisaussetzer, also lässt er sich die Infos tätowieren. Wahnsinnig spannend und meisterhaft strukturiert. Das Fantasy Filmfest für nächstes Jahr ist Pflicht.« Die Dose gab einen hohlen Klang von sich, als er sie neben die Couch auf den Boden stellte. »Wie waren deine Sommerferien? Hast du was von den Unis gehört?« Mit Kirby konnte sich Polly austauschen. Sie waren beste Freunde seit der Einschulung, als das Schicksal in Persona ihrer damaligen Klassenlehrerin Frau Böhrer sie nebeneinander an einem Zweiertisch platziert hatte. Nach der Schule hockten sie regelmäßig gemeinsam bei Kirby vor der Konsole. Schickte seine Mutter die beiden vor die Tür, um draußen zu spielen, gingen sie zu Polly und zockten dort weiter.

»Leider nichts. Aber diese Woche bekomme ich Post von denen. Da bin ich mir sicher.« Das war keine Floskel, um ein gütiges Ergebnis zu beschwören. Polly trug die Nase weder zu hoch noch zu niedrig. Ihr perfektes Stupsnäschen passte hervorragend zu ihrem Gespür. Aber ein Makel lastete schwer auf ihr wie ein Amboss: Sie kramte die Speicherkarte der Digitalkamera aus ihrem Rucksack – doch sie zögerte, Kirby das

Medium zu reichen. »Du musst mir versprechen, dir die Fotos nicht anzusehen.«

Kirby hob die Augenbrauen. Einen Bilderbann hatte Polly noch nie gegen ihn ausgesprochen. Hatte sie etwa …? »Hast du Nacktbilder von dir gemacht?« Sein Herz schaltete zwei Gänge höher.

Polly gab ihm einen Klaps auf den Oberarm; ihre Sommersprossen kribbelten. »Ich … Was? Bist du wahnsinnig?« Sie rang um Worte. Kirbys Wangen wurden rot. »Auf keinen Fall würde ich Nacktbilder von mir machen! Für wen? Außerdem würde ich sie dann doch nicht dir geben, damit du sie hier für die Ewigkeit archivierst, du Trottel. Da ist ein Toter drauf«, sagte Polly, als wäre es das logischste aller Motive. Ihre Faust umklammerte die Speicherkarte.

»Wieso hast du einen Toten fotografiert?« Jawoll, Kirby schaltete schnell, nahm diese Vorlage dankend an. Ein dankbarer Ausweg aus der peinlichen Situation. So konnte er auf ein anderes Thema schwenken.

»Ich habe bei einem Termin für die Zeitung einen Mann gesehen, der in seiner Wohnung an einem Kabel«, Polly zog mit dem Zeigefinger eine Linie quer über ihren Hals, »von der Decke hing. Gestern war das ein Selbstmord. Heute glaubt die Polizei, dass der umgebracht worden ist.«

»Du verarschst mich.«

Polly schüttelte den Kopf. »Wenn das Ding morgen gedruckt ist, wird keiner in Neuenkirchen von etwas anderem reden.« Sie sagte das nicht mit diesem geschmacklosen Stolz, den Niklas beim Toaster-Totschlag zelebriert hatte. Sie sagte es, um ihren besten Freund auf etwas Unheilvolles vorzubereiten. »Versprichst du es mir?«

Kirby nickt. Er nahm die Speicherkarte und überprüfte sie, als könnte er den prekären Inhalt schon an dem Plastikgehäuse erkennen. »Geht klar«, flüsterte er geheimnisvoll. Er wusste es zu schätzen, eingeweiht zu sein. »Das kommt nicht auf eine der Standardplatten.«

Neben dem hohen Regal mit Hunderten kopierten Playstation-Spielen, die alphabetisch geordnet und mit CD-Hüllen sowie mit auf dem Tintenstrahldrucker ausgedruckten Covern ausgestattet waren, was ihnen den überzeugenden Hochglanz der Originale nahm, pflegte Kirby seine ebenfalls penibel nach dem Alphabet sortierte Filmsammlung. In den untersten beiden Reihen des DVD-Regals lagerte er originale und wiederbespielbare Videokassetten. Er zog *Urlaub mit Hindernissen*, den dritten Teil von *Ein Hund namens Beethoven,* heraus, der noch schrottiger war als die beiden Vorgänger. Vom Cover starrte der namensgebende Bernhardiner mit Anglermütze auf dem Kopf katatonisch in die Augen desjenigen, der die Hülle in der Hand hielt, als wollte er vor dem Film warnen. Die VHS-Trilogie hatte Kirby längst entsorgt, weil sie sowieso nie wieder den Weg in den Videorekorder finden würde; die Hüllen hatte er behalten und ihrer neuen Bestimmung zugeführt: Die in *Beethoven, Ein Hund namens Beethoven* und *Eine Familie namens Beethoven* versteckten Festplatten waren voller Raubkopien von Filmen, Games und Programmen. Auf einer Platte war Pollys Privatarchiv ihrer Pressefotos. Kirby nahm eine externe Festplatte heraus und schloss sie an seinen Rechner an, neben dem Spindeln mit Hunderten CD-Rohlingen auf ihre digitale Entjungferung warteten. Er erstellte den Ordner *Urlaub Österreich 2001* und startete den Kopierprozess der schrecklichen Fotos eines toten Menschen.

»Erzählst du mir wenigstens die Geschichte, wenn ich die Fotos nicht ansehen darf?«

»Kauf dir morgen die Zeitung«, sagte Polly trocken ihren Standardspruch, auch wenn ihr nicht zum Scherzen zumute war. Sie erzählte von den Katzenaugen, die zwischen Kartons und Müll geleuchtet hatten. Sie berichtete, was sie hinter der offenen Wohnungstür erlebt hatte. Sie gab das Geheimnis der gruseligen Tiefkühltruhe preis, von der sie nur durch die Küchentür getrennt gewesen war.

»Wie das gestunken haben muss.« Kirby wischte sich kleine Schweißperlen von der Stirn.

»Hat es«, bestätigte Polly. »Dagegen ist dein Zimmer eine Parfümerie.« Sie liebte es, ihn zu necken.

»Unfassbar witzig. Ich lass doch nicht die Affenhitze rein.« Der Kopiervorgang war abgeschlossen, Kirby brachte die heiße Ware zurück in ihr Versteck. »Ich muss morgen in die Videothek.«

»Tony hat auch gefragt.«

»Hat Tony denn gute Filme?«

»Es ist Sommer, da ist die Auswahl gewohnt dürftig. Kommt gerade nichts ins Kino.«

»Dann soll der sich entspannen«, sagte Kirby und lenkte auf seine freundliche Art ein: »Ich werde morgen ein paar Spiele besorgen. Damit du abends tauschen gehen kannst.« Die nächste Red-Bull-Dose knackte. »Wie kriegen wir den heutigen Abend gebührend rum?«

»Ründchen *Doom*? Best of Five und Verlierer holt Pizza?«, schlug Polly grinsend vor. Sie kannte die Antwort.

»Ich denke, da werden wir uns nicht einig. Lieber ein Ründchen von etwas, bei dem die Chancenverhältnisse besser verteilt sind.« Die Männchen der Schwarzen Witwe sind den Weibchen hoffnungslos unterlegen. Außerdem war er zu faul, in die Hitze rauszugehen, er zerfloss schon im Sitzen. Und einer der beiden würde die eineinhalb Kilometer bis ans Ende der Straße gehen müssen, denn nur bei Abholung gab es bei Pizza Ragazza jede Pizza für drei Mark fünfzig. »*Age*? Zufälliges Volk und Neustart bei Goten? Wer die erste Runde verliert, muss sich auf den Weg machen.«

Polly schlug ein. Kirby schob seinen klobigen Joystick beiseite, dessen blutrote Tasten wie Kiesel in einem Fluss ihre raue Struktur verloren hatten und vom stundenlangen Zocken blank poliert waren. Prinzipiell waren die Gewinnchancen bei *Age of Empires II* fair verteilt. Doch mittelalterliche und antike Armeen in eine Schlacht zu schicken, hing sehr von dem Prinzip Glück ab, welches Volk man zugelost bekam.

Kirby drehte die beiden Monitore auf seinem Schreibtisch mit den Rücken aneinander, sodass Polly und er einander zwar ins Gesicht, aber nicht auf die Truppenbewegungen des anderen schielen konnten. Dann schloss er den zweiten Tower an, den er fürs Netzwerkzocken von der Arbeit mitgebracht hatte. Polly hatte eine eigene Maus bei ihm geparkt, weil seine Gaming-Hardware viel zu groß für sie war – die konnte nur Kirby mit seinen Maulwurfsschaufeln bedienen.

Die Kühler in den Rechnern gewährleisteten die erforderliche Betriebstemperatur der Prozessoren, indem sie warme Luft wie Autoabgase ins Zimmer bliesen. Dem kleinen Ventilator gelang es nicht, diese Elektrowärme auszugleichen. Kirby hatte ihn so auf seinem Schreibtisch platziert, dass beide fünfzig Prozent der Rotation abbekamen.

Die Partie war entschieden, als Polly die Briten zugelost bekam. Sie ließ sich von ihrer Freude nichts anmerken und wog Kirby in Sicherheit, bis ihre maßlos überlegenen Langbogenschützen seinen hilflosen Koreanern einen Besuch abstatteten und deren König im Pfeilhagel töteten. Für einen kurzen Moment hatte Polly überlegt, Kirby heimlich gewinnen zu lassen. Sie wusste, wie sehr er es hasste, zur Pizzeria zu laufen – ihr machte der Fußweg nichts aus. Beim zweiten Überlegen fand sie es umso großmütiger, erst seine Armeen platt zu walzen und anschließend freiwillig den Gang zur Nahrungsquelle zu übernehmen. Kirby veranlasste das zu einem Schwall Dankbarkeit. Während sie sich die Schuhe anzog, wählte er die Nummer der Pizzeria, damit Polly die Bestellung ohne zu warten mitnehmen konnte. Für ihn die obligatorische scharfe Bolognese mit Tabasco, Peperoni und dem geriebenen Chilipulver, das es sonst nur beim Dönermann gab; für Polly eine mit Gorgonzola und Salami. Auf ihrem Rückweg war es stockfinster. Das Thermometer zeigte endlich unter dreißig Grad an.

Nach der Pizza wechselte Fortuna die Seiten und bescherte Polly die Wikinger: Was sollte sie auf einer Karte ohne Wasser mit einem Volk von Seefahrern? Um kurz vor zwei Uhr stand das Eins-zu-eins fest. Es war an der Zeit für ein Entscheidungsspiel, die Nacht hatte einen Sieger verdient. Das Spiel war dabei, die Kulturen zuzulosen, und Kirby hatte den zehnten Energydrink geknackt, da klingelte das Telefon. Als er Polly das schnurlose Gerät überreichte, keuchte Mama in den Hörer, als wäre sie durch die fluchtigen Linoleumflure des Krankenhauses zum Apparat gesprintet.

KAPITEL 11

Unter Haien

Zehnmal hatte sie sich für den späten Anruf entschuldigt. Es war weit nach Mitternacht, das gehöre sich nicht. Zehnmal hatte Kirby ihr versichert, dass es kein Problem sei. Nein, sie habe weder ihn noch seine Mutter geweckt; nein, sie störe nicht; ja, Polly sei bei ihm.

»Ich kann hier nicht weg. Wir sind total ausgelastet. Heute ist ein Kreislauftag«, sagte Mama. Sie klang gestresst und ängstlich zugleich, gehetzt, überlastet. Durch den Hörer drangen Tonfragmente aus der Ambulanz, Telefone klingelten um die Wette, Ärzte und Schwestern riefen durch die Gänge. Diesen Sommer hatte es schon mehrere Kreislauftage gegeben, dann pendelten die Rettungswagen zwischen dem Krankenhaus und den Altenheimen in dessen Einzugsgebiet so regelmäßig wie ein Linienbus nach Schulschluss. »Morgen wird es auf dem Wochenmarkt keine einzige Wassermelone zu kaufen geben. Die lagern alle bei uns in der Kantine.«

»Hast du es auf dem Handy versucht?« Polly wollte wirklich helfen. Aber es gab noch eine Entscheidungsschlacht zu schlagen – sie konnte nicht kapitulieren und Kirby den Tagessieg schenken. Außerdem war sie keine Babysitterin.

»Ach Kind, jede Stunde mindestens einmal. Ich kriege ein Freizeichen, aber sie geht nicht dran. Sie muss doch sehen, dass ich versuche, sie zu erreichen.«

»Hast du es mal bei Sven oder ihren Assifreunden versucht?«

»Kann ich doch gar nicht. Ich habe keine Nummer von denen«, sagte Mama. »Schaust du auf dem Weg nach Hause mal im Park und auf dem Schulhof nach? Dann kann ich beruhigt weiterarbeiten.« Sie legte ein flehendes »Bitte« hinterher.

»Sie lässt sich sowieso nichts von mir sagen«, verhandelte Polly.

»Du musst sie nicht mit nach Hause nehmen. Nur damit ich weiß, dass es ihr gut geht.«

»Muss es sofort sein?«

Es musste. »Und ruf mich an, sobald du zu Hause bist.« Wie auf Kommando rief der Chefarzt just in der Sekunde eilig nach Mama. Man brauche sie in der Acht, so schnell wie möglich. Vom »Bis später« hastete Mama nur das erste Wort in den Hörer, das zweite verlor sich im tiefen Hall der Ambulanz.

»Deine Schwester?«, fragte Kirby und legte sich die Bestätigung selbst in den Tonfall. Er und Polly kannten sich so viele Jahre, aber mit Juli hatte er, abseits obligatorischer Begrüßungsfloskeln, in all dieser Zeit keine zehn Sätze gewechselt. Kirby und Juli waren wie Nachos mit Eiscreme. »Wir entscheiden die Schlacht morgen«, gab er sich gewohnt ritterlich. Er trank seine Dose auf ex.

Obwohl der Park näher war, machte sich Polly zuerst auf den Weg zum Schulhof. Juli räumte nie nach sich auf, ließ alles liegen und vergaß regelmäßig, den Chat bei ICQ zu schließen und sich abzumelden, wenn sie am Rechner ihrer Schwester mit Freunden kommunizierte. So wusste Polly, dass der Schulhof in den vergangenen Wochen die bevorzugte Location für nächtliche Treffen gewesen war – außer an Wochenenden, wenn die Jugend willenlos dem Sirenengesang des Blue Penguin folgte, der wildesten Diskothek im Nachbarort.

Als Kinder hatten sich die Mädchen wunderbar verstanden. Juli hatte zu Grundschulzeiten Kleider und T-Shirts aus Pollys Kleiderschrank anziehen wollen und sich damit gefühlt, als trüge sie ein Superheldenkostüm. Polly hatte es ihr erlaubt. Das funktionierte, weil Juli trotz ihrer um zwei Jahre kürzeren Erdenzeit schon mit sieben so groß war wie Polly. Wenn andere Kinder von ihren Omas jedes eine kleine gemischte Tüte mit Süßigkeiten bekamen, damit sie nicht stritten, gab es für Polly und Juli eine gemeinsame. Sie hatten das demokratische Abkommen, sich abwechselnd ein Teil aus der aufgerissenen Papiertüte auszusuchen, bis alle Weingummis verteilt waren – ohne Geschrei, ohne Gezeter. Schlümpfe zählten doppelt, ein Papaschlumpf sogar für drei Weingummis, obwohl er trotz seiner roten Mütze genauso schmeckte und hartnäckig an den Zähnen klebte wie die Zipfel der anderen Schlümpfe. Die Lakritze durfte Polly behalten – Juli mochte die teerigen Bitterstoffe nicht. Die ekeligen Zuckerbananen gaben sie Mama. Als das Genie Steven Spielberg im September 1993 den Dinosauriern eine sagenhafte Medien-Renaissance verschaffte und der Kartenabreißer den Mädchen den Einlass in den Saal der Träume verwehrte, weil Juli noch keine zwölf Jahre alt war, gab auch Polly ihr Ticket zurück. Sie weinten gemeinsam um die Reise in die Kreidezeit, die ohne sie stattfand. Sie kamen erst in den Genuss von Tyrannosaurus und Velociraptoren, als Papa eines Abends die VHS aus der Videothek (und einen Eimer originales Popcorn aus dem Kino) besorgt hatte und die Familie zusammen auf dem Sofa mitfieberte.

Aber in der heutigen Nacht war die Loyalität zwischen den Schwestern so brüchig wie nie zuvor. Zwei verfeindete Spezies, die sich den Krieg erklärt hatten. Polly radelte die zwei Kilometer von Kirbys Wohnung zur Grundschule im nächsten Ortsteil. Sie trat im Stehen in die Pedale, wollte den unerfreulichen Auftrag so schnell hinter sich bringen wie die Blutspende mit der dicken Kanüle, zu der Mama sie an ihrem achtzehnten Geburtstag überredet hatte. Die verbalen Fehden mit ihrer Schwester, die sich in den vergangenen Tagen gehäuft hatten, waren eine Comedy-Veranstaltung verglichen mit dem bevorstehenden Aufeinandertreffen mit Julis Freund Sven und dessen Marionetten.

Aus Kirbys Sackgasse ging es bergab. Die Straßen waren menschenleer. Im Fahrtwind bekam Polly eine Gänsehaut. Sie rankte sich von den Handgelenken bis hoch an die Schultern. Auf dem Rückweg, wenn der Schweiß auf ihrem Trägertop trocknete, würde sie frieren. Begleitet vom Gesang der Insekten passierte sie eines der kleinen Wohngebiete mit Einfamilienhäusern, und der Geruch auskühlender Grillkohle kitzelte in der Nase. Sie fuhr auf die Landstraße, vorbei an Feldern und Höfen. Dort war ihre Fahrradlampe neben den Sternen die einzige Lichtquelle. Polly bog auf Höhe des Sees rechts ab und erklomm den schmalen Hang, der zur kürzlich renovierten Grundschule führte.

Auf dem Parkplatz stieg Polly ab und schob ihr Rad. Bis hierhin hallten Stimmen gepaart mit einem stotternden Knattern, das an einen defekten Generator erinnerte. Juli und ihre Freunde hatten das Geräuschmonopol erobert und kosteten es schamlos aus. Bei vielen Schulen waren die Höfe durch Gebäudeteile, Treppen oder Grün unterteilt, wo sich die Kinder nach Alter, Geschlecht, Klasse oder Hobby zusammenrotteten. Die Grundschule hingegen verfügte über einen überdimensionierten zentralen Platz, der bis zum Haupteingang führte. Etwas seitlich standen zwei Tischtennisplatten, die aus Beton für die Ewigkeit gebaut und im Boden verankert waren, als müssten sie vor Dieben oder Wirbelstürmen geschützt werden. Von den tonnenschweren Konstruktionen grölten die

Freunde ihrer Schwester. Sie hatten ihre Besucherin noch nicht bemerkt. Ein roter Roller drehte seine Kreise.

Polly steuerte an der Turnhalle vorbei, die zur Hälfte mit dilettantischen Graffitis beschmiert und zur anderen Hälfte blitzblank war. Der Schulleiter hatte im Einvernehmen mit der Elternpflegschaft das Nachsitzen abgeschafft und Putzdienste eingeführt. Seitdem hatten verhaltensauffällige Schüler unter der Aufsicht des Hausmeisters mit einer Spezialflüssigkeit und Schwämmen die halbe Schulhallenfront gereinigt. Bis zum Ende des kommenden Schuljahres, so die visionäre Prognose des Rektors, sollte die Sporthalle wie neu aussehen. Danach war das Hauptgebäude dran.

Auf der nackten Betonoberfläche, die anmutete wie ein jahrhundertealter Altar, lagen zwei Jugendliche neben einem Haufen geleerter Bierdosen. Sie kicherten und blätterten in einem der mehr als neunhunderttausend wöchentlich gedruckten Exemplaren der *BRAVO*. Auf dem Cover hatte Christina Aguilera ihren verführerischen Schlafzimmerblick aufgesetzt und zog ihre ausgefransten Jeansshorts aus, um ihr sexy rotes Bikinihöschen zu entblößen. Aber auch diese laszive Pose würde ihr nicht helfen, Everybody's Darling vom Popthron zu stoßen. Britney hatte allein in diesem Jahr unschuldig wie ein Babykaninchen von acht der dreiunddreißig *BRAVO*-Titelseiten geschaut. Die knappen, bauchfreien Tops der Teenagerinnen ließen Polly zittern. Die von Mama oft beschworene Nierenbeckenentzündung könnte für die beiden Mädchen bald schmerzhafte Wahrheit werden.

Um die Tischtennisplatte verteilt standen drei Typen. Einer von ihnen – bei dem schwachen Licht schwierig zu sagen, aber mutmaßlich handelte es sich um Sven – umarmte Juli von hinten. Die jungen Liebenden schienen sich nach dem Streit vom Vortag wieder vertragen zu haben. Mit dem Jungen im dunkellila Satinhemd und den kurz geschorenen Haaren hatte Polly bei einem Geschäft schlechte Erfahrungen gemacht. Er hatte Playstation-Spiele bei ihr bestellt, aber niemals bezahlt. Seit dem Vorfall gab es bei Polly für jugendliche Kunden keine Ware ohne Bares. Der dritte Typ hatte seinen schwarzen Roller zum Campingstuhl umfunktioniert und trank ein Bier. Der Typ auf dem roten Roller hatte Polly entdeckt, beendete seine willkürlichen Bahnen und ratterte auf sie zu. Der Scheinwerfer badete sie in einem Helligkeitskegel.

Polly füllte ihre Lungenflügel wie ein Freitaucher mit einem tiefen Atemzug. Sie musste für längere Zeit ohne Sauerstoffflasche unter Wasser sinken. Das waren keine Menschen, die sich von Argumenten überzeugen ließen; komplexe Situationen machten sie erst nervös, dann aggressiv. Es wäre nicht ratsam, als Einzelkämpferin eine Horde sabbernder Hyänen zu reizen, die sich gegenseitig ihre Vormachtstellung im Rudel beweisen mussten.

»Meinst du, ich hätte Chancen bei Popstars?«, wollte die Blondine von ihrer brünetten Freundin wissen.

Der rote Roller war auf Pollys Höhe angekommen und fuhr gemächlich neben ihr her, ohne direkten Kontakt aufzunehmen, und verbreitete einen toxischen Geruch.

»Du kannst doch gar nicht singen«, krächzte eine unausgereifte Stimme vom schwarzen Roller herüber, die im Stadium zwischen Junge und Mann steckte, und lachte. Der immense Testosteronschub hatte seine Stirn mit Schuppen bedeckt.

»Boah, wie fies«, mischte sich die Brünette mit dem blauen Lidschatten ein. Auf ihrem Top war *Zicke* in markanten weißen Lettern gedruckt. Sie hatte sich die Augenbrauen noch dünner gerupft als ihre Freundin, fast blank wie eine Geisha. »Lass dir von dem nichts sagen. Du kannst superschön singen. Echt. Supersuperschön.« Sie legte besonders viel Gewicht in ihre Betonung. »Außerdem siehst du geil aus und kannst dich krass bewegen. Das wird D! voll gut gefallen.«

»Total lieb von dir«, freute sich die Blondine im Camouflage-Top. Eine Tattoo-Kette mit feinmaschiger Struktur schlängelte sich um ihren Hals. Sie legte den Kopf in den Nacken. »Ja, geil. Träum ich echt von. Ich wäre megagerne so berühmt wie die No Angels. Jeden Abend in einer anderen Stadt performen. Total viele Fans. Und nach der Show könnten wir Party machen, und ich würde euch alles bezahlen, weil ich Kohle ohne Ende hätte. Hotels und Klamotten und die neuesten Handys. Jede Woche würden wir uns zusammen beim Frisör stylen lassen.«

Polly und ihr Begleitfahrzeug erreichten die Gruppe. Die Krächzstimme nahm einen Schluck aus der Bierdose und zeigte auf Polly. »Wer ist die?«

»Ja, Mädchen. Was machst du auf unserem Schulhof?«, hakte die Brünette nach.

Der rote Begleitroller nahm wieder Fahrt auf und zog seine Bahnen um alle Beteiligten. Ein weißer Hai, dessen Flosse um einen verzweifelten Surfer kreiste. Der Jäger signalisierte einen bevorstehenden Angriff. Juli hatte ihre Schwester längst erkannt, ergab sich aber passiv Svens Umklammerung; sie versuchte, die Zigarette, von der sie gerade einen Zug genommen hatte, hinter ihrem Oberschenkel zu verstecken. Auch Sven wusste, wer vor ihnen stand, musterte die unerwartete Besucherin ohne jegliche Regung. Er wartete ab, wann Juli sich zu regen begann. Vor Anspannung öffnete Polly den Mund einen unsichtbaren Spalt, um nicht durch die Nase zu schnaufen. Die Lampe des roten Rollers leuchtete die Szenerie hektisch aus. Ihr Schein tanzte über die Turnhallenmauer.

Eine leere Bierdose schepperte vor Polly auf den Steinboden wie ein Warnschuss in einem Western. Die Krächzstimme hätte sie auf die kurze Distanz problemlos treffen können, wenn sie gewollt hätte. »Ey, wir haben dich was gefragt! Bist du lebensmüde?« Ein Pseudo-Alphamännchen. Das echte Alphamännchen hielt ihre Schwester umschlungen wie ein Geiselnehmer.

»Kommst du mit?«, fragte Polly Juli. Sie versuchte sich einzureden, dass die Proleten nur Requisite waren, und ignorierte sie.

»Kennst du die?«, schrie die Krächzstimme empört in Julis Richtung.

»Ist meine Schwester«, sagte Juli knapp, als würde sie vor Gericht aussagen. Sie gab Polly mit einem harten Blick zu verstehen, dass sie alles andere als begeistert von der nächtlichen Überraschung war. Polly hätte niemals den Schulhof betreten dürfen. Das war ihr Terrain.

»Mama hat angerufen. Sie fragt, ob es dir gut geht. Sie konnte dich nicht erreichen.«

»Mama hat angerufen«, äffte die Krächzstimme nach und lachte.

Juli reckte ihr Kinn. »Ich steige bestimmt nicht auf dein Scheißfahrrad«, blockte sie ab. Sie musste sich anstrengen, die Coolness vor ihren Freunden aufrechtzuerhalten. »Außerdem kann ich machen, was ich will. Ich bin nicht dein Dackel, den du herumkommandieren kannst.«

Sven hatte seine Umklammerung kein Stück gelockert. Seine Lippen waren direkt an Julis Ohr, er hätte flüstern können, und Polly hätte jedes seiner Worte gehört. Doch er sprach so laut, dass alle es mitbekamen: »Wir wollen sie nicht hierhaben. Sag deiner Schwester, sie soll sich verpissen.«

»Ja, hau ab«, kommandierte Juli aus dem Klammergriff. Ihre Rolle zwischen den Fronten ruckelte in ihrem Brustkorb. Warum musste Polly sie derart bloßstellen?

»Los. Steig auf dein süßes Fahrrad und verschwinde von hier«, legte die Krächzstimme wie ein zerrupfter Papagei auf der Schulter eines Piratenkapitäns nach.

»Sonst klatsch ich dich«, komplettierte die Brünette und stellte sich breitbeinig und mit verschränkten Armen auf die Tischtennisplatte.

Ohne zu antworten und mit einer Scheißwut stieg Polly auf ihr Fahrrad, um schnellstmöglich zu verschwinden. Ihr Herz pochte in der Brust, als der rote Roller wie eine feindliche Eskorte bedrohlich hinter ihr her tuckerte. Egal wie kräftig sie strampeln konnte, gegen die Power von Benzin hatte sie keine Fluchtchance. Eine weitere Dose schlug knapp neben ihr auf dem Steinboden auf. Sie blickte stur nach vorne und hörte die Menge hinter ihr johlen. Tränen traten in Pollys Augen. Es waren keine Tränen der Furcht, sondern Tränen der Enttäuschung und der Wut. Noch nie hatte ihre kleine Schwester sie derart auflaufen lassen.

KAPITEL 12

Tauschgeschäfte

Kirby hatte seine Energieleiste in den österreichischen Bergen aufgefüllt. Seit seiner Rückkehr war er voll in seinem Element, eine Maschine, für eine einzige Tätigkeit gebaut, programmiert und makellos kalibriert. Um elf Uhr hatte er Polly aus dem Bett geklingelt. Mama war noch auf der Arbeit, Juli war nicht nach Hause gekommen; Kirby musste das Telefon fünf Minuten klingeln lassen, bis Polly sich gähnend an den Apparat schleppte. Er sei morgens bereits in der Videothek gewesen. Trotz seines langen Urlaubs gab es kaum Neuerscheinungen bei den Playstation-Games. Die vierte Auflage des Rollenspielklassikers *Breath of Fire* und die tausendste *Dracula*-Variante hatte er ausgeliehen. Zudem war wenigstens ein echtes Schätzchen, über das er sich sehr freute, in seinem Fischernetz gelandet: Auf die Versoftung *Evil Dead: Hail to the King* war er als großer Fan der *Tanz der Teufel*-Trilogie schon lange scharf. Mit dem Entfernen des Kopierschutzes hatte er laut eigenem Bekunden keinerlei Probleme gehabt. Könnte man Digitalchirurgie studieren, hätte er summa cum laude abgeschlossen. Dr. rer. byte. Polly könne sich die drei Games bei ihm abholen. Er müsse sofort auflegen, die Pflicht riefe: Er habe sich für das Wochenende vorgenommen, Zombies mit der Kettensäge zu zerstückeln. Außerdem schalte er von Telefon auf

Internet um; er sei also bis mindestens zum Abend nicht zu erreichen. Es war Polly ein Rätsel, wie viel Kirby immer erledigte, bevor sie überhaupt die Augen öffnete. Es musste an dem Energyzeug liegen, das er fassweise in sich hineinschüttete.

Polly fischte im Klamottenberg und entschied sich für das T-Shirt mit dem kräftigen gelben Smiley. Die rausgestreckte Zunge hatte zahllose Waschgänge schadlos überstanden, der ursprünglich schwarze Stoff tendierte mittlerweile ins Gräuliche. Das Shirt war gealtert, seine Intention zeitlos. Polly wickelte den halben Fleischwurstkringel aus dem Kühlschrank in knittriges Pergamentpapier und packte das Mitbringsel in ihren Rucksack. Mama gegenüber war sie am Telefon diskret geblieben: Ja, Juli war mit ihren Freunden unterwegs, wollte aber nicht mitkommen, es gehe ihr gut. Punkt. Polly hatte beschlossen, zukünftige Botengänge rigoros abzulehnen.

Raus aufs Fahrrad. Play. *Clint Eastwood* von den Gorillaz passte zur gedrückten Stimmung und dem Wechselwetter des letzten Ferientages. Sommergewitter waren für den Nachmittag angekündigt, Polly wollte nicht nass werden.

Weder sie noch Kirby verspürten das Bedürfnis, viele Worte zu wechseln, jeder hatte seine Mission vor Augen – gute Freunde verstehen einander nonverbal. Die Spiele lagen abholbereit auf einem Schränkchen im Flur. Danke, bis später. Zu Tony D – das D englisch ausgesprochen – mitzukommen stand generell nicht zur Debatte. Kirby hatte sie noch nie begleitet. Er konnte »diese Leute« nicht leiden und meinte damit die Bodybuilder, die eine enorme Lebenszeit und viel Anstrengungen damit zubrachten, einen Idealkörper zu formen, der keine Chance hatte, dem unausweichlichen Verfall zu entkommen. Er bedauerte die Klientel für diese jämmerliche Verzögerungstaktik. Polly war sicher, dass der Hauptgrund für Kirbys Abstinenz die Hunde waren, die auf dem weitläufigen

Gelände des ehemaligen Sportinternats frei herumliefen. Er war in seiner Kindheit gebissen worden, seitdem hasste Kirby Hunde. Eine Sache hasste er noch mehr als Hunde: Hundebesitzer. Das Erlebnis, das sich ihm auf ewig in Gedächtnis geritzt hatte, war die zweite Begegnung mit Hund und Herrchen vier Tage nach dem Biss. Beim Wechseln der Straßenseite rief ihm das Herrchen freundlich hinterher: »Keine Angst, der beißt nicht.« Die Lektion hatte Kirby fortan gelernt.

Das ehemalige Sportinternat lag wenige Kilometer außerhalb Neuenkirchens und war über Jahrzehnte bis Anfang der Neunzigerjahre eine große Nummer in der Bundesrepublik gewesen. Vor nationalen wie internationalen Wettkämpfen waren hier die Leichtathletik-Hoffnungen des Landes unterrichtet und trainiert worden. Die Gegebenheiten waren perfekt: Im Untergeschoss des Internatsgebäudes befand sich die Schwimmhalle mit dem Fünfzigmeterolympiabecken und den Saunen; unter dem Dach des Gebäudes war das Prunkstück der Anlage: ein gläsernes Fitnessstudio mit Boxringen und Reha-Bereich; nebenan waren zwei Turnhallen L-förmig angelegt. Die Gebäude rahmten die Multifunktionsarena ein. Wer das Internat aus der vom Sternekoch betriebenen Kantine im Hauptgebäude verließ, fand sich auf einer steinernen Tribüne mit Plätzen für mehr als tausend Zuschauer wieder. Fußballfeld, Tartanbahn, vier Trainingsinseln für Weitsprung, Hochsprung, Wurfdisziplinen von Kugel über Speer bis hin zu Diskus. Während der Vorbereitung auf Olympische Spiele, Deutsche Europa- oder Weltmeisterschaften war das Internat Jahre im Voraus ausgebucht gewesen. Jugend-Nationalmannschaften der Fußballer waren in dieser Abgeschiedenheit zu einer Einheit geformt worden. Verletzte Athleten hatten Kuraufenthalte gebucht. Eingebettet in kilometerweise Wald, der sich für längere Laufeinheiten und Konditionsübungen anbot, wäre das ein optimaler Standort für ein Gefängnis.

War die Abgeschiedenheit abseits der Neonreklamen und des Großstadtnachtlebens anfangs das Aushängeschild des Sportinternats gewesen, wurde sie bald zu dessen Achillesferse. Zu lange dauerten An- und Abreise, es gab mittlerweile immer mehr Marketing- und PR-Termine, die in Metropolen wahrgenommen werden mussten. Der Weg bis nach Berlin oder München war eine Weltreise. Das Sportinternat konnte seinen Ruf als verstaubte Einrichtung mit Standort tiefste Provinz nicht mehr abschütteln. *Sie flehen um den Verfall*, titelte ein großes Boulevardblatt, *Politik im Steinzeitdorf*, ein weiteres. Man hatte keine Möglichkeit gesehen, das renommierte Sportinternat auf dem Land zu retten. So leid es den Entscheidern täte, sei man gezwungen, den Standort aufzugeben und einen neuen, moderneren – letzteres Wort wurde immer häufiger von den Offiziellen ausgesprochen – zu finden. Am 11. Juli 1994, genau einen Tag nachdem der Kopf von Jordan Letschkow Sport-Deutschland einen empfindlichen Stoß versetzt hatte, verabschiedeten sich die letzten Athleten aus dem Internat und bezogen die neue »moderne« Unterkunft in einem Berliner Vorort. Seitdem gab es zwar Förderungen für die Instandhaltung dieser sporthistorisch so prägenden Anlage, das Geld reichte aber gerade so aus, um die Gebäude verkehrstauglich zu erhalten. Man übergab die Multifunktionsarena der Natur, bis sie wegen akuter Einsturzgefahr nicht mehr betreten werden durfte. Mit ihren unkontrollierten Grünwucherungen mutete sie an wie eine antike Kultstätte im südamerikanischen Dschungel.

Vergangenes Jahr war Tony D aus dem Nichts erschienen und hatte dem Bürgermeister ein verlockendes Angebot unterbreitet: Für eine symbolische D-Mark, so ging es damals durch die Medien, hatte er das Hauptgebäude gepachtet und sich verpflichtet, sich um die Räumlichkeiten zu kümmern – die Fördergelder von Land und Bund konnten somit in die Erhaltung der Fassade investiert werden. Unter der monumentalen Glaskuppel hatte sich der Investor im Fitnessstudio eingerichtet. Auch den Saunabereich im Untergeschoss hatte er wieder in Betrieb genommen. Schon nach wenigen Monaten war das ehemalige Sportinternat die Kultadresse für alle, die ihren Körper stählen und formen wollten – neueste Foltergeräte an einem historischen Schauplatz. Auch wenn gemunkelt wurde, dass noch andere Dinge laufen mussten, damit das kostspielige Vorhaben für seinen Pächter rentabel war.

Nach der langen Zufahrt mitten im Wald kam Polly auf dem Parkplatz raus. Die Fahnenmasten – früher je nach Anlass beflaggt – warteten traurig und kahl auf einen Einsatz. Polly lehnte ihr Fahrrad an die Steinmauer vor dem Hauptgebäude. Sie brauchte es nicht anzuketten. Das war die Ironie: Hier würde sich niemand wagen, etwas wegzunehmen. Außer Tony D selbst hätte das veranlasst, der von seinem Glaspalast über die imposante Festung herrschte.

Der Vordereingang war mit einem Aluminiumskelett eingerüstet, zwei Arbeiter restaurierten den Schriftzug über dem steinernen Torbogen. Mit Spachteln entfernten sie das Moos aus den Vertiefungen der Inschrift. *Abyssus abyssum invocat*, war dort eingemeißelt und sollte die Athleten beim Eintreten in diese Hallen mahnen, an ihren Fehlern zu arbeiten. Polly umrundete das Gebäude, um zum Hintereingang zu gelangen. Als sie durch eine provisorische Tür im Gitterzaun trat, kamen frei laufende Hunde auf sie zu gehetzt. Kirby hätte einen Herzinfarkt erlitten. Wie zielsuchende Raketen sprinteten die bulligen Tiere mit heraushängenden Zungen auf sie zu. Polly öffnete seelenruhig ihren Rucksack. Der erste Hund setzte zum Sprung an, dann der zweite, der dritte.

Polly lachte. »Ruhig, ruhig«, versuchte sie das ungestüme Rudel zu besänftigen. »Einen Moment.«

Sie fand den halben Fleischwurstkringel in ihrem Rucksack, riss Stücke ab und ließ die Hunde aus ihren Händen fressen. Glibberige Zungen kitzelten sie. Vier, fünf, sechs, sieben – mittlerweile stand eine ganze Rotte um sie herum, die Schwänze wedelten glücklich wie kleine Scheibenwischer. Polly streichelte die Tiere, kraulte sie hinter den Ohren.

»Ihr habt mich vermisst, meine Süßen.« Die letzten Stückchen warf sie einem älteren Hund zu, der ein paar Meter abseits auf Reste hoffte. Sie zeigte den anderen ihre leeren Hände zum Beweis. »Alles aufgefressen.« Am liebsten hätten die Mäuler selbst im Rucksack nachgeschaut und die frisch gebrannten CDs vollgesabbert. »Ich muss jetzt los«, sagte sie und kraulte ein paar glückliche Schnauzen.

Als sie die Tribüne hochlief, schauten ihr die treuen Augen hinterher. Als Polly das Gebäude betrat, drehten die Hunde ab und verteilten sich auf dem Gelände.

In den Eingeweiden des Prachtbaus ging Polly an leeren Vitrinen vorbei, in denen früher Reliquien der Sportgeschichte ausgestellt waren, und die breite Steintreppe hinauf. Als sie die schwere Tür zum Fitnessraum öffnete, hämmerte ihr *Es ist geil ein Arschloch zu sein* vom Nominator aus dem Big-Brother-Haus entgegen. Polly steuerte unter der Glaskuppel vorbei an den Muskelprotzen, die sich an den Geräten genüsslich um die Wette quälten und ihre Zähne zeigten. Mit Hormonen angereicherter Schweiß lag süßlich-beißend in der Luft. Pollys Ziel war der Schreibtisch, über dem ein wuchtiges Geweih hing. Es war schneeweiß, als wäre es aus Gips gefertigt. Mit Stolz erzählte Tony D jedem Besucher, er hätte das Geweih aus Kroatien geschmuggelt, da der Besitz in Deutschland nicht legal war. Polly war sich sicher, dass es in Kroatien keine

Elche gab. Sie nahm ihm die Geschichte nicht ab. Aber es war ratsamer, mit Tony D zu lachen als über ihn.

Der borstige Oberlippenbart lümmelte sich auf dem Lederstuhl und telefonierte angeregt. Er nutzte das Handy, obwohl auch ein Festnetztelefon, bei dem eine Gesprächsminute nur einen Bruchteil der mobilen Variante kostete, auf dem überquellenden Schreibtisch stand. Sein Muskelshirt gewährte einen Blick auf amateurhaft gestochene Tattoos von kyrillischen Schriftzügen und Nixen mit unproportioniert großen Brüsten. Auf dem Rücken, das hatte Polly gesehen, als Tony D oberkörperfrei trainiert hatte, war ein großes, mit Edelsteinen verziertes Kreuz gestochen. Tony D reagierte nicht auf die vor seinem Schreibtisch strandende Polly, sondern verabschiedete sich höflich und mit mehreren hart gerollten R's von seinem Gesprächspartner. Polly legte eine Hand in den Nacken und überdehnte den Kopf nach hinten, bis es knackte. Wie bei einer alten Frau schmerzte es besonders bei Wetterwechseln.

»Dieses Dreckshandy. Pizda rulyu. Schon wieder hat Scheißakku nur noch einen Balken, obwohl erst vor sechs Tagen aufgeladen.« Tony D warf das Wunderwerk der Technik auf den Schreibtisch. Die Dinger hielten mehr Erschütterungen stand als ein Vorschlaghammer. »Hast du noch das mit Nacken?«

»Das wird leider nicht mehr besser werden, hat der Arzt mir gesagt. Ich kann nur noch den Status quo erhalten.«

»Blödsinn«, er sprach das Ö wie ey aus. »Komm dreimal die Woche zu mir zum Training. Ich mache dir Nackenmuskulatur wie Stier, dann sind Schmerzen weg wie geblasen. Für dich gratis«, gab er sich generös und kratzte sich über die Brust.

Polly rieb die kalten Wirbel. »Äh … Ich glaube nicht, dass das eine gute Idee ist. Mein Arzt rät mir dazu, die Halswirbel zu schonen«, lehnte sie höflich das Angebot ab.

Tony D zischte und machte eine abfällige Geste, als würde er etwas über seine Schulter werfen. »Doktor weiß einen Scheiß. Wem glaubst du? Glaubst du Medizinmann oder Tony D?« Er zauberte ein selbstgefälliges Grinsen auf seine Lippen. Tony D war mit einem beachtlichen Selbstvertrauen ausgestattet. Er ging in seiner Überheblichkeit davon aus, dass die Wahl nicht auf den studierten Spezialisten, sondern auf ihn fallen müsse.

»Ich habe dir neue Spiele gebracht.« Polly überreichte die CDs aus dem Rucksack.

»Warum bringst du mir nicht Spiele für die Playstation 2? Damit könnte ich viel mehr Monetas machen.« Seine Finger spielten die kleinste Geige der Welt. Das Stück hatte er schon öfter für sie aufgeführt. »Die Hardware ist neues Standard. Jeder hat das.«

»Das ist schwierig wegen des Kopierschutzes«, log Polly. Die Wahrheit war, dass sie keinen DVD-Brenner hatte, um die Spiele zu kopieren. Somit wäre sie bei den Geschäften raus.

»No ja. Hast du erzählt, deine Quelle ist Fachmann. Was für chujowo Fachmann kann nicht entfernen Kopierschutz von kleines, rundes CD?« Wenn Tony D sich aufregte, mischte er mit Vorliebe sein Repertoire an osteuropäischen Schimpfwörtern in sein krudes Deutsch wie Smarties in einen Kuchenteig. Beim Fluchen war der Mann absolut barrierefrei.

»Bei CDs kann er das, aber die Playstation 2 ist DVD-betrieben.«

Keine Reaktion von Tony D.

»Ich spreche mal mit ihm«, versprach Polly und korrigierte ihren Zopf. »Hast du auch was Neues für mich?«

Gelangweilt suchte er in einem Stapel raubkopierter Kinofilme, die er höchstpersönlich aus dem Netz gesaugt hatte. Und das mit ISDN, womit der Download eines einzigen Filmes die Telefonleitung für Ewigkeiten blockierte. Wer seine

Ware nicht bei Polly kaufte, der war Kunde von Tony D. »Dinosaurierfilm ist neu. Hast du das schon?« Er reichte Polly eine Kopie von *Jurassic Park III*.

»Cool«, freute sich Polly, bremste ihre Euphorie aber, bevor sie von übersteuertem Ton, der sich anhörte wie durch ein Schnurtelefon aufgenommen, enttäuscht werden würde – oder durch ein grobkörniges Wackelbild. »Wie ist die Quali?«

»Na chuj. Ist okay. Bild okay, Sound auch okay. Ist okay.«

Polly glaubte Tony D kein Wort. Sie glaubte nicht einmal, dass er die Datei geprüft hatte. Tony D hatte bestimmt keine Ahnung von der Qualität der Kopie, den Film aber hundertfach gebrannt und verkauft, mit dem Versprechen an seine Kunden, Topqualität zu liefern. »Supi«, sagte sie abwiegelnd und nutzte die Situation für eine Frage, für die sie nie die richtige Gelegenheit gefunden hatte: »Sag mal ... Tony D, wofür steht das eigentlich?«

»Wofür steht. Wofür steht. Ist mein Name«, ließ er einen leicht pikierten Tonfall anklingen, als hätte Polly etwas Offensichtliches nicht verstanden.

Polly hob die rechte Augenbraue.

Er legte einen genervten Blick auf, hob den Schnurrbart und zischte durch die Zähne: »Tony ist kurzes Form von Anatoly. Opa hieß auch Anatoly. D ist noch kurzeres Form von Doschdestwenskij. Damit Deutsche nicht aussprechen müssen Doschdestwenskij, ich mache es euch leicht. Tony D ist bekannt für großes Herz.« Er erhob sich aus seiner Lümmelposition und lehnte sich konspirativ nach vorne. »Eine Hand macht die andere sauber. Jetzt ich dir stelle eine Frage. Okay?«

Polly hatte sich gewundert, warum er plötzlich mit der Wahrheit – insofern es die Wahrheit war – herausgerückt war. Aus der Nummer mit dem Ziegenhandel kam sie nicht mehr raus. Sie hatte das Tier längst in Empfang genommen, jetzt musste sie seine Leine rüberreichen. »Okay, frag!«

Tony D fuhr sich mit Daumen und Zeigefinger den buschigen Oberlippenbart ab und flüsterte wie ein Agent: »Du hast Nachrichten geschrieben über toten Mann an Kabel in Palazzo. Hab ich deinen Namen in Zeitung gesehen. Ganzes Stadt redet heute von nichts anderes. Sag mir, wer hat den totgemacht?«

Polly war sich nicht sicher, ob sie Tony D verstanden hatte. »Es ist noch nicht klar, wie der gestorben ist.«

»Hui s gory! Du weißt, was ich meine.« Das Flüstern mutierte zu einem aufgeladenen Zischen. »Zeitung weiß, was Polizei weiß. Ihr lauert gemeinsam unter der Decke. Mir kannst du Information anvertrauen. Wenn du mir sagst, wer den hat umgebracht, kriegst du halbes Jahr alle Filme ohne tauschen.« Er hauchte die letzten Worte, seine Augen wurden größer. In Manier eines Dschinn bot er einen Wunsch feil.

»Ich weiß wirklich nicht mehr, als ich in der Zeitung geschrieben habe«, beteuerte Polly. Sie hatte ihn noch nie so aufgekratzt erlebt. Auf keinen Fall – auf gar keinen Fall! – durfte sie es sich mit Tony D verscherzen. Sie legte sich die Hand auf den Brustkorb und gab einen Eid ab: »Ich schwöre dir, wenn ich etwas mitbekomme, erfährst du es als Erster.«

Tony D zögerte. Er sah Polly tief in die Augen. Dann schlug er mit der flachen Hand, an der er einen protzigen Goldring trug, so hart auf den Tisch, dass der CD-Turm klackernd kollabierte – was er ignorierte. »Yoptel-mopsel. Du hast Glück: Ich glaube dir. Du kommst zu mir und erzählst, wenn du etwas erfährst.« Er streckte ihr die Hand entgegen. »Hand besiegelt!«

Polly schlug ein. Tony D ahnte nicht ansatzweise, wie erleichtert sie war. Ein russischer Rapsong setzte über die Boxen ein. »Deal!« Sie hatte etwas gut bei Tony D.

KAPITEL 13

Schwestern-Talk am Nachmittag

Früher oder später wären beide erneut aufeinandergetroffen. Polly wäre später lieber gewesen. Sie hatte es gerade noch trocken nach Hause geschafft, hätte sich am liebsten mit einer gekühlten Cola vor die Riesenröhre im Wohnzimmer gehockt, um herauszufinden, ob die Formel für Urzeitunterhaltung auch ohne Steven Spielberg aufging. Aber die Couch war besetzt. Juli faulenzte gedankenlos, hatte die Füße über die Rückenlehne gelegt und hing kopfüber vom Sitzkissen wie eine Akrobatin im Zirkus. Sie hatte schon als Kind Filme kopfüber geschaut, obwohl Mama meckerte, es sei ungesund, wenn zu viel Blut in den Kopf liefe. Das Handy und der Fernseher mussten sich Julis Aufmerksamkeit teilen. Sie drangsalierte die Fernbedienung. Sie schlug hasenartig Haken durch das Nachmittagsprogramm. RTL, Sat.1 und Pro7 boten einen Mix an Talk-Formaten, bei denen es Juli weniger um den Moderator als um das Thema der Sendungen ging. Natürlich war es entscheidend, dass möglichst einfältige Gäste ihre absurden Geschichten und Theorien vor den Kameras erbrachen und sich zum Gespött der TV-Nation machten.

Täglich waren sechs Stunden Talkshow am Stück möglich: Sat.1 bombardierte von elf bis fünfzehn Uhr mit *Franklin, Vera am Mittag* und *Britt* das Publikum, der Fusionssender Pro7 berieselte von vierzehn bis siebzehn Uhr mit *Arabella, Andreas Türck* und *Nicole*. RTL hielt erfolgreich ab dreizehn Uhr mit dem Duo *Die Oliver Geissen Show* und *Bärbel Schäfer* dagegen. Ur-Talker Hans Meiser hatte im März das letzte Mal durch seine gleichnamige Sendung geführt und ein denkwürdiges Vermächtnis der Trivialunterhaltung hinterlassen.

Während im Privatfernsehen gestritten und beleidigt wurde, jonglierte Juli mit SMS und Kontakten, die wieder mal die Kapazitätsgrenze erreicht hatten. Polly war es ein Rätsel, dass Juli überhaupt hundert Leute kannte. Zudem mussten alle ein Handy besitzen und in ihr das unwiderstehliche Verlangen wecken, den Telefonspeicher mit Kontakten zu füllen. Juli wiederum war es ein Rätsel, wieso Polly das natürliche Bedürfnis, eine Sammlung an Menschendaten anzulegen, nicht verspürte.

»Hast dir wohl vorgenommen, den letzten Ferientag so richtig sinnvoll zu gestalten und keine Sekunde zu verschwenden«, kommentierte Polly.

»Stimmt, ich Idiotin«, sagte Juli und starrte auf das Display. Juli pflegte diese puristische Form plakativer Gleichgültigkeit. »Ich könnte lieber den ganzen Tag Videospiele spielen oder einen dieser hochwertigen Filme gucken, bei denen Menschen Körperteile abgeschnitten werden. Wie ärgerlich.«

»Ein geistreicher Vergleich – wie ich es von dir gewohnt bin. Ich freue mich schon drauf, dass du mir erzählst, das Lesen von SMS käme einem literarischen Vergnügen gleich.« Polly schob ihre Brille auf die Nasenwurzel. »Darf man auf deinen heutigen Fernsehauftritt gespannt sein und dich bewundern, wenn du mit deinen Freunden Reich-Ranicki und Karasek diskutierst?« Polly drehte ihr Handgelenk, um einen gespielt entsetzten Blick auf ihre imaginäre Uhr zu werfen. »Musst du nicht los? Sonst schaffst du es nicht mehr rechtzeitig ins Studio.«

»Bla, bla, bla.«

»Hast du mir sonst nichts zu sagen?«

Es reichte Polly. Juli hatte genügend Möglichkeiten gehabt, sich für den familiären Hochverrat auf dem Schulhof zu entschuldigen oder wenigstens eine Ausrede zu liefern. Aber Polly wartete vergeblich. Sie hatte keine Holschuld. Eine erbettelte Entschuldigung hatte keinen Wert.

»Kommt da nichts?« Polly legte eine Hand in die Hüfte. »Gar nichts?« Keine Regung seitens Juli. Volle Aufmerksamkeit auf die vierundachtzig mal achtundvierzig monochromen Pixel. Abgeschirmt von einer unsichtbaren, schalldichten Sphäre. »Diese Proleten, die du dich nicht schämst deine Freunde zu nennen, hätten mich fast verprügelt, und du hast dazu nichts zu sagen?« Sie hätte Juli so etwas niemals angetan – daran bestand keinerlei Zweifel.

»Ey, nenn die nicht Proleten!« Blitzschnell saß Juli aufrecht auf der Couch. Jetzt war sie die Anwältin ihrer Clique. Auch ihre Ehre stand auf dem Spiel. Polly hatte den Schalter gefunden und den Kampfmodus ihrer Schwester aktiviert. Bei einer Akupunktur sprach man von einem Triggerpunkt. Und Polly hatte ihre Nadel tief und fest in die richtige Stelle gestochen.

»Ach, die verteidigst du? Sieh an. Deine eigene Schwester ist dir egal, die darf man mit Bierdosen bewerfen und bedrohen. Da guckst du sogar zu. Aber das Assipack auch nur schräg anzusehen ist ein moralischer Affront.«

»Ey, ich bin mit dem zusammen. Fest, verstehst du?« Juli überkreuzte Mittel- und Zeigefinger. »Wir lieben uns total. Vielleicht gehört der mal zu unserer Familie. Hast du daran mal gedacht? Du bist echt nicht normal.« Bei jedem Satz legte Juli ein Lautstufenlevel drauf.

»Ein Traum. Das hört sich nach einer Erfolgsgeschichte an. Und eure Kinder schlagen sich mit Hütchenspielen auf dem

Kirchplatz durch.« Unter der dicken Schicht Sarkasmus verscharrte Polly ihre grenzenlose Enttäuschung.

»Miss Superbrain hält sich wieder für was Besonderes. Aber dich will höchstens dieser fette Nerd zur Freundin und sonst keiner.«

Stille. Wärme kroch in Pollys Wangen, ihr kompletter Blutvorrat konzentrierte sich in ihrem Kopf. Sie war erstarrt. Auch Juli schien von der Kraft ihrer gedankenlos abgefeuerten Worte überrascht. Juli hatte es gewagt, ihr diese Frechheit vor den Kopf zu werfen. Dabei hätte Polly bestimmt den ein oder anderen Typen zum Freund haben können. In der sechsten Klasse hatte sie Briefchen mit einem Jungen ausgetauscht. Kleine, mehrfach gefaltete Zettel hatten sie sich in den Pausen heimlich zugesteckt, sodass es keines der anderen Kinder bemerkt hatte. Aber als er sich abseits der Nachrichten mit ihr auf ein Eis treffen wollte, war Polly nervös geworden, hatte ihm abgesagt und das Antwortbriefchen damit geschlossen, dass dies die letzte Nachricht war, die sie ihm schrieb. Vergangenes Jahr hatte sie auf der Silvesterparty nach zwei Bier und ein paar Genever wild mit dem Cousin der Gastgeberin geknutscht. Er hatte sogar eine Hand unter ihrem T-Shirt auf den Rücken gelegt. Beim Abschied hatten sie Nummern ausgetauscht. Aber nüchtern fehlte ihr der Mut, ihn anzurufen. Jedes Telefonklingeln in den darauffolgenden Tagen hatte ihr Herz beschleunigt, als wäre ihr Lebensmuskel auf das schrille Geräusch konditioniert. Sie war zum Hörer geeilt, um vor Mama oder Juli abzuheben. Doch es war nie für sie. Sie war ihm nie wieder begegnet, und mittlerweile wusste sie selbst nicht mehr, wie viel Alkohol und wie viel Prozent Leidenschaft in der Geschichte gesteckt hatten. Sie musste nicht wie Juli alle paar Monate einen neuen Freund haben. Aber das von ihrer jüngeren Schwester an den Kopf geworfen zu bekommen, war beschämend. Mit trockenem Hals drehte Polly in ihr Zimmer ab.

»Ich glaube, mein Rechner braucht ein neues Passwort«, sagte sie beinahe flüsternd.

»Das kannst du nicht machen«, kreischte Juli ihr hinterher. Sie sprang von der Couch. »Ich brauche ICQ!«, winselte sie. Ein Fuß verhedderte sich in der roten Kordel der Coast-Tüte mit den bunten Lettern, die sie nach dem Schulsport neben die Couch gedonnert hatte. Juli geriet ins Straucheln und fegte mit der Fußschlinge ein Glas und die Süßigkeitenschüssel vom Wohnzimmertisch. Weingummi und eine Saftpfütze verteilten sich über das Parkett. »Polly, bitte!«

Julis Flehen verhallte wie in einem leeren Tunnel. Pollys Zimmertür krachte ins Schloss.

KAPITEL 14

Die Vorsitzende

Eine halbe Stunde vorbeischauen, ein paar Zitate, ein Foto – dazu hatte sich Polly überreden lassen. Auf die Vans als rebellischen Akzent verzichtete sie nicht. Der graue Faltenrock und die weiße Bluse würden dem Anlass gerecht werden. Polly fühlte sich verkleidet. Sie hatte sich die Kombination für den Fall einer Einladung zu einem Vorgespräch an den Universitäten, an denen sie sich beworben hatte, zugelegt. Ein Investment in ihre Seriosität. Mit der Bastelschere, die sie aus dem Oberstufenkunstkurs hatte mitgehen lassen, hatte sie die Preisetiketten abgeschnitten.

Eigentlich hatte sie sich vorgenommen, nicht mehr zuzusagen, wenn Niklas anrief, um sie zu einem Termin zu schicken. Er änderte die Überschriften aus Prinzip – schärfte sie, wie er es nannte, was aber auf eine Skandalisierung hinauslief. Er formulierte Absätze nach seinem Geschmack neu, strich komplette Passagen. Kein Kannibale zerlegte seine Beute so hemmungslos.

Aber die Jahreshauptversammlung von Büsoha, dem Bündnis sozialer Hausfrauen, im Gemeindehaus war einfach verdientes Geld. Außerdem brauchte Niklas den Text erst am Sonntag. Somit konnte sich Polly zwei Tage für die achtzig geforderten Zeilen Zeit lassen, die sie auch hätte vorschreiben können, weil bei solchen Anlässen Jahr für Jahr das Gleiche passierte. Sie hätte im Text lediglich Platz lassen müssen für die einzig echten Informationen, die auf diesen turnusgemäßen Zusammenkünften – Büsoha legte historisch bedingt als einziger Verein des Ortes seine Jahreshauptversammlung in die Mitte des Jahres anstatt an den Anfang – zu holen waren: die Namen der neu- oder wiedergewählten Mitglieder der Vereinsspitze.

Einziger Lichtblick für eine Berichterstattung abseits von nullachtfünfzehn war die Vorsitzende von Büsoha, Constanze »Conny« Krüger, die die Anwesenheit der Presse wie ein Hollywoodstar genoss und sich mit Vorliebe zu prekären Zitaten gegen die Stadtverwaltung hinreißen ließ. Die Hoffnung, auch an diesem Abend eine saftige Verwaltungsschelte zu notieren, für die sich die entsprechenden Damen und Herren kommende Woche vor der heimischen Presse rechtfertigen mussten, hatte jede Berechtigung zu keimen.

Allerdings teilte Conny Krüger auch gerne gegen Anwesende aus. Polly hatte am eigenen Leib die erniedrigende Erfahrung einer Zurechtweisung vor Publikum gemacht. Conny Krüger war nicht nur Vorsitzende von Büsoha, sondern auch Vorsitzende des Frauenchors *cantus vulpes* und Gründungsmitglied der *WanderWeiber*, die jeden Sonntag in den *Wäldern* der Umgebung unterwegs waren und ihr doppeltes Kreide-W auf die Türrahmen besuchter Einrichtungen malten. Sie war seit Jahrzehnten Schriftführerin des Heimat- und Ortsvereins und hatte in dieser Funktion einen legendären Bürgerantrag gestellt, über den man an den Tresen lachte und schimpfte. Sie war mit ihrem Anliegen (und tatkräftiger Unterstützung der Lokalpresse) eine lokale Bekanntheit geworden – bei den meisten Menschen aber eher berüchtigt als berühmt –, als sie ihren Antrag lautstark im Ausschuss für Mobilität und Verkehr vorgetragen hatte. Auf acht vorwurfsvoll formulierten Seiten hatte sie gefordert, Lkw das Befahren aller Nicht-Landstraßen von montags bis donnerstags in der Zeit von einundzwanzig bis neun Uhr sowie durchgängig an Wochenenden (und dazu zählte sie auch die Freitage) zu verbieten. Ihr Anliegen wurde nach lautstarker Diskussion mit der Antragstellerin von der Lokalpolitik einstimmig als »völlig unrealistisch und nicht umsetzbar« abgelehnt, von Conny Krüger aber »noch lange nicht« als endgültig erledigt erklärt. Darüber, so versicherte sie den anwesenden Ausschussmitgliedern, werde noch zu sprechen sein. Dafür werde sie sorgen. Ähnlich intensiv engagierte sie sich als Ehrenmitglied im Städtefreundschaftsverein und organisierte alle zwei Jahre die Fahrt zu Familien nach Ogre in Lettland, an der sie höchstpersönlich teilnahm.

Bei all diesen Funktionen im Vereinsgefüge der Stadt war Polly die »Schlampigkeit« unterlaufen, in einer Zeitungsmeldung Conny Krügers Vereine und Funktionen zu vermischen. Conny Krüger war zur Furie mutiert und hatte in der Redaktion aufgeregt mit dem säuberlich ausgeschnittenen Zeitungsartikel vor der Nase des Chefredakteurs gewedelt, als wäre das ein Beweisstück vor Gericht. Hubert Hermanns hatte sich in seiner üblich souveränen Art vor Polly gestellt und das Kunststück vollführt, die Situation unter Kontrolle zu bekommen, ohne Conny Krüger noch weiter zu reizen. Polly fragte sich, wie diese Frau es sich leisten konnte, Ehrenamtlichkeit als Fundament ihrer Existenz zu wählen. Mit hoher Wahrscheinlichkeit lag das am Gold um ihren Ringfinger. Vielleicht hatte sie auch lukrativ geerbt.

Polly wusste so gut wie jeder andere, dass Conny Krüger empfänglich für Lob und Komplimente war. So begrüßte sie die Vorsitzende vor der Versammlung mit: »Sie haben das Gemeindehaus überaus hübsch dekoriert«, garniert mit einem geflöteten: »Dieses Kostüm steht Ihnen wirklich hervorragend. Sehr geschmackvoll.« Schon hatte Polly alte Gräben effektiv zugeschüttet und Conny Krüger, vorerst, auf ihrer Seite.

Mit dem Austausch weiterer Freundlichkeiten war es abrupt vorbei, als die Doppeltür des Gemeindehauses synchron aufschwenkte wie bei einem Westernsaloon. Mit zwanzigminütiger Verspätung und einem lautstark peinlichen Auftritt, der die Aufmerksamkeit der knapp fünfzig anwesenden Büsoha-Damen auf sich zog, beehrte Bürgermeister Ulrich »Uli« Riegel die Versammlung mit seiner Anwesenheit.

»Ein unmöglicher Mann«, zischte Conny Krüger ihrem Vorstand zu und schüttelte den Kopf. Die Damen, die sie umkreisten, nickten zustimmend, während Uli Riegel seine Wampe durch das Gemeindehaus schob. Ein Kreuzfahrtschiff, das in einem Minihafen anlegte. Er badete mit Wonne in den Blicken, als wären die Menschen nur gekommen, um seine Herrlichkeit zu bewundern.

Die Händeschüttelei spülte den Bürgermeister beim Büsoha-Vorstand an. Dicke Aquariumswände in seiner Brille vergrößerten die aufgerissenen Augen disproportional. Die Pupillen zuckten wie zwei Guppys auf LSD hektisch umher. Der leicht nach vorne geschobene Oberkiefer betonte die großen Schneidezähne, wenn er grinste – was er unentwegt tat – und dabei manisch nickte. Der für einen Neununddreißigjährigen verfrühte graue Igel in Kombination mit dieser roten Fliege, die er bei jedem Termin als falsche Fährte für kultiviertes Verhalten trug, machte den Wahnsinn perfekt. In der Redaktion fragte man sich, ob es immer dieselbe Fliege war oder ob er mehrere Exemplare im Kleiderschrank lagerte. Die Redakteure hatten jeweils zehn D-Mark für denjenigen ausgelobt, der den Bürgermeister darauf ansprach.

Soziale Umgangsformen waren Uli Riegel fremd. Er erschien partout unpünktlich. Seine ausgeprägt narzisstische Art stieß sogar seinen engsten Mitarbeitern übel auf. Innerparteilich hatte er hinter vorgehaltener Hand einen derart schlechten Ruf, dass die Frage im Raum stand, warum gerade er für die Bürgermeisterwahl als Kandidat auserkoren worden war. Er ließ jegliche Aura einer Führungsperson missen. Belächelt zu werden, mag für einen Narren eine Auszeichnung sein, aber es disqualifizierte jedes Stadtoberhaupt.

»Das letzte Mal, dass ich so viele Frauen auf einem Haufen gesehen habe, war beim Sommerschlussverkauf im Schuhgeschäft«, sagte Uli Riegel zur Begrüßung und lachte als Einziger über seinen zotigen Witz, für den er sich das denkbar schlechteste Publikum ausgesucht hatte. Polly sah in Conny Krügers Gesicht, dass sie sich innerlich schüttelte und krümmte.

Die Vorsitzende schüttelte den geistigen Frost ab und schaltete in berechnenden Marionettenmodus. »Ach, Herr Bürgermeister, Ihr Humor ist so belebend«, flötete Conny Krüger; jeder merkte, wie geheuchelt diese Freundlichkeit war.

Jeder, außer Uli Riegel. Er zeigte sich aufrichtig geehrt und maßregelte seine drei Krawatten, die er im Schlepptau hatte: »Da hört ihr mal, wie sehr man euren Chef hier schätzt.« Der Bürgermeister grinste breit, die Guppys waren aufgeregt. »Da könnt ihr euch eine Scheibe von abschneiden.«

»Wir freuen uns immer, Sie in unserer Mitte zu wissen. Dieser Verein ist immerhin das soziale Herzstück unserer schönen Stadt.« Conny Krüger leckte sich über den Lippenstift.

Uli Riegel rieb mit einer Hand seine Wackelpuddingwampe. »Wenn Sie so sozial sind, dann spenden Sie doch einmal einen hübschen Betrag an Ihren armen Bürgermeister.« Sein Lachen fand abermals kein Echo, was er nicht bemerkte. Er schloss partout aus, dass seine humoristischen Delikatessen nicht goutiert werden könnten. »Genug geschwatzt. Ich gehe eine rauchen, dann können wir anfangen. Es kratzt im Hals, das kann nur eine Zigarette wieder ölen.« Er fand nichts Anstößiges daran, die Veranstaltung im Alleingang um gut eine halbe Stunde verzögert zu haben. Das war mitnichten ein Novum. Eine weitere Begegnung der unangenehmen Art.

»Herr Bürgermeister, für Sie haben wir selbstverständlich alle Zeit der Welt«, versicherte Conny Krüger und wollte ihm befürwortend eine Hand auf den Arm legen, entdeckte dann die textilverschlingenden Schweißflecke auf seinem Hemd und zog sie angewidert zurück. »Laeticia, holst du für unseren geehrten Bürgermeister einen Aschenbecher?«, kommandierte sie ihre Stellvertreterin herum und säuselte dem Bürgermeister zu: »Gehen Sie nur nach draußen. Frau Jäger bringt Ihnen alles, was Sie brauchen.«

Während Uli Riegel abzog, witterte Polly ihre Chance, die Veranstaltung in ihrem Sinne zu beschleunigen. Eine unerwartete Fluchtmöglichkeit tat sich vor ihr auf. »Gibt es Neuigkeiten zu verkünden? Werden neue Gesichter im Vereinsvorstand bekanntgegeben?«, fragte sie Conny Krüger. Die wusste, mit Sicherheit schon, bevor sich die erste Hand zur Abstimmung hob, wie ihr Verein nach der Jahreshauptversammlung aussehen würde. Überraschungen hatten den Rang von Fabelwesen.

»Nehmen Sie Platz und erfreuen Sie sich unseres Programmes. Wir haben ein paar Höhepunkte vorbereitet, da können Sie die komplette erste Seite für Ihre Berichterstattung reservieren«, blockte Conny Krüger ab.

Wenigstens das Foto wollte Polly im Kasten haben, bevor sie nach Veranstaltungsende alle Vorstandsmitglieder zusammensammeln müsste. »Dann knipsen wir jetzt bitte das Bild. Damit Sie Ihre Ruhe haben und sich voll und ganz auf die JVH konzentrieren können.« Die Objektivklappe klickte.

»Das sollten wir hinkriegen«, sagte Conny Krüger. Für sie war jedes Bild von sich in der Tageszeitung ein Akt der Wertschätzung. Durch diesen Gedanken angestachelt, trieb sie mit ihrer autoritären Lehrerinnenstimmlage alle Büsoha-Damen zusammen. Erst das Standardmotiv, auf dem alle Frauen stramm und artig nebeneinanderstanden wie Rekruten bei der Grundausbildung. Selbst dazu gehörte Überzeugungsarbeit, denn die ein oder andere zeigte sich überrascht von dem Fotowunsch und wäre doch vorher zum Friseur gegangen, hätte sie im Voraus von einem Bild für die Zeitung gewusst. Strähnen wurden gestrichen, Blusen gezupft, Kinne unnatürlich gestreckt. Anschließend bestand Polly auf einem minimal kreativen Foto und wollte die Vorstandsdamen hierarchisch inszenieren. Conny Krüger vorne, hinter ihren Schultern ihre beiden Vertreterinnen, schräg dahinter die Schriftführerin und die Schatzmeisterin.

Ohne einen Schritt in die V-Formation zu setzen, protestierte Conny Krüger gegen diesen für ihren Geschmack zu avantgardistischen Vorschlag, als wäre es Pollys Absicht, sie lächerlich zu machen: »Eine scheußliche Idee. Solche Grimassen sind unter unserem Niveau. Wir sind doch keine Karnevalsgarde.«

»Es wäre ein Vorteil für Büsoha, wenn wir Ihre Versammlung mit einem besonderen Motiv würdigen. Etwas, womit wir aus der Masse hervorstechen könnten«, warb Polly.

»Junges Fräulein, wir haben es nicht nötig, uns mit albernen Bildern zu profilieren. Wir stechen mit besonderen Leistungen hervor. Sie sollten sich geschätzt fühlen, diesem besonderen Anlass beiwohnen zu dürfen, anstatt meine Zeit zu verschwenden.« Ihre Lippen waren trotz der Make-up-Schicht dünn wie aufeinanderliegende Bügelbretter. »Mich beschleicht das Gefühl, dass Sie sich nicht adäquat auf dieses Ereignis vorbereitet haben. Ich bin aufrichtig enttäuscht, das kann ich nicht leugnen. Ich muss wohl mit Herrn Hermanns sprechen. Es kann nicht angehen, dass die lokale Presse so mit unserem großartigen Verein umgeht und zu unserem wichtigsten Jahrestermin eine freie Mitarbeiterin schickt. Der Bürgermeister kommt persönlich, also müsste auch der Chefredakteur hier sein.«

Polly könnte eher einen Diamanten mit einer Zahnbürste zermahlen, als mit der Vereinsvorsitzenden zu diskutieren. Damit war das langweilige Orgelpfeifenmotiv für die Montagsausgabe beschlossen. Sie sehnte den Tag mehr denn je herbei, an dem sie den Fangarmen der Provinz und ihrer archaischen Oberhäupter für immer entkommen könnte.

Nachdem sie ihre Aversion gegen dieses Theater auf einen kleinen Punkt in ihrem Inneren zusammengestaucht hatte, wagte Polly einen weiteren Anlauf: »Haben wir denn alle zur Wahl stehenden neuen Vorstandsmitglieder auf dem Foto?«

»Ihr Foto ist wunderbar«, flötete Conny Krüger.

»Wir sollten nicht vergessen, dass Bibi fehlt. Sie lässt sich für heute entschuldigen«, rief Laeticia Jäger.

Conny Krüger quittierte die unerwünschte Korrektur mit einem scharfen Blick; Laeticia Jäger duckte sich weg. Die Vorsitzende strich sich mit einem Finger durch die Haare. »Richtig. Danke, Laeticia«, sagte sie und wandte sich an Polly: »Brigitte Rath hat sich zur Wahl der Zweiten Vorsitzenden aufstellen lassen. Allerdings kann sie heute aus privaten Gründen nicht anwesend sein.«

Polly hielt den Schein aufrecht, mit der Antwort zufrieden zu sein, und notierte sich den Namen Brigitte Rath. »Eine familiäre Angelegenheit?« Es bereitete ihr Vergnügen, in Conny Krügers Ego zu bohren.

»Frau Rath ist eine äußerst engagierte Bewohnerin unserer kleinen Stadt, müssen Sie wissen. Sie ist – so wie ich«, wieder diese Betonung, »– in zahlreichen Vereinen aktiv. In ihrer Funktion als Erste Vorsitzende des Tierschutzvereines kann sie zurzeit nicht ihr Haus verlassen. Sie wissen bestimmt von dieser tragischen Geschichte aus dem Hochhauskomplex?«

»Mit dem Erhängten?«

»Selbstverständlich die mit dem Toten. Oder haben sich in dieser Woche noch andere Unglücke in dem Sozialbau ereignet?« Conny Krüger korrigierte ohne Handspiegel ihren Lippenstift mit der Spitze ihres Fingernagels. »Wie dem auch sei. Bei diesem …«, sie rang um das richtige Wort und verschluckte die falschen, »diesem Mann wurden bekanntlich unzählige verwahrloste Tiere geborgen. Über die Sommerferien ist das Tierheim, wie Sie als Lokalredakteurin wissen sollten, geschlossen. Deswegen hat Frau Rath die schmutzigen Viecher bei sich aufgenommen. Sollte sie also heute zur Zweiten Vorsitzenden gewählt werden, dann kann sie diese Ehre erst bei unserer nächsten Monatssitzung in Empfang nehmen.« Conny Krüger beugte sich konspirativ zu Polly. »Wir sollten Frau Rath aus Pietätsgründen diesem armen Mann gegenüber aus der Berichterstattung weglassen.«

»Dafür habe ich Verständnis. Das kriegen wir hin«, sagte Polly. Sie notierte die wichtigsten Stichworte. Der Chefredakteur hatte sie gebeten, die Geschichte aus dem Palazzo weiterzudrehen; ein Gespräch mit der Frau, die sich um die Katzen kümmerte, wäre ein formidabler Aufhänger. Sie gab sich nicht die Blöße, sich anmerken zu lassen, wie aufgeregt sie über diese Neuigkeit war. Ihre Gedanken waren weit weg von Büsoha und dem Gemeindehaus. Sie musste ein Gespräch mit Brigitte Rath arrangieren.

In diesem Moment kam der Bürgermeister mit seiner Entourage von der Zigarette zurück. Das erste Mal, dass Polly sich über seine Anwesenheit freute. Das Murmeln verstummte, alle nahmen an den dekorierten Tischen Platz, auf deren Deckchen vielerorts nur Krümel übrig waren.

Dem lückenlosen Bericht der amtierenden Kassenprüferin, der alle Kleinstausgaben ab einer D-Mark enthielt, folgte eine Terminrückblende mit Diaschau über den Ausflug zum Kerzenmuseum. Dort selbst gestaltete Wachserzeugnisse machten die Runde. Nach der Mitgliederehrung mit einer Auszeichnung für fünfundzwanzigjährige Vereinstreue gab es einen Auftritt des Chores *cantus vulpes,* der zu großen Teilen deckungsgleich mit den Mitgliedern von Büsoha war.

Polly hatte Mühe, dem Programm zu folgen. Ihr ging die Tierschützerin mit dem Herz für kranke Katzen nicht aus dem Kopf. Draußen vor den Türen des Gemeindehauses grollte es. Irgendwann mussten die Wolken platzen.

KAPITEL 15

Eine Karmesinrote Karriere

Polly hielt die Handfläche aus dem Fenster, wie ein Kind, das um Süßes bat. Die Tropfen waren dick und warm, perlten aus dem dichten Blätterdach über ihnen. Es roch frisch, aber ein wenig schwer; beinahe ölig. Sie genoss das.

»Meinst du, das rettet die Bauern?«, fragte sie mit einem schweifenden Blick über die unendlichen Felder, die in den unterschiedlichsten Gelbnuancen und streng voneinander abgegrenzt an ihnen vorbeirauschten.

»Kommt drauf an, wie sich das entwickelt. Ein paar Regenstunden werden nicht genügend Lohn für die Hitzewochen sein, die die Erde ausgetrocknet haben.« Kirby hielt sich verkrampft am Lenkrad fest, als drohte es abzufallen. »Mich macht es jedenfalls fertig.« Er sah erschöpft und träge aus, sein T-Shirt war klamm, der Rücken hatte sich am Fahrersitz festgesogen, der Schweiß sickerte tief in die Polster und hinterließ krustige Salzränder.

»Ich mag es, wenn es draußen donnert. Besonders während ich unter der Decke liege.«

»Du deckst dich doch bei der Hitze nicht ernsthaft zu?« Kirby schlief generell nackt und bei den sommerlichen Temperaturen bäuchlings auf seiner Decke wie eine an der Oberfläche treibende Wasserleiche – nur wenn Polly bei ihm übernachtete, trug er Shirt und Boxershorts.

Seit dem Vorabend im Gemeindehaus hatte es durchgängig geregnet, teilweise geschüttet. Polly hatte vor dem Schlafengehen ihren Kopf auf die Unterarme gestützt und die gigantischen Energiestöße mitangesehen, die die Natur Richtung Erde schickte. Mehrgliedrige Blitze waren in den Boden mäandert wie jahrhundertealte Wurzeln unter einer verästelten Eiche. Manche hatten so laut geknallt, dass Polly dachte, sie wären direkt über dem Haus niedergegangen. Eine Warnung. Unter dem Grummeln und Brodeln hatte sie Feuerwehrsirenen herausgehört.

Ein Gähnen entfloh ihr, sie verzichtete darauf, den sich verzerrenden Mund zu bedecken. »Ich hätte gerne länger geschlafen.« Es war kein Vorwurf.

»Wem sagst du das?«

»Wann hat die Kettensäge den Geist aufgegeben?«

»Carpe noctem, wie ich immer sage. Kurz nach fünf habe ich den letzten Zombie plattgemacht.«

»Hat es sich wenigstens gelohnt?«

»Ist eher etwas für Hardcore-Fans des Franchise. Die Lizenz hat einen Großteil des Budgets aufgefressen. So wie immer. Dann hatte man nicht genügend finanzielle Ressourcen übrig, um ein gutes Game draus zu machen. In ein paar Wochen spricht da keiner mehr drüber. Schade.« Er wischte sich mit dem Handrücken über die Stirn. Der Schweiß war salzig und klebrig; ein Zwitterkind aus Müdigkeit und Luftfeuchtigkeit. »Gegen halb neun kam der Anruf. Ist halb so wild, mein Wecker hätte eh um zehn Uhr geklingelt.«

»Gute drei Stunden. Immerhin.« Für Polly war das keine Option. Sie schlief zu gerne, als dass sie sich mit Kirbys antrainierten Kurzrhythmen anfreunden könnte. Besonders an den Wochenenden war sein Pensum straff durchgetaktet. Sein Schlaf war kurz, aber intensiv. Eine lange Nacht hatte bei ihm stets einen frühen Morgen an der Leine. »Freust du dich?«

»Es wird sich lohnen. Besser als jeder Großstadtflohmarkt. Der gibt Stammkunden Mengenrabatt und die Auswahl ist beispiellos.« Er zeigte auf das Handschuhfach seines beigen Opel Vectra A. »Gib mir mal eine Dose.«

Polly reichte ihm einen Energydrink aus dem Lager hinter der Plastikklappe. Kirby rollte das Leichtmetall zum Kühlen über die Stirn, bevor er die Dose öffnete. Der Aluverschluss knackte, urplötzlich roch es nach karamellisiertem Zucker.

Der Regen legte eine Schüppe obendrauf. Es trommelte auf das Dach des Vectra. Polly kurbelte das Fenster hoch, obwohl es viel zu warm war, um sich mit der schwülen Luft einzuzuckern. Beim Atmen lagerte sich ein temporärer Fettfilm in der Lunge ab. Polly dachte an Oma Anna, der Temperatur- und Wetterumschwünge zu schaffen machten. Sie wollte ihr spätestens morgen einen Besuch abstatten.

Dann kam ihr die Pflegemutter der Katzenhorde in den Sinn. Sie hatte Laeticia Jäger in einem heimlichen Gespräch die private Telefonnummer von Brigitte Rath abschwatzen können. Doch ein später Anruf nach der JHV wäre unhöflich gewesen, und am Morgen hatte der Anrufbeantworter sein Band abgespielt. Polly hatte draufgesprochen, Namen und Anliegen genannt, zweimal langsam ihre Telefonnummer aufgesagt und um Rückruf gebeten.

Während Polly tagträumte, schob Kirby *Carving a Crimson Career* in den nachgerüsteten CD-Player mit den dunkelblau leuchtenden Tasten. Er liebte das Album und wartete sehnsüchtig auf einen Nachfolger der Kopfgeburt von Jan-Erik Persson. Bis dahin würde die brachiale Schweden-Scheibe die strapazierten Boxen überbeanspruchen. Mindestens eine Membran des Vectra hatten die Drums bereits auf dem Gewissen. Mit der Metal-Musik und dem beigen Lack wirkte das Ungetüm wie ein synthetischer Fremdkörper zwischen den Feldern und Wäldern.

Es waren gut dreißig Kilometer bis zu DVD-Dieter, der zwei Ortschaften weiter eine Familien-Videothek betrieb. Bei einer erlesenen Kundensparte hatte er sich weit über die Grenzen des Bundeslandes mit einem pikanteren Angebot bekanntgemacht: Der Fan von Splatterfilmen bot einen sehr exklusiven Handel mit seltenen, indizierten und beschlagnahmten Filmen. Dieter machte keinen Hehl aus dem illegalen Treiben und protzte mit seinem einzigartigen Programm wie mit einer Kunstsammlung. Polly hatte Kirby bis dato noch nie in den sagenumwobenen Filmkeller begleitet, von dem Kirby so schwärmte. Obwohl sie es liebte, in Filmen, Büchern, Videospielen, Mangas, Schallplatten und CDs zu stöbern, hatte heute das Sozialexperiment Vorrang.

Der Vectra bog hinter dem Ortsschild in ein Neubaugebiet ein. Im Stile suburbaner US-Architektur wartete frei stehendes, flaches Eigentum mit riesigen Vorgärten auf. Polly wäre in jedes Haus sofort eingezogen. Eines Tages wollte sie auch so wohnen. Breite Einfahrten, auf denen ein Panzer Platz hätte, führten zu den Bungalows. Kirby brachte den Opel neben einem Haus zum Stehen, in dessen Rasen ein Pflock mit einem Schild in den Boden gehämmert war, auf dem in knalligem Orange *Videorama* stand. Sie hatten die Regenzeitsafari überstanden.

Kirby rieb sich die Hände. »Das wird gut. Ich sag es dir: Wir fahren mit gefüllten Tüten nach Hause. Das spüre ich.«

Wie ein Terrarium für Menschen bestand die Front des Videorama aus einem durchgängigen Schaufenster, dessen Sicht vergilbte Filmplakate blockierten.

Im Inneren des Terrariums bot sich ein groteskes Bild: Vier Männer in kurzen Hosen, offenen Hemden und Badelatschen hockten um einen Holztisch, auf dem sich Jetons stapelten oder verstreut lagen. Jeder hatte ein System für die Aufreihung der eigenen Spielchips. Es waren weder Kunden noch Videothekenpersonal anwesend. Keiner der abgehalfterten Männer nahm Notiz von Polly und Kirby. Jeder Spieler hatte ein beachtliches Häufchen Bargeld als Ressource griffbereit. Entsprechend angespannt war die Atmosphäre.

Nach mehrmaligem Setzen und Erhöhen wischte ein Spieler mit Haarkranz resigniert seine Karten auf den Tisch. Er knabberte am Bügel seiner Sonnenbrille, während sein Gegenüber die Spielchips einsammelte, nach Farbe und Wertigkeit sortierte und zu Türmchen stapelte.

»Irgendwann muss mein Pech doch aufgebraucht sein«, stöhnte der Haarkranz und schüttelte den Kopf. Er stand auf. »Bin gleich wieder da. Dann will ich euch noch hier sitzen sehen.« Ohne ein Wort der Begrüßung steuerte er, verfolgt von Kirby und Polly, auf ein enges Büro am Ende des Ladens zu. Der einzige abgetrennte Bereich in der Videothek.

»Bist du auf der Suche nach etwas Bestimmtem oder was führt dich zu mir?«

»Du hattest angerufen und etwas von einer super Lieferung erzählt«, antwortete Kirby verblüfft. Er rieb sich den glänzenden Hals.

»Was für eine Lieferung?« Nach einem kurzen Moment legt DVD-Dieter ein übertriebenes Grinsen auf. Wie ein zerstörter Atomreaktor verlor auch der Spieltisch seine negative Energie, je weiter man sich entfernte. »Ich mach nur Spaß.« Er sprach das A kurz wie bei ss aus. Er nickte ihr mit seinen Schlafzimmeraugen zu, als erwartete er Lob für seinen Bluff, der ihm am Pokertisch nicht gelingen wollte.

Polly musterte Kirby von der Seite: Er wäre ein grauenhafter Pokerspieler. Viel zu naiv und gleichzeitig nicht abgebrüht genug, seinen Gegenspielern ungeniert mit beiden Händen in die Taschen zu greifen.

»Was hast du denn Besonderes?«, bohrte Kirby ungeduldig nach.

»Mach dich mal geschmeidig. Wir sind ja gleich da.« DVD-Dieter labte sich an Kirbys Aufregung. »Du bist doch ein geschmeidiger Kerl, oder nicht?« Er erntete ein Nicken. »Na, siehst du. Ganz entspannt. Wir gucken gemeinsam, was Onkel Dieter für dich hat.«

DVD-Dieter trug einen voluminösen Echtgoldring am einschlägigen Finger. Polly stellte sich seine Ehefrau mit Victoria-Beckham-Bob und weißer Adidas-Jacke vor. Der Chic aus einer anderen Welt. Aufgeklebte Wimpern, Kreolen – ja, das würde passen.

»Ich wusste gar nicht, dass du eine Freundin hast. Hast nie von ihr erzählt«, sagte DVD-Dieter beim Betreten des Minibüros in einer schamlosen Lautstärke, als wären die beiden Kerle unter sich. Kirby lächelte verschämt. DVD-Dieter hob beide Hände und ergab sich. »Wir bleiben alle geschmeidig, dann kann uns nichts passieren, Kinder.« Er setzte wieder sein Grinsen auf und senkte die Hände, während er rückwärts in die hinterste Ecke des Büros ging und auf einer viereckigen Stahlplattform von zwei mal zwei Metern stehen blieb. »Was ist? Kommt ihr?«

Polly realisierte erst jetzt, dass es sich bei dem Stahlquader um einen Lastenaufzug für die Kellerräume handelte. Alle drei positionierten sich auf der Plattform. DVD-Dieter stach mit dem Finger in einen von zwei Schaltern an der Wand, und der geländerlose Warenaufzug sank mit einem erdbebenhaften Getöse hinab in die Dunkelheit. Mit einem groben Ruckeln kam die Plattform zum Stehen. Unter geripptem Glas flackerte eine Deckenleuchte, deren schmieriges Licht gerade so das Nötigste beleuchtete. Polly erblickte die schmalen Skelette von Aktenregalen, die aufgereiht und vollgepackt mit DVDs und Videokassetten auf Kundschaft warteten. Weitere scheue Deckenleuchten aus angrenzenden Räumen erlaubten eine Vermutung bezüglich der Größe des Kellergewölbes. Wäre Kirby nicht an ihrer Seite und nach eigenem Bekunden schon mehrfach hier unten gewesen, würde Polly um ihr Leben fürchten. Sie spürte das Verlangen, ihm mit der Faust auf den Oberarm zu boxen für die maßlose Verharmlosung, als er vom »gemütlichen Lagerraum unter der Videothek« gesprochen hatte. Dieses riesige Filmlager glich eher einer unterirdischen Bunkeranlage aus dem Weltkrieg.

DVD-Dieter machte einen Schritt vom Lastenaufzug herunter und platschte knöcheltief in die Katakomben. »Das hatte ich vergessen zu erwähnen. Bei den Wolkenbrüchen heute Nacht ist hier unten ein Rohr gebrochen. Ingo hat es repariert. Es ist schon jede Menge Wasser abgelaufen. Sieht wieder richtig gut aus. Aber ein bisschen feucht ist es noch.« Die Beiläufigkeit, mit der er von dem Vorfall berichtete, war irritierend. Als störte ihn kaum, dass der Wasserschaden Tausende Euro davongespült hatte.

Polly wägte ab, ob sie ihre Vans ausziehen und auf dem trockenen Lastenaufzug parken sollte. Da ihr der Keller nicht geheuer war und sie nicht erahnen konnte, was auf dem Betonboden lag, entschied sie sich jedoch für nasse Schuhe anstatt eines Loches im Fuß, verursacht von einem sorglos abstehenden Nagel.

»Danke, Kirby«, zischte sie ihrem besten Freund zu. Er retournierte mit einer entschuldigenden Geste.

Polly atmete tief aus und widersetzte sich ihrer angeborenen Abneigung gegen nasse Füße. Sie stapfte in den überfluteten Keller.

Die Filmauswahl war beeindruckend. Nicht nur die schiere Anzahl, sondern dass Dieter nahezu jede Scheibe in zehnfacher Ausfertigung vorrätig hatte. Ein Bus voller Cineasten würde, ohne zu streiten, fündig werden. Die Untergrundgeschäfte schienen besser zu laufen als der Videothekenbetrieb an der Oberfläche.

Polly ging die Splatterreihe *Red Edition* durch, die eine Blutspur auf der Hülle zierte. Gegenüber war eine Wand voller Blaurücken-DVDs und VHS vom Label *Astro*. *Muttertag* war dabei, *Rabid Grannies*, beide *Man-Eater*-Filme, unzählige italienische Kannibalenschocker sowie das halbe Lebenswerk von Lucio Fulci. Jugendschützer hätten bei dem Anblick einen Scheiterhaufen aufgeschichtet. Polly hatte nur vereinzelte Werke aus dieser Kollektion des Grauens gesehen, aber sie kannte die reißerischen Titel von Kirbys Schwärmereien. DVD-Dieter verlieh der Redewendung *Leichen im Keller haben* eine neue Dimension.

»Ich blick nicht ganz durch: Sind die nach Alphabet oder einem anderen Schema sortiert?«, fragte Polly.

»Klar sind die sortiert«, antwortete DVD-Dieter sarkastisch. »Nach dem Zeitpunkt der Lieferung.«

Es würde ewig dauern, sich bei dem schwachen Licht und in dem Wirrwarr durch die Regale zu wühlen.

Dieter schaltete eine Taschenlampe an und beleuchtete eine Reihe Filme. »Die gibt es heute zum halben Preis. Super-Sonderrabatt nur für euch.« Die Cover der DVDs wellten sich, die Hüllen waren ausgebeult. Dieter musste sie nach dem Rohrbruch aus den unteren Reihen nach oben gestellt haben. Die wenigsten waren trocken.

Polly nahm eine der Wasserschaden-DVDs in die Hand. Sie sah aus, als hätte sie zwanzig Vorbesitzer gehabt. »Funktionieren die überhaupt noch?«

»Das ist digital, Wasser macht denen nichts. Die halten ewig. Trotzdem halber Preis. Heute habt ihr Glück und macht Mega-Schnäppchen.« Pollys Vertrauen in seine Worte tangierte gegen den frostigen Nullpunkt.

Die Luft drückte in dem fensterlosen Gewölbe. Die Transportlücke war die einzige Sauerstoffzufuhr. Polly roch an einer DVD-Hülle. Sammler, für die der Zustand entscheidend war, wären nicht glücklich. Aber für Puristen, die in den Genuss eines seltenen Werkes kommen wollten, das der Staat verbannt hatte, war das der siebte Himmel.

»Den musst du sehen.« Dieter reichte Kirby, der sich im Dämmerlicht durch ein Regal mit asiatischen Filmen wälzte, ein weißes Cover, auf dem ein Samurai mit Ledermantel und Katana dem Beobachter den Rücken kehrte. »Ist so was wie *Lady Snowblood* oder die *Okami*-Filme. Aber nicht Siebziger, sondern ganz neu. Geht richtig ab, das Teil.«

»Nehme ich.« Kirbys Wangen waren gerötet, er war aufgeregt wie ein Elfjähriger, der ein seltenes Pokémon gefangen hatte. »Was gibt es sonst Neues aus Asien?«

»Jede Menge«, sagte Dieter. Er wiederholte die beiden Worte mehrmals flüsternd, was sich anhörte wie ein schwächelndes Echo, bis er drei weitere Filme aus einem Regal zog. »Momentan nur mit englischen Untertiteln zu bekommen: *Ebola Syndrome, The Untold Story* und *Dr. Lamb*. Sind alle Kategorie III in Hongkong, und die Typen da drüben sind nicht zimperlich. Die kennen so etwas wie Jugendschutz nicht. Habe *Dr. Lamb* vorgestern mit Vincent gesehen, meinem Schwager. Der hässliche Typ da oben«, er zeigte zur Decke. Die Erinnerung brachte Dieter zum Lachen. »Es geht um diesen Taxifahrer, der Frauen tötet. Und als der Bekloppte zum ersten Mal die Kreissäge anschmeißt, war der Vinny nicht mehr so geschmeidig. Ist ganz grün geworden.«

Er hätte die Filme nicht besser anpreisen können, Kirby stapelte die DVDs in seinen Händen. Dieter wischte sich eine Freudenträne aus dem Auge. »Ach, herrlich.« Er wandte sich erneut mit diesem Pseudoflüstern an Kirby: »Die guckst du lieber ohne deine kleine Freundin, glaub mir.« Dann zupfte er die nächste Scheibe aus dem Regal. »Hier noch ein zukünftiger Klassiker. Gibt's noch nicht auf Deutsch und wird es uncut wohl nicht so schnell geben: *Battle Royale* mit Takeshi Kitano. Das ist der Typ von dieser japanischen Spielshow, die auf DSF läuft. Wo die sich zum Affen machen und diese Burg erobern müssen und permanent mit dem Kopf voraus in den Schlamm klatschen. Aber dieser Film ist anders. Kein Klamauk, sondern ernst und düster. Hochglanz. Sieht richtig teuer aus. Den musst du mitnehmen.«

»Wahnsinn«, sagte Kirby. Sein Stapel wuchs. Er konnte sein Glück eine Etage unter der Erdoberfläche kaum fassen.

KAPITEL 16

Auf der ganzen Welt zu Hause

Polly stolperte fast über eine der mit Salz gefüllten Schüsseln, die Mama überall in der Wohnung platziert hatte. Die feinen Körnchen waren vollgesogene Schneeflocken. Unter den Vans waren ihre Füße verschrumpelt. Die Episode im Filmkeller war eine skurrile Entlohnung für das frühe Wecken gewesen. Da war wieder ihre Affinität zu Menschen, die sich begeistern konnten. Sie hätte Kirby und DVD-Dieter stundenlang zusehen können, wie die sich im Kellergewölbe mit Nerd-Wissen bewarfen und darin suhlten wie kleine Ferkel. Kirby hatte eine ausgebeulte Plastiktüte mit dem orangen Videorama-Logo zum Lastenaufzug geschleppt. Die zwanzig DVDs hätten eigentlich vierhundert D-Mark gekostet, aber Dieter kam einem seiner »Lieblingskunden« großzügig entgegen, ohne dass Kirby das Wort »Mengenrabatt« ausgespuckt hatte. Er war nicht der Typ für Verhandlungen, wollte niemanden vor den Kopf stoßen. Kurzum: Für die dreihundertfünfundvierzig D-Mark war das ein absolutes Schnäppchen. Bei Dieter hatten die Scheine eine geringere Halbwertszeit als das radioaktive Isotop Polonium-212 – sie lösten sich umgehend in Pokerchips auf.

Polly band sich einen Dutt, der bei jedem Schritt fröhlich wippte, und wollte einen Zwischenstopp in der Küche einlegen, um den Kühlschrank zu inspizieren. Beim Brennen bekam sie mächtig Hunger; sie hatte sich vorgenommen, eine ordentliche Charge zu produzieren. Das ließ sich hervorragend mit den drei DVDs verbinden, die sie sich aus Kirbys Stapel gepickt hatte. Sie fuhr zusammen. Sie war wider Erwarten nicht alleine.

Mit großen Manga-Augen presste sich Polly eine Hand auf die Brust, drückte sich die Fingerkuppen ins Fleisch, als wollte sie es abreißen. »Boah, hast du mich erschreckt.«

»Setz dich bitte zu mir.« Mamas Tonlage klang nicht, als hätte Polly eine Wahl. Das »Bitte« war ein Angebot, ein ernstes Thema wie Erwachsene und ohne Streitereien zu besprechen. Sie erinnerte sich an heftige Diskussionen zwischen ihren Eltern, bei denen Streitereien die Existenzgrundlage und Lautstärke eine valide Waffe gewesen waren. Polly folgte der Aufforderung.

»Du hast Post bekommen.« Neben Mamas Kaffeetasse lagen zwei Kuverts mit der Vorderseite nach unten auf dem Esstisch.

Polly hätte am liebsten nach den Umschlägen auf der anderen Tischseite gegriffen. Noch nie war etwas Nahes so weit weg gewesen; sie stand hinter einer gepanzerten Glasscheibe, die sie von Schmuckstücken trennte. Wenige unüberwindbare Zentimeter zum Glück. Die Sehnsucht in Pollys halbsekündigem Blick reichte Mama, um letzte Zweifel an einen Irrtum zu löschen. Der Briefträger brachte so selten an Polly adressierte Post. Und dann auch noch zwei Briefe an einem Tag. Polly musste sie lesen. Sofort.

»Sind die geöffnet?« Die Oberkante der Briefe war von ihr weg, zu Mama hin ausgerichtet. Aber das mussten Risse sein, feine Unregelmäßigkeiten an der Falzkante. Mama hatte das geschwungene Tomatenmesser mit der spitz zulaufenden Klinge benutzt.

»Paulina, warum redest du nicht mit mir?«

»Hast du meine Briefe gelesen?«

»Ich bin überrascht, das muss ich gestehen.« Mama zog die Umschläge zu sich an die Tischkante und beschwerte sie mit ihrem Unterarm, als müsste sie die Dokumente vor Polly beschützen. »München und Bochum – das ist ganz schön weit weg.«

Polly verwarf die Erwachsenenvariante. »Du schnüffelst also in meiner Post, Mutter?«

»ICH zahle die Miete, alles, was in MEINEM Briefkasten landet, ist MEINE Post.«

»Das ist nicht nur moralisch, sondern auch juristisch inakzeptabel. Ich bin volljährig.«

»Davon habe ich in den vergangenen Wochen sehr wenig gemerkt.«

»Ich brauche keine Erlaubnis von dir«, Polly hob ihren Zeigefinger, um ihr Ziel zu markieren, »um mein Leben zu gestalten.«

»Paulina, zeig nicht mit dem Finger auf mich!« Mama wies ihrerseits mit dem Zeigefinger auf Polly. Zwei Hexen, die ihre Zauberstäbe gezückt hatten. Bereit zum Duell.

Polly senkte den Finger, legte dafür an Lautstärke drauf. »Was soll ich machen? Soll dies hier mein Kosmos bleiben? Mein ganzes Leben unter einer Kuppel, die sich immer enger zieht? Die Zahl der Menschen hier ist endlich. Bald kenne ich alle Achtzehn-, Neunzehn-, Zwanzigjährigen. Es tut mir leid, dass ich das sagen muss, aber die allerwenigsten gefallen mir. Immer dieselben dämlichen Gesichter. Jeden Tag. Keine Perspektive. Es gibt niemanden hier, der mich interessiert.«

»Deswegen hast du mich nicht in deine Pläne eingeweiht. Ich interessiere dich nicht. Deine Familie interessiert dich nicht …«

Polly fiel ihr ins Wort: »So habe ich das nicht gemeint.«

»Da gibt es allerdings sehr wenig Interpretationsspielraum«, brüllte Mama zurück. »Wann hätte ich davon erfahren sollen?«

Polly krallte sich in eine der tiefen Narben, die die Holzplatte überzogen. Ihr Erzeuger hatte immer gesagt: »Die Furchen und Schrammen verleihen ihm Charakter, erzählen seine Geschichte.« Er hatte den Tisch geliebt. Beim Fondue und beim Raclette bot er genügend Platz für alle Zutaten und alle Teller, und trotzdem saß man nah beieinander. Jetzt war Polly aber so weit weg von ihrer Mutter wie nie zuvor.

»Was soll ich in diesem Kaff?«

»Das ist unsere Heimat. Unser Zuhause. Hier sind wir alle sehr willkommen. DU bist hier sehr willkommen. Wir sind eine große Gemeinschaft.«

»Ich bin hier eine Aussätzige. Ein Fremdkörper im Auge, die Nadel zwischen lauter Ballons. Ich bin anders als diese Menschen.« Ihre Seele war splitternackt. Entblößt und auf Knien. »Ich denke größer, ich bin kein Dorfkind. Ich bin auch keine Deutsche oder Europäerin. Ich bin Kosmopolitin, Mutter. Höchstens. Ich will leben, wo Leben ist. Hier werden die Leute immer älter. In fünfzig Jahren wird kein junger Mensch mehr auf dem Land wohnen. Die Zukunft rauscht gleichgültig an uns vorbei wie ein Hochgeschwindigkeitszug durch die Provinz, ohne sich einen Dreck um sie zu scheren.«

»Wenn alle unsere Kinder so denken, ist der Schneeball bald nicht mehr aufzuhalten.« Mama wechselte von zornig auf zynisch.

»Es geht mir nicht um alle. Es geht um mich.«

»So funktioniert unsere Gesellschaft nicht. Nur als Kollektiv haben wir eine Chance. Wir müssen uns gegenseitig unterstützen. Füreinander da sein. In der Stadt bist du auf dich allein gestellt. Hier hast du Verbündete«, flehte Mama um Verständnis für ihre Welttheorie.

»Ich muss eigene Erfahrungen sammeln. Ich will es versuchen. Aus eigener Kraft. Es geht um meine Träume. Um meine Visionen. Gib mir wenigstens die Chance, nach ihnen zu greifen. Bevor ich eines Tages verbittert hier sitze und auf zwei zerfledderte Briefe starre, weil ich nie den Mut hatte, es zu versuchen.« Synchron trieben beide von Emotion zu Emotion, als führten sie eine Kür auf.

»Weißt du, wie teuer eine Wohnung in der Großstadt ist? Selbst ein WG-Zimmer ist unbezahlbar. Das können wir uns nicht leisten. Woher soll das Geld dafür kommen?«

»Ich, Mama. Ich werde das selbst bezahlen.« Sie zeigte auf sich und dachte an die rote Schatulle, die sie im PC-Tower versteckte. Die Geldkassette war ihr Ticket in die Unabhängigkeit.

Was die Post betraf, hatte Mama alle Gedanken in Pollys Gesicht lesen können. Jetzt fand sie keinen Zugang. Pollys Aussagen erschienen ihr kryptisch, als spräche sie fließend Aramäisch. Woher sollte sie überhaupt genügend Geld für das Bahnticket raus aus dem Landkreis haben? »Verkaufst du Drogen?«, fragte Mama ängstlich.

»Ehrlich jetzt: Das ist das Einzige, was du mir zutraust? Bin ich jemals bekifft oder auf Teilen nach Hause gekommen?«

»Ich habe nicht gefragt, ob du Drogen nimmst. Dafür bist du viel zu intelligent, mein Kind.« Es war ein Kompliment, ehrlich und präzise – aber formuliert wie ein Vorwurf.

»Meine Arbeit bei der Zeitung. Ich habe gespart.« Polly blieb nur die Lüge. In ihrem Inneren geißelte sie sich für ihren stürmischen Hochmut, das Geld ins Gespräch gebracht zu haben.

Mamas Augen waren kleine Schlitze. »Du schreibst drei, vielleicht vier Artikel pro Woche. Und die Bezahlung ist schlecht. Viel zu schlecht, wenn man mit einbezieht, dass du abends und nachts sowie oft spontan und an Wochenenden unterwegs bist.«

»Gib mir meine Briefe, Mama. Ich habe sie mir verdient.«

Langsam entspannten sich die Hände ihrer Mutter. Ein Krampf, der sich löste. Die Fingerspitzen schoben die Briefumschläge zu ihrer Tochter. »Darüber wird noch zu reden sein.«

Polly starrte auf das gefaltete Papier. Es war schön und anmutig zugleich. Ein gewaltiger Juwelenschatz wartete darauf, von ihr gehoben zu werden. Am liebsten hätte sie die Briefe auf der Stelle gelesen. Aber dieses Vergnügen sparte sie sich auf, wenn sie den Moment in ihrem Zimmer auskosten konnte. Wenn sie unbeobachtet auf ihrem Bett in ein Kissen schrie und vor Glück strampelte. Vorsichtig zog sie die Umschläge zu sich, in der Furcht, die Oberfläche des Tisches könnte sie zerkratzen wie die labilen Schichten eines frisch gebrannten Rohlings. Sie strich behutsam über die Wunden im Papier, die ihre Mutter aufgerissen hatte. Sie erhob sich ruhig von dem grün lackierten Küchenstuhl. Mama saß resigniert auf dem pinken, um den die Mädchen sich oft stritten, weil sie nur den einen besaßen.

»Wo wir gerade über die Zeitung gesprochen habe: Eine Sache hätte ich fast vergessen«, sagte Mama. Ihre Stimme war wieder ruhig.

»Was denn?«, fragte Polly abwesend. Sie war in Trance.

»Vorhin hat eine Frau angerufen, die dich sprechen wollte. Es geht um irgendwelche Katzen, du wüsstest Bescheid«, sagte Mama die Zauberformel, um Polly aus ihrer Hypnose zu wecken. »Hat das was mit dem Artikel aus dem Palazzo zu tun?«

Polly brachte keinen Ton heraus. Mama hatte sie schon wieder ertappt.

»Da bist du auch nicht ehrlich zu mir gewesen. Meine Kollegen aus der Ambulanz haben mich darauf angesprochen, und ich stand da wie eine Idiotin, wusste von nichts. Die haben dein Autorenkürzel bei der Story gelesen.«

»Ich weiß nicht, Mama«, sagte Polly kleinlaut.

»Pass auf dich auf, mein Kind. Dein Herz ist manchmal zu schnell. Versprichst du mir, dass du nichts überstürzt?«

Polly nickte.

»Da liegt noch eine Notiz auf der Kommode.«

KAPITEL 17

Nächtlicher Besuch

Lautes Knacken. »Entschuldigung«, sagte Polly.

»Das hört sich nicht gut an.« Die Vorsitzende des Tierschutzvereins stellte die Kombination aus Tasse und Untertasse auf der handgenähten Tischdecke ab, auf der sich zwei Vögelchen um einen Zweig stritten. Über dem Goldrand stieg Dampf auf, der angenehm nach Waldfrüchten roch. »Strahlt der Schmerz in die Finger?«

Polly rieb prüfend mit ihrem Daumen über alle Fingerkuppen, bevor sie antwortete. »Nein, da ist nichts«, sagte sie. »Herzlichen Glückwunsch zur Wahl zur Zweiten Vorsitzenden von Büsoha.«

Brigitte Rath hielt ihre Tasse mit beiden Händen und schaute auf ihren Tee herab, als schämte sie sich für den Posten. Ihre Reaktion war so karg wie ihre Wohnung. Auf den Schränken standen keinerlei Bilderrahmen. Die üblichen Fotos im Arm eines lächelnden Ehemannes oder von lachenden Kindern fehlten. Die unregelmäßige Eichenvertäfelung könnte auch aus einem Beichtstuhl sein. Das Kleid hing formlos von ihren Schultern herab wie auf einem Bügel. Keine Konturen. Die Schlüsselbeine drückten gegen die dünne Hautmembran, die sie überspannte. Auf ihrem Dekolleté glänzte ein Schweißschleier.

»In welchen Vereinen haben Sie noch weitere Posten inne?«

Brigitte Rath bemerkte, dass Polly den Stift neben dem Block liegen ließ. »Sie schreiben ja gar nicht mit.«

»Das ist nicht für die Zeitung. Ich frage aus privatem Interesse.«

Ein Nicken. »Nicht alle Ämter und Funktionen sind von gleicher Wichtigkeit. Manche sind wichtig, um diese Stadt am Leben zu halten. Andere ein gutes Mittel zum Netzwerken. Sie bedingen einander. Halten sich die Waage.« Sie führte ihre Tasse zum Mund und nippte verhalten.

»Danke, dass es trotz alledem«, Polly nahm den Stift und zeigte auf die fünf Katzen, die im Raum verteilt saßen und lagen, »mit dem Treffen so zügig geklappt hat.« Eine vorsichtige Berührung ihrer Tasse reichte – der Tee war noch zu heiß. Da war sie empfindlich. »Wir wollen Ihren Einsatz in dieser Sache mit einer Geschichte würdigen.«

»Darf ich den Artikel lesen, bevor er gedruckt wird?« Sie sprach bedächtig, mit der stillen Vehemenz einer Priesterin.

»Den kompletten Text geben wir nur bei Interviews zum Abnicken weiter. Das ist bei Artikeln nicht üblich.« Polly zögerte. »Aber bei den Zitaten könnte ich Ihnen das anbieten.« Sie legte den Stift beiseite, öffnete ihre Hände und zeigte somit, dass sie unbewaffnet war. »Mir geht es nicht darum, Sie in einem schlechten Licht zu zeigen. Wenn es Dinge gibt, die ich nicht schreiben soll, dann müssen Sie mir das sagen, und ich lasse das weg.«

»Einen Moment.« Brigitte Rath erhob sich von ihrem Stuhl und kramte in der Schublade eines Wohnzimmerschrankes, in dessen Türen kleine Glasscheiben eingelassen waren, die den Blick auf Kristall freigaben.

Handgefertigte Vasen standen auf der Fensterbank, Kunstdrucke von Landschaftsgemälden waren in aufwendig verzierte Rahmen gefasst. Es müffelte ein wenig nach Katze, aber der Geruch ließ nicht auf ein ganzes Rudel schließen. Bis auf Küche und Bad war die Wohnung komplett mit hellbraunem Teppich ausgelegt, der erstaunlich fleckenfrei war. Polly fragte sich, ob Brigitte Rath in den vergangenen Jahrzehnten niemals ein Missgeschick mit einem Glas Rotwein oder einer Bratensoße passiert war. Ihre Gedanken schweiften zu Oma Anna ab, die ohne sie fast ebenso verlassen wie Brigitte Rath wäre. Ihre Auswanderungsbestrebungen ließen einen Samen Schuldgefühl in ihrer Brust keimen.

Brigitte Rath kehrte mit einem Schnellhefter, in dem sie säuberlich ausgeschnittene Zeitungsartikel gesammelt hatte, zurück. Sie klappte die erste Seite auf, drehte den Hefter um hundertachtzig Grad und schob ihn zu Polly rüber. In dicken Lettern wetterte die Überschrift: *Förderskandal um Tierschützer – Vereine klagen an*.

»Das hatte Ihr Kollege damals auch gesagt. Dieser junge Mann. Er schreibe nichts, was unter vier Augen besprochen werde. Das bleibe unter uns. Am nächsten Tag las sich der Artikel, als hätten wir mit dem Tierschutzverein versucht, uns auf unlautere Art Fördermittel von der Stadt zu erschleichen und uns so gegenüber anderen Vereinen einen Vorteil zu verschaffen. Was vor Ihnen liegt, ist ein Artikel zum fünfundzwanzigjährigen Jubiläum der Tierschützer. Ihr Kollege hatte uns angekündigt, dass man mit dem Text unser ehrenamtliches Engagement würdigen wolle. Stattdessen haben uns die Mitmenschen als Betrüger beschimpft. Seitdem hat es in Ihrer Zeitung keinen Artikel mehr über unsere Arbeit gegeben. Eine versprochene Korrektur ist ebenfalls nicht erschienen.«

Es war nicht das erste Mal, dass Polly für die Sünden der Redakteure – und einer Person im Besonderen – bei einem Termin ans Kreuz genagelt wurde. Sie hätte nicht die Autorenzeile lesen müssen oder eine Beschreibung des Redakteurs gebraucht – allein die reißerische Überschrift hätte ihr gereicht, um den Autor zu identifizieren. Sie schämte sich fremd, mit dieser Schuld im Gepäck hereingeplatzt zu sein.

Große Augen. »Sie wissen gar nicht, wovon ich rede, nicht wahr?«, analysierte Brigitte Rath. Eine Katze mit marmoriertem Fell hüpfte lautlos auf ihren Schoß und genoss die Streicheleinheiten. Die Frau hatte die Tiere unter Kontrolle. Ihre ruhige Art und ihre Gutmütigkeit schienen auf die Katzen überzugreifen.

»Tut mir leid, dass es so gekommen ist. Ich kann Ihnen versichern, dass ich nicht die Absicht habe, Sie in einem schlechten Licht darzustellen«, beteuerte Polly. »Ich finde es großartig, dass Sie die Katzen bei sich aufgenommen haben.«

»Die Tiere können doch gar nichts dafür. Im Gegenteil: Sie sind die Leidtragenden dieser unglücklichen Situation.«

»Das ist ein schöner Satz. Darf ich mir den notieren?«, setzte Polly neu an.

Die Tierschützerin nippte an ihrem glühend heißen Tee. »Nur zu.«

Polly schrieb das Zitat in den Collegeblock. »Wie viele Katzen haben Sie bei sich aufgenommen?«

»Das sind dreizehn Tiere. Große, kleine, alte und Katzenjunge; unterschiedliche Rassen. Insgesamt hat die Feuerwehr zweiundzwanzig Katzen aus dieser Trümmerwohnung befreien können. Aber mehrere Katzen waren krank, und wir mussten sie einschläfern lassen.«

»Wer hat das bezahlt?«

»Die Tierärztinnen in der Praxis am See sind uns sehr gewogen. Ansonsten finanziert sich unser Verein aus Spenden. Ich betone noch einmal offiziell: Wir beziehen keine Fördermittel – anders als Ihr Kollege fälschlicherweise geschrieben hatte. Manche Sachen zahlen wir aus eigener Tasche.« Sie faltete ihre Hände. »Es steht mir mitnichten der Sinn danach, Ihnen in Ihre Arbeit zu pfuschen. Aber die gerade genannten Sätze möchte ich so in der Zeitung lesen. Das ist meine einzige Bedingung. Oder wir lassen es sein. Ist das in Ordnung für Sie?« Ihre Stimmlage ließ keinen Zweifel an der Optionslosigkeit dieser Aufforderung.

»Kriegen wir hin. Sie können sich auf mich verlassen«, versicherte Polly.

»Ich hoffe, dass ich mich nicht erneut irre.«

Polly spürte, dass sie auf Bewährung hier saß. Sie durfte keinen Fehler begehen. »Bekommen Sie für die Unterbringung der Tiere irgendwelche Ausgleichszahlungen von der Stadt? Wer kommt für Hygieneartikel und Medikamente auf? Wer zahlt das Futter? Ich meine, dreizehn Katzen: Da kommt eine Menge zusammen.«

»Die Stadtverwaltung ist froh, sich nicht mehr um die Tiere kümmern zu müssen. Dankbarkeit ist mein einziger Lohn. Aber da muss ich fair sein: Unser Verein und in diesem speziellen Falle ich selber spüren jede Menge Wertschätzung. Was das Futter betrifft, haben wir die Katzen schon vor der Rettung unterstützt. Im Endeffekt war das eine Frage der Zeit.«

Polly blickte vom Block hoch: »Wie meinen Sie das?«

»Sie haben doch damals den Artikel über den *Katzenmann* geschrieben. Eine rührselige Geschichte über einen echten Tierfreund. Haben Sie den alten Mann bei Ihrem Treffen so wie mich gerade auch gefragt, wer das bezahlt? Futter für dreizehn …«, sie stockte, »zweiundzwanzig Katzen? Vielleicht waren es damals noch mehr, schließlich hat die Polizei mehrere tote Katzen in der Kühltruhe gefunden.« Brigitte Rath schüttelte sich vor Ekel. »Sie sind bei ihm in der Wohnung gewesen, haben auf seiner Couch gesessen. Sie sagen selbst, es komme eine Menge an Kosten zusammen. Dieser

Mann hat nie gearbeitet. Was haben Sie gedacht, wovon er so viele Tiere ernähren kann?«

»Darüber haben wir nicht gesprochen«, gab Polly kleinlaut zu.

Brigitte Rath nickte. »Das ist das Problem. Das hatte nichts mit Tierschutz zu tun, was dieser – Gott stehe mir bei – dieser unflätige Mensch dort getrieben hat. Ganz im Gegenteil. Mehrere Versuche haben wir unternommen, um ihn zur Herausgabe der Tiere zu überreden. Keine Reaktion. Um die abgemagerten Katzen vor dem Verhungern zu retten, haben wir jede Woche säckeweise Futter zu ihm gebracht. Auf Kosten unseres Vereines.« Ihre Aufregung vibrierte in der Luft, dennoch hob sie die Lautstärke nicht an. »Nachdem das fehlgeschlagen ist, haben wir die Katzenrettung über einen offiziellen Weg versucht. Als wir mit einer Mitarbeiterin vom Ordnungsamt bei ihm geklingelt haben, ist er ausgerastet. Dieser obszöne Mann hat uns aufs Gröbste beschimpft, uns Prügel angedroht. Er hat einen Becher Urin nach uns geworfen. Aber den Sack Katzenfutter, den hat er zwei Tage später ohne ein Wort der Entschuldigung angenommen, als wäre nichts gewesen. Das müssen Sie sich mal vorstellen.« Sie wischte sich mit der flachen Hand von ihrem sehnigen Hals bis über die Brust, um den schwitzigen Schimmer zu entfernen. »Genau da sollten Sie ansetzen«, sagte sie konspirativ.

Polly schob ihre Brille hoch. »Wie meinen Sie das?«

»Legen Sie Ihren Stift beiseite.«

Polly tat wie ihr geheißen.

»Was ich Ihnen jetzt anvertraue, ist nur für Sie bestimmt. Nicht für die Zeitung und auch nicht für die Polizei und definitiv nicht für Unter-der-Hand-Gespräche mit Ihren Kollegen. Sollte sich irgendetwas davon verbreiten – und das geht bei Gerüchten in dieser Stadt rasend schnell –, dann werde ich so tun, als hätten wir niemals darüber gesprochen. Ich werde alles leugnen und Sie als Lügnerin hinstellen. Sind Sie sich der Konsequenzen dessen bewusst?«

Polly klappte den Collegeblock zu, um Verschwiegenheit zu signalisieren.

»Menschen wie der Katzenmann … Brauchen Sie seinen richtigen Namen?«

»Ich kenne den richtigen Namen. Drucken wir eh nicht.«

»Na gut. Na ja, solche Leute brauchen Geld. Ständig. Und sie haben keines. Nichts. Niemals. Es ist immer das Gleiche. Dieser Mann hat sein ganzes Leben lang nichts verdient und nichts besessen. Das ist aber ein Problem, wenn man darauf angewiesen ist und gleichzeitig keinerlei Fähigkeiten hat, die die Geldbeschaffung erleichtern. Er hätte nicht einmal schwarz putzen können im Palazzo. Sie haben die Wohnung selbst gesehen: Wer will eine Putzkraft, die auf einem Schlachtfeld haust?«

Polly hatte nicht die geringste Ahnung, worauf die Tierschützerin hinauswollte. Sie beugte ihren Oberkörper über den Tisch, wollte keinen noch so kleinen Hinweis verpassen. Es war brüllend heiß, als würde die Heizung auf voller Pulle bollern. Polly hätte am liebsten die Fenster aufgerissen.

»Solange es auf der Welt Menschen gibt, die bestimmte Dienste in Anspruch nehmen und dafür zahlen, so lange wird es andere Menschen geben, die diese Leistungen anbieten. Wir vom Verein haben gute Kontakte in den Palazzo, haben schon einige Tiere dorthin vermittelt und in schwierigen Situationen geholfen. Wir kennen die Leute vor Ort und unterstützen, wenn unsere Hilfe erwünscht ist. Wenn man so nah an den Menschen ist, dann führt das natürlich zu dem einen oder anderen Schwätzchen. Verstehen Sie mich nicht falsch, wir sind keine Tratschtanten. Aber ich weiß aus gesicherten Quellen, dass der Mann nächtliche Besuche empfangen hat und sich auf diese Weise etwas dazuverdient hat. Und das schon seit Jahren.«

Polly konnte ihr Gehirn nicht davon abhalten, bizarre Bilder zum Leben zu erwecken. Absonderliche Konstellationen spukten durch ihren Cortex, und je mehr sie eine Einnistung verhindern wollte, desto tiefer schlängelten sich die gierigen Wurzeln durch ihr Bewusstsein. Brigitte Rath beobachtete Pollys Gedankeneruption, während sie an ihrer dampfenden Tasse nippte und den kleinen Finger vornehm abspreizte. Als ergötzte sie sich daran, Pollys graue Substanz mit diesen Bildern infiziert zu haben. Eine der Katzen stolzierte über den Tisch der alten Dame. Es lag jenseits von Pollys Vorstellungskraft, dass ein menschliches Wesen sexuelle Lust darin hätte finden können, sich mit dem Gossennikolaus einzulassen. Der Gedanke an Zungen, die aus seinem oder in seinem ungepflegten Bart panisch wie an Land gezogene Aale zuckten, war verstörend. Ebenso wie seine vom Nagelpilz befallenen Finger oder wie die fauligen Zähne einen nackten Körper liebkosten. Er gehörte zu den Menschen, bei denen sie nicht nur wegen des Alters sexuelle Aktivität ausschloss – zumindest in ihrer Realität. Und das genügte Polly. Dazu glich die Liebeswiese einer Mülldeponie. Die Wohnung war abstoßend, als libidinöses Refugium völlig abwegig und ungeeignet.

»Alle Nachbarn in den angrenzenden Wohnungen haben das mitbekommen. Es soll laut und ungeniert gewesen sein. Vor allem nachts. Unter der Woche sowie an den Wochenenden und besonders an Feiertagen. Bewohner haben von Besuchern in den Nächten berichtet, bevor er erhängt aufgefunden worden ist. Eine Frau hat erzählt, dass sie wegen des Gejohles und Gestampfes Ohrstöpsel zum Schlafen brauchte.« Die Tierfreundin räusperte sich. Polly war im Dämmerzustand und hing an ihren Lippen.

»Der Polizei werden diese Menschen nichts erzählt haben. Das ist nicht ihre Art. Die wollen die Polizei dort nicht. Das sind keine schlechten Menschen, aber die meisten werden erleichtert sein, dass die jahrelange Tortur endlich überstanden ist. Wenn Sie so einen Nachbarn haben, dann kann das auf die Psyche gehen. Ich rate Ihnen, mit den Menschen im Palazzo ins Gespräch zu kommen. Fragen Sie wegen der Nacht vor dem Todesfall.«

Der Nacken schmerzte wieder. Da waren Muskelkontraktionen in ihren Gliedmaßen. Polly scheiterte bei dem Versuch, sich zu entspannen. Die Katzen mauzten und sangen der jungen Reporterin ein Abschiedslied. Sie musste die Wohnung verlassen.

KAPITEL 18

Unter dem Kopfkissen

Polly saß im Schneidersitz in ihrem *Super Mario*-Pyjama auf dem Bett und las die Zeilen immer und immer wieder. Dann fing sie von vorne an. Draußen tobte ein Tropengewitter durch die Nacht. Ein Kobold tanzte und sprang von Dach zu Dach. Eine willkommene Abkühlung. Es roch nach Moos, das der Regen auf den aschfarbenen Pfannen umspülte. Metallic-violette Blitze brachten die Wolken zum Pulsieren wie aufgeladene Quallen in der Schwärze der Ozeane. Weiter geöffnet als auf Kipp war nicht möglich, sonst hätten die brachialen Winde ihr Zimmer auf den Kopf gestellt. Das Nachttischlämpchen warf als einzige Lichtquelle einen limitierten Kegel, der nur wenige Zentimeter über die Kante ihres Bettes hinausreichte. Dahinter lauerte die Finsternis.

Polly strich ehrfürchtig mit dem Zeigefinger über die Briefköpfe, als lägen zwei kostbare Artefakte auf ihrer Matratze. Die ersten beiden Wörter nach der Anrede reichten aus. Ab da konnte nichts mehr schiefgehen. *Wir freuen* lauteten sie, und Polly empfand selbiges. In keinem Brief dieser Welt konnte auf ein *Freuen* eine Absage folgen, egal wie lang er war. Zweimal *Wir freuen* an einem Tag. Nachdem sie vor den unerreichbar scheinenden Universitätstoren um Einlass gefleht hatte, war sie jetzt mit der luxuriösen Bürde einer Wahl geplagt. Sie hatte nicht mit diesem Ergebnis gerechnet. Eines der Schreiben würde für immer ihren Lebensweg maßgeblich ändern, während das andere zu einem »Hätte« degenerierte. Neue Freunde, neues Wissen, eine neue Stadt und noch ungeahnte Perspektiven lagen vor ihr. Ihr Plan, aus der ländlichen Einöde zu flüchten, schien aufzugehen. Zwei Tickets in das Weltall waren in ihrem Briefkasten gelandet, als hätte Neil Armstrong sie höchstpersönlich eingeworfen. Sie musste sich nur entscheiden, auf welchem Gleis sie einsteigen wollte.

Nachdem sich die Pros und Kontras für oder wider die beiden Standorte in ihrem Kopf stapelten und umzukippen drohten, krallte sich Polly ihren Collegeblock und drei farbige Filzstifte. Mit dem gelben Stift teilte sie eine Seite mit einem Kreuz auf. Links schrieb sie in die obere Ecke mit dem roten Filzstift *München*, rechts in Grün *Bochum*. Sie versuchte sich an alle Argumente zu erinnern, die sie in ihrem Hirn gesammelt hatte, und gab sich Mühe, besonders säuberlich zu schreiben, als beeinflusste das die finale Entscheidung.

Bochum lag einige Hundert Kilometer näher, hatte dafür bei Weitem nicht so viel Style zu bieten wie die süddeutsche Alternative. Ein WG-Zimmer in Bahnnähe oder direkt am Campus der Ludwig-Maximilians-Universität würde dafür in einer ganz anderen Preisklasse liegen als bei der Ruhrgebietsoption. Egal zu welcher Uni sie: »Ja, ich will«, sagen würde – Polly nahm sich vor, bis zum Start des Wintersemesters keine Terminanfrage der Zeitung auszuschlagen und so viele gebrannte CDs unter die Leute zu bringen wie nie zuvor. Sie zog sogar den Kauf eines DVD-Brenners in Erwägung – eine Risikoinvestition, da ihr nur wenig Zeit blieb und sowohl die Anschaffung des Gerätes als auch die Rohlinge teuer waren. Sie dachte an die prall gefüllte rote Schatulle in ihrem Tower und war stolz auf ihre Sparsamkeit, die sich endlich auszahlte. Ihre Enthaltsamkeit würde ihr in den ersten Semestern das Leben vereinfachen.

Bevor sie eine Entscheidung traf, plante sie Städtetrips zu beiden Universitätsstandorten und Observatorien innerhalb der kommenden zwei Wochen. Als Angebot zur Versöhnung wollte sie Mama zu ihrer Erkundungstour einladen.

Polly drückte die Briefe an ihre schmächtige Brust und schloss die Augen, dann schob sie die Schreiben unter ihr Kopfkissen. Nicht übereinander, sondern nebeneinander, um keines zu bevorzugen. Sie hoffte auf ein Wiedersehen in ihren Träumen. Dann belohnte sie sich für den aufregenden Tag und legte die erste von Kirbys Neuanschaffungen in den DVD-Player, während sie die andere rippte und Kopien zog. Es könnte eine lange Nacht werden.

KAPITEL 19

Gluthitze am flachen Teller

Ein nackter Mann mit haariger Brust steht auf einer Mülldeponie und reckt den Kopf gen Himmel. Ohne Widerstand zu leisten, versinkt er im Unrat, der ihn wie Treibsand bedächtig aufsaugt. Die Sonne scheint. Polly will schreien, um ihn zu warnen, aber aus ihrem weit geöffneten Mund kommen keine Worte. Sie ist stumm. Sie kann sich nicht bewegen, so als wären ihre Füße einbetoniert. Sie blickt nach unten, um ihren Unterkörper zu überprüfen. Eine Kühltruhe steht direkt vor ihr. Sie öffnet die schmutzige Klappe, die Truhe ist leer. Polly blickt wieder auf, und der Müllberg besteht aus Tausenden Katzenkadavern, die wie ein Haufen abgenagter Knochen aufgetürmt sind.

Links und rechts – nichts Verdächtiges zu sehen. Polly saß auf ihrer Matratze und atmete schwer. Langsam dämmerte ihr, dass sie einen Albtraum gehabt hatte. Zur Sicherheit beugte sie sich vornüber wie eine Sanduhr und sah unter dem Bettgestell nach. Ihr rötlicher Pferdeschwanz streifte den Boden. Keine verwesten Katzen. Sie musste die Geschichte zu Ende bringen. Allerdings nicht heute. Es wäre eine schlechte Idee, an einem Sonntag im Palazzo rumzuschleichen und die Bewohner auszuquetschen. Es war viel zu viel los, das Gebäude voller Menschen. Morgen wäre ein ausgezeichneter Zeitpunkt, um vertraulich mit Leuten zu reden; Flure und Gänge wären leergefegt. Sie wollte zuerst bei dem Herrn aus der vierzehnten Etage klingeln, der im Rahmen der Weihnachtsreportage ihren Collegeblock mit pikanten Anekdoten des verhassten Katzenmannes vollgemotzt hatte. Entweder wusste er über die nächtlichen Ereignisse Bescheid oder kannte jemandem, der Informationen liefern könnte.

Mama würde sie nichts von ihrem Vorhaben erzählen. Die war schon entsetzt gewesen, als Polly beim Abendessen vom Treffen mit der Tierschützerin berichtet hatte. Mama fand es gruselig, dass eine alleinstehende Frau mit den Tieren eines Toten unter einem Dach wohnte. Juli konnte nicht genug von der Geschichte kriegen und versuchte so viele Details wie möglich aus Polly herauszuquetschen wie eine Saftpresse aus einer Zitrone. Die Theorie über die nächtlichen Besucher des Katzenmannes hatte Polly verheimlicht.

Das Gewitter hatte ein träges Grau zurückgelassen; Polly rieb sich über die Gänsehaut am rechten Oberarm. Sie hatte auf der Bettdecke geschlafen. Das Fenster stand seit dem Vorabend auf Kipp. Sie fragte sich, von was sie ursprünglich hatte träumen wollen, dann fielen ihr die Unizusagen ein und hellten ihre trübe Stimmung auf. Polly streckte sich, begleitet von dem üblichen Nackenknacken. Bevor sie unter die Dusche sprang, marschierte sie zum Telefon.

Kirby vertröstete sie. Sie riefe zu spät an, er war schon zum *Magic*-Zocken »mit Leuten aus der Ausbildung« verabredet. Polly hätte diese Spielkarten auch gerne gesammelt, aber die Päckchen zu je sechs D-Mark gehörten zu den Dingen, die sie sich verkniffen hatte. Manchmal spielte sie eines von Kirbys Kartendecks; die Duelle mit ihr waren Sparringsrunden für seine monatlichen Turniere. Ob sie auch mitwolle, fragte er und bot ihr sein schwarzes Ratten- oder sein grünes Elfendeck an; die blauen Illusionisten würde er selber spielen. Er habe vor Kurzem einen mäßig erhaltenen Mox Emerald mit Abnutzungsstellen an den schwarzen Kanten gegen acht gebrannte DVDs getauscht. Ein hoher Preis, aber die kleine Pappkarte verstärke seine Elfen merklich, rechtfertigte er sich. Polly war nicht so weit in die Materie eingetaucht, dass sie diese Aussage einschätzen oder die Karte bewerten konnte; wenn Kirby ins Schwärmen geriet, nannte er in einer Stunde Hunderte von Kartennahmen. Polly lehnte die verspätete Einladung ab und wünschte ihm viel Glück beim Turnier. Glück brauche er nicht, beteuerte Kirby, *Magic* sei kein Glücksspiel, sondern von Strategie und taktischer Finesse geprägt. Auf Glück verließen sich nur Idioten. »Dann halt viel Erfolg«, sagte Polly.

Sie wählte die Nummer von Oma Anna. Sie wollte ihr die frohe Kunde der Unizusagen persönlich überbringen. Oma Anna war »natürlich zu Hause«, schließlich ginge es gleich um die Weltmeisterschaft. Wenn Polly mitgucken wolle, müsse sie sich beeilen. Verwundert fragte Polly, wann es das Startsignal in Budapest gab. »Es geht in eineinhalb Stunden los«, sagte Oma Anna – Polly realisierte, wie lang sie geschlafen hatte. Sie sagte zu und huschte ins Badezimmer. Unter der Dusche trällerte der Typ mit den hochgegelten blonden Spitzen und den symmetrischen Sterne-Tattoos auf den Schultern *Revolving Door*. Danach rockten Limp Bizkit mit *Rollin'*. Mit dem Handtuch um den Körper und nassen Haaren schlug sie auf die Aus-Taste des Radios.

Eine knappe Stunde später lümmelte sie sich auf der Couch ihrer Oma und verdrückte Erdnussflips. Aus der Miniröhre, Polly schätzte den Durchmesser auf fünfzig, höchstens fünfundfünfzig Zentimeter, röhrten die Motoren. Am Videorecorder blinkte ein rotes Lämpchen. Den Sport fand sie weniger interessant, die Faszination lag darin, live dabei zu sein, wenn Geschichte geschrieben wurde. Im Spektakel lag der Reiz.

»Hast du davon gehört, dass vorgestern zwei Männer in der Villa Hecking offiziell geheiratet haben?«, fragte Oma. »Sachen gibt es.«

»Haben wir groß drüber berichtet. Ludger hat die beiden den Tag über begleitet«, bestätigte Polly. Besonders in kleineren Städten war das eine große Sache, die in puncto Schlagzeilen und kontroverse Diskussionen mit einem Verbrechen mithalten konnte.

»Ist erst zwei Monate her, dass dieser Wowereit gesagt hat: ›Ich bin schwul … und das ist auch gut so.‹ Manchmal geht das sehr schnell.«

»Wie findest du das?«, wollte Polly wissen und schob zwei Flips nach. Oma Anna war in den Zwanzigerjahren zur Welt gekommen. Sie hatte tiefgreifende Paradigmenwechsel in den prägenden Stadien ihres Erwachsenwerdens mitgemacht. Mehrmals hatten sich die Normen schlagartig und radikal neuen gesellschaftlichen Standards angepasst; waren unter Druck gedehnt, gebogen und letztendlich gebrochen worden wie morsche Äste. Polly stand es nicht zu, sich aus ihrem behüteten Alltag zu einem Urteil zu erheben.

»Kann doch jeder machen, was er will. Das ist sein Leben. Er hat diese Worte gesagt, viele Leute haben geschimpft und ihn verflucht. Trotzdem haben sie ihn zum Bürgermeister von Berlin gewählt. Das finde ich richtig. Das eine hat mit dem anderen nichts zu tun«, sagte Oma Anna.

Polly freute sich über die progressive Einstellung ihrer Großmutter. Sie hatte es erwartet und gehofft, aber nicht verlangt. Sie wäre ihr nicht böse, dächte die alte Dame anders. Polly akzeptierte andere Ansichten, auch wenn sie sich nicht mit ihren Wert- und Moralvorstellungen deckten. Das war für sie das einzig legitime Verständnis von Meinungsfreiheit und Demokratie.

Oma Anna füllte die Flipsschüssel nach. »Mein Kind, mutig zu sein, heißt, für seine Meinung einzustehen, auch wenn die Mehrheit dagegen ist. In vielen Fällen wirst du damit nicht so bejubelt wie dieser Wowereit mit seiner Homo-Ehe. Aber selbst wenn er die Wahl verloren hätte, hätte das noch lange nicht bedeutet, dass es sich nicht lohnen würde, seine Ideale zu wahren.«

Polly kuschelte ihren Kopf auf Omas Oberschenkel. »Ich habe Zusagen für beide Unis«, flüsterte Polly, als wäre diese Nachricht Hochverrat. Es kam einem Abschied gleich.

Oma Anna streichelte sanft über die Haare ihrer Enkeltochter. »Das freut mich sehr, mein Kind. Ich habe nie daran gezweifelt, dass man dich annehmen würde«, sagte sie. »Du hast doch mit deiner Mutter darüber gesprochen?«

»Sie war ziemlich sauer. Sie hat sich gar nicht für mich gefreut.«

»Gib ihr ein wenig Zeit. Für sie ist das auch eine große Umstellung«, sagte Oma Anna beruhigend. »Ich werde mit ihr reden. Okay?«

Polly drückte ihre Oma. Sie fühlte sich geborgen. Für sie war es der Anfang eines neuen Abschnitts, für Oma Anna war es das Ende einer lieb gewonnenen Ära, die sie am liebsten auf ewig in einem bauchigen Glas mit einem abdichtenden Gummiring eingeweckt hätte.

Auf der Strecke standen die Fahrer neben ihren Boliden, auf deren ausgestanzten Silhouetten sich das gleißende Licht brach. Assistenten hielten Regenschirme, um sie vor der ungarischen Gluthitze zu schützen. Über jeder Kurve prangte sympathische Zigarettenwerbung; ein schwarzer, sechsbeiniger Hund spie Feuer. Auf den Rängen warteten knapp hundertfünfzigtausend Frauen in Bikinioberteilen und Männer mit Sonnenbrillen und gekräuselter Brust auf die Entscheidung. Für Michael Schumacher war dies das erste von fünf Rennen, bei denen er den Weltmeistertitel verteidigen konnte. Sollte es auf dem Hungaroring nicht klappen, hatte er in Spa, Monza, Indianapolis und Suzuka weitere Matchbälle gegen David Coulthard. Während die kochende Luft wie eine Fata Morgana auf dem Asphalt flirrte, hatte Polly ihre Khakihose hochgekrempelt, damit sie auf dem Weg zu Oma Anna nicht nass würde, wenn sie in eine Pfütze trat. Die Kapuzenpulli über ihrem weißen Top trocknete an der Garderobe im Flur.

Schumis kantiges Gesicht mit dem rechteckigen Kinn flackerte in Großaufnahme durch die Kathodenstrahlröhren. Polly dachte nach, wie reich und erfolgreich er war. Zweites bedingte Ersteres. Er war erst zweiunddreißig und konnte bereits zum vierten Mal in seiner Karriere Weltmeister werden. Damit würde er an Legenden wie Ayrton Senna und Niki Lauda vorbeiziehen. Würde er in diesem Tempo weitermachen, könnte er in seiner Formel-1-Laufbahn bis zu zehn Titel holen. Polly lief ein Schauer über den Rücken bei dem Gedanken, wie oft dieser Mann bei diesem lebensgefährlichen Sport seine Gesundheit auf Spiel gesetzt und es immer wieder mit einem Lächeln aufs Treppchen geschafft hatte.

Deutschland- und Ferrari-Fahnen beherrschten die Tribünen. Der Premiere-Reporter beschrieb den Grand Prix in Ungarn als »Monaco ohne Häuser«. Die Strecke lag in einem grünen Tal und erlaubte den Zuschauern einen einzigartigen Überblick über das Renngeschehen, was ihr den Spitznamen »flacher Teller« beschert hatte.

Die Lampen gingen aus, die Maschinen brüllten los. Button musste wegen seines Frühstarts eine Strafe abbüßen, selbst in der Zeitlupenwiederholung konnte Polly das Vergehen nicht erkennen. Barrichello schob sich vor der ersten Kurve auf Platz drei, Irvine schleuderte nach wenigen Sekunden ins Kiesbett und schied aus. An der Spitze drehte Schumi seine Runden. Die ersten achtundzwanzig von siebenundsiebzig führte er zur Begeisterung von Oma Anna, die ihm zuredete, als wäre sie seine Copilotin und würde ihn über die Strecke navigieren. Beim Boxenstopp übernahm Ferrari-Teamkollege Barrichello die Führung; er fuhr zum Auftanken, und Coulthard war für zwei Runden Erster. Dann stellte Schumi die Ordnung wieder her. Es klingelte.

»Wer ruft denn jetzt an?«, schimpfte Oma Anna.

»Ich gehe.« Polly hüpfte mit großen Schritten zum kabelgebundenen Hörer auf der anderen Seite des Wohnzimmers, um schnell wieder den gemütlichen Platz auf der Couch einnehmen zu können. »Wer stört?«, scherzte sie.

»Ich würde gerne Paulina sprechen. Richten Sie ihr aus, dass die Redaktion dran ist«, orderte die Stimme. Missmut breitete sich in Polly aus.

»Ich bin dran.« Sie ließ sich nichts anmerken. »Woher hast du diese Nummer?«

»Du musst spontan einen Termin für uns machen.« Niklas bat nicht, er befahl.

»Wie spontan?«

»Unser Fotograf für das Schützenfest hat sich kurzfristig krankgemeldet. Wir brauchen ein Foto vom Schießen und, ganz wichtig, ein Foto vom neuen König. Am besten eines mit der Königin und eines ohne.« Mit *wir* meinte er sich, denn er schob alleine Wochenenddienst.

Polly riss sich zusammen. Schützenfeste konkurrierten mit Niklas um den ersten Platz ihrer Kann-ich-nicht-ausstehen-Liste. Das war eine Prüfung. Eine höhere Macht hatte mitbekommen, dass sie bis zum Semesterstart keinen Termin ausschlagen wollte. »Text nicht?«

»Quatsch, darauf kann ich nicht auch noch warten. Sind die selber schuld, wenn die das auf Sonntagnachmittag legen. Den Text habe ich längst vorgeschrieben. Ist doch eh immer dasselbe. Ich muss nur noch die Namen des Königspaares einfügen, beim wievielten Schuss der das Vieh von der Stange geholt hat und ein, zwei Zitate. Mehr brauche ich nicht.«

»In einer Stunde vor Ort reicht?«

»Solange der Vogel nicht fällt, ist mir das egal, wie du das machst. Hauptsache ist, dass du ordentliche Bilder mitbringst. Denk daran, dir die Namen diktieren zu lassen. Damit nicht wieder alles falsch ist wie beim letzten Mal. Das war ziemlich peinlich.«

Sie hatte vor einem Monat beim Nachnamen eines Angestellten der Stadtverwaltung aus Schmid Schmidt gemacht. Niklas vergaß nichts. Polly schluckte die Wut herunter. »Was bekomme ich extra für den Spontaneinsatz?«

»Ist eigentlich ein Standardtermin«, sagte Niklas und kreierte ein unangenehmes Schweigen. Nach mehreren lautlosen Sekunden zwang ihn die Dringlichkeit nachzugeben: »Fünf Mark kann ich drauflegen.« Er saß auf dem Budget der Redaktion, als wäre es sein Privatvermögen. »Ich hoffe, dass die Fotos das wert sein werden.«

»Ich bringe die Bilder, sobald der Vogel runter ist.«

»Und denk an die JHV von Büsoha. Die habe ich heute Morgen auf meinem Schreibtisch vermisst«, kläffte Niklas und legte auf.

Vor zwei Tagen wäre Polly über den dreisten Umgangston stinksauer gewesen, aber die beiden Unibriefe hatten die Spielregeln geändert. Es ging nicht um Befindlichkeiten, es ging um das große Ziel. Sie ordnete dem Termin den Status »Auftrag« zu, damit war er frei von Emotionalität.

Polly legte sich wieder vor den Fernseher. Schumi war nur noch elf Runden von der Weltmeisterschaft entfernt. Nur ein Defekt am Wagen könnte ihn noch stoppen. Eine Runde vor Ende prophezeite der TV-Kommentator: »Das sind die Jahre der Ernte. Die Dominanz von Ferrari wird erdrückend sein.« Schumi reckte die Faust aus dem Cockpit. Es knisterte wortwörtlich in der Leitung, als er auf Englisch eine Liebeserklärung in seine Box funkte: »Ich liebe euch alle. Ihr seid ein Superteam.«

»Ach, ist das schön«, sagte Oma Anna und ballte vor der Röhre die Faust zum Sieg.

Tifosi brachten das sich aufbäumende schwarze Pferd synchron mit der Zielflagge zum Tanzen. Auf dem Weg zum Treppchen standen die Massen klatschend für ihren König Spalier. Schumi lag sich mit seiner Frau Corinna und Teamchef Jean Todt in den Armen. Es war zu hören, wie er zugab: »Mensch, hab ich ein Scheißgefühl gehabt, das ganze Rennen lang.« Nach ausuferndem Jubel kamen auf dem Podest unter der ungarischen Sonne die Tränen. Polly und Oma Anna taten es ihm gleich.

»Ich lege mich jetzt hin«, sagte Oma Anna. In der Nacht stand die Live-Übertragung des SummerSlams auf dem Programm. Sie wollte ihren Liebling The Rock anfeuern.

KAPITEL 20

Tradition & Gemeinschaft

Weniger sportlich als auf dem Hungaroring ging es in und um die Schützenhalle zu. Die an eine Fabrikhalle für Radiowecker oder Bügeleisen erinnernde triste Konstruktion war stets zum Jahreswechsel Veranstaltungsort einer der beliebtesten und bestbesuchten Silvesterpartys der Umgebung, und traditionell gab es wenige Stunden nach Vorverkaufsstart keine Tickets mehr. Ähnlich gut besucht waren nur die Schützenfeste, und dieses war keine Ausnahme. Durch die beschlagenen Bullaugen sah Polly Hinterköpfe und Uniformen, die in der Menge wogten, ausgefallene Abendkleider auf der Tanzfläche. Beim ersten Schritt in die Halle dachte Polly, sie hätte ein Tropenhaus im Zoo betreten. Kondenswasser setzte sich in den Rändern ihrer Brillengläser ab. Der Anteil von Schweiß und Hormonen in der Luft entsprach dem in einer Herrenumkleide nach einem Fußballspiel. Schlagermusik dröhnte so laut, dass auf den Standlautsprechern Bierpfützen in abgestellten Plastikbechern vibrierten. Die Menge grölte gemeinsam mit der Hermes House Band den Charts-Erfolg *Country Roads* in der x-ten Version. Die Beleuchtung sorgte bei Polly für Erleichterung, ihre Digitalkamera würde nicht überfordert. Sie kletterte auf eine der mannshohen Boxen und schoss Fotos vom Partyvolk, aus dem vereinzelt Federn und Hüte hervorragten. Das Schützenfest hatte Tradition und war für Würdenträger und Offizielle aus der Region ein legitimer Anlass, sich barrierefrei vollllaufen zu lassen. Den sicheren Kater am Morgen danach bezeichnete auch der Bürgermeister mit seinem Gefolge als Wählernähe – sie opferten ihre Gesundheit wie Märtyrer für eine gerechte Sache und klopften sich für diesen Einsatz imaginär auf die Schultern.

Der ursprüngliche Sinn der Großveranstaltung spielte sich aber vor der Halle unter den Augen von fünfzehn, höchstens zwanzig Hartgesottenen ab. Von denen waren nur vier aktiv. Und von den Aktiven waren mindestens zwei Strohmänner, Nummer drei wusste noch nicht so recht, ob er sich traute – vielleicht hatte er noch nicht genug Bier intus, um für die Regentschaft zu kandidieren. Während das Publikum in der Halle eifrig am Kater arbeitete, buhlten die Herren davor um eine Erkältung. Sollten sie, wie angekündigt, pünktlich um sechzehn Uhr den ersten Schuss abgefeuert haben, dann setzten sie sich seit zwei Stunden lauwarmem Regen aus. Das Wetter sorgte zwar für einen drastischen Schaulustigenrückgang im Dunstkreis der Vogelstange, hemmte jedoch nicht die Stimmung der Protagonisten. Jegliche Kommunikation beschränkte sich auf Floskeln, Zoten und testosteronhaltiges Balzgehabe, während man das Gewehr rumreichte wie das mit Edelsteinen besetzte Zepter eines Herrschers.

Schützenoberst Werner Tulig, stattlicher Mittvierziger mit dünnem Schnurrbart und akkuratem Haarschnitt im Stile eines US-Soldaten, hatte Polly erblickt. Er wankte auf sie zu, während Polly sich mit ihrem Oberteil den Dunst von den angelaufenen Brillengläsern putzte. Sein Bierglas drückte er auf dem Weg einem jüngeren Schützen in die Hand, als wollte er verheimlichen, einige Pils heruntergespült zu haben.

»Die Presse ist auch da. Sehr schön«, sagte Werner Tulig. »Darf ich Ihnen etwas zu trinken anbieten?« Er beherrschte seine Rolle als Gastgeber perfekt.

»Danke. Ich nehme ein Radler.« Polly freute sich, auf ihren besten Informanten gestoßen zu sein.

Der Oberst wusste seinen Verein betreffend über absolut alles Bescheid. Er kannte das Wohnzimmer jedes Mitglieds, verhinderte mit Charme und väterlichem Geschick, dass mehrere Damen dasselbe Kleid für die Festlichkeiten auswählten, vermittelte Mitgliedern Jobs. Der Mann war ein allwissender Sektenguru. Und er war zu jeder Tageszeit für eine Stellungnahme zu erreichen.

»Ist ja noch viel dran«, sagte Polly mit einem Blick auf den Vogel, der schon einige Kugeln geschluckt hatte, sich aber beharrlich weigerte, in feinen Spänen von der Stange zu rieseln. »Oder gibt es noch keinen Kandidaten in Ihren Reihen?« Dicke Tropfen rannen ihr über die Schläfen und am Hals herunter.

Polly hatte noch nie etwas für diesen Pseudowettbewerb übrig gehabt. Zwar war es für die Schützen eine Ehre, ein Jahr lang König und für immer in den Vereinschroniken verewigt zu sein wie auf einer der Steintafeln vom Berg Sinai. Aber diese Ehre stand in keinem gesunden Verhältnis zu den horrenden Kosten, die auf den Würdenträger während seiner Regentschaft zukamen. Ein geliebter und geachteter Schützenkönig musste gut zu seinem Volke sein. Man erwartete von ihm, bei jedem Kneipenbesuch die eine oder andere Runde auszugeben. Das Kleid seiner Königin musste das aufwendigste und teuerste aller Frauen sein. Deshalb entstand kein echter Wettkampf um die Krone. Bizarrerweise hatte der Titel keinerlei Aussagekraft über die Zielsicherheit der Anwärter. Die Königswürde war eine Frage finanzieller Natur. Bei dem Marathon, den Vogel zu erlegen, half das Kollektiv. Gemeinsam entfernten die Schützen jeden Holzsplitter des Tieres. Jeden bis auf den letzten. Anfangs gaben sich alle Mühe; ein harmloser Spaß, ohne anschließende Pflicht und Verantwortung. Aber ging es in die entscheidende Phase, flogen die meisten Schüsse weit am Ziel vorbei – was nur bedingt mit dem Bierkonsum zu tun hatte. Dann kristallisierte sich heraus, ob es echte Anwärter auf die Krone gab. Kleinere Vereine hatten in den vergangenen Jahren immer öfter das Problem, dass kein Mitglied die finanzielle Bürde tragen wollte. Das zog das Schießen in epische Länge. Dann war es an der Überredungskunst der Vorsitzenden, einen Kandidaten zu finden. So diskret, dass es dem Publikum nicht auffiel.

»Doch, doch, es gibt eine Handvoll Anwärter. Wir haben auch in diesem Jahr wieder ein richtiges Duell. Es ist für jeden unserer Schützenbrüder eine große Ehre, König zu werden, den Verein zu repräsentieren und zu regieren.« Werner Tulig hielt den Schein aufrecht. »Bis auf den linken Flügel sind schon alle Insignien gefallen.«

Polly zückte ihren Stift, und Werner Tulig diktierte ihr aus dem Gedächtnis alle Insignien, die Namen der jeweiligen Schützen sowie die exakte Nummer des Schusses, bei dem sie geschossen worden waren. Ein junger Schütze mit hochroten Wangen drückte Polly ein frisch gezapftes Radler in die Hand. Mehrere Jugendliche achteten darauf, dass es genügend Getränke unter der Vogelstange gab. Der kernige Humor der Veteranen war ihr Lohn.

»Setzen Sie sich unter den Schirm und melden Sie sich, wenn Sie etwas brauchen oder eine Frage haben.« Werner Tulig bot Polly einen weißen Plastikgartenstuhl an, von dem aus sie das Prozedere beobachten konnte und gleichzeitig trocken blieb. »Es ist doch okay, wenn ich auch ein Bier trinke?«

Für einen kurzen Moment lag es Polly auf den Lippen, ihn zu fragen, ob er sie verarsche. Als ob es sein erstes Bier wäre! Aber dann gönnte sie ihm seine ansonsten fehlerfreie Betreuungschoreografie. »Es ist doch auch Ihr Fest. Ein Bier wird sicher nicht schaden«, sagte sie.

Mehrmals während des eintönigen Schauschießens hörte es auf zu regnen. Dann kamen Zuschauer aus der Schützenhalle und legten die Köpfe in den Nacken, und Polly schoss Bilder, die die von den Lesern der Zeitung erwartete Schützenidylle widerspiegelten. Als der Regen erneut einsetzte, war die Eingangssituation mit dem harten Kern unter der Vogelstange wiederhergestellt. Als hätte jemand Spaß daran, die Dusche immer wieder an- und auszuschalten. Die ursprünglich weißen Sohlen ihrer Vans waren längst im Matsch versunken. Polly dachte an die Frauen in den Kleidern, für die der Schlamm in ihren hohen Schuhen zu einer Rutsch- und Feststeckpartie werden könnte. Sie hielt die Kamera bereit.

Während das Gewehr immer gleiche Runden drehte, fragte sich Polly, ob das *Doom*-Training sie auch im realen Leben zu einer Superschützin gemacht hatte. War die Physik der Spiele adäquat adaptiert? Sie hatte millionenfach binäres Leben beendet, aber nie eine echte Schusswaffe abgefeuert. Sie inspizierte das kalte Metall des physischen Tötungsgerätes, das die Schützenbrüder herumreichten. Der von Medien und Jugendschützern häufig hergestellte Zusammenhang zwischen realer Gewalt und Computerspielen schien ihr absurd. Echte Waffen waren der digitalen Profikillerin zu unheimlich.

Nach einer guten Stunde und weiteren vier Bier – »Das ist heute aber wirklich lecker« – entnahm Werner Tulig seinem gepflegten Lederetui mit roter Samtverkleidung einen Feldstecher und setzte an. Die Schützen warteten auf seine Analyse. »Rechts ist noch ein bisschen dran«, gab er den Befehl weiterzuschießen.

Nach jedem Schuss überprüfte der Oberst mit dem Feldstecher. Plötzlich rief er den Jugendlichen zu: »Sagt in der Halle Bescheid.«

Die Jugendlichen rannten los, um rechtzeitig zurück zu sein. Sie wollten nichts verpassen. Jeden Moment fiel der letzte Schuss der Saison. Binnen weniger Minuten wurden Hunderte Menschen aus der Halle gespült. Polly hatte von ihrem Platz aus einen guten Blick. Aus ihrer Pulloverkapuze schlängelte sich ihr geflochtener, rotblonder Zopf an ihrem Hals vorbei. Wie eine Schildkröte bei einer Bedrohung ihren Kopf und ihre Gliedmaßen hatte Polly die Hände in die Ärmel zurückgezogen und ihre Arme verschränkt. Sie sehnte das Ende des dreieinhalbstündigen Schauschießens herbei. Hätte sie magische Kräfte, wäre der Vogel längst zu Staub zerfallen.

Die Menge streckte ihre Nacken, bis Werner Tulig sieben Schüsse später: »Da ist er«, frohlockte, als sehe er weißen Rauch aus dem Schornstein der Sixtinischen Kapelle emporsteigen. Er setzte den Feldstecher ab und rief: »Wir haben einen neuen Schützenkönig.« Jubel brach aus.

Vorher hatte Polly ihn für nicht zielstrebig gehalten, doch das Blatt hatte sich gewendet und der junge Mann aus der Vielleicht-Fraktion hatte sich den Titel gesichert. Der unterlegene Kontrahent, der als Einziger ernsthaft die Absicht gehegt hatte, König zu werden, zeigte sich als fairer Verlierer und hob seinen neuen Regenten zusammen mit zwei anderen Schützenbrüdern auf die Schultern. So wenig sie von diesem Brauchtum hielt, so sehr bewunderte Polly den Zusammenhalt, der so präzise ineinandergriff wie die feinen Zacken der Zahnrädchen in einem Uhrwerk. Eine hübsche Frau – Polly schätzte sie auf allerhöchstens zweiundzwanzig – in einem

Dirndl und mit streifenhörnchenartigen Blocksträhnen hatte ihre Hände vor Überwältigung auf den Mund gelegt. Ihre Augen leuchteten unter dem silbernen Lidschatten, als hätte sie von einem Millionengewinn im Lotto erfahren. Eine Traube Streifenhörnchenschwestern umringte und drückte sie, sprang auf und ab; der Schlamm spritzte, aber das kümmerte nicht. Ihre Freundin würde die kommenden dreihundertfünfundsechzig Tage im Zentrum des Universums strahlen, vielleicht wäre auch ein wenig eigenes Sonnenlicht für sie drin. Unter tosendem Applaus und vor Pollys Kameralinse gab sich das frische Königspaar den ersten Kuss. Werner Tulig bat Polly im Gedränge um einen Abzug der Fotos für das Schützenarchiv und quittierte die Zusage mit einem Daumen nach oben. Ob sie für zwei, drei Zitate mit dem Königspaar sprechen dürfe, fragte Polly; sie habe es sehr eilig. Wieder Daumen hoch. Der Schützenoberst verschwand in der Masse.

Zwei Minuten später hatte Werner Tulig alles arrangiert und sich mit einem Bier belohnt. »Oli. Die Zeitung. Für euch«, flüsterte der Pressebetreuer dem Königspaar zu und blieb in Manier eines artigen Bodyguards neben ihnen. Polly schoss zwei Fotos von dem Paar und verstaute ihre Kamera in der Hosentasche.

Richtig geschätzt: Die Königin war tatsächlich zweiundzwanzig, ihr König ein Jahr jünger. Für ihn war die Zeit der Pickel noch nicht lange vorbei. Der jüngste König der Geschichte? Werner Tulig schüttelte den Kopf, 1924 hatte bereits ein Neunzehnjähriger die Vereinskrone innegehabt, wusste er auswendig. Aber immerhin der Zweitjüngste, das war doch auch was ganz Tolles. Die Königin kicherte unentwegt, was Polly der Aufregung zuschrieb. Nein, ein Kleid habe sie noch nicht, sie habe »überhaupt nicht damit gerechnet«. Kaum hatte sie den Satz beendet, zupfte eine Enddreißigerin mit Kurzhaarschnitt und prallem Dekolleté an ihrem Dirndl und erklärte, dass sie sofort losfahren müssten. Sie würde extra ihren Laden aufschließen, um ein Kleid auszusuchen.

»Egal, welches ich möchte?«, konnte sie ihr Glück kaum fassen.

»Da musst du deinen Schatz fragen, ob der dir seine Karte anvertraut.« Die Ladeninhaberin zwinkerte dem König zu. Traditionell eines ihrer lukrativsten Geschäfte des Jahres.

Der frische König überreichte das royale Portemonnaie: »Egal welches.« Und das war erst der Anfang.

Polly observierte, notierte. Eine Szenerie so frontal wie ein kitschiger Liebesfilm in der ersten Reihe im Kino. Alle Beteiligten und Statisten verfielen in Hektik. Jeder Moment, jede Emotion wurden maximal ausgekostet. Es schien eine Abhängigkeit zu bestehen zwischen dem Erfolg des neuen Schützenjahres und der Organisationsgeschwindigkeit der Königsproklamation. Der Minivan der Ladeninhaberin wartete wenige Meter entfernt mit geöffneter Schiebetür. Die Königin trotzte dem Matsch, hob ihr Dirndl mit beiden Händen und rannte zum Auto.

»Was machst du beruflich?«, fragte Polly. Die roten Wangen des Königs drehten sich wieder zu ihr um. Sie sträubte sich, jemanden zu siezen, der nur zwei Jahre älter war als sie.

»Bitte?« Einige sangen, andere schrien. Der König beugte sich mit den Händen in den Hüften vor, um Polly besser zu verstehen.

»Wo du arbeitest«, rief Polly.

»Ich bin Industrietechniker für Oberflächentechnik hier um die Ecke.« Er zeigte mit einem Finger in Richtung einer zartgelben Fassade am Ende der Straße. »Ich habe da auch meine Ausbildung gemacht.«

»Ist das nicht sehr kostspielig?« Polly wollte eingeweiht werden, wie zur Hölle er das kommende Jahr finanziell stemmen wollte. »Gerade für einen so jungen Menschen?«

»Darüber habe ich mir noch gar keine Gedanken gemacht. Ehrlich. Meine Freundin hat mal beim Fernsehen auf der Couch gesagt, dass sie einmal in ihrem Leben Schützenkönigin sein möchte. Da sie in einer Woche Geburtstag hat, wollte ich ihr diesen Wunsch heute erfüllen. So als vorgezogenes Geschenk, verstehen Sie, was ich meine?«, öffnete er Polly sein Herz.

»Also hattest du das heimlich geplant?«

»Gewissermaßen.« Das Knabengesicht lachte. »Ich hatte nicht einmal dem Werner davon erzählt. Er ist nicht die beste Wahl für Geheimnisse, und es sollte eine Überraschung sein.« Er duckte sich spaßeshalber vor dem Oberst weg, wie ein Boxer, der einem Punch ausweichen wollte.

Werner Tulig gab ihm mit seiner Feuerwehrpranke einen väterlichen Klaps auf die Schulter. »Mensch, Oli, das ist dir heute aber mal so richtig gelungen. Da hast du uns allen eine riesige Freude mit gemacht.« Er wandte sich an Polly, gestikulierte. »Es ist immer schön, wenn die jungen Leute so mitgehen und man merkt, dass da Generationen nachkommen, die unser Kulturgut aufrechterhalten wollen.« Stürmisch umarmte er König Oliver, und König Oliver umarmte ihn. Ein Extremfall wäre nötig, dass dieses Mitglied ihrer Generation freiwillig seine Heimat, Freunde und Familie verlassen würde. Polly stieg das Blut in den Kopf.

Die Lautstärke machte Diktieren zu fehleranfällig. Bevor der König sich den Feierlichkeiten mit seinem Gefolge hingeben durfte, musste er seinen Namen und den seiner Königin in Druckbuchstaben auf Pollys Block notieren. Polly hatte keine Lust auf hochnäsige Kommentare von Niklas. Zur Verabschiedung schickte sie ein überfälliges »Herzlichen Glückwunsch« hinterher.

»Noch ein Radler?«, fragte Werner Tulig.

»Ich bin mega in Eile«, sagte Polly. Das war die Wahrheit. Der Oberst verschwand in der Menge. Sie musste die Bilder und Informationen in der Redaktion vorbeibringen. Den versprochenen Text von Büsoha hatte sie zusammengefaltet in ihrer hinteren Hosentasche. Außerdem wollte sie die trockenen Minuten für ihre Fahrt auf dem Rad nutzen.

Plötzlich bekam sie von hinten einen Schubs. Ihr Collegeblock landete im Matsch. Polly drehte sich erschreckt um. Als sie die Verursacherin erblickte, schloss sie einen Zufall aus.

»Was soll die Scheiße?«, motzte Polly los. Sie hob ihren Block aus dem Schlamm auf.

»War doch nur Spaß, stell dich nicht so an«, wiegelte Juli ab. Ihre Lider hingen wie kaputte Jalousien, ihr hagerer Körper wankte.

»Was machst du überhaupt hier?«, keifte Polly.

»Och, Schwesterherz. Nicht immer so ernst.« Juli wollte Polly in die Wange kneifen wie einem überreagierenden Kind.

Polly wehrte die sich in Zeitlupe nähernde Hand mit einem Wischer ab. »Startet morgen nicht das neue Schuljahr? Hältst du es für eine gute Idee, hier besoffen rumzutorkeln?«

»Ist doch voll früh. Mach nicht so einen Stress.« Juli lallte. Sie setzte zu einem Schluck aus ihrem Bier an, da riss Polly ihr den Becher aus der Hand und warf ihn auf den Boden. Schaum mischte sich mit einer Regenpfütze.

»Hey, mach meinen Scheiß nicht kaputt.« Julis Stimmung kippte von heiter in äußerst wolkig. »Hortet ja nicht jeder so viel Kohle wie du und kann sich ein Bier nach dem anderen holen.«

Polly war perplex. War das nur ein Glückstreffer, weil Juli wusste, dass sie sich Geld bei der Zeitung und mit dem Verkauf von gebrannten CDs verdiente? Sie versuchte, ihre Verwunderung mit einem Konter zu kaschieren: »Wirft ja nicht jeder so viel Kohle wie du aus dem Fenster.«

Aus der Menschenmenge bekam Polly einen weiteren Stoß. Diesmal zwar von vorne, dafür wesentlich härter. Ihre Füße verloren den Halt, sie landete rücklings im Matsch, ihre Brille und der Block neben ihr.

»Hol der sofort ein neues«, befahl die Krächzstimme vom Schulhof und lachte. »Krass im Dreck gelandet.« Juli lachte mit.

Polly drückte sich aus dem weichen Matsch. Ihre Rückseite und ihre Arme waren voller Schlamm. »Mach doch, was du willst«, sagte sie kleinlaut zu ihrer Schwester.

Sie hob ihre Brille und ihren Collegeblock erneut aus dem Dreck auf. Die Gläser waren verschmiert. Hoffentlich war ihre Kamera nicht beschädigt. Zum Nachgucken war keine Zeit, Polly wollte schnell weg.

Die Krächzstimme schrie ihr aus wenigen Zentimetern Entfernung ins Gesicht: »Hol sofort zwei Bier für uns! Sonst baller ich dir eine!«

Eine Maulwurfsschaufel griff wie eine Gottheit aus einer Maschine der Krächzstimme ans Revers der Lederjacke. »Hier wird nicht geschlagen«, bellte Werner Tulig. Polly hatte in der Aufregung nicht bemerkt, dass sie die Aufmerksamkeit der Menge auf sich gezogen hatten. »Du reißt dich zusammen, Freundchen!« Der sanfte Riese zeigte seine autoritäre Seite.

Die Krächzstimme riss sich los. »Fick dich, du Bastard!« Er spuckte dem Oberst, um den sich ein Kranz von Schützen gebildet hatte, auf die Orden an der Uniform. Er und Juli rannten vom Festgelände.

Pollys Herz hämmerte gegen die Rippen. Mit ihren dreckigen Klamotten und der verschmierten Brille, deren linkes Glas ein Riss spaltete, sah sie so verwittert und zerzaust aus wie ein streunender Hund.

»Lasst euch nie wieder blicken!«, brüllte Werner Tulig den beiden hinterher. »Störenfriede wie euch wollen wir hier nicht haben!« Er drückte die konsternierte Polly kameradschaftlich an seine Seite und verschwendete keinen Gedanken an den Matsch, der seine gepellte Uniform versaute, die er extra für diesen besonderen Tag hatte reinigen und bügeln lassen. Er sah Polly an. »Einer unser Jungschützen wird Sie jetzt nach Hause fahren. Wir kümmern uns um Sie. Machen Sie sich keine Sorgen.«

KAPITEL 21

Der Spezialist

Polly stand an diesem Morgen wie Phönix aus der Matsche mit frischer Energie auf. Das bedeutete nicht, dass sie gut gelaunt war – das Gegenteil war der Fall. Aber sie hatte vor dem Einschlafen beschlossen, die Geschehnisse der vergangenen Tage in Ergebnisse umzuwandeln. Ihr Ziel, diesem Ort zu entfliehen, war jetzt gerahmt und bedurfte nur noch eines Nagels in der Wand. Sinnbildlich dafür hatte sie ihr *Korn*-T-Shirt mit der zerfledderten Voodoo-Puppe herausgekramt, ab jetzt würde Polly die Nadeln setzen. Ihren Rucksack hatte sie in der Nacht beladen: Sie hatte alle offenen Bestellungen abgearbeitet. Jede neue nahm sie mit dem Versprechen an, die Games, Filme und Alben im Laufe des Montags zu liefern. Hubert Hermanns hatte ihr noch einen Fototermin für eine Spendenübergabe aufgeschwatzt. »Das ist nur eine Kleinigkeit. Eigentlich wollten wir den Termin gar nicht besetzen, aber es werden Multiplikatoren zugegen sein, und die wollen wir nicht verärgern. Ich bitte Sie also: Nicken Sie freundlich, drücken Sie auf den Auslöser und bringen uns innerhalb der nächsten Tage das Foto und ein paar Zeilen. Hat keine Eile.«

Ihr Tagesplan war straff getaktet. Zumal sie mit dem Fahrrad unterwegs war und das heiße Wetter laut Bericht von gelegentlichen Schauern unterbrochen werde. Am Ende der Gleichung stand eine lungenerdrückende Luftfeuchtigkeit.

Bevor sie vor die Tür ging, griff sie zum Telefonhörer – bei ihrem Redaktionspraktikum hatte Polly gelernt, penetrant zum aktuellen Stand von Ermittlungen nachzuhaken. Da müsse man proaktiv sein, lautete das Credo von Hubert Hermanns. Denn die Polizei habe kein aktives Interesse daran, ob die Presse Bescheid wusste oder nicht, und der Wochenstart war ein hervorragender Zeitpunkt.

Bei der Pressestelle war besetzt, also klingelte Polly bei der hiesigen Wache durch. Mehreren Beamten erklärte sie, dass sie im Auftrag der Lokalzeitung anriefe. Mehrmals bekam sie eine Belehrung, nicht bei der richtigen Person gelandet zu sein. Man stelle sie durch. Sie war auf der Jagd nach Passierschein A38. Der vierte Polizist fragte, warum sie nicht direkt bei Wachleiter Zumberge angerufen habe, schließlich dürfe der als Einziger der Presse Auskunft erteilen. Polly entschuldigte sich und nahm das Angebot, zum Leiter der lokalen Polizeistation durchgestellt zu werden, dankend an.

»Zumberge. Die Kollegen haben gesagt, Sie rufen von der Zeitung an. Wegen der Katzengeschichte.« Kernig, aber nicht unfreundlich. Polly wusste nach diesen paar Worten, dass er seine Mannschaft unter Kontrolle hatte.

»Ich wollte mich erkundigen, ob es etwas Neues gibt.«

»Also offiziell kann ich Ihnen sagen: Wir arbeiten selbstverständlich mit Hochdruck an dem Fall. Wir freuen uns, demnächst Unterstützung von einem Spezialisten der Kripo zu bekommen. Das ist alles.«

»Was heißt offiziell?«

»Offiziell heißt, das sind die Informationen, die zum jetzigen Zeitpunkt für die Öffentlichkeit freigegeben sind.«

»Und inoffiziell?«

»Sie gehören zu Huberts Leuten, richtig?«

»So ist es.«

»Inoffiziell, das sage ich Ihnen unter vier Ohren, haben wir die Leiche des Mannes und die Tiere da rausgeschafft, müssen jetzt aber auf den Spezialisten warten, bis wir die Wohnung auf den Kopf stellen können. Beziehungsweise auf den Kopf hatte der Tote die Wohnung ja schon selbst gestellt. Wir rücken alles gerade und bringen da Ordnung rein.« Die letzten beiden Sätze hörten sich wie ein makabrer Witz an, die staubige Tonlage des Wachleiters ließ das offen.

»Das wird wann passieren?«

»Unser Supermann, der alles besser kann als die örtliche Polizei, wird nicht mehr heute anrücken und nicht mehr morgen. Supermann ist ein viel beschäftigter Mann, das kennen Sie bestimmt aus den Bilderbüchern mit den kleinen Textfenstern. Vielleicht fliegt er am Donnerstag bei uns ein, vielleicht erst Freitag. Ich bin mir sicher, dass wir das mitkriegen, wenn der mit seinem leuchtenden Fachwissen in unserem schönen Nest landet.«

»Hört sich nicht an, als wären Sie begeistert.«

»Na, wie würden Sie das finden, wenn plötzlich so ein Klugscheißer herkäme, Sie an die Hand nimmt und Ihnen sagt, wie Sie Ihre Texte zu schreiben haben?«

»Sie werden es vielleicht nicht glauben, aber so einen habe ich auch.« Polly dachte unweigerlich an die drahtigen Finger von Niklas, die in ihren Satzkonstruktionen rumpfuschten. »Und das ist ziemlich kacke.«

»Aha, sehen Sie. Genauso begeistert sind meine Leute, dass wir einen Babysitter bekommen, der auf uns aufpassen soll. Also bleiben wir artig und machen in der Sache vorerst nichts, weil wir anscheinend fürs Rumsitzen bezahlt werden.« Das unterschwellige Schmatzen klang nach Kaugummi. »Die

Wohnung ist versiegelt. Zwei meiner Leute sind gerade im Gebäude und befragen noch einmal die Nachbarn. Wenn wir bis Ende der Woche brav bleiben, bekommen wir von unserem Spezialisten weitere Infos. Bis dahin müssen wir beide uns gedulden.«

Polly schloss die Augen und bekreuzigte sich im Geiste. Wenigstens einmal war das Schicksal auf ihrer Seite. Sie hatte noch nicht entschieden, ob es pures Glück, Intuition oder gute investigative Arbeit war, diese Information genau dann zu bekommen, als sie schon mit einem Bein auf dem Pedal in Richtung Palazzo war. Den Beamten über den Weg zu laufen wäre unangenehm, brächte sie in Erklärungsnot. Zumal sie die Redaktion nicht über den Spezialeinsatz, zu dem sie sich selbst eingeteilt hatte, in Kenntnis gesetzt hatte. Sie verschob ihre Gespräche mit den Nachbarn des Katzenmannes auf den Nachmittag, um ein Aufeinandertreffen mit der Polizei auf den Fluren des Hochhauses zu vermeiden.

»Sind Sie noch dran?«, durchbrach Zumberge Pollys Fünf-Sekunden-Meditation über die Fügung des Schicksals.

Polly öffnete die Augen. »Machen wir. Ich werde mich geduldig zeigen.«

»Danke für Ihre Erlaubnis. Da bin ich aber erleichtert«, schmatzte der Wachleiter. »Wir sprechen uns.«

KAPITEL 22

Die Rückkehrerin

Play. *Ante up*. Vom Wetter unbeeindruckt, trat Polly in die Pedale, als führe sie gegen die Zeit. M.O.P. hatten mit ihren aggressiven Lyrics – mehr Hymne als Rap – einen beträchtlichen Anteil daran. Am liebsten würde Polly mit einem Mikro die angestaute Anspannung unter großem Jubel und Gejohle in die Menge brüllen.

Es war Premierentag für die weitläufigste Route, die sie sich jemals vorgenommen hatte. Für Touristen wäre das eine allumfassende Stadtrundfahrt. In allen Ortsteilen wollten sie die Dinosaurier sehen, und die Kunden sollten ihre bestellten Urzeitwesen bekommen. Polly hatte fast eine komplette Spindel für diesen einen Film verbraucht, bevor sie todmüde ins Bett gekrochen war. Auch beim Zähneputzen nach dem Aufstehen hatten die Laser das Polycarbonat kristallisiert und eine Handvoll Kopien von jedem Bestseller der vergangenen Wochen sowie von Kirbys Leihgaben gezogen. Von *Der Schuh des Manitu* hatte sie ein Dutzend Exemplare gebrannt. Sie hatte mehr *Manitu*-Kopien unter die Leute gebracht, als im Elektrofachmarkt DVD-Player über die Theke gegangen waren. Die Bully-Komödie war im Begriff, einen bundesweiten Rekord aufzustellen. Nach den Kinofilmen waren die Videospiele dran. Die Riemen des Rucksacks zerrten an ihren Schultern, würden bei ihrer Tour aber kontinuierlich Gewicht verlieren wie ein Kasten Bier bei einem Abend mit Freunden.

Nach ein paar Kurzbesuchen in der Nachbarschaft radelte Polly bei den Bundesliga-Karatekas vorbei zum Baggersee. Dort wartete einer ihrer besten Kunden in einem urigen frei stehenden Haus im Nirgendwo. Halme überwucherten den blassgrünen Gitterzaun, der sich in einer unberechenbaren Formation um das Eigentum schlängelte, sodass Polly mehrmals fast über die rostigen Zinnen gestolpert wäre, von denen der Lack abblätterte. Da außer dem Briefträger kaum ein Mensch dort je vorbeikam, war das abgrenzende Gerippe eher Dekoration als Sicherheitsmaßnahme gegen Eindringlinge.

Die Zocker-WG empfing Polly in ihrer heruntergekommenen Wohnung nahe dem ehemaligen Bahnhof mit freundlichsten Worten. Ein halb behangener Wäscheständer blockierte den Wohnungsflur, die Tür zum Badezimmer lehnte aus den Angeln gerissen neben dem Rahmen. Aus der Bong zu rauchen, lehnte Polly dankend ab, obwohl Opa Ewald, ein Mittzwanziger, der sich vom Kiffen so langsam bewegte wie ein Neunzigjähriger, mehrfach betonte, dass ein kleines Köpfchen für sie »aufs Haus« gehe. Nebelschwaden hingen in der Wohnung; die pure Anwesenheit reichte aus, um stoned zu werden. Das führte dazu, dass das Quartett den Pizzaboten stets im Treppenhaus abfangen musste, um keine Aufmerksamkeit zu erregen. Würden sie eines Tages die Fenster öffnen, segelten die Vögel im Radius von hundert Metern tot von den Bäumen. Die drei neuesten Playstation-Spiele wollten die WG-Bewohner. Sie hatten eine Vorliebe für Games mit Mehrspielermodus, damit niemand warten musste. Auf einem wackeligen TV-Board, von dem sich an allen Ecken die Klebefolie des Holzimitates löste, standen wie im Fachhandel zwei gleich große Fernseher nebeneinander: Der eine war zum Zocken, auf dem anderen verhandelte Richterin Barbara Salesch. Als Bezahlung überreichten sie Polly eine zugeknotete Frischhaltetüte voller Münzen. Sie könne gerne nachzählen. Polly winkte ab, es fehlte zwar ständig etwas, aber nie mehr als zwanzig Pfennig.

Ähnlich viel Kleingeld sammelte sie während der großen Pause am katholischen Gymnasium ein, das Polly bis zum Abitur vor ein paar Monaten selbst besucht hatte. Zwölf Minuten vor dem Klingeln machte sie es sich, das wussten die Schüler, an der Bushaltestelle vor dem Schulgelände bequem. Neuerscheinungen und besonders blutige Filme genossen bei den jungen Kunden höchstes Ansehen. Der erste Schultag nach den großen Ferien entwickelte sich zu einer Tragödie für diejenigen, die kein Geld dabeihatten. Glückliche Teenager wedelten mit neuen Medien vor den Nasen derjenigen, die leer ausgingen. Polly versprach, im Laufe der Woche wiederzukommen, der Sonderrabatt allerdings nicht. Mit der Pausenglocke, die die Schüler zurück in die Klassenräume beorderte, hatte Polly vierzig Scheiben verkauft.

Dann stand der größte Kraftakt an: Die komplette Emsdettener Straße in nördlicher Richtung zurück bis zur Spielhalle neben dem Supermarkt, wo im Schnitt alle zwei Monate eingebrochen wurde, obwohl kaum Bargeld zu holen war. Die Schubfächer des Zigarettenautomaten zeugten von brachialer Gewalt. Einmal hatten die Täter mit Billardkugeln die Toilettenkeramik zertrümmert. Polly verkaufte nur drei Games. Für eine D-Mark gönnte sie sich ein Glas viel zu kalten Zitroneneistee. Beim Zerbeißen knackten die Eiswürfel wie harte Bonbons.

Ihre letzte Station führte sie hinter die Stadtgrenze bis kurz vor Haddorf. Dicht stehende Baumkronen schützten sie vor der Sonne. Auf halber Höhe unter dem Blätterdach stürzte ein Schauer nieder, den sie als Vorboten für gutes Timing wertete. Sie ruhte sich auf einer Bank aus, atmete durch und lauschte dem meditativen Rauschen, das an den gleichmäßigen Takt wogender Wellen erinnerte. Einzelne Tropfen landeten auf ihren ausgestreckten Armen. Ihre Sommersprossen waren auch im Winter nie ganz weg, aber an diesem Tag tummelten sich besonders viele auf ihrer Nase und ihren Wangen. Nach fünfzehn Minuten hörte der Regen auf, und die Trockenheit der Luft kehrte auf einen Schlag zurück: ein Zeichen zum Weiterradeln. Polly machte sich an die letzte Etappe durch die Schwüle. Jeder tiefe Atemzug glich einer Inhalation brodelnder Backofenluft. Ihr weißes Tanktop klebte an ihrem Rücken. Sie spürte, wie ihr Herz die ätzende Batteriesäure aus ihren brennenden Beinen pumpte.

Hinter dem kleinen Waldstück rollte Polly gemächlich auf die Pforte des Bauernhofs zu, der sich mit der Imposanz eines Märchenschlosses vor ihr aufbaute. Die Gebäude waren in U-Form angelegt. Eine offene Scheune auf der rechten Seite schützte zwei tiefer gelegte Kleinwagen vor der Sonne – der eine babyblau mit goldenen, der andere schwarz mit pinken Felgen. Ihre Dächer glänzten, die Reifen standen in Schaumpfützen. Kein Schmutz, kein Geruch, keine Tiere, keine Unordnung: Der Hof besaß die Aura einer Filmkulisse. Yvonne kam winkend aus der Scheune. Eine Kippe ragte quer aus ihrem kleinen, orangenrunden Gesicht wie der Minutenzeiger auf einem Zifferblatt. Lässig wie Belmondo war sie die Inkarnation einer Anti-Bäuerin. Sie trug über ihrer Jeans ein Kleid mit einem psychedelischen Muster voller geometrischer Figuren. Über und unter ihrer rechten Augenbraue lugte jeweils eine kleine Metallkugel hervor, und ihre Stimme klang stets nach Schnaps vom Vorabend.

Yvonne umarmte Polly und drückte sie, ohne auf deren feuchten Rücken zu reagieren. »Es ist immer schön, dich zu sehen«, raunte sie unter ihren verschlafenen Augen.

»Das kann ich so zurückgeben.«

»Komm aus der Sonne, in der Scheune ist es angenehmer.« Yvonne ging voraus.

Gabi hatte Polly im Winter für eine Geschichte über eine Auswanderin, die in ihre alte Heimat zurückgekehrt war, hierhergeschickt. Polly hatte mehr als die Story gefunden. Yvonne hatte mit siebzehn den Hof ihrer Eltern verlassen, um die Welt zu bereisen. Sie war mit einem Wohnmobil durch Zentralafrika gefahren, hatte Indien von Nord nach Süd gequert. An der Südspitze hatte sie nach Sri Lanka übergesetzt und dort in einer Stranddisco einen amerikanischen DJ kennengelernt, sich von ihm auf eine Tour durch mehrere Staaten der USA mitnehmen lassen, wo er in Diskotheken auflegte. Der Termin hatte sich zu einem faszinierenden Gespräch zwischen zwei jungen Frauen entwickelt, die in vielen Dingen sehr unterschiedlich waren, aber getrieben von der gleichen Sehnsucht: dem Ausbruch in ferne Welten. Auf einer Reise ereilte Yvonne eine Nachricht aus der alten Heimat: Ihre Eltern waren bei einem Unfall ums Leben gekommen. Yvonne erbte die Bauernhöfe ihrer Kindheit. Einen verkaufte sie, um den anderen nach eigenen Vorstellungen zu modifizieren. An dieser Stelle hatte die Geschichte vor sieben Monaten geendet. Ob sie sesshaft werde oder bald wieder ihre Zelte abbreche, war Pollys letzte Frage an eine Rastlose gewesen. Natürlich wusste keine der beiden die Antwort.

Polly lehnte ihr Fahrrad an einen Strohballen. Die wichtigen Männer im Tal mussten sich ein wenig gedulden. Im Transistorradio, dessen Ledergurt vor langer Zeit mit einem Nagel an der Wand befestigt worden war, lief der Sommerhit *Miss California*. Yvonnes sonnengebräunte Haut war das Gegenteil von Pollys anfälliger Seidenhülle. Die Weltenbummlerin sah abgezehrt, aber zufrieden aus. Vielleicht tankte sie in der heimischen Abgeschiedenheit neue Energie für ein weiteres Abenteuer. Polly wollte wie schon beim Interview für den Zeitungsartikel wissen, ob es damals schwierig gewesen war, sich vom Elternhaus zu lösen, in dem sie behütet aufgewachsen war. »Jeder macht da andere Erfahrungen«, sagte Yvonne. »Anders« bedeutete bei ihr *einzigartig*. Sie kaufte Polly eine Kopie jedes Blockbusters aus den vergangenen Monaten ab, und Polly machte ihr den freundschaftlichsten Freundschaftspreis.

»Bleibst du in der Gegend?«

»Vorerst.« Yvonne lächelte und kniff ein Auge halb zu.

Ein Zeichen oder nur ein Reflex? Polly war sich nicht sicher. »Vorerst?«

Yvonne legte unentschlossen ihren Kopf auf eine Schulter, rollte die Augen, lächelte verheißungsvoll. »Ich habe da so ein Projekt im Kopf. Es flackert noch ein wenig, wird aber immer deutlicher. Ich glaube, ich werde hier gebraucht.«

»Wir müssen die Tage mal reden, wenn das für dich okay ist. Ich könnte deinen Rat gebrauchen«, sagte Polly und schwang ein Bein über den Fahrradrahmen. »Jetzt muss ich los, ich bin leider im Stress.«

»Ich warte hier oben auf dich«, sagte Yvonne.

KAPITEL 23

Wichtige Männer

Zurück in Neuenkirchen, präsentierte sich die Harmonie in einem anderen Gewand. Polly parkte ihr Rad im Ortskern zwischen zwei Häusern, die so nah beieinanderstanden, dass kein Sonnenstrahl jemals den Boden zwischen den verputzten Mauern berührte, egal zu welcher Tageszeit, egal aus welchem Winkel das Licht es versuchte. Polly schaute sich um – niemand in Sichtweite. Sie zog ein schwarzes T-Shirt aus ihrem Rucksack und tauschte es gegen das verschwitzte Tanktop, das sie einrollte und verstaute. Als sie das Top über den Kopf zog, roch es streng. Polly grinste schelmisch. Da sie in Funktion der Presse unterwegs war, würde sich keiner der Anwesenden etwas anmerken lassen, die Nase rümpfen oder sie darauf ansprechen. Kurzum: Polly hatte die Lizenz zum Stinken.

Sie entschied sich, ihren Rucksack beim Fahrrad zu lassen. Wer würde einen Rucksack klauen, in dem der wertvollste Inhalt ein vollgeschwitztes Oberteil war? Sie verzichtete auf Kugelschreiber und Collegeblock, nahm dafür ihr Diktiergerät zu dem Kurztermin mit. In die andere Hand klemmte sie ihre Kamera.

Die Spendenübergabe entpuppte sich als kollektive Schweinerei. Als Polly das kleine Café betrat, an dessen Backsteinwand sie ihr Fahrrad gelehnt hatte, schnauften die Herrschaften mit der Leidenschaft von Nashörnern im Zoo. Physische Limits waren überschritten, als hätten sie in ihren schicken Anzügen einen Umzug hinter sich gebracht und dabei Waschmaschine und Kühlschrank unters Dach geschleppt. Die Hitze zerrte an den fülligen Körpern, wrang Säure aus ihren Poren. Sakkos hingen auf den Stuhllehnen um einen Tisch mit Marmorplatte. Die Münder der Butterfische öffneten sich behäbig zu einem Kreis, sogen Luft ein, schlossen sich. Feuchte Inseln zierten ausnahmslos alle Achseln.

»Regnet es draußen?«, fragte einer der Männer, dessen Wangen den Kampf gegen die Schwerkraft vor Jahren aufgegeben hatten. Er tupfte sich mit einem bestickten Stofftaschentuch verzweifelt die Stirn ab.

Der letzte Kurzschauer war vor gut einer Stunde niedergegangen, als Polly unter dem Blätterdach Schutz gefunden hatte. Jetzt leuchtete die Sonne. Bevor sie antworten konnte, schob sich eine ausgestreckte Hand an dem Mann vorbei und frontal auf sie zu.

»Hermanns schickt Sie, richtig?«, mischte sich der kleine, schmächtige Träger einer edlen Krawatte ein. Er gehörte zu den Exoten unter den älteren Männern, deren Haare noch (oder wieder) dunkel waren. Er könnte ebenso gut Mitte vierzig wie Anfang sechzig sein. »Ortmanns. Dr. Gustav Ortmanns, um genau zu sein.« Sie schüttelten sich die Hände, er steckte ihr eine Visitenkarte zu.

»So ist es.« Polly hob die Kamera als Beweis.

»Meine Sekretärin hatte die Redaktion in meinem Auftrag eingeladen. Schön, dass Sie es einrichten konnten. Wir warten noch auf den Bürgermeister. Wenn Sie etwas Zeit mitgebracht haben.«

Die anderen beiden Männer fühlten sich genötigt, sich aus den tiefen Stühlen zu hieven und Polly ebenfalls die Hand zu schütteln. Sie sammelte zwei weitere Visitenkarten ein. Sofort kehrten die Herren zu ihren leeren Eisbechern zurück. Der Mann mit dem Stofftaschentuch zog nach und reichte Polly seine Karte. Die Verärgerung über den strategischen Fehler, seinen Namen als Letzter hinterlassen zu haben, war ihm anzusehen. Als hätte er dadurch in der Hierarchie hinter den anderen Krawattenträgern Plätze eingebüßt.

»Dürfen wir Ihnen etwas anbieten? Etwas zu trinken oder einen Eisbecher?«, fragte Dr. Ortmanns.

»Eine Maracujaschorle, wenn es das hier gibt. Eine kleine reicht.«

»Bestimmt. Bestimmt.« Dr. Ortmanns grinste selbstgefällig, als läge es in seiner Macht, jeden Wunsch zu erfüllen, selbst wenn sie warme Eselsmilch mit Manuka-Honig bestellt hätte. »Wir bekommen eine Maracujaschorle«, rief er der Bedienung zu. »Eine große.« Dann wieder zu Polly: »Sie sehen durstig aus.« Begleitet von einem jovialen Zwinkern.

Polly ertrug die Sekunden mit der aufdringlichen Hand auf ihrem Rücken, die sich mutmaßlich öfters Freiheiten herausnahm. Niemand aus der Runde vermittelte den Eindruck, als fände er die Geste unpassend. Die Platzhirsche waren überzeugt, Polly genieße das Privileg ihrer erlesenen Gesellschaft. Sie das glauben zu lassen, war ihre einzige Chance zu überleben.

Dr. Ortmanns schüttelte den Kopf. »Dieser Mann …« Er schaute auf seine schicke Armbanduhr. Er war es nicht gewohnt, warten gelassen zu werden. Er konnte es nicht ausstehen. »Sollen wir anfangen?«

Der Schall seiner Stimme hatte noch nicht alle Ecken des Cafés erreicht, da schwang die Tür auf und Uli Riegel platzte in bekannter Kreuzfahrtschiffmanier herein – kräftige Schritte, Bauch voraus. Ihn führte ein flutwellenartiger Schwall Worte an, mit einer Taktung, die den anderen Anwesenden keine Lücke ließ, auch etwas zu sagen. Eigenlob, ein schmieriger Witz, wieder Eigenlob. So verstrichen zehn Minuten.

Plötzlich war die Frohnatur eines Bürgermeisters irritiert, schaute in die Runde und korrigierte seine Fliege. »Ich muss doch gleich zum nächsten Termin. Ich will nicht wegen euch auch dort noch zu spät erscheinen. Wieso sagt ihr nicht, dass wir anfangen können? Ihr verschwendet meine Zeit, also los! Fotto! Fotto!« Er wischte abfällig mit der Rückseite seiner Hand, als wollte er sein Hauspersonal maßregeln.

Fünf perplexe Gesichter – von der kleinen Schreiberin bis zum mächtigen Geschäftsmann – fanden heraus, dass die unverschämte Ansage jedem Einzelnen von ihnen galt.

Der Bürgermeister – gerade noch lustig und entspannt, jetzt gehetzt – zerrte an den Ärmeln der Herren, um sie für das Foto in eine Reihe zu stellen. Dem Mann mit dem Stofftaschentuch bügelte er durch Handauflegen das Hemd glatt. »Wir machen doch ein Foto! Wieso ist das so knitterig?« Das füllige Gesicht wechselte auf Dunkelrot. Er stand kerzengerade wie ein Erstklässler bei der Einschulung, den Mutti nachkämmte. »Los, aufstellen. Zack, zack!« Das Stadtoberhaupt reichte ihnen die Sakkos von den Stühlen. »Müssen euch eure Frauen auch immer die Sachen rauslegen? He, he, he.« Sein Witz brachte ihm die gute Laune zurück. Wenigstens einer mit Humor in der Runde. Er gab dem Dicken mit den hängenden Wangen einen Klaps auf den Oberarm. »Dich meinte ich nicht, Randolf. Als Junggeselle hast du natürlich eine gute Ausrede. He, he, he.« Er lachte als Einziger. »Fotto, na los, Fotto!«, dirigierte er ungeduldig Polly, die keines Dirigenten bedurfte. Sie stand längst mit der Kamera bereit und wartete, dass die Männer sich arrangierten und der große Zampano zur Ruhe kam.

Das übliche Motiv mit fünf langweiligen Krawattenträgern nebeneinander erfüllte ihre Motivationsmaxime. Polly wollte keine Energie für eine kreativere Inszenierung aufbringen. »Schön«, lobte sie. »Ein eindrucksvolles Bild.«

Die Herren grinsten zufrieden, dass die junge Frau ihre wichtigen Positionen so präzise erfasst hatte.

Polly drückte die rote Taste des Diktiergerätes; das Magnetband setzte sich in Gang. »Jetzt verraten Sie mir, warum wir uns heute hier eingefunden haben.«

»Der Doktor«, reagierte der Bürgermeister erwartungsgemäß am schnellsten und zeigte auf Dr. Ortmanns, »hat der Bank«, er zeigte auf die Hängebacke, »eines der Gemälde aus seiner Privatsammlung vermacht.« Uli Riegel sprach mit Polly wie mit einer Kindergartengruppe und setzte diesen Blick auf, bei dem seine Hasenzähne zum Vorschein kamen. »Dieses Gemälde soll demnächst versteigert werden, und die Einnahmen kommen der städtischen Theatergruppe zugute.«

Polly nickte. »Es wäre gut, wenn wir das Bild auf dem Foto zeigen könnten«, keimte doch noch ein Fünkchen kreativen Willens in ihr.

»Das haben wir nicht dabei«, erklärte Dr. Ortmanns. »Aus guten Gründen. Sie müssen bedenken, dass es sich um ein besonders hochpreisiges Werk handelt. Das wäre doch …«

Der Bürgermeister fiel ihm ins Wort, als wäre Dr. Ortmanns nicht in der Lage, den Sachverhalt selbst darzustellen. »Das Bild sollen sich die Leser einfach vorstellen. Jeder von uns ist während der Schulzeit doch schon einmal in einem Museum gewesen.« Der nächste Kalauer.

Dr. Ortmanns wirkte fahrig, hatte Probleme, seine Fremdscham zu kaschieren. Sein Geweih verkeilte sich in dem des Bürgermeisters. »Selbstverständlich können wir der Presse entgegenkommen. Ich sage meiner Assistentin Bescheid, dann bringt morgen jemand ein Foto des Gemäldes in der Redaktion vorbei. Ist das in Ordnung für Sie?«

Polly wusste genau, wie dieses Bild aussehen würde: das an einer schneeweißen, kontrastlosen Wand hängende Gemälde aus fünf Metern Entfernung plump abfotografiert. Wenn es scharf war, wäre es den meisten eingereichten Fotos von Vereinsausflügen zu Schifffahrtsmuseen einen Schritt voraus. »So machen wir das«, sagte sie höflich. »Haben Sie denn eine Vorstellung davon, was bei so einer Versteigerung zusammenkommen könnte? Existiert eine Wunschsumme?«

»Egal, wie viel es wird: Die Bank legt dieselbe Summe obendrauf«, hatte die Hängebacke ihren großen Auftritt. »Für den guten Zweck, das sollten alle Bürger wissen. Sie können immer auf uns zählen. Denn wenn der Bürger Hilfe braucht, dann sind wir für ihn da.« Klang wie von einem Teleprompter abgelesen.

»Was ist mit Ihnen?«, fragte Polly den großzügigen Spender. »Können Sie mir eine Zahl nennen?«.

Wäre Uli Riegel ein Revolverheld im Wilden Westen, hätte er sie alle umgelegt. »Je mehr, desto besser. He, he, he.«

Dr. Ortmanns vermittelte einen elendigen Eindruck. Eine schwarze Strähne hing ihm lustlos über den Augen. Er wagte dennoch einen letzten Anlauf, dem Anlass Würde zu verleihen: »Natürlich geht es vordergründig nicht um dekorative Aspekte, nach dem Motto: Sieht das schön aus? So ein Bild hat vor allem einen ideellen Wert. Eine Geschichte, die es mit einem selbst verknüpft. Die eine imaginäre Verbindung zwischen dem Künstler und demjenigen herstellt, der sein Leben mit dem Werk teilt und es dadurch auf ein geistiges Podest erhebt. Das ist die Seele eines Kunstwerkes.« Er strich seine Krawatte glatt. »Bevor das Gemälde versteigert wird, werde ich in einer Einführung den historischen Charakter des Werkes eruieren. Dabei gehe ich auf seine Entstehungsgeschichte, seine Wurzeln ein. Eine befreundete Kunstwissenschaftlerin wird es anschließend stilistisch einordnen. Ich bin mir bei den feinen Herrschaften unseres Ortes sicher – ich kenne die lokale und überregionale Kunstszene gut genug, um das beurteilen zu können –, dass wir ein dem Werk adäquates Preisniveau anstreben und erreichen werden.«

»Wie gesagt, die Bank verdoppelt den Kaufpreis aus eigener Tasche!« Die letzte Visitenkarte machte ihren Anspruch auf das letzte Wort geltend. Dieser Satz war ein Kraftakt, der dem Endspurt bei einem Bergsprint gleichkam. Das Stofftaschentuch trocknete mit einem Wischer die Stirn.

Natürlich gab sich Uli Riegel in der Schlacht um das letzte Wort nicht geschlagen: »In der Bank haben die Herren Klimaanlagen. Die kennen den Sommer nur morgens vom Weg zwischen Parkplatz und Tresor und abends zurück. He, he, he.«

»Wann wird denn der Hammer kreisen?« Polly hatte keine Zeit mehr für die Sprüche des Bürgermeisters. Der Termin zog sich länger hin, als mit der Redaktion abgesprochen war.

»Vorerst ist das Bild bei uns im Foyer zu bestaunen. Am Freitag, 7. September, soll die Auktion dann ebenfalls bei uns in der Bank stattfinden«, sagte die Hängebacke.

»Dazu ist Ihre Zeitung als wichtigstes Medium in der Region selbstverständlich eingeladen. Wir halten Ihnen einen Platz in der vordersten Reihe frei«, versicherte Dr. Ortmanns.

Einen finalen Seitenhieb konnte sich Polly nicht verkneifen: »Dürfen die Bürger unseres Ortes denn damit rechnen, dass der Bürgermeister mitbietet und vielleicht selbst bald der Eigentümer eines besonderen Werkes sein könnte?« Polly brachte die Frage so trocken wie möglich rüber, richtete das Diktiergerät auf ihn wie eine Waffe und brachte den Bürgermeister so in die beabsichtigte Klemme.

»Warum nicht? Auf ihren Bürgermeister können die Leute immer zählen! Auf mich ist Verlass!«, lehnte sich Uli Riegel weit aus dem Fenster. »Außerdem ist bei mir in der Küche neben dem Herd noch eine weiße Wand. He, he, he.«

Polly genoss jedes Wort, ohne eine Miene zu verziehen. Daran würde der Bürgermeister in knapp drei Wochen zu messen sein. Dr. Ortmanns stützte sich mit beiden Händen auf einem der Tische ab. Ihm drehte sich der Magen um bei dem Gedanken, ein persönliches Lieblingsstück könnte in die ahnungslosen Fänge dieses Kunstbanausen geraten.

KAPITEL 24

Drew Barrymore

»Auf gar keinen Fall!«
Mama hätte längst auf dem Weg zur Nachtschicht sein müssen. Sie würde zu spät kommen. Völlig untypisch für die Frau, die sich eigenen Zucker für ihren Kaffee von zu Hause mitbrachte, anstatt wie ihre Kollegen die Tütchen aus der Cafeteria mitgehen zu lassen; die den Oberarzt um Erlaubnis fragte, wenn sie am Computer erstellte Tabellen mit Omas Medikamentendosierungen ausdrucken wollte. Natürlich warf sie, auch wenn kein Kollege anwesend war, die vereinbarten fünfzehn Pfennig pro privatem Druck in die Abteilungsspardose, die die Form eines Krankenwagens hatte.

»Ich werde das nicht erlauben.«

Polly drehte den Schlüssel in der Tür und betrat die Szenerie in einer heißen Phase.

»Bitte, Mama, bitte. Alle meine Freundinnen haben das.«

»Julia. Warum orientierst du dich nicht an positiven Beispielen? Warum muss es immer so was sein? Ich verstehe dich nicht mehr.« Mama zog sich ihre weißen Turnschuhe an. Weiß war Pflicht. Ein Symbol für Vertrauenswürdigkeit und Reinheit. Die Schuhe hatten durch die sorgsame Pflege auch nach Monaten noch ihren fabrikneuen Zahnpastaglanz.

»Das ist nicht fair. Du hast mir schon das Bauchnabelpiercing nicht erlaubt.« Juli faltete die Hände und flehte sie an. »Ich muss es haben. Sonst bin ich eine Aussätzige. Eine Leprakranke. Willst du das? Willst du deine eigene Tochter zu einer Verstoßenen machen?«

Juli bewies, warum ihre Grundschullehrerin nach der Krippenaufführung ein schauspielerisches Talent bei ihr erkannt haben wollte. Juli war damals einer der Heiligen Drei Könige gewesen. Die Jungen hatten sich nicht getraut. Mama hatte eine Träne in der Kirche vergossen. Polly betrachtete ihre Schwester, die ihre Anwesenheit nicht wahrnahm. Unschuldig wie Maria Magdalena, dachte Polly. Diese opferbereiten klaren Augen, reingewaschen von einer Vision. Fehlte nur, dass ihr Blut aus den Handflächen floss.

Mama schwang den Zeigefinger. »Letztes Wort«, Pause, Trommelwirbel: »Nein!«

Maria Magdalena verwandelte sich in eine Furie. Wut schoss in ihre Augen und trübte das makellose Hellblau. »Du hasst mich«, schrie sie. »Es macht dir Spaß, mich zu quälen, weil du etwas gegen mich hast. Wie kann man nur so eine Mutter sein?«

»Ich erlaube das nicht. So etwas haben nur Kriminelle. Wenn du achtzehn bist, kannst du machen, was du willst.« Zittrige Hände legten sich den Griff der Handtasche auf die Schulter. »Wenn nur ein Fünkchen Vernunft in dir steckt, wirst du mir eines Tages danken, dass ich dich davor bewahrt habe, deinen Körper zu verschandeln.«

Touché! Polly machte große Augen. Der letzte Satz hatte gesessen.

»Dann lasse ich mir eben ohne deine Erlaubnis ein Steißbeintattoo stechen!«

»Dafür brauchst du meine Unterschrift.« Der Anschein machte sich breit, Mama könnte den Streit tatsächlich gewinnen. »Wo ist denn jetzt mein Autoschlüssel?« Sie tastete die Taschen ihres Kittels ab.

Polly trat nach vorne und reichte ihr kommentarlos den Bund, an dem eine Kollektion der wichtigsten Schlüssel hing. Er hatte auf der Kommode neben dem gerahmten Foto von Juli im Kommunionkleid gelegen. Lächeln mit Zahnlücke, gerade geschnittener Pony, Segelöhrchen – so ein liebes Kind.

Julis Gesicht verzog sich zu einer Grimasse aus geschmolzenem Wachs. »Dann fälsche ich die, und dann lasse ich mir ein richtig großes Tribal stechen.« Sie stellte sich vor Mama, versperrte ihr den Weg zur Haustür. »Oder noch besser: Ich frage Papa! Der erlaubt mir das.«

Mama schmetterte ihre Handtasche auf den Boden wie einen Molotowcocktail. Eine Packung Kaugummi fächerte sich auf dem Boden auf, Taschentücher fielen heraus, ein cremefarbener Lippenstift rollte über das Parkett. Binnen einer Nanosekunde hatten sich ihre Augen mit Wasser gefüllt. »Ach, jetzt ist dieser Mann *Papa*? Der nicht einmal zu Weihnachten anruft?« Sie drückte den Schlüsselbund so fest in ihrer Faust, dass sich die Zacken des Bartes in ihre Haut bohrten. Ein inquisitorischer Blick, dann stapfte sie an ihren Töchtern vorbei aus der Tür.

Juli machte auf der Stelle kehrt und brüllte sich in ihr Zimmer. Die Tür knallte. Polly war zum Wahnsinn heimgekehrt. Sie sammelte den verstreuten Krimskrams auf, packte alles in Mamas Tasche und legte sie auf die Couch. Dann schleppte sie ihren Rucksack mit zwei frischen Spindeln aus dem Supermarkt in Richtung ihres Zimmers. Sie hatte neue Rohlinge gebraucht und war so das Münzgeld losgeworden, von dem sie, vor allem nach dem Treffen mit den Schülern, mehr besaß als ein Pirat mit lebenslanger Berufserfahrung.

Da erschrak sie, zuckte zusammen. Das Telefon klingelte genau in dem Moment, als sie sich auf der Höhe des Apparates befand. Als würde sie von unsichtbaren Augen observiert. Polly rang nach dem Schock einen Moment um Fassung. Dann hob sie den Hörer ab, in der Hoffnung, dass es nicht die Redaktion war. Nach der kilometerlangen Radtour wie beim Giro d'Italia – und das bei dem Affenklima – war Polly fix und fertig, wollte sich auf ihr Bett legen und entspannen.

»Ja?«

»Spreche ich mit der Zeitungsreporterin?«

Polly stutzte. Die Stimme war unnatürlich blechern, hatte den elektronischen Einschlag eines Roboters. »Äh, ja.«

»Sie haben die Story über diesen toten Messie geschrieben? Den Mann mit den Katzen in dem Hochhaus.«

»Ja, genau.«

Die Stimme klang provokant, leicht verzerrt, wie bei den perversen Killern in der *Scream*-Trilogie.

»Das ist ein Selbstmord gewesen. Wieso spionieren Sie den Leuten nach? Lassen Sie den Mann in Frieden ruhen und kümmern Sie sich um Ihre Angelegenheiten.«

»Mit wem spreche ich?«

»Hör auf herumzuschnüffeln, Schlampe!«

Polly hielt sich mit einer Hand am Spiralkabel des Telefons fest, als würde sie sonst in einen Abgrund fallen. Mit der anderen umklammerte sie das Hartplastik des Hörers. »Ich schnüffele nicht herum«, sagte sie automatisch. Als wäre sie in der moralischen Pflicht, sich zu rechtfertigen.

»Lüg mich nicht an, du Miststück! Wage es nicht noch ein einziges Mal, mich anzulügen, sonst wird etwas passieren.«

»Wer sind Sie?« Polly dachte darüber nach, ob sie die Stimme trotz des Verzerrers an anderen Merkmalen erkennen könnte. Sie spannte die Muskulatur an und spürte einen Stich in ihrem Nacken – die blanken Wirbel rieben aufeinander und wetzten den Knochen Stück für Stück mit der Geduld von Schleifpapier ab. Sie kniff die Augen zusammen.

»Das geht dich einen Dreck an. Lass diese Detektivscheiße sein. Es ist in deinem Interesse.«

Polly versuchte sich zusammenzureißen. Sie durfte bloß nicht die Beherrschung verlieren, nicht emotional werden. »Woher haben Sie meine Nummer?« Im Telefonbuch stand die Familie seit Jahren nicht mehr, weil Mama der Meinung war, dass alle Leute, die die Durchwahl haben sollten, sie bereits hatten und alle anderen sie nicht brauchten. Ob die jemand in der Redaktion herausgegeben hatte? Vielleicht an einen freundlichen Anrufer, der einen heißen Tipp für die Autorin der Skandalstory aus dem Palazzo versprochen hatte?

»Ich weiß, dass du mit dieser Frau gesprochen hast. Dieser Tierschutznutte. Ich weiß alles. Wir sehen dich. Jeden Schritt.«

Instinktiv schaute sich Polly um. Alle Gardinen standen offen, die Fenster entblößt. Draußen war es trotz der Abendstunde noch taghell. Sie verspürte den Drang, zu den Fenstern zu rennen und sie zu schließen, die Gardinen vorzuziehen und die Rollladen herunterzulassen. Sie musste die Tür von innen verriegeln. Aber es war keine Option, den Hörer aus der Hand zu legen und diese Stimme allein in der Wohnung zu lassen. Es war lange her, dass sie das letzte Mal Angst gehabt hatte. Polly umklammerte den Hörer.

»Du behältst alles, was du weißt, für dich, und dir wird nichts passieren. Vergiss die Sache einfach!«

Dann ein Tuten. Die Leitung war unterbrochen.

KAPITEL 25

RückKehr nach Phobos

Polly versuchte, die Dämonen aus ihrem Kopf zu vertreiben. Nach dem Drohanruf setzte sie alles auf Ablenkung. Erst schloss sie eilig die Fenster in ihrem Zimmer, dann alle anderen der Wohnung – bis auf die in Julis Zimmer. Die Eiszeit zwischen den Schwestern hatte ihren Höhepunkt erreicht. Alle Rollladen ratterten nach unten. Sie verriegelte die Wohnungstür und schloss sich in ihrem Zimmer ein. Sie verbarrikadierte sich vor der Außenwelt in ihrem kleinen Reich; von innen nach außen verschachtelt in den unendlichen Gängen einer Pyramide. Draußen war es sommerlich hell, drinnen finster. Sie verstaute ihre Einnahmen von der Tour, einen hübschen Stapel Scheine, in der roten Kassette in ihrem PC-Tower, schob danach das gräuliche Gehäuse wieder zu. Sie zog ihre Kleidung aus, bis auf ihr Top und die schwarze Unterhose, und passte sich so den Bedingungen in ihrem selbst geschaffenen Terrarium an.

Ihr Rechner sollte die Rolle des Exorzisten übernehmen. Als könnten neue düstere Erlebnisse ihre düsteren Gedanken überschreiben. Sie drehte ihre Speaker auf und streifte schwer bewaffnet über die Monde des roten Planeten, wo sie zur Elite gehörte. Bl4ckW1d0w, die Killerqueen. Sie watete knietief zwischen den Toten, das Stroboskoplicht zitterte von den Decken des Irrgartens wie ein Aal, die Wände pulsierten in einem kräftigen Blau. Feuerbälle flogen auf sie zu, untote Space Marines legten auf sie an. Einer der Brenner hatte ausgespuckt und wartete auf frische Polycarbonat-Nahrung für seinen Laser. Eigentlich hatte Polly sich vorgenommen, eine ganze Spindel mit fünfzig CDs durchzujagen, um für die nächsten Tage genügend Ware im Angebot zu haben, aber ihre Konzentration befand sich in einem asphyktischen Schwebezustand zwischen den Welten.

Polly konservierte die Stimme des Anrufers in ihren Windungen, glich sie mit den ihr bekannten Mustern ab wie Phantombilder aus einer Verbrecherkartei. Männlich und zwischen fünfzehn und fünfzig Jahre alt, waren ihre Anhaltspunkte. Alle anderen Attribute hatte das Verzerrgerät bis zur Unkenntlichkeit verschleiert. Sie hörte das elektronische Knacken in ihrem Kopf. Ton ohne Profil. Ihr nächster Anhaltspunkt war das Mordmotiv. Hatte der Tote einen Einbrecher in seiner Wohnung überrascht und das mit seinem Leben bezahlt? Wohl kaum, bei ihm gab es nichts zu holen. Einen Schritt in die Wohnung zu setzen war für diese Erkenntnis nicht nötig. Vielleicht war ein wohlhabender Typ bei ihm gewesen und hatte sich mit Fetischspielchen vergnügt. Es kam zu einem Streit, einer Handgreiflichkeit, deren tragisches Ende der betuchte Gast als Selbstmord vertuschen wollte, um mit seiner Frau und den Kindern das schöne Leben an der Krone der Gesellschaft weiter auskosten zu können. Aber über was für eine Muskelkraft musste ein Mann verfügen, um einen geschätzt mehr als hundert Kilogramm schweren, trägen Körper mit einem Kabel um den Kopf unter die Decke zu ziehen? Könnte ein Nacken diese Strapaze aushalten, ohne dass der Kopf ab- oder der Hals einriss? Polly stellte sich den Mörder vor: ein zwei Meter gewuchertes Ungetüm, mit Armen von der

Spannweite eines Segelflugzeuges. Solch ein auffälliger Mammutmann wäre von Nachbarn – egal zu welcher Uhrzeit – bemerkt worden. Egal ob auf dem Flur, im Fahrstuhl oder Treppenhaus, vielleicht beim Betreten des Palazzos.

Die Gedanken besudelten ihr Spiel. Polly verlief sich ein ums andere Mal in den komplex verwobenen Gängen, die immer tiefer in die Weltraumstation führten. Eigentlich kannte sie die Windungen auswendig – wahrscheinlich sogar besser als der Digitalarchitekt dieses Baus Anfang der Neunziger. Sie rannte in Sackgassen, strandete ohne die erforderlichen Schlüsselkarten vor massiven Türen. Sie verfluchte sich selbst, wippte mit den Beinen. Sie übersah mehrere Monster, die sie kaltblütig hinterrücks niederstreckten und den Monitor in tiefes Rot tauchten, obwohl sie unter Normalbedingungen den Standort jeder einzelnen Kopfgeburt der US-amerikanischen Softwareschmiede verinnerlicht hatte. Das letzte Mal, dass ihr das passiert war, musste Jahre her sein. Der übliche Spaziergang in ihrem zweiten Zuhause war zu einem Trip mutiert, der geradewegs in die Hölle führte. Sie stützte ihren Kopf auf die Fäuste.

Die mentale Reinigung war gescheitert. Die düsteren Szenarien fraßen sich in der Dunkelheit ihres Zimmers immer tiefer in ihr Bewusstsein. Wahrscheinlich würde Polly sie ihr Leben lang nicht mehr vergessen; sie wären von keinem Psychiater, egal wie hochdekoriert, auszuradieren. Polly stand auf, kontrollierte die Fenster im Zimmer. Sie drehte ihr Bett um neunzig Grad. So hatte sie frontal die Tür im Blick.

Sie legte sich flach auf den Bauch, stützte die Handflächen ab und drückte sich nach oben. Noch nie zuvor hatte sie Kraftübungen absolviert, das war in ihrer Lebensphilosophie unter der Rubrik Zeitverschwendung archiviert. Aber sie brauchte Kraft und Kondition. Fünf Liegestütze, sie schaffte sogar zehn.

Es sah mit Sicherheit kümmerlich aus. Sie sprang auf, machte mit kreisenden Armen und schnappenden Beinen zehnmal den Hampelmann, dann wieder runter. Weitere fünf Liegestütze, ihre Arme wurden schwammig; noch mal fünf. Sprung in den Stand und zehnmal den Hampelmann. Beim dritten Durchgang streikte ihr Trizeps. Nach dem siebten Liegestütz der dritten Serie legte sie sich auf den Bauch und streckte die Arme zu beiden Seiten wie ein Seestern. Der Teppichboden war warm. Sie atmete hektisch, schaltete alle Lampen aus, jede Lichtquelle, um mit ihren Gedanken isoliert zu sein. Polly überlegte, ob sie sich eine Waffe besorgen sollte. Ein törichter, kurzer Gedanke, bei dem sie auf dem Boden einschlief.

KAPITEL 26

Rehe und Jäger

Als sie in der Finsternis erwachte, schmerzten alle Kapillare und Fibrillen ihres Körpers. Sie wusste zwar, dass sie schlecht geträumt hatte, erinnerte sich aber nicht, was, und versuchte vergeblich, auf den Grund dieses trüben Sees zu tauchen. Sie wischte sich eine Sabberspur aus dem Mundwinkel und streckte sich. Alle Gliedmaßen rebellierten, ihr Kopf ließ sich kaum drehen. Die Nacht auf dem Boden forderte ihren Tribut, als hätte sie auf einer Marmorplatte geschlafen. Ein Brillenglas zerborsten, die Glieder mürbe. Polly war ein vergessener Klumpen Knete – eingedrückt und zermatscht.

In der Dunkelheit fehlte ihr die Orientierung in Zeit und Raum. Sie krabbelte in die Richtung, in der sie den Schalter neben der Tür vermutete. Sie schob die Arme weit vor und vermied so einen Stoß vor den Kopf. Ihr Instinkt leitete sie richtig: Viermal vierzig Watt Kunstlicht fluteten den Raum. Ihre Augen brannten. Sie kramte eine bequeme schwarze Sweatshorts mit weißen Rändern aus dem Klamottenhaufen und knotete die weißen Bündchen zu. Das kultige *Saber Rider*-Shirt, auf dem ihre Kindheitsheldin April Eagle im roten Ganzkörperanzug mit wehenden blonden Haaren und vorgehaltener Pistole auf einem sich um die eigene Achse drehenden intergalaktischen Schachbrettmuster stand, passte perfekt zu der bevorstehenden Mission. Polly sammelte ihre zerzausten Haare ein und band sie zu einem Pferdeschwanz. Auf eine dringend notwendige Dusche verzichtete sie – es gab zu viel zu tun.

Polly lauschte an der Tür … keine Geräusche jeglicher Art. Weder Mama, Juli noch ein ungeladener Besucher waren zu hören: ihr bevorzugtes Fazit. Sie erklärte ihr Eremitendasein für beendet und tippelte zum Fernseher. Auf VIVA liefen nervtötende Klingeltonwerbungen für Jamba-Sparabos in der üblichen Schleife. Laut Videotext hatte sie bis in den Mittag gepennt, was sie mit: »Ach, du Kacke«, quittierte. Die Rohlinge mussten bis zum Abend warten. Die fünf Sätze über die Gemäldespende und die bevorstehende Kunstauktion verfasste sie viel zu schnell, was ihr egal war. Eilig steckte sie den Ausdruck für die Redaktion zu den anderen Sachen in ihren Rucksack und schlüpfte in ihre Vans. An der Wohnungstür entdeckte sie einen Zettel, den Mama mit Tesafilm befestigt hatte, um sicherzustellen, dass Polly die Zeilen beim Verlassen des Hauses nicht übersah.

Polly, mein Schatz,
warum habt ihr alles abgedunkelt? Als ich von der Arbeit kam, haben mich Nachbarn darauf angesprochen und gefragt, ob bei uns alles in Ordnung sei. Das war mir sehr unangenehm. Wir beide sollten uns dringend unterhalten – auch über andere Dinge.

Ich habe mich nach der Nachtschicht schlafen gelegt. Bitte sei leise und mach keine laute Musik an. Sag das auch deiner Schwester, wenn sie aus der Schule kommt!

Für dich hat ein Dr. Ortmanns angerufen. Er sagte mir, dass er <u>dringend</u> mit dir sprechen müsse, über etwas, das *auch die Polizei interessieren könne. Du möchtest heute um vierzehn Uhr bei ihm erscheinen: Rodenkamp, das Haus mit dem weißen Holzzaun.*

Kuss,
Mama

Polly konnte sich keinen Reim auf die Nachricht machen. Dr. Ortmanns bewegte sich in anderen Sphären, dürfte den Palazzo höchstens vom Vorbeifahren auf der Hauptstraße oder als Wohnungsvermieter kennen, wenn er dort Eigentum besaß. Ein weiterer Termin passte kaum in ihre Planung, aber das hörte sich vielversprechend, wenn auch mysteriös an. Sie faltete den Zettel, strich die Knickkante mit ihren schwarz lackierten Fingernägeln glatt und packte ihn hinter den vorderen Reißverschluss des Rucksacks. Kaum hatte sie beide Träger auf ihren Schultern, stolperte sie auf der Türschwelle arglos gegen den Sommer, der ihr aufgelauert hatte. Polly kniff die Augen zu, schirmte sie zusätzlich mit dem Handrücken ab, um nicht wie Nosferatu zu Asche zu zerfallen. Sie ärgerte sich über ihre frühere Entscheidung gegen eine Sonnenbrille mit Stärke. Das Licht war grell und erbarmungslos. Sie taumelte zurück in das Gelbe des Flurs und sah vom Schattenquadrat des Türrahmens auf den Asphalt, der nicht mehr aschgrau, sondern wie zähflüssiges Gold war, in dem sich die Sonne spiegelte. Als wäre dieser flackernde Strom Treibsand, der sie beim ersten Schritt gierig verschlingen würde. Polly, nicht mit Geduld gesegnet, stieß ein: »Drauf geschissen«, aus und schwang sich auf ihr Fahrrad, das wie immer auf sie gewartet hatte. Play.

Die Redaktion war die übliche Sauna – alle Fenster geschlossen, um keine Hitze reinzulassen. Eine umstrittene Maßnahme. Als Polly an Niklas' Büro vorbeischlenderte, hing er am Telefon und machte sich, mit dem zwischen Schulter und Kopf eingeklemmten Hörer, angeregt Notizen. Dennoch hatten seine Detektoren Polly längst bemerkt, in Schulkindmanier wedelte er hektisch mit dem Zeigefinger. Anscheinend hatte er etwas Dringendes mit ihr zu besprechen. Polly stellte sich dumm, winkte ihm freundlich und ging schnurstracks in das Büro von Hermanns, in der Hoffnung, raus zu sein, bevor Niklas aufgelegt hatte.

Hermanns zeigte auf Pollys Brille. »Geht es Ihnen gut? Sie sehen wild aus.« Selbst bei diesen Temperaturen verzichtete er nicht auf seine Tasse aufgebrühten Kakao, angerührt mit einem gehäuften Esslöffel Pulver.

Polly holte den kurzen Text aus dem Rucksack und reichte ihn dem Chefredakteur. »Den Umständen entsprechend.«

»Hört sich nicht gerade an, als würde ich beim Lesen vor Begeisterung vom Stuhl kippen.« Er warf einen flüchtigen Blick auf den Ausdruck. »War da irgendwas Besonderes?«

»Nur vier hochnäsige Bonzen und der Trottel von einem Bürgermeister.«

»Sie sind erfrischend ehrlich.« Er schaute sie bohrend an. »Oder ist etwas vorgefallen?«

»Nichts.« Wozu die Unverschämtheiten ansprechen? Sie würde doch bald auf und davon sein.

Hermanns gab sich mit dieser Antwort zufrieden, hakte nicht nach. »Da steht keine Summe.« Seine Unterlippe hing offen. Ohne draufzugucken, tippte er morsend auf den Text.

»Eine Summe wofür?« Er konnte unmöglich in der Mikrosekunde alle Infos aufgesaugt haben, auch wenn es sich nur um wenige Zeilen handelte.

»Da wird doch ein Gemälde versteigert.«

»Haben die nicht genannt.«

»Haben Sie danach gefragt oder soll ich mal bei Ortmanns anrufen?«

Auf gar keinen Fall wollte Polly, dass Hermanns gerade jetzt mit Dr. Ortmanns sprach. »Zweimal. Man hüllt sich in Schweigen. Darf ich mutmaßen?«

Hermanns schlürfte einen Schluck aus seiner Tasse, auf der eine Kuh unter dem Schriftzug *Unser Zuhause – Unsere Stimme der Region* graste. Die Ortsteiltassen-Edition war ein Verkaufsschlager, bei jeder Verlosung gab es sie zu gewinnen. Polly konnte sich keinen Haushalt vorstellen, der nicht mindestens die Tasse mit dem Motiv passend zu dem Ortsteil, in dem man wohnte, im Küchenschrank stehen hatte.

»Ich höre.«

»Damit sichern die sich ab. Für den Fall, dass das Gemälde für weniger weggeht als erwartet.«

»Liegt nahe.« Hermanns sog scharf Luft durch die Zähne. »Können denn unsere Leser anhand des Fotos, das Sie geschossen haben, etwas bezüglich des Wertes spekulieren?«

Polly schüttelte den Kopf. »Nur wenn die Gedanken lesen können. Oder wenn die in die Bank gehen: Dort soll das Bild bis zum Auktionstermin ausgestellt sein.«

Hermanns sah nicht erfreut aus über diese Nachricht. Seine braunen Murmeln kullerten unter den verwachsenen Augenbrauen. »Aber die haben angeboten, im Laufe des Tages ein Bild von dem Bild hier vorbeizubringen.«

»Ich kann mir lebhaft vorstellen, wie das Bild von dem Bild aussehen wird: das Kunstwerk vor schneeweißer, kontrastloser Wand. Mit Glück ist das Foto scharf und zeigt das Gemälde von vorne.« Er trank einen Schluck Kakao. »Aber vielleicht bin ich auch ungerecht und die Fotografie ist einspaltig vorzeigbar.«

Sie liebte seinen trockenen Humor, der keiner Eitelkeit bedurfte, von einem eigenen Lacher begleitet zu werden. »Mit Sicherheit! Es ist nie zu spät zum Träumen.«

»Sie sind ja in Topform. Haben Sie heute etwas Besonderes vor, während wir hier von der Affenhitze gegrillt werden? Na los, machen Sie mich neidisch mit Ihrem freien Nachmittag.«

»Ein paar Besuche, die lange überfällig sind«, gab sich Polly vage. »Wie finden Sie eigentlich mein T-Shirt?«

Hermanns zögerte für eine kurze Analyse. »Meine Kinder haben früher auch viel Zeichentrick geguckt. Die Frau sieht freundlich aus. Aber warum hat die eine Wumme in der Hand?«

»Sie gehört zu einer Gruppe, die die Menschen der Zukunft beschützt. Das ist eine Fernsehserie aus meiner Kindheit«, sagte Polly mit einem Grinsen.

»Kann ja nicht so lange her sein.«

»Haben Sie ein aktuelles Telefonbuch hier irgendwo vergraben?« Polly schaute sich um. Sie hätte den Chefredakteur auch direkt nach der Straße fragen können, aber das hätte nur unnötig seine Neugier geweckt.

Hermanns zog eine Schublade auf und offenbarte das wahrscheinlich einzige Telefonbucharchiv Neuenkirchens. »2001, 2000, 1999 und so weiter, bis runter in die frühen Achtziger. Falls jemand mal nicht gefunden werden möchte, finden Sie ihn hier. Bedienen Sie sich.«

Polly nahm das aktuelle Exemplar und blätterte in den vorderen Seiten, auf denen Straßenkarten der einzelnen Stadtteile zu finden waren. Die Straße Rodenkamp befand sich genau dort, wo sie das Haus von Dr. Ortmanns vermutet hatte: verwinkelt inmitten der höchsten Quadratmeterpreise der Umgebung im Dunstkreis der Textilvillen. »Ich bringe es Ihnen wieder. Okay?«

»Haben Sie gefunden, wonach Sie gesucht haben?«, fragte Hermanns, ohne seinen Blick vom Monitor zu lösen.

»Allerdings. Danke.«

»Kein Grund, mir zu danken, das ist wahrscheinlich das einzige Druckerzeugnis unseres Städtchens, das ich nicht verfasst habe. Es wäre schön, wenn Sie es mir ohne Eselsohren zurückbringen.« Er sah Polly an. »Na, dann laden Sie das Foto mal in die Maske und machen sich einen schönen Nachmittag.«

»Werde ich tun.«

Polly begab sich an den Fotografenrechner und kopierte das Bild von ihrer Kamera. Der Kopiervorgang dauerte nur wenige Minuten. Als sie sich gerade auf den Weg aus der Redaktion machen wollte, legte Niklas den Hörer auf und fing direkt wieder aufgeregt mit dem Zeigefinger zu wedeln an.

»Einen Moment. Wichtig«, rief Niklas ihr hinterher. »Wichtig!«

Sie war ihm wieder ins Netz gegangen. Ohne ihren inneren Widerwillen zum Ausdruck zu bringen, drehte sie sich um und zwang sich vor den Schreibtisch, über dem die *Feder der Zukunft* schwebte.

Eine Begrüßungsfloskel ließ Niklas aus. Er kam zur Sache. »Polly.« Er schlug beide Handkanten auf den Tisch, als mäße er etwas ab. »Ich sitze beim Sonntagsdienst alleine hier und muss mehrere Seiten aktuell produzieren. Ich recherchiere und schreibe für die Ausgabe meine eigenen Geschichten. Es ist schon in zeitlicher Hinsicht eine große Bürde, deine reingereichten Texte abzutippen. Ich tue es, und das gewissenhaft, obwohl ich jede Menge wichtigerer Dinge zu erledigen habe. Aber wenn ich das schon mache, dann müssen deine Texte gut … ach, was sage ich denn da: wenigstens mittelmäßig sein. Darauf muss ich mich verlassen können, wenn ich dich zu einem Termin schicke.« Die Stimme wogte dramatisch, der Blick stach. »Es kann nicht sein, dass ich Zeit dafür verschwenden muss, Sätze von dir umzuformulieren, damit es sich wie Deutsch liest. Hast du mal den Text in der Montagsausgabe mit dem verglichen, den du mir reingereicht hast?«

Polly war überrumpelt. Ihr Rucksack hing trostlos an einem Arm. »Also, ich … Das ist doch so abgesprochen, dass ich die Texte sonntags vorbeibringe«, sagte sie kleinlaut.

»Was war so abgesprochen? Dass du mir mangelhafte Texte lieferst?« Er lehnte sich zurück auf seinem Bürostuhl, legte seine Unterarme auf die Lehnen und wartete herausfordernd Pollys Reaktion ab. Er war ein Jäger, der mit vorgehaltenem Gewehr vor einem angeschossenen Reh stand und sich an den aushauchenden Zuckungen und der erschlaffenden Zunge ergötzte, bevor er zum Gnadenschuss ansetzte.

Polly starrte zurück. Sie brachte kein Wort heraus. Niklas wusste, wo sich der Schalter in ihrem Kopf befand, der ihre Schlagfertigkeit deaktivierte.

»Wir bezahlen dich für diese Termine! Da muss mehr drin sein als das, was du uns Woche für Woche lieferst.« Er nahm ihre Texte vom Wochenende, die er sich zurechtgelegt hatte, und warf sie zurück auf seinen Schreibtisch, dass sie sich auffächerten wie ein Kartenspiel. »Hast du eine Ahnung, wie lange ich die umschreiben musste, um da etwas draus zu machen, was man den Lesern halbwegs zumuten kann, ohne sich zu schämen?«

Polly stockte der Atem. »Niklas, ich muss jetzt wirklich los. Ein andermal«, war das Beste, was sie herausbekam. Das letzte Wort hing noch in der Luft, da zog sie schon ab. Das Reh war angeschossen, aber auf der Flucht.

»Darüber wird noch zu reden sein«, rief Niklas ihr hinterher.

Niklas hatte es wieder geschafft, sie bloßzustellen. Sie war gekränkt, beschämt und stocksauer zugleich; auf ihn, vor allem aber auf sich selbst. Sie hatte den Stich durchgehen lassen, ohne zu einer Parade anzusetzen. Da half auch nicht der sehr bestimmende Tonfall, den sie vor dem Zufallen der Tür noch hörte, mit dem Hermanns Niklas zu sich zitierte.

KAPITEL 27

Königliche Schlacht

Das Strampeln half, die Emotionen aus dem Kreislauf zu waschen. Wäre sie zu Fuß unterwegs, würden ihre gelben Gallensäfte sieden. Zum Rodenkamp hatte sie es laut Karte nicht weit, sie lag in direkter Nachbarschaft der historischen Vorzeigevillen, die aus dem florierenden Leinenhandel des 19. Jahrhunderts erwachsen waren. Architektonisch muteten die Bauten mit ihren verspielten klassizistischen wie auch renaissancistischen Details wie ein Portal in eine andere Welt an. Sie spiegelten die herrschaftliche Eleganz ihrer erlesenen wohlhabenden Erbauer und Eigentümer der damaligen Zeit wider.

Im Umkreis dieser Prunkobjekte waren hochpreisige und luxuriöse Neubauten entstanden. Das Haus von Dr. Ortmanns war trotz einer beachtlichen Größe verhältnismäßig schlicht. Die Fassade verzichtete auf floralen Stuck, der Vorgarten ließ die Handwerkskunst eines Gartenlandschaftsarchitekten missen und beschränkte sich auf einen penibel gemähten Rasen; der in Mamas Notiz erwähnte weiße Holzzaun akzentuierte den Charme wie ein geschmackvoller Rahmen. Polly nahm sich einen Moment, blieb stehen. Sie schloss die Augen. Himmlisch. Sie konnte kein die Idylle störendes Geräusch wahrnehmen.

Polly ging zur Tür und klingelte, ein klassisches Glockengeläut ertönte. Eine Frau mittleren Alters öffnete, sie trug eine Siebenachtel-Hose mit erdfarbenen Karos kombiniert mit einem schwarzen Oberteil, dessen U-Boot-Ausschnitt ihren schlanken Hals betonte – eine Kombination, die ohne jede Aufdringlichkeit hervorragend zu ihrer Figur passte. Aus den hochgesteckten Haaren lugte ein Holzstäbchen hervor.

Ein kurzer Blick genügte der Herrin des Hauses. »Sie sind eine Klientin meines Mannes?«, fragte sie höflich, aber bestimmt. Der Riss im Brillenglas legte diesen Analyseschluss nahe.

Da sie nicht wusste, was Dr. Ortmanns seiner Frau erzählt hatte, nickte Polly zustimmend. »Ich habe um vierzehn Uhr einen Termin bei ihm.«

»Nun denn.« Mit einer Handbewegung lud sie Polly in das Entree ein. »Dr. Ortmanns hat sein Besprechungszimmer am Ende des Flures auf der linken Seite.« Sie siezte ihren Gatten vor den Klienten – professioneller Stil und Distanz ergänzten sich auf höchstem Niveau.

»Danke.« Ohne zu neugierig zu wirken, nutzte Polly die rare Möglichkeit und sah sich auf dem Weg zum Doktor um.

Reines Weiß im raffinierten Zusammenspiel mit einem sparsam eingesetzten bräunlichen Pastellton dominierte das Innenleben. Die Komposition brachte eine ästhetische Ausgeglichenheit mit sich wie ein Herrenhaus in der britischen Provinz unter Königin Viktoria. Der Teppichboden war in einem Stück gelegt und führte durch das Unter- und über die Landhaustreppe ins Obergeschoss. Gerahmte Familienfotos zierten den Aufgang. Es duftete blumig, ohne die Nase zu überfordern. Das Haus war altmodisch, aber sehr gepflegt. Ein authentisches Knarzen untermalte charmant jeden Schritt auf den Dielen.

Polly klopfte an die letzte Tür auf der linken Seite. »Dr. Ortmanns?«

»Bitte. Treten Sie ein«, rief die Männerstimme.

Polly betrat den Raum. Der Doktor stutzte bei ihrem Anblick, als läge eine Verwechslung vor. »Sie sind die junge Dame von der Zeitung, oder irre ich?« Er kam mit ausgestreckter Hand auf Polly zu. »Das ist aber eine …«, er grübelte, bis er einen verbalen Kompromiss fand: »… Überraschung.«

Polly wusste die Situation ebenfalls nicht einzuschätzen. »Sie haben mich doch zu sich eingeladen. So hat meine Mutter es mir jedenfalls aufgeschrieben. Einen Moment.« Sie nahm den Rucksack von der Schulter, um nach der Notiz zu suchen.

Eine ruhige Hand wehrte das Suchen ab. »Ich verstehe schon. Sie brauchen sich nicht zu bemühen.« Dann nahm er hinter seinem monströsen Kolonialschreibtisch Platz, auf dessen handlasiertem Schwarz-Braun Aktenstapel auf ihre Bearbeitung warteten, und bot Polly den davor positionierten Stuhl an. Im Gegensatz zum Eingangsbereich zierten Gemälde unterschiedlichster Stilrichtungen das Büro. Auf einem schlanken Marmorsockel neben dem Schreibtisch stand mit grotesk verzerrten Gliedern eine Bronzeskulptur; eine männliche Figur, die ihr Haupt senkte und eine Schale emporhob.

»Sie werden verzeihen, dass ich etwas durcheinander bin, ich hatte jemand anderen erwartet.«

Polly fragte sich, was dieses Verwirrspiel sollte. Schließlich hatte er angerufen und um diesen Termin gebeten.

»Ich habe Sie nicht als Vertreterin der Presse in meine Kanzlei geladen. Es ist mir an dieser Stelle wichtig, dass Sie das verstehen. Sind wir uns da einig?«

»Okay.« Das Fenster hinter seinem Schreibtisch gewährte einen bezaubernden Blick in den Garten, dessen bunte Blumenvielfalt pointilistisch anmutete. Zwischen zwei Stieleichen wartete eine Hängematte verschüchtert im Schatten.

»Sie haben es richtig schön«, sagte Polly. Eigentlich hatte sie weder ein Auge für noch einen Hang zu solchen Dingen. Doch das hier war so weit außerhalb der Norm, dass es sogar eine Dilettantin wie sie begeisterte.

»Vielen Dank. Man gewöhnt sich dran. Das ist das Problem. Leider ist Zufriedenheit nicht jedermanns Tugend.« Ein wenig Wehmut klang in Dr. Ortmanns Stimme. Dann besann er sich und holte tief Luft. »Kennen Sie meinen Sohn?«

»Nein.« Sie hatte keine Ahnung, worauf der Doktor hinauswollte.

»Frederick. Frederick Ortmanns«, sagte er investigativ, als legte er einen Köder aus.

Polly schüttelte den Kopf. »Nein, den Namen habe ich noch nie gehört. Tut mir leid.«

»Er hat letztens etwas beunruhigendes Material aus der Schule mitgebracht. Frederick ist erst fünfzehn, müssen Sie wissen. Körperlich auf dem Weg zum Mann, aber seelisch noch ein Kind. Jungen sind in diesem Alter nicht ganz so weit wie die Mädchen.«

»Ich weiß wirklich nicht, von wem wir reden.«

»Einen Moment.« Der Doktor kramte aus seiner Hosentasche einen Schlüssel, dessen schmutziger Messinghalm so lang war, dass man eine Schatztruhe damit öffnen könnte. Eine Schreibtischschublade klickte. »Das werden Sie bestimmt wiedererkennen.« Er legte zwei gebrannte CDs nebeneinander vor Polly auf den Schreibtisch, faltete seine Hände, um Passivität zu signalisieren, und sah sie erwartungsvoll an.

Polly hätte nicht die geschwungene Edding-Schrift auf den Rohlingen lesen müssen, es bestand kein Zweifel, dass die Scheiben jeweils eine Runde in ihrem Brenner gedreht hatten. Kommentarlos wanderten ihre Augen zurück zu Dr. Ortmanns. Bei einer Straftat erwischt zu werden, beschämte sie. Ihre Wangen waren plötzlich heiß.

»*Battle Royale*«, er sprach sauberes, aber etwas hartes Englisch, »allein der Titel ist schon dermaßen martialisch, dermaßen herausfordernd, dass es mich schüttelt. Ich habe geprüft, ob sich meine Befürchtungen bewahrheiten. Erst war ich überrascht. Eine durchaus hochwertige Produktion, gute schauspielerische Leistungen und aufwendige Ausstattung. Man hatte Geld für das Projekt in die Hand genommen. Es wurde Japanisch gesprochen, mit englischen Untertiteln – natürlich befürworte ich es, wenn mein Sohn sich mit anderen Kulturen auseinandersetzt, und ganz besonders, wenn es sich um internationale Kunst handelt.« Die Pupillen des Doktors verkrampften sich zu Pfefferkörnern. »Aber was ich dann gesehen habe, war abscheulich. Schüler, die mit Waffen aufeinander losgehen. Die aufgrund von Optionslosigkeit ihre besten Freunde kaltblütig ermorden. Mit Messern, Sicheln, mit Gift. Einer hat eine Maschinenpistole.« Er stützte seine Schläfe auf die Fingerkuppen, als plagte ihn ein Kopfschmerz. »Fortan ist die narrative Struktur gänzlich auf das Auslöschen von menschlichem Leben ausgerichtet. Alle Parteien sehen das Morden als einzigen Ausweg. Dass solche Filme produziert werden, wo Littleton erst zwei Jahre her ist, finde ich erschütternd. Genau solch verstörende Mordvideos«, er deutete auf die CDs, »haben die jungen Männer in den USA zu ihrer grausigen Tat animiert. Dreizehn Menschen sind gestorben. Und jetzt wird ein derart geschmackloses Spiel ums Überleben zur Unterhaltung inszeniert. Das ist wahrlich eine Degradierung der Schöpfung. Haben Sie überhaupt eine Ahnung, welchen Einfluss ein derartiger Film auf die labile, noch im Stadium der Reife befindliche Psyche eines Fünfzehnjährigen hat? Haben Sie sich dieses Machwerk selbst angeschaut?«

Selbstverständlich hatte sie das. Sie hatte sich in ihr Bett gelegt, den Film angeschaltet, nicht viel erwartet und das Einschlafen billigend in Kauf genommen. Doch *Battle Royale* hatte ihre Erwartungen pulverisiert. Sie hatte ihre Glieder spinnenartig zum Schneidersitz ineinander gewebt, hatte jede Sekunde verschlungen. Der Film war mehr als nur einer dieser überhypten Geheimtipps, hatte das Potenzial für einen Kultfilm. Der *Herr der Fliegen* ihrer Generation, inszeniert in Johannisbeerrot. »Nein, habe ich nicht«, sagte Polly, schüttelte den Kopf.

»Dann sind Sie wie diese Drogendealer, die ihr eigenes Gift nicht anrühren. Die aus Profitgier andere verderben, aber selber sauber bleiben. Ich muss sagen – das ist meine persönliche Meinung –, dass ich das sogar noch schlimmer finde. Das ist die Klimax der Bigotterie.« Dr. Ortmanns hatte während des gesamten Gesprächs seine Stimme nicht um die kleinste Nuance gehoben. Er hatte im Dialog mit schwierigen Menschen und Themen berufsbedingt einen meisterhaften Level erreicht. »Geben Sie mir einen guten Grund, warum ich keine Anzeige gegen Sie erstatten soll. Verbreitung von jugendgefährdenden und gewaltverherrlichenden Medien an Kinder und Jugendliche, gewerbsmäßige unerlaubte Verwertung von Werken – beides im großen Stil. Frederick hat mir unter Tränen erzählt, wie Sie sich auf dem Schulhof des Taschengeldes der Kinder bemächtigen. Sie verderben die Jugend der ganzen Stadt mit diesen kruden Machwerken. Das sind keine Kleinigkeiten, deren Sie sich schuldig gemacht haben. Ich bin ausgesprochen enttäuscht von Ihnen.«

Von einem Elternteil eines Kunden angeklagt zu werden, war unangenehm genug. Aber das hier war kein Streit. Es fielen keine lauten Worte. Die Sache war nicht überstanden, wenn sie die Tür des Büros hinter sich geschlossen und dieses düstere Königreich verlassen hatte. Die Brisanz lag in den bedacht vorgetragenen Vorwürfen eines Juristen. Eines sehr erfolgreichen Juristen, wie sein Lebensstil und seine Reputation nahelegten. Sein Wort war keine Hülse, sondern eine scharfe Waffe. Andererseits kam Polly mit ihrem Geschäftsmodell ihrer Wunschzukunft rasant näher – sie konnte es nicht leichtfertig aufgeben. Der Handel mit Raubkopien war ihre persönliche Goldgrube. Um so viel Geld wie mit dem Verkauf von gebrannten Medien zu verdienen, müsste sie die Zeitung über Monate alleine schreiben. Aber sie hatte keine Argumentationsgrundlage, um ihre Einkommensquelle zu retten, was sich anfühlte, als versuchte sie, Wasser mit bloßen Händen aus einer Quelle zu schöpfen.

»Ich habe mir schon gedacht, dass da nichts kommen wird. Weil da nichts Vernünftiges kommen kann, was diese Taten auch nur im Ansatz rechtfertigt. Sie sind eine Dealerin«, unterbrach der Jurist die unangenehme Stille, die in Polly die Stunden vor der mündlichen Abiturprüfung wiedererweckte. Ein Schwebezustand mit ungewissem Ausgang. »Bis Sie hier eingetreten sind, war ich überzeugt davon, nach unserem Gespräch Anzeige zu erstatten. Dass nichts, was Sie sagen würden, mich umstimmen könnte. Heute Morgen gab es keinen Weg dran vorbei. Aber da hatte ich eine andere Person in meinem Büro erwartet.« Seine Schultern sackten ab. »Nicht wegen Ihnen, sondern weil Hubert Hermanns, ein enger Vertrauter von mir, in den höchsten Tönen von Ihnen spricht, werde ich Ihnen eine allerletzte Chance geben. Hören Sie genau zu!«

Polly wünschte sich weg, an jeden anderen Ort als auf diesen Stuhl. Gleich würde ihr die Haube mit den Drähten aufgesetzt. Sie wäre lieber helmlos im Vakuum des Weltraums oder inmitten eines Schwefelsturms auf der Südhemisphäre des Jupiters. Sie krampfte, ihr Nacken schmerzte.

Der Jurist verkündete das richterliche Urteil: »Sie werden nie wieder, weder Minderjährigen noch Erwachsenen, Raubkopien jeglicher Art zur Verfügung stellen. Egal ob als Tausch, gegen Zahlung oder geschenkt. Sie verbreiten keine indizierten, geschweige denn beschlagnahmten Filme oder PC-Spiele. Wenn Sie unsere Abmachung nicht einhalten, sehe ich mich gezwungen, Anzeige gegen Sie zu erstatten. Dann werde ich mich persönlich darum bemühen, dass das Strafmaß üppig ausfällt. Glauben Sie mir: Ich habe entsprechende Kontakte. Habe ich mich deutlich genug ausgedrückt?«

»Es tut mir leid«, sagte Polly. Sie war beschämt und überfahren zugleich. Ihre Hände waren feucht.

»Ich werde Hermanns nicht über unser Gespräch in Kenntnis setzen. Allein um die treue Seele nicht zu enttäuschen. Das bleibt unter uns. Sie können mir vertrauen, und ich erwarte von Ihnen, dass ich Ihnen ebenfalls vertrauen kann.« Dr. Ortmanns erhob sich von seinem Bürostuhl und wies mit der Hand zu Tür. »Ich möchte, dass Sie jetzt mein Haus verlassen. Ich hoffe, vor allem in Ihrem eigenen Interesse, dass wir beide uns wegen dieser Sache nicht wiedersehen.«

Polly stand auf. Sie war in Freiheit gekommen und ging in Ketten. Aber sie brauchte das Geld für ihren Traum.

KAPITEL 28

Eine todsichere Strategie

Von außen ins Zentrum vorrücken – das war Pollys Plan. Ihr Ziel umschwirren wie Aasgeier auf Nahrungssuche. Am besten wäre, sie käme ohne den Vorstoß in die zwölfte Etage aus. Sie musste mit den Menschen in Kontakt kommen, ohne Aufmerksamkeit auf sich zu ziehen. Denn es gab drei Parteien, die nichts von ihrem Vorhaben mitbekommen durften: zuerst der anonyme Anrufer, der ihr unmissverständlich mit Konsequenzen gedroht hatte, sollte sie nicht aufhören herumzuschnüffeln. Es bestand zwar eine gewisse Gefahr, dass der Anruf aus einer der Palazzo-Wohnungen gekommen war. Dennoch schätzte Polly die Wahrscheinlichkeit hoch ein, dass der Unbekannte ihre Anwesenheit gar nicht mitbekam, wenn sie auf Samtpfoten einer Katze – welch Ironie – unterwegs war. Dann die Polizei, die sicherlich nicht erfreut wäre, würde Polly in deren Arbeit pfuschen. Sie wollte nicht den Anschein erwecken, den Beamten Informationen zu dem Fall vorzuenthalten. Der Eindruck eines rücksichtslosen und gefährlichen Strebens nach Anerkennung und Ruhm würde im Raum stehen. Diese Vorwürfe wären schwierig zu widerlegen. Wahrscheinlich kämen zu der öffentlichen Schelte noch Anzeigen wegen Amtsanmaßung oder Behinderung der Ermittlungen in einem Mordfall. Für ihren akademischen und beruflichen

Werdegang wäre es am besten, wäre ihr Führungszeugnis so steril wie ein Operationssaal vor einer Herztransplantation. Nicht zu vergessen, dass die Redaktion und somit Hubert Hermanns von einem Anruf der Polizei (oder einem Hinweis aus jeder anderen glaubwürdigen Quelle) sicherlich überrascht wäre, denn Pollys Nachforschungen waren nicht abgesprochen. Niemand war eingeweiht; sie war auf eigene Faust unterwegs. Käme die Geschichte heraus, wäre sie auch ihren Nebenjob als freie Zeitungsreporterin los. Beide Geldhähne innerhalb eines Tages zugedreht zu bekommen, könnte ihren Traum von einem Studium fernab der Heimat zunichtemachen. Die Gefahr, für immer hier zu stranden, war groß wie nie zuvor. Um unbemerkt zu bleiben, wäre es am besten, im Stile eines Ninja durch die Korridore zu huschen.

Die Grundprinzipien für ihren Spionageaufenthalt im Palazzo lauteten: 1. Verrate niemandem deinen (echten) Namen. 2. Sprich mit niemandem, der keine Informationen liefern kann. 3. Stell dich zwar als Reporterin vor, aber nenne nicht den Titel des Mediums, in dessen Auftrag du behauptest unterwegs zu sein. Das war zwar eine Grauzone und würde wahrscheinlich nicht den Verlust des Nebenjobs abwenden, sollte sie ertappt werden. Aber der Ansatz war besser als nichts. 4. Achte auf Details. 5. Meide das Treppenhaus. Im Falle einer Konfrontation sitzt du dort in der Falle. 6. Steige nicht zu anderen Leuten in den Aufzug, sondern fahre mit dem nächsten leeren. Wenn Leute auf anderen Etagen zusteigen, steige aus und fahre mit dem nächsten leeren. 7. Fang bei dem Querulanten in Etage vierzehn an, der dich beim ersten Termin mit dem Katzenmann angesprochen hat. Nur wenn die Gespräche auf den anderen Etagen nicht fruchtbar sind, klingele bei Wohnungen auf der Zwölften. 8. Bleib nicht länger als nötig im Palazzo und lass dich unter gar keinen Umständen aufhalten. 9. Bei einem Anzeichen von Gefahr: sofort flüchten!

Immer wieder hatte Polly vor ihrem geistigen Auge ihre Mission durchgespielt. Letztendlich war die Realität niemals so kalkulierbar wie ihre Blaupause. Sie müsste flexibel sein und zu jedem Zeitpunkt zu hundert Prozent aufmerksam.

Polly stieg eine Straße vom Palazzo entfernt von ihrem Fahrrad und kettete es an einen Baum am Straßenrand. Hinter dem wuchtigen Stamm bereitete sie sich auf ihren Auftritt vor. Sie steckte sich das Pfefferspray in die Seitentasche der von Mama auf Knielänge gekürzten Armeehose. Das Spray war gut drei Jahre alt, aber noch nie hatte Polly den Auslöser betätigt. Mama hatte es ihr in die Hand gedrückt, als sich erste Discobesuche, nächtliche Heimfahrten mit dem Bus und Fußwege durch Wälder häuften. Polly wusste nicht, ob Juli auch ein Spray bekommen hatte, seitdem sie sich nachts rumtrieb. Wahrscheinlich waren sie und ihre Freunde eher Täter als Opfer und bedurften keiner Selbstverteidigung. Polly fragte sich, ob das Spray ablaufen konnte. Sie hoffte, dass es im Notfall nichts von seiner gewünschten lahmlegenden Wirkung eingebüßt hatte. In der anderen Seitentasche verstaute sie Notizblock und Stift.

Ihr *Saber Rider*-T-Shirt hatte sie genügend potenziellen Zeugen aufgedrängt, das würde im Ernstfall für ein Alibi reichen. Sie tauschte es gegen ein uni schwarzes, das jegliche Kontraste verschluckte wie eine Singularität im All. Damit war sie, bis auf den geschwungenen weißen Streifen auf ihren Vans und der Sweatshorts, komplett in ninjalikem Schwarz unterwegs. Sie korrigierte ihren Pferdeschwanz, der von der letzten Aufregung zottelig war. Das Haar konnte sie bändigen, aber ihr verrücktes Herz war immer noch aus dem Takt. Gedanklich hatte sie es geschafft, die Drohung von Dr. Ortmanns in einen Zwinger zu drängen. Polly setzte sich widerwillig Julis knallig rote Baseball-Cap mit dem New-York-Yankees-Logo auf, die sie auf der Garderobe neben der Eingangstür gefunden hatte. Die störte zwar mit ihrer Signalwirkung eines Stoppschildes die Tarnwirkung, aber sie nahm diesen Hexenhandel in Kauf für den tief gezogenen Mützenschirm, der ihr Gesicht verdunkelte, wenn sie das Kinn senkte. Dieser eklatante Kompromiss nistete ein mulmiges Gefühl in ihrem Magen ein. Denn wenn es ein Attribut an ihr gab, das selbst der unaufmerksamste Zeuge nicht vergessen würde, dann war es der Riss von Nord nach Süd in ihrem Brillenglas, mit dem sie wie eine Psychiatrieflüchtige aussah. Die Sehnsucht nach einer schwarzen Sonnenbrille mit Stärke wie von Chow Yun-fat in *A Better Tomorrow* war nie so groß gewesen wie in diesem Moment.

Den Rucksack versteckte Polly notdürftig zwischen ihrem Fahrrad und dem Baumstumpf. Als sie um die Ecke bog und auf ihr Ziel zusteuerte, hatte sie zwar gute zweihundert Meter zum Palazzo, aber selbst aus dieser Entfernung nahm der architektonische Koloss ihr horizontales Sichtfeld ein. Der Palazzo wartete auf Polly wie eine fette Kröte, die sich auf eine Fliege freute. Er würde sie verschlingen.

Die Sonne fiel Polly in den Rücken und schien zur Nachmittagszeit aus südsüdwestlicher Richtung, was sich mit der Ausrichtung der Front des Betonbaus deckte. Auf den Balkonen nach vorne hinaus waren die Rollos heruntergelassen und bunte Sonnenschirme aufgespannt. Die Rückseite in Richtung des Abenteuerspielplatzes war Schattenland.

Auf dem großen Platz vor dem Hochhauskomplex übten Jugendliche auf Skateboards ihre Tricks. Sie versuchten, Bänke, Treppengeländer und Blumenkübel in ihr Repertoire einzubinden. Eine Gruppe Mädchen beobachtete die kläglichen

Experimente von einer einsamen Bank aus, die in der Asphalteinöde so verloren war wie eine Palme in der Wüste. Die Teenagerinnen spielten mit einem Hund, den sie einen zerfledderten Ball apportieren ließen. Als sie näher kam, erkannte Polly den kleinen Aleister. Unter anderen Umständen wäre sie mit Vorliebe zu dem Malteser gelaufen und hätte ihn gestreichelt. Jetzt fürchtete sie, dass er oder sein Herrchen ihre Tarnung aufdecken könnten. Sie schaute sich nach Hausmeister Mike um – würde er sie erkennen, müsste sie kehrtmachen, ohne die Schwelle in die Innereien des Molochs zu übertreten.

Plötzlich stolperte einer der Skateboarder. Der Junge überschätzte seine Fähigkeiten und unterschätzte die Schwierigkeit, mit dem Board an einem Geländer zu sliden, rutschte ab und fiel unglücklich von dem Stahlkonstrukt auf sein linkes Knie. Die Mädchen hechteten ihm zu Hilfe, die anderen Jungen lachten ihren Freund aus. Aleister stand neben dem Teenager, der sich auf dem Boden krümmte und das Knie hielt; der Malteser bellte wie ein Lawinenhund, der ein verschüttetes Opfer geortet hatte.

»Ich habe euch schon hundertmal gesagt, dass ihr hier nicht Skateboard fahren dürft«, schimpfte Mike, während er zu dem am Boden liegenden Jungen eilte.

Mit schnellen Schritten und gesenktem Kopf nutzte Polly die Möglichkeit, an der Gruppe vorbei in den Palazzo einzutauchen. Hoffentlich würde keine Polizei zu dem Unfall gerufen. Scheppernd fiel die gläserne Vordertür hinter ihr zu. Sie drehte sich kurz um und glaubte durch die Scheibe Mike zu sehen, der ihr hinterherschaute. Sie ärgerte sich über diesen Leichtsinn, diese fahrlässige Drehung. Die Neugier schien ihr eine letzte Warnung, ab jetzt vorsichtiger zu sein. Mike konnte sie auf diese Entfernung und durch das schmutzige Glas unmöglich erkannt haben.

Polly betätigte den Schalter des Aufzugs. An der linken Aufzugtür klebte ein *Außer Betrieb!!!!!*-Schild. Über der Edelstahlverkleidung der rechten Schiebetür leuchtete eine rote Sechzehn in eckigen Digitallettern. Die Kabine befand sich fast unter dem Dach. Dann eine Fünfzehn, Vierzehn, eine Dreizehn. Polly dachte kurz darüber nach, ins Treppenhaus zu gehen, um Zeit zu sparen; das Warten verzehrte sie. Sie verwarf diese Idee und nahm sich vor, sich ohne Abweichungen an den Plan und ihre eigenen Regeln zu halten. Zwölf, elf. Ob Mike auf dem Weg in Richtung des Eingangsbereiches war, um einen Krankenwagen für den verletzten Jungen zu rufen? Zehn, neun, acht. Sie ermahnte sich, sich auf keinen Fall umzudrehen und nachzusehen. Sie presste stoßweise Luft durch die Lippen, ein lautloser Pfiff. Sieben, sechs, fünf. Bloß nicht umdrehen. Vier, drei. Hoffentlich war niemand im Aufzug. Polly ließ ihre Arme hängen und zappelte mit ihren Fingern. Sie musste die Nervosität in den Griff kriegen. Zwei, eins. Die Tür öffnete sich. Die Kabine war leer. Polly stieg ein, drückte auf die Vierzehn und schloss die Augen. Sie hörte, wie jemand den Eingangsbereich des Palazzos betrat. Die Aufzugtüren schoben sich hinter ihr zusammen. Das rumpelnde Aufeinandertreffen von Tür und Metall war äußerst befriedigend. Die Kabine setzte sich mit einem Ruck in Gang. Polly atmete tief aus und schüttelte den Kopf. Das hätte zum Start wirklich nicht sein müssen.

Der Aufzug fuhr ohne Zwischenstopp bis in den vierzehnten Stock. Nach dem Aussteigen ging Polly an ihrem Ziel mit der Nummer fünf vorbei, um die Lage zu checken. Es roch im Flur nach einer Symbiose der Küchen dieser Welt. Hinter einer Tür weinte ein Kleinkind. Aus mehreren Wohnungen schallten Fernseher und kreierten eine untrennbare Toncollage. Die Gefahr lag in der Luft, dass sich jederzeit eine der dünnen Pressspanplatten öffnen und ein Bewohner heraustreten könnte. Polly kehrte zur Nummer fünf zurück und legte vorsichtig ein Ohr auf die Tür. Stille. Sie stellte sich seitlich hin und entzog sich so dem Blickfeld des Türspions. Zögerlich klopfte sie zweimal.

Hinter der Acht erklärte eine Mutter ihren Sprösslingen die Spielregeln für den Eismann, der bei diesen Temperaturen alle zwei Stunden auf dem Vorplatz schellte. »Jeder nur eine Kugel, sonst rührt ihr später wieder euer Abendessen nicht an.« Gleich würden die Kinder mit ein paar Münzen in den Fäusten in Richtung des Eisbullis rennen.

Sie klopfte fester.

»Ist ja schon gut. Ich komme ja schon«, hörte sie eine Männerstimme hinter der Nummer fünf auf sich zukommen.

Eine Türkette ließ nicht mehr als einen Spalt zu. »Wie kann ich Ihnen helfen?«, fragte die Männerstimme. Man erwartete wohl keinen Besuch.

»Guten Tag. Wir haben vor etwas über einem Jahr miteinander gesprochen. Es ging damals um den Herrn mit den Katzen in der Wohnung. Ich würde gerne noch einmal Ihre Sicht der Dinge dazu hören.«

Die Stimme zögerte. Ein Auge schob sich in den Spalt. »Sie sind die Dame von der Zeitung, nicht wahr?«

»Ja, genau. Ich …«

Die Stimme unterbrach sie. »Nehmen Sie Ihre Mütze ab.«

Polly sah sich reflexartig im Flur um, dann nahm sie die Baseball-Cap vom Kopf.

»Ich habe Ihnen doch schon beim letzten Mal gesagt, dass Sie meinen Namen nicht drucken dürfen.«

»Ich werde Ihren Namen nicht schreiben. Wenn es okay wäre, würde ich gerne Ihren Balkon sehen«, sagte Polly. »Es dauert nicht lange. Versprochen.«

Fast synchron mit der Türkette der Fünf klickte die Kette der Acht.

»Das ist sehr nett«, sagte Polly und machte einen großen Schritt in die Wohnung, während hinter ihr Kinderstimmen den Flur fluteten. Sie wollte versuchen, sich so viel wie möglich zu merken, da sie befürchtete, vor die Tür gesetzt zu werden, sollte sie Block und Stift herausholen.

Mit seinen runden Brillengläsern, den Hosenträgern und dem schneeweißen Schnurrbart erinnerte der ältere Herr Polly an ihren ehemaligen Chemielehrer, der es nie übers Herz gebracht hatte, schlechten Schülern ihr verdientes Mangelhaft ins Zeugnis zu schreiben. Das Kopfhaar hatte sich zu verschämten Büscheln um seine Ohren zurückgezogen, er überragte Polly nur um wenige Zentimeter, was für einen erwachsenen Mann auffallend klein war. Der Hemdkragen war ordentlich gebügelt.

»Sie haben es aber eilig. Dann kommen Sie mal herein«, sagte er mit einer Stimme, die sich gehörig von dem Tonfall von vor der Tür unterschied. Jetzt war er ein Kioskverkäufer, der Kindern ein Bonbon schenkte. »Verraten Sie mir bitte, was Sie von mir erwarten nach so einer langen Zeit. Wo soll unser Gespräch hinführen? Der Mann ist tot.«

»Es geht mir nicht um einen Artikel. Ich versuche, diese ganze Sache zu verstehen.« Erst jetzt bemerkte sie, dass sie mitten im Wohnzimmer stand.

Blickdichte Vorhänge sperrten die Sonneneinstrahlung aus, durch die offene Balkontür war der Raum aufgeheizt. Die Einrichtung war noch altmodischer als die von Oma Anna – er hatte seit Jahrzehnten nichts renoviert. Eine Kuckucksuhr tickte metronomartig. Auf dem Cover eines skandinavischen Krimis, der auf dem Wohnzimmertisch lag, griff eine Hand nach einem rötlichen Schopf. Die Bücher im Regal waren alphabetisch sortiert, die Rücken schlossen auf gleicher Höhe ab. Es gab kein Fernsehgerät.

»Als ich die Geschichte über Ihren verstorbenen Nachbarn geschrieben habe, hatten Sie die Position Ihres Balkons erwähnt.«

»Verstorbener Nachbar. Das ist interessant. Das hat so etwas Friedliches.« Er runzelte die Stirn und saugte den philosophischen Nektar aus Pollys Vokabular. »Ich hoffe, ich drücke mich nicht despektierlich aus, wenn ich behaupte, dass das Wort ›Nachbar‹ für mein Dafürhalten die Situation ein wenig zu euphemistisch beschreibt. Mit einer Gemeinschaft oder einem gemütlichen Beisammenleben hatte das denkbar wenig zu tun.« Er goss stilles Wasser in ein Glas und reichte es Polly. »Sie machen einen durstigen Eindruck.«

»Danke.« Polly trank das Glas hastig mit drei Schlucken aus. »Sie hatten bereits bei unserem ersten Gespräch erzählt, wie schwierig die Situation war.«

»Das kann man wohl so sagen. Ich habe sie alle gewarnt. Die Polizei, das Ordnungsamt. Nicht nur einmal. So geht man nicht mit Tieren um.« Seine Hände steckten in den Hosentaschen, als wartete er auf den Bus. Er erzählte mit einer ansteckenden Ruhe. »Alle haben mich für einen Besserwisser gehalten, einen notorischen Nörgler, der nichts Sinnvolles zu tun hat und deswegen seine Nachbarn anschwärzt, weil er sich den ganzen Tag in seiner einsamen Wohnung langweilt. Sie wissen bestimmt, welche Eigenschaften man älteren, alleinstehenden Menschen nachsagt.« Er hob seinen Zeigefinger, als würde er ein Kind ausschimpfen. »Jetzt haben sie etliche Kadaver in der Wohnung gefunden. Tote Katzen, lebende Katzen – alles war voll davon. Glauben Sie, dass jemand für diese Sache zur Verantwortung gezogen wird? Nichts wird passieren. So war es immer und so wird es immer sein.« Er schüttelte langsam den

Kopf. »Die Menschen laben sich daran, wenn sie herausfinden, dass jemand im Unrecht ist. Das ist einer ihrer größten Glücksmomente. Sie reiben sich mit dieser Erkenntnis ein wie mit einer Schutzlotion, die ihre eigenen Defizite überdeckt. Aber wenn andere Menschen die Wahrheit aussprechen, fühlen sie sich bedroht. Ist das nicht vollkommen widersinnig?«

Dieser Mann lebte einsam und vergessen inmitten eines Menschenmeeres. Polly durfte sich nicht in diesen Strudel negativer Gedanken hinabreißen lassen. »Dürfte ich einen Blick von Ihrem Balkon werfen?«

»Was versprechen Sie sich von meinem Balkon? Es ist um diese Tageszeit sehr warm. Ich habe keinen Sonnenschirm.«

»Ich muss was nachgucken.«

»Ich werde Sie nicht davon abhalten.« Sein Oberkörper rotierte in Richtung der Balkontür, während seine Hände in den Taschen blieben. »Aber seien Sie bitte vorsichtig, wenn Sie Ihre Hände auf das Geländer legen. Das Metall glüht förmlich.«

Polly zog sich ihre Baseball-Cap wieder auf und trat ins Freie. Auf dem Balkon standen eine fragile Liege, die seit einigen Sommern ihre Pflicht erfüllte, und ein Wäscheständer, auf dem ausschließlich weiße Hand- und Küchentücher hart getrocknet darauf warteten, abgehangen zu werden. Bei keinem Balkon gehörten Sichtschutze zur Grundausstattung; hatten die Bewohner keine Vorkehrungen getroffen, konnte man die ganze Fläche einsehen. Polly dachte an eine Fleischtheke im Supermarkt. Auf einem Balkon hatte eine Frau Mitte fünfzig ihren Kopf auf die Hände gelegt und sonnte sich den Rücken. Auf einem anderen rauchte ein klappriger Greis, der nichts außer einer grünen eng anliegenden Badehose trug, ungeniert eine Zigarette. Er scherte sich weder um die Blicke anderer noch um die in die Tiefe segelnde Asche. Der Palazzo war ein rechteckiger Mikrokosmos.

»Darf ich mir eines Ihrer Handtücher borgen?«

»Solange Sie es nicht mitnehmen.« Der ältere Mann war im Rahmen der Terrassentür stehen geblieben. Lediglich zwei Sonnenfetzen fielen auf die Spitzen seiner senfbraunen Cord-Hausschuhe.

»Das habe ich nicht vor«, versicherte ihm Polly. Sie zog ein großes Badetuch vom Ständer. Es war spröde und rau wie Schmirgelpapier.

Sie faltete das Badetuch dreimal, positionierte es sorgfältig der Länge nach auf dem Geländer, legte ihre Unterarme darauf und ihr Gewicht auf die Unterarme. Langsam rollte sie sich nach vorne.

»Bitte passen Sie auf«, appellierte er an ihre Vernunft, jedoch ohne sich aus dem Rahmen wegzubewegen. »Vor neun Jahren ist eine junge Mutter aus der Siebzehnten«, er zeigte nach oben, was Polly nicht sehen konnte, »auf ihrem Balkon ausgerutscht und über das Geländer gestürzt.«

»Sie haben ein gutes Gedächtnis«, attestierte ihm Polly. Sie beugte sich über das Geländer. Die Jugendlichen auf dem Vorplatz waren zu wuselnden Ameisen geschrumpft. »Genau zwei Balkons unter uns?« Ihre Füße verloren den Bodenkontakt. Sie rollte ein weiteres Stück nach vorne. Vor ihren Augen ging es rasant bergab.

»Wenn Sie fragen, dann haben Sie noch nicht den richtigen Balkon gefunden. Der ist kaum zu übersehen.«

Auf dem Balkon weniger als sechs Meter unter ihr türmte sich allerhand wertloses Zeug in Pappkisten. Es war kaum Platz, um auch nur ein Bein auf den Balkon zu stellen. Die Polizei war tatsächlich nicht wieder in der Wohnung gewesen, hatte den Tatort nicht erneut nach Hinweisen untersucht, dachte Polly.

»Bis hier oben haben Sie das Mauzen hören können?«

»Nicht nur das. Hätten Sie es einmal mitbekommen, dann hätten Sie keine Zweifel. Sie können sich nicht vorstellen, wie laut diese verdammten Katzen gewesen sind. Besonders nachts. Ich musste immer mit geschlossenen Fenstern schlafen, auch während der Sommermonate. Die Dame, die direkt rechts daneben wohnt, hat von ihrem Balkon regelmäßig Futter rübergeworfen, um wenigstens kurzzeitig Ruhe zu haben. Einmal hat er das gemerkt. Dann hat es einen fürchterlichen Streit gegeben. Er sei doch kein Bettler und nicht auf ihre Almosen angewiesen, hat er gebrüllt. Das müssen Sie sich mal vorstellen: Seine gesamte Existenz hatte er auf Kosten anderer Menschen errichtet, und plötzlich wucherte ein falscher Stolz in ihm. Dann hat er mit der Hand in Katzenkot gepackt und den auf die Frau geworfen.«

»Waren die Katzen die einzige Geräuschquelle in den Nächten? Oder hatte er vielleicht den Fernseher aufgedreht?« Hatte er vielleicht, in den Nächten bevor die Leiche entdeckt worden ist, geschrien?

»Hier kursieren Gerüchte. Diese Gerüchte sind auch bis zu mir durchgedrungen. Über Sexpartys gegen Geld. Ich nehme an, darauf spielen Sie an. Aber Sie sind doch selbst in der Wohnung gewesen. Sie sehen das Chaos auf dem Balkon. Und dazu überall die Katzen. Es fällt mir schwer zu glauben, dass in dieser Atmosphäre das Blut in Wallung geraten kann. Ein- oder zweimal habe ich etwas dergleichen mitbekommen, das stimmt. Wahrscheinlich hatte er einen Gönner mit einer dicken Brieftasche. Aber Orgien – das geht dann doch zu weit. Dafür fehlt mir die Fantasie.«

Pollys Füße setzten wieder auf dem Boden auf. Sie drehte sich zu dem älteren Herrn um. »Gerüche ziehen bekanntlich nach oben. Haben Sie die Katzen gerochen? Wie ist das mit dem Zigarettenqualm? Oder hat er vielleicht die letzten Tage vor seinem Tod irgendetwas gekocht?«

»Man würde es über zwei Etagen riechen, wenn der Wind das hochtragen würde. Gekocht hat er ohnehin nicht, dafür war er zu mittellos. Selbst fürs Rauchen war er zu geizig. Manchmal hat er unten auf dem Platz die Jugendlichen angeschnorrt. Aber sonst hat der nicht geraucht – viel zu teuer. Was die Katzenexkremente betrifft: Da müssen Sie die direkten Nachbarn befragen. Bis hier oben ist das nicht hochgezogen.« Er steckte sich die Daumen unter die Hosenträger. »Einmal. Das muss im Frühling 98 gewesen sein. Da hat er einen Stapel Kartons auf seinem Balkon verbrannt. Bis heute weiß niemand, warum. Schwarzer Rauch ist aufgestiegen. Sah schlimmer aus, als es letztendlich war. Aber die Feuerwehr musste das gesamte Gebäude evakuieren. Hunderte Menschen haben auf dem Platz die Köpfe in den Nacken gelegt. Nach zehn Minuten hatten die Feuerwehrleute den Brand gelöscht. Für die Kosten der Löschaktion musste natürlich der Steuerzahler geradestehen, während der Feuerteufel ungestraft die Einsatzleute beschimpft hat.«

»Sie haben mir sehr weitergeholfen, ich bin Ihnen zu tiefstem Dank verpflichtet«, sagte Polly, um den älteren Herrn mit einem positiven Gefühl im Herzen zurückzulassen. Er sollte keine Zweifel an seiner Entscheidung hegen. Beim Weg vom Balkon durch die Wohnung in Richtung Tür legte sie eine taktische Frage nach: »Haben Sie auch mit der Polizei über diese Dinge gesprochen?«

»Ach, wissen Sie …«, er pausierte kurz und legte sich die Formulierung seiner Antwort zurecht. »Bei manchen Dingen ist man froh, wenn sie schnell zu den Akten gelegt werden. Es führt zu nichts, wenn sich Prozesse unnötig in die Länge ziehen. Dieser Mann hat für so viel Unruhe gesorgt. Es wäre gut, wenn das Kapitel so bald wie möglich geschlossen würde. Das wollen wir hier alle. Für mich ist der nette Plausch mit

Ihnen der Abschluss dieser Episode. Dass Sie heute bei mir geklingelt haben, ist ein göttliches Zeichen für eine Zäsur. Da kann die Polizei so viel fragen, wie sie will.« Er öffnete Polly die Wohnungstür. »Es war angenehm mit Ihnen.«

»Entschuldigen Sie, dass ich das frage, aber Sie passen nicht hierher«, sagte Polly. »Wieso haben Sie sich dazu entschieden, in diesem Gebäude zu wohnen?«

»Hier bin ich unter Menschen«, sagte der ältere Herr.

KAPITEL 29

Ans Bett gefesselt

Der Sturz aus solch einer Höhe war äußerst schmerzhaft gewesen. Genauer gesagt: der daraus resultierende Aufprall. Knochen auf Stein. Aber davon hatte sie nicht viel mitbekommen. So ein kleiner, zarter Mädchenkörper. So eine brachiale Urgewalt. Aus dieser Höhe sei das enormes Doppelglück im Doppelunglück gewesen, hatten die Spezialisten Pollys Eltern gesagt. Die nackten Kinderfüße hatten den Halt verloren, waren weggerutscht. Überall freie Fläche, aber ihr Becken hatte genau die Kante des voluminösen sechseckigen Betonblumenkübels gefunden, der zur Zierde mit kleinen Kieselsteinen übersät war. Sie war darauf gekracht – das war ein Teil des Unglücks. Als sie auf dem Boden, direkt neben dem Kübel, zum Liegen kam, hatte sie das Bewusstsein verloren, bewegte sich nicht. Eine Kinderhandbreit weiter oben, und es wäre die Wirbelsäule gewesen, hatte der Chirurg zu bedenken geben – das war ein Teil des Glücks. Vom Dach aus der Vogelperspektive hatte sie für ihre Mitschüler wie ein geplatzter Frosch ausgesehen, über den ein Auto gerollt war. Ihr hellblauer Badeanzug mit dem weiß-gelben Margeritenmuster hatte große Mengen Blut im Bereich des Unterkörpers aufgesaugt. Der Lehrer hatte neben ihr gekniet und geweint, bis der Krankenwagen eintraf. Heimlich, damit die Kinder nicht seine Tränen sahen. »Beim Klettern auf das Dach des Freibadgebäudes wollte Polly mit den älteren Schülern mithalten«, lautete seine Erklärung für die grobe Verletzung seiner Aufsichtspflicht. Als Polly Monate später in die Schule zurückkam, fehlte sein Bild im Eingangsbereich, wo das Kollegium gerahmt hing. Stimmten die Gerüchte, dann hatte er sich an eine andere Schule in einem anderen Ort versetzen lassen, achtzig Kilometer entfernt, um sich von der Geschichte zu distanzieren und neu anzufangen.

Der Aufprall hatte Pollys Beckenschaufeln ruckartig auseinandergedrückt, wie eine flache Hand, die auf einen Kartoffelchip schlug. Den Beckenring zu Krümeln zerschmettert. Fraktur Stufe C, lautete die Diagnose der Ärzte: vertikal und rotatorisch instabil. Eine OP war unabdingbar gewesen, um das Knochenpuzzle zusammenzufügen und dem filigranen Konstrukt Halt zu geben. Ein Verschleiß der Gelenke sollte vermieden werden. Wochenlange Bettruhe war essenziell, die Sommerferien für sie gelaufen, bevor sie angefangen hatten – das war der zweite Teil des Unglücks. Wie durch ein Wunder war ein Polytrauma auszuschließen; die kalkhaltigen Splitter hatten keines der inneren Organe beschädigt, keinen Nerv durchtrennt. Man rechnete nicht mit Spätfolgen – das war der zweite Teil des Glücks.

Der Ausflug am letzten Unterrichtstag des Schuljahres 1993/94 endete für Polly im sagenhaften Reich der Schmerzen. Sie musste die sechswöchigen Ferien des Supersommers 1994, der als einer der wärmsten in Deutschland gemessenen Sommer aller Zeiten in die Annalen der Wetteraufzeichnung einging, in ihrem Bett verbringen. Während sich andere Zwölfjährige an den Stränden Griechenlands auf aufblasbaren Krokodilen treiben ließen oder an Siziliens Küsten auf Bananenbooten ritten, hatten die Ärzte Polly eine langwierige und kräftezehrende Therapie angekündigt.

In dieser Zeit war Papa nicht von ihrem Bett gewichen. Er hatte seinen kompletten Jahresurlaub plus zwei unbezahlte Wochen freigenommen und Tag und Nacht über Polly gewacht. Er hatte ein Klappbett neben ihrem errichtet und die täglichen Rückenschmerzen damit kleingeredet, dass er auf den Bundeswehrpritschen wesentlich unbequemer geschlafen habe. Aus dem Keller hatte er einen aus Rattan geflochtenen Sessel geholt, der bei jeder Bewegung quietschte – und da Papa wie Polly ein ungeduldiger, unruhiger Mensch war, der permanent seine Sitzposition veränderte, sang der Sessel sein schiefes Lied in Dauerschleife. Jedes Mal, wenn die Melodie des Eismannes durch die Straße läutete, war Papa aus dem Rattan gesprungen und hatte ihr ein Hörnchen mit drei Kugeln – Waldmeister, Erdbeere und Himbeere (das aß sie noch heute) –, Sahne, Sirup und bunten Streuseln geholt. Nicht ein einziges Mal hatte er den Eiswagen verpasst, und an besonders heißen Tagen läutete die Melodie bis zu dreimal. An diesen Tagen hatte sie drei Hörnchen, drei Portionen bunte Streusel, drei dicke Kleckse Fruchtsirup, drei Sahnehäubchen und neun Kugeln gegessen. Er hatte ihr erst *Der Hobbit*, dann *Der Herr der Ringe* vorgelesen, und als der Ring in den Feuern des Schicksalsberges versunken war, hatte er von vorne begonnen. Er hatte den Minifernseher aus dem Schrebergarten auf einem Schränkchen aufgestellt und die Konstruktion vor das Fußende des Bettes geschoben. Als sie live miterlebten, wie Tausende Kilometer entfernt zwischen dem Gelben und dem Japanischen Meer ein Land in tiefe Trauer fiel, wegen seines geliebten ewigen Präsidenten und Großen Führer Genossen, der trotz Unsterblichkeitsprophezeiungen einem konventionellen Herzinfarkt erlegen war, hatte Papa sein Unverständnis bekundet, wegen einer solchen Albernheit betrübt zu sein. Achtundvierzig Stunden später brauchten die

Bulgaren Stoitschkow und Letschkow nur zwei Minuten, um ihn selbst für eine Woche in tiefe Trauer zu stürzen. Papa hatte ihr das Schachspielen beigebracht, mit einem alten Holzspiel, dessen weiße Figuren weiß und dessen schwarze Figuren grün waren. Hin und wieder ließ er sie gewinnen, was er zu vertuschen versuchte, sie aber merkte. Er hatte einen zweiten Gameboy gekauft, um per Linkkabel gegen Polly im *Tetris* anzutreten, wobei sie ihn hin und wieder gewinnen ließ, was er aber nicht merkte. Papa hatte sie getröstet, wenn ihr kleinste Bewegungen Schmerzen bereiteten. Er hatte ihren Rücken gestreichelt und sie in den Arm genommen, als sie schluchzte, weil sie ihre Freundinnen nicht zur Kirmes rund um St. Anna begleiten konnte.

Als ihr Knochengerüst gegen Ende der Ferien wieder so weit zusammengewachsen war, dass sie es gezielt belasten durfte, musste sie eine schmerzhafte Physiotherapie über sich ergehen lassen, um ihre Muskulatur zu formen.

Das Einzige, was Polly Jahre später von dem Trümmerbruch im Becken zurückgeblieben war, war eine kleine Narbe an der Leiste, die bislang niemand außerhalb ihrer Familie gesehen hatte; diese Narbe und die Erinnerung an beinahe die schönsten Sommerferien in ihrem Leben.

Papa war es gewesen, der ihr im zarten Alter von vierzehn Jahren mittels Vitamin B – ein ehemaliger Schulfreund hatte als Journalist gearbeitet – das Eintagespraktikum in der Redaktion besorgt hatte. Seitdem war sie regelmäßig im Einsatz: erst für einfache Fototermine, später als freie Reporterin für längere Artikel. Papa war so stolz auf sie gewesen, dass er nach dem ersten Text, der mit ihrem Namen veröffentlicht worden war, das Diktiergerät, mit dem sie Interviews oder längere Gespräche auf Kassette aufnahm, sowie ein Album gekauft (das eigentlich für Fotos gedacht war) und den ausgeschnittenen Artikel dort eingeklebt hatte. Keinen ihrer Artikel, egal wie klein, hatte er jemals vergessen einzukleben. Als ihr Erzeuger 1998 »noch einmal ganz von vorne anfangen« wollte, wie Polly bei einem belauschten Streit in der Küche mitbekam, hatte sie das Album aus Melancholie eigenhändig weitergeführt.

Dieses Album hatte sie in den vergangenen drei Jahren beständig befüllt, aber nie wieder durchgeblättert. Jetzt wollte sie es mit den Notizen vergleichen, die sie auf dem Gang hastig und so detailliert es ihre Erinnerung nach dem Gespräch mit dem Herrn aus der Vierzehnten hergab, in ihren Block gekritzelt hatte. Seine Darstellung der Situation blieb für diesen Tag ihre einzige Quelle. Polly hätte gerne direkte Nachbarn des Katzenmannes zu den nächtlichen Geräuschen befragt, doch als sich die Fahrzeugtüren auf der zwölften Etage aufschoben, hatten sich ihr Stimmen genähert. Sie hatte ihrem Plan entsprechend sofort die *E*-Taste gedrückt und die Flucht ergriffen.

Polly schloss sich in ihrem Zimmer ein, um ungestört zu recherchieren. Aus der obersten Schublade des Schränkchens, auf dem damals im Krankenhaus der Fernseher gestanden hatte, nahm sie das hellbraune Album mit den goldenen Schnörkeln. Sie wollte den alten Zeitungsartikel aus der Vorweihnachtszeit, der von einem quicklebendigen und kauzigen Katzenfreund handelte, unter die Lupe nehmen. Wortwörtlich, denn sie hatte sich mit der Lupe aus dem Wohnzimmer ausgerüstet. Ein Überbleibsel zum Entziffern des »so klein wie Insekten« gedruckten Fernsehprogrammes aus der Zeit, als Oma Anna auf die Mädchen aufgepasst hatte, wenn Mama auf Nachtschicht war.

Polly hockte sich mit dem Album auf ihr Bett. Sie fand den Artikel sofort. Ganzseitige Story, zwei farblose Bilder. Ein graues Herz mitten im Text wies darauf hin, dass es sich um den vierten Teil der *Tierfreunde*-Reihe handelte. Sie schmunzelte über die Ankündigung zu Teil fünf mit der malerischen Überschrift: *Pedros Plaudertaschen: Papperlapapp der perlnachtfarbenen Papageien*. Polly wischte sich eine Strähne hinters Ohr. *Unter Katzen ist man immer in bester Gesellschaft*, hatte sie getitelt. Das Gesamtpaket war äußerst schlecht gealtert und ein kritikfreies Loblied auf einen »echten Tierfreund«. Sie erkannte Text und Bilder kaum wieder, wollte nicht mehr die Autorin sein, distanzierte sich innerlich von ihren Zeilen. Je länger sie draufstarrte, desto mehr schämte sie sich für die grenzenlose Naivität, mit der sie die Story angegangen war.

Die Lupe vergrößerte das Aufmacherbild, von dem der schwarz-weiße Katzenmann sie anlächelte wie ein netter Opi von nebenan. Er saß in seinem Wohnzimmer auf der Couch, Knie aneinander, eine Katze auf dem Arm. Polly kam mit dem Auge so nah an das Vergrößerungsglas, als prüfte sie die Reinheit eines Diamanten. Sie suchte nach Makeln und Ungereimtheiten, nach Fehlern in der Matrix. Jetzt, da sie mehr über den Mann wusste, waren die Zeichen nicht zu übersehen. Die Wohnung auf dem Foto war längst nicht so dreckig, zugestellt und chaotisch, wie als sie mit Hausmeister Mike die Leiche gefunden hatte. Aber sie erinnerte sich an massenhaft Kartons im Flur und im Wohnzimmer, deren Existenz sie bei ihrem ersten Besuch nicht hinterfragt hatte. Die Türen zu den anderen Räumen waren zugezogen gewesen, vielleicht sogar abgeschlossen. Ja, stimmt, er hatte sie nicht seine Toilette benutzen lassen. Angeblich war die Spülung defekt. Sie hatte einhalten müssen. Für das Foto hatte sie gebeten, die Jalousien hochzuziehen und Tageslicht reinzulassen. Er wiegelte ab, wollte im tiefsten Winter die Wärme in seinen vier Wänden halten, da Heizen teuer war. Er bestand darauf, das Foto in dem abgeschotteten Raum zu schießen – vermutlich hatte er schon damals den Balkon als Müllhalde missbraucht. Polly hatte den Mann für einen liebenswerten Eigenbrötler gehalten. Harmlos anmutende Kleinigkeiten sorgten für die Verwandlung von Dr. Jekyll in Mr. Hyde.

Das Vergrößerungsglas kreiste über dem Tisch, ein Krimskramssammelsurium wie ein Flohmarktstand: abgewetztes Katzenspielzeug, stapelweise alte Fernsehzeitschriften mit Eselsohren, zerquetschte Arzneimittelverpackungen, mit geometrischen Gravuren verzierte Gläser, Kerzen sowie allerhand Zeug, das sich im grobkörnigen Schwarz-Weiß-Pointilismus kaum erkennen ließ. Während sie die Lupe langsam über das Bild bewegte, blieb sie an der Tür zur Küche hängen, die unscharf hinter der linken Schulter des Mannes ihr trügerisches Dasein fristete. Sie fragte sich, ob sich bereits tote Katzen in der Kühltruhe befunden hatten, als sie für dieses vermeintlich fröhliche Foto auf den Auslöser gedrückt hatte. Der perfide Gedanke, neben einem frostigen Katzenfriedhof gelacht und geplaudert zu haben, jagte ihr eine Gänsehaut über den Körper. Sie schüttelte sich. Es gab massenhaft Signale, dass sie blauäugig Werbung für einen Messie und Tierquäler im Vorstadium betrieben hatte. Andererseits fand sie keinen Hinweis, der ihr bei der Recherche bezüglich seines Ablebens weiterhelfen könnte.

Polly legte die Lupe beiseite und las den Text. Zeile für Zeile und jede Zeile mehrmals. Dann die nächste. Sie durfte nichts übersehen. Nicht noch einmal. »Bei so viel Liebe und Geborgenheit fühlen sich alle Tiere wohl.« Schon der erste Satz hatte es in sich, Stacheldraht verzwirbelte sich in ihrem Hirn. Was war sie für eine Idiotin gewesen. Das war allerfeinste Propaganda. »Auch außerhalb der Weihnachtszeit freuen sich die Katzen über Spenden«, hatte sie den Mann zitiert. Beziehungsweise: zitieren müssen. Denn nachdem sie ihm für den Artikel kein Geld zahlen konnte – er hatte erwartet, dass eine Gage in dreistelliger Höhe üblich wäre –, war der Spendenaufruf seine Bedingung für eine Veröffentlichung der Story gewesen. Er sei schließlich nicht in der Situation, etwas verschenken zu können. Polly hatte damals keine Bedenken bei dem Aufruf gehabt. Es war um eine vermeintlich gute Sache gegangen, und sie hatte dem armen Mann helfen wollen. »Die Katzen haben keine Namen: *»Ich will sie alle gleich behandeln und keine bevorzugen«, sagt er großherzig*. Polly drehte sich der Magen um. Es war so offensichtlich, dass es ihm nur um sich selbst gegangen war. »In Sachen Gerechtigkeit stellt sich der siebzehnfache Katzenvater mit den Tieren auf eine Ebene: *»Natürlich muss auch ich kürzertreten, damit wir alle etwas zu essen haben. Deswegen habe ich das Rauchen aufgegeben«, berichtet er*. Polly las den Abschnitt ein zweites Mal. Sie war sich nicht sicher. Ein drittes Mal. Es konnte, wie so vieles andere auch, eine dreiste Lüge gewesen sein. Ja, die Wohnung hatte zwar muffig gerochen, aber nicht nach Qualm. Zumal alle Türen und Fenster geschlossen gewesen waren, sodass der Rauchgestank sich hätte festsetzen müssen. Den wurde man nicht mit einmaligem Lüften los. Diese Erfahrung hatte sie bei ihrem einzigen Rauchversuch in ihrem Zimmer machen müssen. Eine Kippe, drei Züge – Mama hatte es noch Stunden später gerochen. Einen Monat kein Taschengeld. Und wenn eine Zigarette sich kaum verheimlichen ließ, dann war es bei einem Kettenraucher unmöglich.

Polly legte die Lupe noch einmal auf der Oberfläche des monochromen Wohnzimmertisches an. Sie scannte jeden Millimeter. Eine offene Streichholzschachtel mit einem unkenntlichen Werbelogo lag darauf. Aber damit hatte er Kerzen entfacht, die mit zwei Stehlampen für die lauschige Beleuchtung gesorgt hatten. Von Zigaretten geschweige denn einer Schachtel keine Spur. Nichts zum Drehen: keine Blättchen, keine Filter, kein Tabak. Keine Stopfmaschine, die eine kosteneffiziente Eigenproduktion ermöglicht hätte. Es fehlte auch ein Aschenbecher auf dem Tisch. Da war doch etwas in ihrem Block, das sie in aller Eile notiert hatte. Sie blätterte um, fuhr mit dem Finger durch die gekrakelten Satzfragmente. »Selbst zum Rauchen zu geizig.« Irgendwie so etwas hatte der Mann aus der Vierzehnten gesagt.

Polly sprang vom Bett, marschierte ins Wohnzimmer – war Mama schon beim Spätdienst? – und drehte an der dunkelgrünen Wählscheibe. Sie kannte die Nummer auswendig, tippte ungeduldig mit dem Finger auf die Kommode, bis es klickte.

»Bist du zu Hause?«

»Äh …«, sagte Kirby überrumpelt. »Da hast du mich doch angerufen.«

»Egal. Ich habe keine Zeit für Diskussionen.« Sie war völlig durcheinander. Aufgeregt. Vielleicht war es auch eine Spinnerei. »Ich bin gleich bei dir.«

»In fünf Minuten ist mein Abendessen fertig, da wollte ich mir einen von den neuen Filmen anmachen. Geht das nicht morgen?«

»Fahr den Rechner hoch, such die Platte mit den Fotos raus und schließ sie an. Ich erkläre dir alles, wenn ich da bin.«

»Kann ich dabei wenigstens zu Abend essen? Ich komme gerade von der Arbeit und habe noch nichts im Magen …«

»Schließ die Platte an, wir müssen nach Zigaretten und Aschenbechern suchen«, sagte Polly. »Aber wenn du heute noch etwas herunterkriegen willst, dann iss erst. Warte auf mich, bevor du dir die Fotos ansiehst!«

KAPITEL 30

Pixel

»Du hattest es mir versprochen!«, schimpfte Polly. Sie schaltete den latent aggressiven Eric Cartman und seine Fäkalwitze, der in Dauerschleife auf der Röhre fluchte, auf stumm.

Kirby drückte auf die Power-Taste des Towers. Ein angestrengtes Surren dröhnte aus dem Metallkubus, die Datenscheibe der externen Festplatte stieg in das kakophonische Orchester ein. Er stellte sein Abendessen vor die Tastatur – ein tiefer Teller dampfender Ravioli. Er hatte ein Geschirrtuch um das Porzellan gewickelt, um sich nicht die Finger zu verbrennen, und ließ eine eisgekühlte Dose Energydrink knacken.

»Ich muss doch wissen, was für Fotos ich auf meinen Festplatten aufbewahre.« Er packte seinen Miniventilator am Standbein und richtete die rotierenden Flügel auf die Mahlzeit. Das sollte schneller funktionieren als pusten. Kirby vermied den Blickkontakt. Es war nicht seine Art, Versprechen zu brechen. Genauso wenig war er geübt darin, Versuchungen zu widerstehen. Kirby war Genussmensch durch und durch, und als solcher genoss er regelmäßig über die Stränge. Mit drei Tafeln Schokolade allein in seinem Zimmer wären die dreihundert Gramm schneller weg als auf einem Kindergeburtstag mit zwanzig zuckerfixierten Gästen.

»Das bedeutet also, es war nicht das erste Mal, dass du in meinen Fotos geschnüffelt hast. Das ist gut zu wissen.«

Der Ventilator sorgte nur bedingt für den erwünschten Effekt. Kirby spießte eine Ravioli mit der Gabel auf, steckte sie sich hastig in den Mund und spülte zur Abkühlung mit der Dose nach. Pollys Stirn lag angewidert in Falten bei der Vorstellung an die süßlich-herzhafte Geschmacksverirrung. Was nicht bedeutete, dass es sie verwunderte. Von Brötchen mit Schimmelkäse und Senf bis hin zu Pizza mit Fleischwurst standen einige individuelle Delikatessen auf seinem Speiseplan. Kulinarisch traute sie ihrem besten Freund eine Menge zu.

»Ich weiß nicht, ob es dir entgangen ist, aber alle reden über diesen erhängten Typen. Bei mir in der Firma gibt es morgens bei der Kaffeerunde seit Tagen kein anderes Thema. Ich habe von meinen Kollegen schon die wildesten Theorien gehört.« Er schaufelte seine Nudeln, als ginge es um den Weltrekord. Der Begriff *essen* hatte bei diesem Tempo keine Wertigkeit. »Und ich habe zu Hause die Fotos auf der Platte, über die überall spekuliert wird. Wie soll ich da widerstehen? Ich war einfach neugierig«, gab er kleinlaut zu wie ein Kind, das man bei einer Dummheit erwischt hatte.

»Die Theorien deiner Arbeitskollegen würde ich gerne hören.« Polly legte ihren Unterarm auf den Kopf. Die flauschigen Ohren der Neugier stellten sich auf.

»Jeden Tag etwas Neues. Gestern war es ein Racheakt von einem Nachbarn, bei dem er sich Geld geliehen hatte. Heute sollte es eine Sekte gewesen sein. Einige der Katzen haben schwarzes Fell. Irgendwer hat etwas von Teufelsanbetungen erzählt.«

Ein Lachen wie eine Stichflamme. »Vielleicht haben ihn die Katzen aufgehängt.«

»Ja, manche Leute haben komische Ideen. Aber manchmal ist man der Wahrheit näher, als man vermutet. Mein Chef ist überzeugt davon, dass es doch ein Selbstmord war. Er hält die Bullen aber auch für zu unfähig, ein Mordopfer als solches zu erkennen. Er wollte darauf wetten, hat aber niemanden gefunden, der fünfzig Mark dagegenhalten wollte. Zuerst hört es sich verrückt an, aber seine Theorie ist durchaus interessant: Überleg mal, wie lange der letzte Mord in diesem Örtchen her ist?« Kirby nuschelte. Der Nudelbagger arbeitete auf Hochbetrieb. »Ich bin beispielsweise Fachinformatiker und beschäftige mich seit meiner Kindheit mit allem, was IT betrifft. Trotzdem gibt es Fachrichtungen, von denen ich zwar gehört, in denen ich aber noch nie gearbeitet habe. Käme mein Chef auf die Idee, dass ich ihm ein IS aufsetzen soll, dann würde ich ihm sagen, dass ich das noch nie gemacht habe, obwohl es prinzipiell«, letzteres Wort bekam eine besondere Betonung, »zum Jobprofil eines Informatikers gehört. Jetzt stell dir mal Polizisten vor, die nach ihrer Ausbildung zum ersten Mal in Neuenkirchen ihre Uniform übergestreift haben. Die werden in ihrem Leben so viele Todesopfer durch Gewalttaten gesehen haben wie du und ich.« Er tippte das überkomplizierte Passwort an seinem Rechner ein. »Wahrscheinlich hast du nicht nur im Kino, sondern auch live eine Leiche mehr gesehen als die.« Kirbys Gesichtsausdruck verriet, dass ihm dieser Twist gefiel.

Wenn er gewusst hätte, dass dieses Konstrukt gar nicht so abwegig war. Polly musste an den Spezialisten von der Kripo denken, der aus genau diesem Grund übermorgen, spätestens am Freitag zur Verstärkung eintreffen sollte.

Kirby feilte an den Ecken und Kanten seines Gedankenexperimentes. »Du hast faktisch – das ist statistisch belegbar – mehr Erfahrung mit toten Menschen als jeder Dorfsheriff, der sich samstagmittags mit dem Laser am Übergang zwischen Landstraße und Dreißiger-Zone versteckt, um Familienvätern das schwer verdiente Geld aus der Tasche zu ziehen.« Er grinste und schwang die Gabel wie einen Taktstock. »Biete denen doch deine Hilfe an, Starling.«

»Wenn ich Starling bin, wer bist du in dieser Gleichung? Mein Dr. Lecter?«

Kirby hielt sich die Finger in Form eines Beißschutzes vor den Mund, riss die Augen auf und nickte manisch.

»Kannst du mir versprechen, dass du dich nicht übereifrig an den Spekulationen deiner IT-Freaks beteiligt hast? Du hast die Bilder doch niemandem gezeigt oder erzählt, welche Schätzchen auf deiner Platte lagern? Das hätte bei deinen Kollegen bestimmt Eindruck geschunden.«

Der Sitz des Bürostuhls drehte sich um neunzig Grad in ihre Richtung. Kirby starrte Polly entgeistert an. Seine Schultern hingen mutlos. »Jetzt bin ich aber enttäuscht. Der schamlosen Sensationsgier kannst du mich zu Recht ohne Weiteres schuldig sprechen. Aber nicht des Verrats.«

»Sorry.« Kirby war zu gutmütig, sie anzulügen. Sie hielt ihm die Hand hin. »Ich würde sagen, wir sind quitt.«

Kirby schlug ein. »Deal.« Er war erleichterter als Polly, dass die Wolke zwischen ihnen ausgeregnet hatte. Aus den Speakern ertönte der Startsound von Windows 2000, das Betriebssystem baute sich auf.

»Konntest du Zigaretten oder Aschenbecher auf den Fotos finden?«

»Zigaretten könnten alles bedeuten. Seit eurem ersten Termin sind eineinhalb Jahre vergangen. Vielleicht hatte er wieder mit dem Rauchen angefangen. Vielleicht hatte er dich damals belogen, um Mitleid zu erregen und so an mehr Geld zu kommen. Wissen die Leute, dass ein Obdachloser sich von

Spenden Alkohol kauft, dann bleibt sein Hütchen leer und er sitzt auf dem Trockenen. Vielleicht lag dem hier eine ähnliche psychologische Schlussfolgerung zugrunde.«

»Das habe ich auch in Erwägung gezogen. Trotzdem habe ich so ein Gefühl. Irgendetwas ist faul an der Sache.« Sie steckte sich einen ihrer schwarzen Fingernägel in den Mund und biss sich gleichzeitig auf die Unterlippe, was Kirby insgeheim sehr sexy fand. Er hatte das öfter aus den Augenwinkeln bei ihr beobachtet. »Hast du etwas in der Art auf den Fotos entdeckt?«

»Da musste ich gar nicht lange suchen. Meine Entdeckung hat mich ganz schön umgehauen«, sagte Kirby und schob sich eine Gabel voller Ravioli in den Mund, machte sich so kurzzeitig mundtot und wartete ihre Reaktion ab.

Polly hob die Augenbrauen.

Kirby schluckte den Klumpen. »Die ganze Bude ist voll davon. Aschenbecher, Zigaretten, Zigarettenschachteln. Da liegen sogar Schachteln unterschiedlicher Marken auf dem Tisch. Alles, was die Lunge begehrt.«

»Ach, Quatsch. Findest du das nicht auch merkwürdig? Raucher sind totale Markenhuren. Ein Kippenjunkie würde nachts zwanzig Kilometer nackt durch den tiefsten Schnee zur Tanke stapfen, nur um sein Standardzeug zu bekommen. Das ist bei denen doch so eine Art ungeschriebener Verhaltenskodex.«

»Also wenn ich die Fotos von der Wohnung sehe, macht der Typ keinen sonderlich wählerischen Eindruck.«

»Auch wieder wahr.« Sie tippte mit einem Finger auf die Tischplatte. Der Nagel war zu kurz, als dass er ein Klacken von sich hätte geben können. »Wer kein Geld hat, stellt keine Ansprüche. Er hat das geraucht, was er sich schnorren konnte. Deswegen die unterschiedlichen Packungen.«

»Streich dieses Zigarettending aus deinen Gedanken«, unterbrach er sie. »Ich habe nicht das Rauchgut gemeint, als ich gesagt hatte, meine Entdeckung hat mich umgehauen.«

»Was willst du mir damit sagen?«

»Einen Moment.« Kirby stellte die leere Schüssel zur Seite. Selbst die Tomatensoße hatte er mit einer derartigen Effizienz herausgekratzt, dass einmal Durchwischen mit einem Geschirrtuch reichen würde und die Schüssel könnte zurück ins Regal.

Der Mauszeiger schwebte über den mit Icons zugepflasterten Desktop. Nichteingeweihte liefen Gefahr, sich in dem digitalen Chaos zu verirren. Aber Kirby, Herr über sein System, navigierte zwischen den Elementen wie ein erfahrener Kapitän zwischen Eisbergen. Seit Monaten war er nervös, verfolgte den Entstehungsprozess von Windows XP in den Computerzeitschriften. Wenn das neue Betriebssystem in zwei Monaten endlich auf den Markt kam, wäre Windows 2000 Geschichte. Er hatte sich vorgenommen, seine XP-Oberfläche nicht zuzumüllen. Nach dem Doppelklick auf das Laufwerk im Arbeitsplatz gab er ein weiteres überlanges Passwort ein, um Zugriff auf die Platte zu bekommen – Sicherheitsmaßnahme. Die Fotodateien im Ordner *Polly* waren chronologisch sortiert. Dort hatte sich ein gigantisches Archiv von mehr als dreihundert Bildern auf sagenhaften zweihundert Megabyte angesammelt.

Kirby klickte auf ein Foto mit einem möglichst großen Ausschnitt vom Wohnzimmer des Katzenmannes. Ein Block nach dem anderen entstand in dem vergilbten breiten Rahmen. Von oben ragten die Füße des Toten ins Bild. »Guck genau hin.«

Polly schob ihre Nase näher an den Monitor. Auf dem Foto waren mehr Gegenstände als auf jedem Wimmelbild. »Worauf soll ich achten?«

»Fällt dir nichts auf, was da nicht reinpasst?«

Ihre Augen zuckten ziellos umher.

»Alter Mann. Lebt ganz alleine. Hat niemanden. Kennt niemanden.«

»Kirbyyyyyyyyyy.« Polly wippte mit dem Bein. Ihre Nase berührte fast den Bildschirm.

»Häuft billiges Zeug an und Schrott. Hat weder Interesse an Markensachen noch kann er sich so was leisten.«

Das Flimmern kitzelte ihr eine Träne aus den Augen. Sie wollte gerade meckern, da landete ein Wurstfinger direkt neben ihrem Auge auf dem Monitor.

»Na, was ist das?« Kirby nahm den Finger runter. Ein fettiger Abdruck war auf dem dunkelrötlichen, ovalen Gegenstand zurückgeblieben, der in einer Ecke zwischen den Regalen und der Standuhr unter einem Müllhaufen klemmte.

Polly kniff angestrengt die Augen zu kleinen Schlitzen zusammen. »Sieht aus wie eine Tasche.« Es klang wie eine Frage.

Kirby vergrößerte das Bild an der Stelle. Es zerbröselte zu Pixelhäufchen. Polly erkannte jetzt, was er meinte.

»Ist das ein Rucksack? Ein Eastpak-Rucksack?«

»Das würde ich auch sagen.« Kirby nickte. »Was hat jemand wie der mit einem Eastpak-Rucksack gemacht?«

»Du meinst, dass jemand den dort vergessen hat?«

»Und unsere Dorfbullen haben den in diesem Anarcho-Haushalt auch nicht gesehen, weil die – wie ausführlich erklärt – in solchen Dingen nicht geübt sind. Die wissen nicht, worauf die achten müssen.«

Polly zog den Kopf zurück und lehnte sich nach hinten wie ein Künstler, der an einem Detail arbeitete und sein Werk jetzt im Ganzen betrachtete. Das war definitiv ein wein- oder bordeauxroter Eastpak-Rucksack. »Ich glaube, da sind Unterschriften drauf. Kannst du den weiter vergrößern?«

»Dann wird es sehr pixelig.« Kirby klickte auf die Lupe mit dem Plus-Symbol und zoomte den Rucksack so groß, dass er die siebzehn Zoll sprengte. Der thermoplastische Kunststoff teilte sich in eine Ansammlung unkenntlicher Quadrate. Was wie Unterschriften aussah, verzerrte sich zu unleserlichen, schwarzen Strichen, als würden Ameisen über den Rucksack krabbeln. »Mehr ist leider nicht drin.«

»Da stehen Namen drauf. Was soll das sonst sein?«, fragte Polly sich selbst. Sie verschränkte die Arme vor der Brust. »Da stehen Namen drauf.«

»Was willst du jetzt machen?«

»Ich muss da noch mal rein und den Rucksack holen.« Der Spezialist von der Kripo kam ihr in den Sinn. Ihr blieb ein Tag.

KAPITEL 31

Ein Abend mit dem Traummann

»Heute machen wir es uns schön«, begrüßte Mama Polly, die ihre Haare zu zwei Fuchszöpfen gebunden hatte.

Es war kein Akt, dass Polly bei Kirby geschlafen hatte. Mama war nachts ohnehin im Krankenhaus gewesen und hatte nicht schlaflos auf der Couch gelauert und gewartet, dass Polly in ihr Zimmer schlich. Auf der pinken Luftmatratze neben Kirbys Bett hatte sie mit ihm die wildesten Szenarien seiner Arbeitskollegen über das Ableben des Katzenmannes durchtheoretisiert und auf Plausibilität überprüft. Sie waren die für die Operation *Rucksack* benötigten Utensilien durchgegangen. Wichtigstes Stück war eine Taschenlampe, da sie sich auf Mitternacht als optimalen Zeitpunkt geeinigt hatten. Wie Polly gedenke, in die Wohnung zu kommen – Aufbrechen wäre zu laut und sie nicht versiert darin, einen Dietrich einzusetzen –, wollte Kirby wissen. Polly berichtete von dem Schlüssel, den sie sich am Tatort instinktiv in den Socken gesteckt hatte und von dem sie davon ausging, dass er in das Schloss der Wohnungstür passe. Das Detail, dass sie den Schlüssel in der roten Schatulle in ihrem Tower versteckte, behielt sie für sich. Absolut niemand wusste von dem roten Kästchen, das ihr eine glorreiche Zukunft bei den Sternen ermöglichen sollte. »Ich wusste gar nicht, dass du so abgezockt bist«, hatte Kirby anerkennend zugegeben. Und Polly, dass sie selber nicht wisse, warum sie in dieser Drucksituation so gehandelt hatte. Polly würde ihren eigenen Rucksack mitbringen, in dem sie den Eastpak mit den Unterschriften verstauen wollte. Kurzzeitig existierte der Plan, die Nummer als Duo über die Bühne zu bringen. Aber ein Duo war auffälliger als eine Einzelkämpferin. Zudem waren Kirbys Proportionen und seine Unsportlichkeit ungeeignet für eine schnelle, möglicherweise erforderliche Flucht vom Tatort. Und drittens bist du ein Schisser, hatte Polly gedacht, aber nicht ausgesprochen. Sie brauchte einen Fluchtwagenfahrer, für diese zentrale Funktion war er perfekt geeignet. Er wollte im Auto warten und sie nach dem Clou aus der Gefahrenzone befördern.

Mama hatte eine Wassermelone in Schiffchen zerteilt und auf einem Teller mit Blümchendekor, einem Erbstück ihrer Großmutter, drapiert. Juli biss in ein Stück, während sie desinteressiert auf dem Sofa lungerte und an ihrem Handy rumtippte. Der Werbeblock bei VIVA war aufdringlich und grell und versprach jungen Handybesitzern Individualität mit dem Kauf von Hintergrundbildern und Klingeltönen. Günstiger war das Jamba-Sparabo. Ein Melonensaftrinnsal lief Juli am Mundwinkel herunter bis über das Kinn.

Mama reichte Polly den Teller. »Ich habe eine Überraschung für euch.« Sie machte einen frischen Eindruck, obwohl Polly sich nicht an ihren letzten freien Tag erinnern konnte. »Heute Abend gehen wir ins Kino.« Mama erwartete nicht weniger als Begeisterungsstürme.

»Heute Abend läuft doch *Charmed*«, rief Juli bestürzt, als hätte Mama Taschengeldstreichungen verkündet.

»Ich habe extra Tickets für die Vorpremiere von *Bridget Jones* für uns besorgt. Eine Runde Popcorn, Cola und Eis gehen ebenfalls auf mich«, wagte Mama einen zweiten Versuch.

»Ist das die Verfilmung von einem von deinen bescheuerten Büchern?«, fragte Juli.

Mamas Mundwinkel gaben der Erdanziehungskraft nach. Das war die Verfilmung eines ihrer Top-Fünf-Bücher aller Zeiten, mit der Juli gerade hart ins Gericht ging. Mama hatte *Bridget Jones* nach der letzten Seite direkt wieder von vorne begonnen. Mehrmals hatten ihre Töchter sie beim Kichern ertappt – was Juli extrem lächerlich fand, da ein Buch nicht die Macht hatte, einen normalen Menschen zum Lachen oder zum Weinen zu bringen. Mama hatte den Roman Arbeitskolleginnen empfohlen und wie ein Guru eine Anhängerschaft von *Bridget Jones*-Fans im Krankenhaus etabliert. Sogar ein männliches Mitglied in Person eines jungen Pflegers hatte sie missioniert. Polly hatte heimlich Mamas Exemplar gelesen und sich wunderbar unterhalten gefühlt, obwohl sie weder Schnulzen mochte noch zur Zielgruppe über dreißig Jahre alter Frauen gehörte. Und sie hatte beim Lesen gelacht.

»Das ist lustig und sehr romantisch. Was fürs Herz. Das wird bestimmt uns allen dreien gefallen«, schmollte Mama. »Polly, was sagst du zu meinem Vorschlag?«

»Hast du denn heute Abend frei?«, fragte Polly erstaunt.

»Um Zeit mit meinen geliebten Töchtern zu verbringen, habe ich eine Kollegin gebeten, für mich einzuspringen«, sagte Mama, relativierte aber: »Dafür muss ich ihren Halb-fünf-Frühdienst übernehmen. Aber besser als nichts.«

Polly hatte Mühe, ihre Gedanken einzufangen, die wie kleine Vögel aus der offenen Käfigtür flatterten. Im Kopf spielte sie ihr Vorhaben immer wieder durch. Jeden anderen Tag hätte sie bevorzugt. Andererseits verschaffte ihr das ein willkommenes Alibi. Warum sollte sie nicht die Chance nutzen und diese Offerte mit offenen Armen empfangen?

»*Charmed* können wir aufnehmen und morgen gucken. Dann verpassen wir nichts. Ich finde, dass das eine tolle Idee ist«, sagte Polly.

Mama machte einen Schritt auf sie zu und nahm sie in die Arme. Sie gab ihr einen Kuss auf die Stirn. »Das ist lieb von dir, meine Große.« Sie drückte Polly erneut und sah dann Juli an. »Was sagst du zum Vorschlag deiner Schwester?«

»Hab ich eine Wahl?«

»Es wird toll. Ich verspreche es dir.«

»Na gut, aber ich will einen Popcorneimer.«

Mama klatschte in die Hände. »Ich bin so gespannt auf Mr. Darcy. Wenn er auch nur annähernd so anziehend ist wie in der Vorlage ...« Sie verdrehte die Augen, als wäre sie in diese fiktive Figur verliebt. Obwohl ihre Erfahrungen vehement das Gegenteil bewiesen hatten, gab sie die Illusion an den perfekten Gentleman an ihrer Seite nicht auf. Sie drehte ab. »Ich leg mich hin und tanke ein bisschen Kraft. Das wird toll heute Abend.«

Juli stand auf und sah Polly an diesem Tag zum ersten Mal an. »Du bist die beste Tochter, die eine Mutter sich vorstellen kann. Schade, dass unsere nicht das Glück hatte, zwei von deiner Sorte zu bekommen«, sagte sie mit gekünstelter Stimme. »Ich könnte kotzen.« Sie präsentierte Polly den Mittelfinger, formte die Worte »Fick dich« mit ihren Lippen, ging in ihr Zimmer und ließ ihre große Schwester verdutzt zurück.

Juli war so weit wie nie zuvor von ihr entrückt. Als hätte eine große Kraft sie aus der Umlaufbahn gestoßen.

KAPITEL 32

Jenseits des Lichtkegels

Polly bewunderte Livs Storchennest hoch über den mit Samt gepolsterten Sesseln des Saals. Sie war oft hier oben, ließ jedes Mal ihren Blick aufs Neue kreisen. »Das ist der coolste Platz im Kino.« Die berstenden Querbalken hatten alle Mühe, die Statik zu erhalten. Gewaltige Abluftschläuche entwuchsen dem Projektor tentakelartig und schlängelten sich durch den Fachwerkdachstuhl.

»Das ist auch der beste Job im Kino. Ich bin die Herrin der Träume.« Liv zwinkerte Polly zu.

»Der weibliche Sandmann«, sagte Polly anerkennend.

Unter dem schwarzen Hemdchen, das an Livs zerbrechlichem Körper klebte, zeichneten sich zart ihre Brüste ab, sie trug keinen BH. Ohne ihre weichen Gesichtszüge würde sie glatt als Knabe durchgehen. Der Kaventsmann von einem Projektor blies heiße Luft in den schlauchförmigen Raum. Der Ton der Werbefilmchen schallte gedämpft durch das kleine Fenster. Livs Beine hingen von der Kante eines abgenutzten Holztisches, der mit Kerben und Farbklecksen befleckt war, als wäre er aus einer Kunsthochschule gestohlen. Überall warteten riesige Zelluloidrollen in Filmdosen auf ihren Einsatz. Streifen für Streifen verschlang der Projektor den Werbeblock, der auf der Spindel liegend in immer gleichem Tempo seine

Runden drehte. Der Raum versprühte eine urige Atmosphäre wie ein Archiv für antike Erstausgaben in der hintersten Kammer einer Bibliothek.

Polly liebte das familiengeführte Lichtspielhaus seit ihrer Kindheit. Nur einmal in ihrem Leben war sie in einem Multiplex gewesen. Ein pseudofuturistischer Neubau mit sechzehn Sälen auf zwei Etagen, der schon nach wenigen Jahren schlecht gealtert war. Der Film war durch eine zehnminütige Unterbrechung geteilt gewesen, getarnt als Service für Raucher und Toilettengänger. In der Zwangspause sollte bei umsatzstarken Blockbustern ein zweites Mal an der Gastronomie verdient werden. Noch ein Liter maßlos überteuerte Cola, ein zweiter Eimer Popcorn, der halb voll auf dem braunen Teppich umgekippt zurückgelassen würde. Es ging nicht um Filme, sondern um kaltherzigen Kommerz. Die anonymen Säle hatten weder Charme noch Historie; ein Erlebnis mit dem Charakter einer U-Bahn-Fahrt.

»Manchmal beobachte ich die Menschen, die vor der Leinwand sitzen. Schaue mir das Treiben im Saal an. Wie Jimmy Stewart in *Das Fenster zum Hof*. Du glaubst nicht, was ich schon alles beobachtet habe.« Liv stieß sich mit ihren Handballen vom Tisch ab und näherte sich dem gläsernen Tor der Träume, durch das vierundzwanzig Bilder pro Sekunde flogen. Godards Wahrheit. Polly stand auf der anderen Seite des Objektivrevolvers. Sie waren getrennt durch eine Lichtschranke. Griffe eine von ihnen hinein, würde das den Besuchern ihre Existenz offenbaren. Die Illusion würde – zumindest für einen Moment – zerplatzen. »Wenn du denkst, die Zuschauer, die auf ihren Sitzen einschlafen, bekommen nichts mit, irrst du dich. Bei jeder zugeknallten Tür, jedem Schuss, jedem Streitgespräch zucken die zusammen. Für die Psyche von Schlafenden ist ein Kinobesuch eine besonders prägende Erfahrung.

Säure auf das Unterbewusstsein.« Auf der Leinwand naschten Schiffbrüchige in Urlaubsstimmung in einer sonnengefluteten Bucht Eishörnchen. »Hier saß mal ein Mann in einer Vorstellung, der an einem Dienstagnachmittag den ganzen Saal für sich hatte. Der ist immer wieder eingenickt. Immer, wenn ich das gesehen habe, habe ich den Ton lauter gedreht, und sobald der erschrak, wieder leiser.« Sie kicherten gemeinsam. »Aber Liebende … die sind durch nichts zu erschüttern. Als würde ihre Zuneigung sie gegen äußere Einflüsse immunisieren und die Sinne abschotten. Die nehmen, eng umschlungen und nur auf den Partner fixiert, nicht einmal Explosionen wahr.« Sie wischte sich eine pechschwarze Strähne aus dem Gesicht, die vom Schweiß schwer über ihr Auge hing. »So oft habe ich die Menschen von hier oben betrachtet. Weißt du, was das Komische ist? Es hat sich noch niemand umgedreht und zurückgestarrt. Nicht ein einziges Mal.«

Pollys Augen suchten den Saal ab, von dessen hundertzehn Plätzen ein gutes Drittel belegt war.

»Nach wem hältst du Ausschau?« Liv nahm eine Zigarette aus einer Schachtel und klemmte sie sich hinters Ohr. Sobald der Film lief, würde sie die Fluchttür auf den Balkon öffnen und auf dem Feuerwehrgitter rauchen. Sicherheitsabstand zu dem hoch entzündlichen Zelluloid. Träume waren einfach zu zerstören.

»Ich bin mit meiner Familie hier.« Polly musste schlucken. Das F-Wort hatte sie ewig nicht mehr ausgesprochen. Sie sah, wie ihre Schwester über einen der Werbespots lachte.

»Hast du Post von deinen Unis bekommen?« Liv steckte ihre Hände in die Taschen der locker sitzenden Leinenhose mit dem nachlässig zugeknoteten Bündchen. Mit der Zigarette hinter dem Ohr erinnerte sie an eine bildende Künstlerin in ihrem Atelier.

»Ich werde mir zwei Unis vor Ort ansehen«, machte Polly den ersten Schritt, ihr Vorhaben Realität werden zu lassen. »Das ist mehr, als ich erwartet habe, als ich die Umschläge mit meinen Unterlagen an Ibbekens Hof eingeworfen habe. Das ist so ironisch: Um es auf eine Großstadtuniversität zu schaffen, habe ich meine Bewerbung in einen der abgeschiedensten Briefkästen des Landes geworfen, der nur alle zwei Wochen geleert wird und an dessen Pflock das Gras so hoch wächst, als versuche es, den Briefkasten zu verstecken.«

»Glückwunsch. Das freut mich für dich. Du kannst stolz auf dich sein«, sagte Liv. »Polly, die Bezwingerin des Merkurs.«

»Das ist mein Film, mein eigenes Epos. Es ist greifbar. So nah ist es noch nie gewesen.« Sie sah Liv an. »Wenn es richtig gut läuft, könnte meine Biografie eine gute Autorin gebrauchen. Was meinst du?«

»Ach, ich weiß nicht.« Liv schüttelte den Kopf und zog eine Schnute. »Ich fürchte, ich werde es im Filmgeschäft nie weiter schaffen als hinter diesen Projektor.«

Polly verstand. Es war nicht der richtige Moment, um nachzuhaken. Sie hatte die sonst selbstbewusste Liv selten so kleinlaut erlebt. Sie spürte, dass sie sich mit diesem Gespräch voneinander trennten, in gegensätzliche Richtungen abdrifteten. In der Schule hatten sie so viele Jahre nebeneinandergesessen, jetzt war Polly dabei, Liv kilometerweit abzuhängen. Vielleicht würde sie eines Tages erfolgreich und anerkannt in diese Stadt zurückkehren und Liv betätigte immer noch den Projektorhebel im Kino. Polly wurde bewusst, wie dünn und fragil diese Linie war. Es hätte auch andersherum laufen können. Dann hätte Liv von ihren Zulassungsbescheiden berichtet.

»Der beste Job der Welt.« Polly lächelte Liv an.

Die Spule stoppte. Im Saal ging das Licht an. Der purpurne Vorhang schloss sich mit einem angenehmen mechanischen

Rattern. Ein Teenager trat mit einem Bauchladen vor die Sitzreihen. Hände gingen nach oben.

»Ich bin so froh, dass dieser Kelch niemals hier oben landet.« Im Kino hatte Liv den privilegiertesten Job.

Polly sah Mama mit ihrer Hand eine Drei zeigen. Sie nahm das Eis aus dem Werbeblock entgegen.

»Es geht gleich los. Du solltest dich beeilen.«

»Vor so einem Film kommen doch nur Schnulzen-Trailer.«

»Hey!«, rief Liv. Ihr Kopf sackte theatralisch zwischen ihre Schultern, sie blickte sie mit dem allwissenden Blick eines Mathematik-Professors an. »Du redest hier mit der Herrin der Träume, schon vergessen? An diesem Ort bestimme ich, wovon als Nächstes geträumt wird!«

»Du meinst …?«

»Es lohnt sich.« Liv grinste selbstsicher und griff nach der Zigarette hinter ihrem Ohr, balancierte sie zwischen ihren Fingern von links nach rechts.

Polly hielt im Türrahmen kurz inne. »Welcher gefällt dir besser: Potter oder die Ringe?«

»Ich kann euch Leute echt nicht verstehen. Wieso sollte ich mich für einen entscheiden? Beide Trailer sind sensationell und magisch. Freuen wir uns doch einfach auf beide. Das wird ein richtig episches Jahresende.« Liv legte demonstrativ die Hand an den Messinghebel des Projektors. »Jetzt geh zu deinem Platz. Ich setze die Traummaschine erst in Gang, wenn ich dich sitzen sehe. Du weißt doch: Ich habe alles, was du machst, im Blick.«

KAPITEL 33

In der Höhle des Drachen

Polly schob behutsam den Fensterrahmen auf. Das befürchtete Quietschen verlor sich in den rhythmischen Wogen der Nacht. Sie hatte sich nach dem Kinobesuch in ihrem Zimmer eingeschlossen; niemand würde ihre Abwesenheit bemerken. Es war nach Mitternacht, und Mama tankte längst Energie, um ihrem Körper bis zur Frühschicht eine Teilration dringend benötigter Erholung zu spendieren.

Wie eine Geheimagentin kletterte Polly aus dem Fenster und schaute sich um. Sie setzte zum Sprint an, rannte über den sich abkühlenden Asphalt und ließ einen Vorgarten nach dem anderen hinter sich. Mit dem Fahrrad hätte sie die gut drei Kilometer zum Treffpunkt schneller runtergerissen, aber der filetierte Schlauch machte das unmöglich. Für Autos und Fahrräder endete die Straße in einem Wendehammer, aber die Anwohner kannten einen schmalen Schleichweg am Schwanzende der Sackgasse. Die zu kurzen Stufen waren nicht beleuchtet, Polly glitt mit einer Hand über das wackelige Geländer und zählte im Geiste mit. Dreimal vierundzwanzig Stufen, nach jedem Intervall zwei gerade Schritte, dann weiter hinunter – diese Formel kannte jedes Kind, das hier aufwuchs, wie Beethoven die Tastenfolge seiner Neunten. Unten war es finster, sie blieb stehen, kramte die Kopfhörer hervor.

Play. *One step closer*. Polly nahm Geschwindigkeit auf. Nach fünfhundert Metern öffneten sich ihre Poren. Auf der gegenüberliegenden Seeseite campierten Wohnwagen. Sie orientierte sich an deren winzigen Lichtquadraten. Nach eineinhalb Kilometern mündete der Feldweg in ein Waldstück. Die Bäume schmiegten sich in einem Halbkreis an den See. Ihre Schritte federten auf dem erdigen Waldboden. Der Kurs war eine beliebte Joggingstrecke – Hobbysportler reisten mit dem Auto an. Nach dem Baukastenprinzip war hier von einer kleinen Runde bis zu einem Halbmarathon jede Distanz möglich. Die Schwüle zerrte an Polly, aber die Gitarrenriffs, der Thrill ihres Plans und das mulmige Gefühl, beobachtet oder verfolgt zu werden, versorgten ihren Kreislauf mit Adrenalin. Sie hielt ihr Tempo konstant. Oft hatte sie abends und nachts die Abkürzung durch das Waldstück genutzt, aber nie hatte sie sich derart beklommen gefühlt. Sie schaute mehrfach über ihre Schulter. Die Luftfeuchtigkeit wrang ihre Haut aus. Ihr nasses Top schnürte ihren Brustkorb ab wie ein Korsett.

In Sommernächten erwachte der Wald zum Leben. Unter dem Blätterdach mischte sich das reiche Bukett pflanzlicher Öle mit frühen Bovisten, die zwischen den Brennnesseln wuchsen. Vorboten der Pilzsaison. Zwischen den Stämmen züngelten in der Ferne Flammen; Camper genossen die Gemütlichkeit eines Lagerfeuers. Ein minimaler Wind trug eine herzhafte Note von Würstchen herüber, deren Fett in knackende Holzkohle tropfte. Die ansteigende Krümmung beanspruchte weitere Kraftreserven. Am Ende der Bäume enterten zwei Laternen Pollys Sichtfeld und markierten den Zieleinlauf. Sie steuerte auf den Parkplatz des Freibades zu. Als sie die letzten Baumreihen hinter sich ließ und ihre Vans auf den harten Asphalt trafen, zeichnete ein beiges Rechteck schärfer werdende Kontraste. Polly wechselte auf dem Parkplatz in schnelles Walken und näherte sich dem Heck der Karosserie. Sie nahm die Kopfhörer herunter – die Wirbel knackten beim Strecken nach hinten – und legte sich den Metallbügel um den Nacken. Mit Schwung riss sie die Beifahrertür des Opels auf und hechtete in einer flüssigen Bewegung auf den Beifahrersitz.

Kirby fuhr zusammen, als wäre ein tollwütiger Hund in den Wagen gesprungen. Als würde der Bestie der Geifer aus dem Maul rinnen, kurz bevor sie ihrem Instinkt nachgab, ihn zu zerfleischen. Er presste sein gesamtes Körpergewicht von innen gegen die Tür. »Ach du verdammte Scheiße.« Er brachte die Stimmlage so hoch, wie Polly es nie zuvor bei ihm gehört hatte. Er hatte den Hebel der Fahrertür fest im Griff. Zöge er daran, würde er rücklings aus dem Auto kullern.

Polly bekam einen Lachanfall, der sie in akute Atemnot brachte, weil ihr Herz nach dem Lauf mit hoher Frequenz trommelte. Sie hustete trocken, schnappte nach Luft und lachte weiter. Kirby war ein williges Opfer für solche Aktionen. Polly liebte es, ihm Streiche zu spielen, ihm aufzulauern, ihn zu erschrecken. Aber so einen massiven Schock hatte sie ihm ewig nicht einjagen können.

»Bist du völlig wahnsinnig?«, jammerte Kirby. Er presste seine zitternde Hand ans Herz und signalisierte mit ausufernder Theatralik, wie knapp er an einem Infarkt vorbeigeschrammt war. Er konnte solchen Scherzen nichts abgewinnen. »Ich habe mich so dermaßen …« Er atmete tief durch. »Wieso tust du mir das an?«

Polly rang nach Luft. Sie wischte ihre beschlagenen Brillengläser mit der letzten trockenen Stelle ihres schwarzen Tops ab. Das gespaltene berührte sie ganz vorsichtig, damit es nicht aus der Fassung fiel. »Ah, herrlich. Immer wieder schön«, sagte sie, als wäre sie in den Genuss eines auf den Punkt gegarten Filetsteaks gekommen. Ihr breites Grinsen ergötzte sich an

Kirbys Schreck. »Ich härte dich ab. Das ist mein Training für dich. Eines Tages bist du so weit. Dann hält dir ein Räuber in einer Kneipe eine Pistole vors Gesicht, und du schlürfst unbeeindruckt weiter dein Bier, ohne dass dein Puls die Sechzig übersteigt, und kommst mit dem Leben davon«, neckte sie ihn. »Spätestens dann wirst du dich bei mir bedanken.« Sie gab ihm einen Klaps auf die Schulter.

»Wieso kommst du aus dem Wald?« Kirby war irritiert. »Du siehst aus, als wärst du hierhergeschwommen.«

Sie schaltete den Spaßmodus aus. »Fahr los, wir haben etwas zu erledigen.«

Kirby drehte den Schlüssel. Der Motor des Opels polterte los. Er lenkte den Wagen von dem verlassenen Parkplatz.

»Wieso bist du gelaufen?«

»Ich musste kurzfristig umplanen«, deutete Polly an. »Als wir aus dem Kino kamen, hat meine Mutter mich angemeckert, was ich mit dem Rad angestellt hätte, wie ich mit meinen Sachen umgehen würde. Es hat so trostlos an der Hauswand gehangen wie ein Schlauchboot ohne Luft.« Polly setzte sich die geputzte Brille auf. »Ob ich nicht aufpassen würde, wo ich langfahre, hat sie gefragt. Dann habe ich gesehen, was sie meinte: Beide Reifen waren platt.«

»Scherben?« Dieser Teil der Landstraße mit den mit Drahtzäunen abgegrenzten Weiden war unbeleuchtet, sie mussten sich auf die Scheinwerfer verlassen.

»Das hat meine Mutter auch gesagt. Ich habe sie das glauben gelassen. Als sie ins Haus gegangen ist, habe ich zwei Finger in die Lücke am vorderen Schlauch gesteckt und sie gespreizt. Der Riss in der Gummihaut ist glatt und lang. Das habe ich in dem hinteren wiederholt. Der Riss ist nahezu identisch, als wären sie maschinell angefertigt. Das ist niemals eine Scherbe oder ein spitzer Stein gewesen.«

»Jemand hat dir die Reifen zerstochen?«

»Ich hatte einen anonymen Anruf. Vorgestern.«

»Vorgestern?« Kirby war aus dem Häuschen. »Das erzählst du mir erst jetzt?«

»Sorry, ging nicht anders.« Sie kurbelte das Beifahrerfenster herunter. Endlich Wind.

»Bist du sicher, dass dir niemand zum Treffpunkt gefolgt ist?«

Sie drehte sich um, aber die Straße hinter ihnen war schwarz.

»Ziemlich. Ich habe ewig nicht mehr den Fußweg über den Feldweg genommen. Damit konnte niemand rechnen.«

»Hoffen wir mal, dass du recht hast«, sagte Kirby. Er wäre am liebsten umgekehrt, hätte die Sache abgeblasen. »Hast du alles dabei?«

Polly klopfte auf ihren Rucksack, den sie zwischen den Knien verstaut hatte. »Ich gehe da rein. Und wenn ich den Zielgegenstand nicht an derselben Stelle wie auf dem Foto finde, suche ich nicht weiter, sondern haue sofort ab.«

»Versprich es mir!«

»Ich halte mich so kurz wie möglich im Palazzo auf, das kannst du mir glauben.«

Zum ersten Mal, seit sie losgefahren waren, leuchtete ihnen ein Scheinwerfer entgegen. In solchen Nächten war die Gegend ausgestorben. Kirby fuhr von der Landstraße über einen Zubringer in die Wohngegend am Fuße des Palazzos.

»Sobald du das Gefühl hast, dass etwas nicht stimmt, haust du ab. Beim kleinsten Anzeichen verschwindest du. Bitte, Polly, geh kein Risiko ein«, flehte Kirby.

»Ich gehe rein, hole den Rucksack und haue wieder ab. Das wird klappen.«

»So wie du zurzeit aussiehst, darf dich niemand sehen.« Kirby zeigte auf das geflickte Brillenglas mit dem Tesafilmstreifen. »Kannst du die nicht hierlassen?«

»Ich habe minus drei Komma sieben fünf Dioptrien. Ohne Brille bin ich blind.«

Kirby schüttelte den Kopf. »Ich habe bei der Sache kein gutes Gefühl. Diese Augenklappe ist so eindeutig, da könntest du deinen Personalausweis am Tatort hinterlegen.«

»Der Punkt geht an dich«, sagte Polly, zog ihr Portemonnaie aus der Hosentasche und verstaute es neben den Getränkedosen in Kirbys Handschuhfach. »Sicher ist sicher.«

Kirby schlich im ersten Gang zur Parklücke, stellte den Wagen mit Blickrichtung zum Palazzo ab. Zwischen ihm und dem Gebäude lag nur der großflächige Platz. »Ich warte hier auf dich.« Er zählte mit einem Finger ab. »Zwölfte Etage?«

»Ja, zwölfte.«

»Vom Haupthaus links oder rechts?«

»Rechts, glaube ich. Aber die sind komisch nummeriert.«

»Hat die Wohnung den Balkon in unsere Richtung?«

»Nach vorne hin.«

»Gut. Sollte mir irgendetwas merkwürdig vorkommen, dann mache ich meine Scheinwerfer dreimal an und wieder aus. Wenn du das siehst, komm so schnell du kannst zurück. Hast du das verstanden?«

Polly nickte konzentriert wie ein Boxer, auf den sein Trainer einredet, während er den Gegner fokussiert.

Kirby deutete auf die Uhr im Armaturenbrett. »Wir haben null Uhr dreiundvierzig. Habe ich bis ein Uhr fünfzehn nichts von dir gehört, alarmiere ich die Bullen.« Die Scheinwerfer erloschen.

»Um ein Uhr fünfzehn Uhr liegst du längst in deinem Bett«, sagte Polly, stieg aus dem Wagen und warf sich einen Rucksackträger über die Schulter. Sie hörte das Klicken der Türknöpfe, die Kirby einen nach dem anderen nach unten drückte. Dann kurbelte er ihr Fenster hastig hoch. Er kapselte sich von der Außenwelt ab.

Polly schob ihre Daumen auf Höhe der Schlüsselbeine unter die Träger und legte einen straffen Schritt ein. Egal was passierte, einfach an den Plan halten, ruhig bleiben und das Ding durchziehen. Doch Theorie und Praxis waren meilenweit voneinander entfernt, getrennt von einem Grand Canyon an Unwägbarkeiten. Sie war eine unbefleckte Einbrecherin. Der Vorplatz schlummerte trügerisch. Die Betonweiten erstickten das harmonische Vibrieren der Natur. Ihre Schritte durchbrachen die Stille, als liefe sie durch abgesperrtes Militärgebiet. Ein Viertel der Fenster flackerte in bunten Farben kalten Lichtes, unruhige Geister gaben sich der Berieselung hin. Der Drache kam niemals zur Ruhe.

Eine leuchtende Sechs über der intakten Fahrstuhlkabine tauchte den Vorraum in sattes Rot. Polly verharrte und starrte auf die Zahl. Sie blieb. Keine Bewegung innerhalb des Palazzos. Polly drückte auf den Schalter. Es surrte im Schacht. Sie öffnete die Tür des Treppenhauses und spitzte die Ohren. Nichts. Das metallische Aufschieben der Fahrstuhltüren schallte so prägnant durch den Vorraum, als würde eine schwere Streitaxt über Marmorplatten geschleift. Jetzt war doch eine Planänderung angebracht, nur eine winzige: Sie drückte auf die Dreizehn. Sie wollte durchs Treppenhaus eine Etage runterlaufen. So wenig Aufmerksamkeit wie möglich. Polly stellte sich in eine Ecke des Fahrstuhls, nahm die Brille ab und versteckte sie hinter ihrem Rücken. Für den ungünstigen Fall, dass jemand zustieg, würden ihn die Splitter nicht frontal angrinsen.

Erst das mechanische Ping einer Mikrowelle, deren thermische Strahlung die Moleküle in Schwingungen versetzt hatte. Dann wieder Axt über Marmor. Der Krach hielt ihren Blutdruck oben. Polly streckte den Kopf aus der Stahlkammer hervor. Der Flur der Dreizehnten wartete in Dunkelheit, die Beleuchtung reagierte nicht auf Bewegung und musste manuell angeschaltet werden – Polly verzichtete. Unter der Tarnung der Finsternis verschwand sie im Treppenhaus. Sie kramte den Wohnungsschlüssel und die Taschenlampe aus ihrem Rucksack. In der Zwölften dasselbe Spiel: Mit geöffnetem Mund schlich sie durch die Schwärze. Je näher sie ihrem Ziel kam, desto höher stieg das Stresslevel. Gedämpfte TV-Geräusche krochen durch versiegelte Wohnungstüren. Sie atmete bewusst tief ein und mit gespitzten Lippen wieder aus, um Hyperventilation vorzubeugen.

Vor Nummer fünf blieb Polly stehen. Die Wohnung des Katzenmannes. Sie tastete nach dem Schlüsselloch, wollte schnell vom Flur verschwinden. Da fühlte sie feine Ecken eines Widerstandes, etwas klebte auf dem Türrahmen. Die Taschenlampe zitterte in ihrer Hand, die Atmung war nicht mehr flach, drohte außer Kontrolle zu geraten. Sie hielt die Lampe ganz nah an den Türrahmen, um eine Streuung des Lichtes zu vermeiden. Sie schaltete sie an. Ein schmales, bläulich-lila Siegel überklebte den Spalt zwischen Rahmen und Tür. Das Wort *Polizei* war darauf zu lesen, dazu das passende Wappen. Daneben ein Text: *Wer dieses Siegel ablöst, beschädigt oder unkenntlich macht oder den dadurch bewirkten Verschluss unwirksam werden lässt, macht sich nach § 136 StGB strafbar.*

Plötzlich polterte es hinter einer anderen Tür. Der Lärm riss Polly aus ihrer Konzentration. Sofort drückte sie die Taste der Taschenlampe. Sie verharrte laut- und bewegungslos in der Dunkelheit. Ihre Augen weiteten sich, die Pupillen versuchten krampfhaft, das Restlicht zu bündeln. Das Poltern blieb einmalig; kein weiteres Geräusch. Irgendein Bewohner hatte etwas fallen gelassen. Bestimmt war es so. Der Bruch des dünnen Papierfilms war irreversibel, ließe sich vor Gericht nicht wegdiskutieren. Die letzten beiden Silben des Siegels echoten in ihrem Kopf: *strafbar*. Der angekündigte Spezialist würde bei seiner Ankunft sofort bemerken, dass jemand in der Wohnung gewesen war. Polly schüttelte die Schockstarre ab. Jetzt oder nie.

Sie ertastete das Schlüsselloch, drehte den Schlüssel und drückte die Tür auf. Das Reißen des bläulich-lila Siegels schallte in ihren Synapsen, als hätte jemand ein Telefonbuch zerfetzt. Sie ging durch die Tür und schloss sie hinter sich. Atmete durch. Erfasste die Wohnung mit ihren Sinnen. Dann schaltete sie die Taschenlampe ein.

Es stank bestialisch nach Verwesung, als würde die Leiche noch immer am Kabel hängen. Als wären die Katzenkadaver nicht abtransportiert, sondern lägen fliegenübersät in der Wohnung verteilt. Die Kartontürme warfen Schatten wie dürre, feingliedrige Finger, die nach ihr griffen. Sie setzte im Wohnungsflur vorsichtig einen Fuß vor den anderen, als ginge sie über morsche Platten, die brechen und sie zwölf Stockwerke in die Tiefe reißen könnten. Polly pirschte sich durch den Gang an die Tür zum Wohnzimmer heran. Sie legte eine Hand auf den Griff, drückte ihn herunter. Sie gab der Tür mit zwei Fingern einen leichten Schubs, sie schwang sachte auf, während Polly stehen blieb.

Der Schein ihrer Taschenlampe offenbarte ein nahezu unverändertes Chaos. Die Jalousien waren runtergefahren worden, wahrscheinlich sollte die Wohnung so vor neugierigen Nachbarn geschützt werden. Das hatte sie nicht bedacht: Sie würde nichts mitbekommen, wenn Kirby unten wie wild seine Scheinwerfer an- und ausschaltete, um ihr ein Zeichen zu geben. Die Rollos nach oben zu ziehen war keine Option. Sie war von jeglicher Hilfe abgeschnitten und auf sich allein gestellt. Die Tür zur Küche stand offen. Sie hatte nicht den Nerv, den Raum zu betreten, in dem der Katzenmann die toten Tiere in einer Kühltruhe konserviert hatte wie Tiefkühlpizza. Über den Linoleumboden zogen sich tiefe, dunkle Schrammen von der Küche bis durchs Wohnzimmer und zur Eingangstür. Um die gefrorenen Kadaver blickdicht aus der Wohnung zu schaffen, hatte die Polizei die Kühltruhe über den Boden geschleift. Bei einem Lichtschwenk über den Wohnzimmertisch bemerkte sie, dass ein paar Gegenstände fehlten im Vergleich zu dem Foto, das Kirby und sie Pixel für Pixel studiert hatten. Die Aschenbecher mit den angekokelten Filtern waren weg, die Zigarettenschachteln fehlten, die Gläser, das schmutzige Besteck und Geschirr ebenso. Die Polizei hatte wohl bei ihrem bislang einzigen Besuch am Tatort oberflächlich mögliche DNA-Träger sichergestellt. Gut, dass sie nicht nur wegen der Kippen gekommen war.

Polly übertrat die Schwelle zwischen Flur und Wohnzimmer, überwand mit großen Schritten mehrere Müllhaufen und ging auf die Stelle zwischen den überquellenden Regalen und der Standuhr zu, zwischen die auf dem Foto der bordeauxfarbene Rucksack gequetscht gewesen war. Draußen hupte ein Auto. Zweimal in kurzen Abständen. Vielleicht war das Kirby, der ihre ausweglose Lage erkannt hatte. Ob er den richtigen Balkon, die richtigen Fenster gefunden hatte? Polly musste sich sputen. Das Bedürfnis florierte, diesen Ort möglichst zügig zu verlassen.

Sie leuchtete mit ihrer Taschenlampe in die Müllhaufen zwischen den Schränken. Als stünde sie vor einem Ausdruck des Fotos, kauerte dort unbewegt und unverändert der Eastpak. Polly legte die Taschenlampe auf einen Sessel, dessen brauner Lederbezug an mehreren Stellen gerissen war. Sie nahm ihren Rucksack von den Schultern und öffnete ihn, um das Fundstück zu verstauen, bis sie an einem sicheren Ort war. Sie nahm die Lampe vom Möbelstück und leuchtete sich, um das Verpacken zu vereinfachen.

Als sie den Stoffbehälter in ihren stopfen wollte, versagte Polly trotz aller Hektik der Atem. Sie ließ das Fundstück aus den Händen fallen, als hätte sie sich daran verbrannt. Als wäre die Berührung giftig wie der Blaue Eisenhut. Sie sprang einen Schritt nach hinten, hielt ihre Taschenlampe auf die Außenhülle und hielt den Rucksack so in Schach. Damit hatte sie nicht gerechnet. Unter den Edding-Unterschriften war ein Name so kurz, knapp und so eindeutig, dass er für Polly aus allen anderen hervorstach. Mitten ins Herz.

TEIL III

KAPITEL 34

Eine Narbe im Kosmos

Tock, tock, tock. Kirby zuckte zusammen wie beim Griff in eine Steckdose. Diesmal hatte Polly nicht beabsichtigt, ihn zu erschrecken, und sie war nicht in der Verfassung, sich daran zu erfreuen. Kirbys Lippen bewegten sich, aber die Scheibe isolierte die Flüche, als säße er in einem Aquarium. Er griff über den Beifahrersitz und zog den Türpin hoch.

»Starte den Motor.« Sie setzte sich und schnallte sich an. Ihren Rucksack, in dem sie die Bundeslade versteckte, stopfte sie zwischen die Knie. Die Beine drückte sie mit der Kraft eines Schraubstocks zusammen. Der Motor röhrte. »Fahr los.« Polly drückte den Türpin wieder runter.

»Bist du fündig geworden?« Kirby merkte, etwas war faul.

»Bin ich.«

Mehr war nicht drin. Er traute sich nicht nachzuhaken.

»Fahr mich bitte nach Hause.« Polly war der Horrorwohnung entkommen. Sie wirkte gefasst, aber in ihrem Kopf wirbelte ein Gedankentornado. Jetzt war ihr einiges klar: woher der Drohanrufer ihre Nummer hatte, wieso er ihren Wohnort kannte. Polly hatte jedes Detail über den Fall selbst ausgeplaudert. Alles ergab einen Sinn. Kirby blickte zu ihr rüber, nur ganz kurz. Er sah sie in dem Wirbelsturm.

Er drehte die Musik auf. Children of Bodom gingen kompromisslos mit der unangenehmen Stille um. Alexi Laihos Stimme war schneidig wie eine Sense – *words of violence break the silence.*

Fünfhundert Meter vor Pollys Zuhause drehte Kirby den Regler herunter und erfüllte ihren alten Pakt, die Nachbarn nicht gegen sich aufzubringen. Polly war keine Adlige, die von ihrem Volk unter Fanfaren begrüßt werden musste. Es gab keinen Anlass, ihre Heimkehr zu bejubeln.

»Kannst du mir die fünf besten PS2-Spiele brennen? Frag nicht nach, einfach die neuesten und besten, die du hast. Ich hole die morgen bei dir ab, okay?«

»Jetzt machst du mir wirklich Angst«, sagte Kirby und wollte zum Grinsen ansetzen. Der Scherz verebbte wie ein Schluck Wasser im Wüstensand. Er senkte seine Stimme auf ihren sonoren Bass: »Du bist anders als sonst.«

»Dieser Ort gerät gehörig aus den Fugen. Wie eine Narbe im Kosmos«, sagte Polly, als der Opel zur Ruhe kam. Sie öffnete die Tür. »Bleibt nur die Frage, wie groß ihre Anziehungskraft ist.«

»Ich höre von dir?« Mehr war nicht drin.

»Das wird nicht zu vermeiden sein.« Es klang wie eine Drohung. Sie schlurfte zur Haustür, während die Rückleuchten von Kirbys Wagen aus der Siedlung schleiften.

Sie war wach. Hellwach, als hätte sie sich den schwärzesten aller Kaffees in die Venen injiziert. Polly legte sich auf den Rücken, umschlang den Rucksack vor ihrem Oberkörper und starrte in den Himmel. Zum ersten Mal nahm sie die Kälte des Betons dermaßen belebend wahr. Ein Sprung vom Rand ins Becken, ohne mit der Fußspitze nach der Temperatur zu fühlen – kurzer Schock, dann Erlösung. Jeder Quadratmillimeter Haut, der mit der erstarrten Mischung aus Zement, Sand, Kies und Wasser in Berührung kam, beruhigte sich. Sie fixierte einzelne Sterne, die sich über Lichtjahre verteilt um die Spiralarme der Milchstraße streuten. Die gigantischen Himmelskörper folgten der strengen Ordnung der Galaxis, als hätte eine höhere Macht sie handverlesen jeden an seinen Platz gesetzt, während das mickrige Senfkorn namens Erde jenseits jeglicher Bedeutung vegetierte und im Chaos versank. Polly träumte sich weg. Mindestens weg aus dieser Stadt, am besten auf einen anderen Planeten. Einen aus der mikroskopisch kleinen Auswahl, die auf ihrer Oberfläche menschliches Leben tolerierten. Ihre Finger spürten die Körnung des Untergrundes. Sie hörte das eifrige Treiben der Insekten. Wer sie auf dem Beton liegen sähe, müsste denken, sie sei paralysiert oder verletzt; in Wahrheit schaute sie auf ein Puzzle aus unendlich vielen schwarzen Teilen, auf der Suche nach einem ganz bestimmten. Diesen einen Stern, der einen Parasitenplaneten in seiner Umlaufbahn duldete und ihm Wärme und Leben spendete. Immer wieder drifteten ihre Gedanken ab, doch bevor sie zur Ruhe fanden, schnitt sie sich ein ums andere Mal an den scharfkantigen Splittern des Urknalls in ihrem Hirn.

»Alles in Ordnung?«, flüsterte eine zarte Feenstimme.

»Nichts ist in Ordnung.« Pollys Bewusstsein landete auf der Erde.

»Du solltest nicht auf dem nackten Beton liegen. Denk an deine Nieren.« Die Stimme war fürsorglich und verzichtete auf einen belehrenden Tonfall.

»Wir haben immer noch fast dreißig Grad. Ich denke, das werden meine Nieren aushalten.«

»Wieso bist du noch wach?« Mama setzte sich neben sie. Sie hatte den frisch gewaschenen Schwesternkittel für die Frühschicht an.

Hatte Mama dieses Jahr einen freien Tag gehabt? Hatte sie jemals einen freien Tag gehabt? Polly konnte sich nicht erinnern. Doch Mama beschwerte sich niemals, jammerte nicht über das Arbeitspensum, klagte nie über die Freizeitfitzel, die ihr am Ende jedes Monats wie Lebensmittelreste blieben. Mama war nicht kleinzukriegen. Die kurzen Nächte hatten ihre Augen träge gemacht, aber trotz der auslaugenden Doppelbelastung war sie kraftvoll und unverbraucht.

»Ich muss über etwas nachdenken.«

»Es scheint dich sehr zu beschäftigen«, sagte Mama. Polly regte sich nicht. »Wie schlimm ist es denn?«

»Sehr schlimm. Glaube ich. Sehr schlimm. Genaueres muss ich noch herausfinden.«

»Hast du dich mit Kirby gestritten?« Mama streichelte sanft ihren Kopf.

»Mit Kirby kann man nicht streiten. Du kennst ihn doch. Er ist viel zu gutmütig.« Sie konnte ihr auf keinen Fall von dem Felsbrocken berichten, der schwer auf ihr lastete und sie zu erdrücken drohte. Mama war die letzte Person, mit der sie zum jetzigen Zeitpunkt darüber sprechen durfte.

»Denkst du an dein Studium? Wir werden die Tage in Ruhe darüber reden.«

Polly schüttelte den Kopf. »Es geht nicht ums Studium.«

»Okay. Ich frage nicht weiter.« Mama strich an der Schläfe entlang und legte ihr eine Strähne hinter das Ohr, die dick wie ein Glockenseil herunterbaumelte. Polly entließ den Rucksack nicht aus der Umklammerung. Mama hatte keine Ahnung, welch mächtigen Weltenzerstörer sie darin verbarg. »Ich muss los, ich sollte nicht schon wieder zu spät kommen«, sagte Mama. »Du weißt, dass ich immer für dich da bin.« Es klang wie eine Frage.

»Das weiß ich, Mama.«

Polly brauchte einen Plan. Und zwar schnell.

KAPITEL 35

Verhör

All die Streitereien, während sie Tür an Tür koexistiert und manchmal gewohnt hatten, waren geschwisterliches Geplänkel gewesen. Sie hätte ihre Schwester »dumme Schlampe« oder »hässliche Fotze« nennen können, ohne dass ihr Gewissen eine Augenbraue gehoben hätte. Man verübelte sich emotionale Eruptionen nicht. Aber was sie Juli jetzt fragen wollte – fragen musste! –, war die Ermordung ihrer kindlichen Unschuld. Nach dieser Frage wären Streiche und Späße zwischen den beiden tabu. Sie würden opponierende Gebiete eines kahl geschlagenen Brachlandes bewohnen. Keine Pflanze könnte auf diesem Terrain in den kommenden Jahren sprießen.

Nur wenige Zentimeter trennten ihre Nasenspitze von der Zimmertür, die Mama beim Einzug in freundlichem Weiß gestrichen hatte. Polly hatte die im Garten aufgebockten Türen, auf denen die Farbe in der Sonne trocknete, noch vor Augen.

Sie hörte Juli aus der Schule nach Hause kommen und in ihrem Zimmer verschwinden. Polly durfte auf keinen Fall auch nur den Anflug von Schwäche zeigen. Sie schob die Brille mit ihrem Mittelfinger den Nasenrücken hoch, die Klinke runter und die Tür auf.

»Ey, was ist mit anklopfen?« Vor ihrem beleuchteten Schminkspiegel konzentrierte sich Juli auf eine professionelle Linienführung des Kajal. Ein wackliger Ständer balancierte ihr Abbild. Sie starrte wie ein Scharfschütze durch seinen Sucher, als dürfte sie den perfekten Moment nicht verpassen. »Was willst du?«

Polly atmete tief durch, bevor sie das Fundstück aus der Wohnung des Katzenmannes mit einer Hand hinter ihrem Rücken hervorholte. Sie präsentierte ihrem Feind den abgetrennten Kopf seines Spähers. Juli identifizierte den Rucksack im Bruchteil einer Sekunde, drehte ihren Kopf sofort zurück zum Schminkspiegel wie eine Eule, um ihre Reaktion zu verschleiern.

»Was ist damit?«

»Kommt der dir bekannt vor?«

»Nee, keine Ahnung. Ist nicht meiner. Meiner liegt auf dem Bett.« Juli wies mit ihrem Daumen über die Schulter. Sie zog das Ding wirklich durch.

»Natürlich ist das nicht deiner. Da steht dein Name drauf. Wer unterschreibt denn auf seinem eigenen Rucksack?« Sie hatte nicht mit ihrem echten Vornamen unterschrieben, der Mitte der Achtziger ganz oben auf den Ranglisten der beliebtesten und am häufigsten vergebenen Mädchennamen gestanden hatte. Sie hatte ihren Spitznamen draufgekritzelt, auf den höchstwahrscheinlich niemand anders im Umkreis von hundert Kilometern hörte.

»Was willst du mir damit sagen? Ich habe schon auf mehr Rucksäcke meinen Namen gekritzelt als Britney ihren auf Autogrammkarten.« Juli wippte auf dem Fußballen. Würde sie so ihren Lidstrich ziehen, hätte der die Form einer Serpentine.

Je mehr Juli sich wand wie ein Karpfen, der frisch aus dem See gezogen auf den Boden eines Bootes klatschte, desto mehr bekräftigte das Pollys Annahme. Sie hatte ihre Schwester schon oft beschuldigt. Für gewöhnlich ging es darum, dass sie sich am Eigentum des Nebenzimmers bediente, ohne zu fragen. Das Leben unter Geschwistern war angefüllt mit einer dicken Akte laufender Gerichtsverfahren, bei denen es schnelle Urteile, aber selten eine Vollstreckung gab. Aber diesmal ging es nicht ums Gewinnen. Dieses eine Mal hatte Staatsanwältin Polly aus tiefstem Herzen gehofft, mit ihren Anklagepunkten falschzuliegen.

»Ich wette, Herzchen hast du nicht auf jeden Rucksack um deinen Namen gemalt. Außerdem hat deine ganze Clique darauf unterschrieben. Ich kann jeden einzelnen Namen finden. Alle, bis auf einen. Und genau zu diesem Namen würde auch der Liebesschwur mit den Herzen passen …«

»Kann sein. Ja, vielleicht.« Juli warf einen zweiten Sekundenblick auf Beweisstück Nummer eins. Sie legte den Kajal auf den Tisch. »Hm, sieht echt aus wie der Rucksack von Sven. Komisch.« Sie sortierte ihr Schminkzeug, indem sie es auf dem Tisch hin und her schob wie ein DJ seine Platten. »Wo hast du den her?«

»In einer Wohnung gefunden.«

»Was für eine Wohnung?«

»Eine Messiewohnung im Palazzo.«

»Aha.« Juli trieb mit beiden Knien einen Trafo an. »Was hast du jetzt damit vor?«

»Wie kommt der dahin? Wieso liegt der Rucksack deines Freundes neben einer aufgehängten Leiche?«

Juli warf einen verschüchterten Blick zur Tür, in der Furcht, Mama könnte früher nach Hause gekommen sein und das Gespräch mithören.

»Ich kann nichts dafür, was passiert ist. Wirklich. Du musst mir glauben.«

Polly sah eine einsame Träne, die sich langsam den Weg an der Silhouette des hübschen Gesichtes ihrer Schwester hinunterbahnte und eine Spur durch die frisch aufgetragene Schminke zog.

»Die Polizei ermittelt wegen Mordes.« Beim letzten Wort war ihr Hals so trocken, dass sie es nur hauchen konnte. »Was habt ihr gemacht?«

»Wir wollten das nicht. Es ist ausgeartet.« Juli hob ihre Arme und ließ sie kraftlos wieder fallen. »Wir haben uns getroffen. Im Palazzo. Danny wohnt da seit ein paar Monaten. Seine Mutter hat ihn rausgeworfen. Wir waren in seiner Wohnung in der Fünfzehnten. Die Jungs haben Bier getrunken und wir Mädels Sekt. Wir haben Trinkspielchen gemacht. Du weiß ja, wie sich das so entwickelt.« Juli bekam nicht die erhoffte Sympathiebekundung. »Danny hatte zwei Flaschen Wodka und so ein widerliches Kräuterzeug. Der Verlierer musste einen Kurzen trinken und durfte sich dann aussuchen, was der nächste Verlierer trinken musste.« Eine zweite schmutzige Träne, eine dritte. »Dann haben wir Scherzanrufe gemacht. Pizza bestellt für die Wohnhäuser gegenüber und auf dem Balkon gewartet, bis die geliefert wurde. Die Jungs haben zusammengeschmissen und Natalie zwanzig D-Mark gegeben. Dafür hat sie ihr Top und ihren BH gezeigt; so betrunken war die. Ihr Freund fand das nicht so lustig. Dann haben die Jungs ein Kartenspiel auf den Tisch gelegt, und einer nach dem anderen musste sagen, ob die nächste Karte höher oder tiefer ist als die letzte. Wer falschlag, hat eine Ohrfeige von seinem linken Nachbarn bekommen. Sven hat einem Cousin von Danny – der war mindestens zwanzig – so doll eine gelangt, dass der aus dem Ohr geblutet hat. Der wollte nicht mehr weiterspielen. Danny hat dann von dem Mann aus der Zwölften erzählt, der in einer Messiewohnung mit ganz vielen Katzen wohnt. Danny hat erzählt, dass der Alte perversen Sexkram mit anderen Männern macht. Für Geld würde der alles tun, hat Danny gesagt. Absolut alles. Der war ganz euphorisch. Die Jungs waren sofort Feuer und Flamme, die wollten unbedingt mal einen Perversen sehen. Und die wollten die Bude sehen, weil sie Messiewohnungen nur von RTL kannten. Vielleicht liegen da Pornos rum oder benutzte Kondome, hat Sven gesagt. Oder so Ledermasken, die vorne einen Reißverschluss am Mund haben, meinte Danny. Wir Mädchen wollten nicht, weil wir das ekelig fanden. Aber die Jungs haben entschieden, dass wir runtergehen. Also sind wir alle gegangen. Bis auf Natalie. Die war zu besoffen, hat sich erst übergeben und ist dann in der Wohnung von Danny auf der Couch eingeschlafen. Wir haben sie ausgelacht; die hat echt gar nichts mehr mitbekommen. Im Nachhinein wünsche ich mir, ich hätte auf die Couch gekotzt und wäre zu voll zum Mitgehen gewesen.«

»Dann seid ihr heruntergegangen.« Polly wurde von dem Geständnis ihrer Schwester überflutet, saugte jedes Wort auf.

»Danny hat bei dem geklopft. Erst wollte der uns nicht reinlassen, weil wir zu viele waren. Drei Jungs und wir beiden Mädels. Aber Danny hatte die zweite Wodkaflasche dabei, wo noch fast die Hälfte drin war, und die Hälfte von diesem Kräuterzeug. Sven hat behauptet, wir wären zum Feiern runtergekommen. Ob wir was zum Rauchen hätten, wollte der Alte wissen. Wir hätten Zigaretten dabei. Nein, er meinte was zum Rauchen. Dannys Cousin hatte zwei Gramm im Portemonnaie. Wenn er uns reinlässt, würde Danny einen drehen. Gut, aber wenn wir Stress machen, dann ruft er die Polizei. Die Jungs haben gelacht und getuschelt, das werde man noch sehen. Die Bude war unglaublich dreckig und unordentlich, meine Fresse. Aber die Jungs waren enttäuscht, weil dort nichts Sexmäßiges rumlag. Der Alte hat die Reste von dem Kräuterzeug in einem Zug geleert. So was habe ich noch nie gesehen. Das war bestimmt mehr als ein Glas von dem Vierzigprozentigen. Dannys Cousin soll einen bauen, hat der gesagt, sonst könnten wir uns verpissen. Dann hat Sven gesagt, das sei nicht so einfach, er hätte schließlich schon den Kräuterschnaps leer gemacht. Der Alte solle eine Dose Katzenfutter fressen. Aus dem Napf von den Tieren. In unter drei Minuten. Dann würde Dannys Cousin einen bauen, und er dürfe zuerst dran ziehen. Der Alte hat nur gegrinst, nichts gesagt. Er wollte Geflügel aufmachen, aber die Jungs haben gesagt, es muss Leber sein. Schon dieses Schmatzen war widerlich, als sich das aus der Dose saugte und in den Napf fiel. Dann hat der das Zeug gefressen. Hat dem nichts ausgemacht. Als würde der jeden Tag aus dem Katzennapf fressen. Dann hat der noch krasser gestunken. Als der Alte fertig war, hat Sven gesagt, dass das nicht zählt, weil da noch Reste in der Dose waren. Dann hat der Alte mit einem Finger die Reste aus der Dose gekratzt und gegessen. Aber Sven meinte, dass es dafür zu spät sei. Das könne er nicht nachholen; die drei Minuten wären längst abgelaufen. Das machte den Alten richtig aggressiv. Er hat Sven angeschrien. Aber der hat sich nicht beeindrucken lassen, hat dem Alten eine saftige Ohrfeige verpasst; die hat ordentlich gescheppert. Der hatte einen knallroten Abdruck von der Hand auf der Wange. Und plötzlich war der total eingeschüchtert.« Juli ruderte mit den Armen, fand aber keinen Halt.

»Was hast du die ganze Zeit gemacht?«

»Ich habe mehrfach gesagt, dass wir gehen sollen, aber die haben mich ignoriert. Ich schwöre dir, ich wollte das alles nicht. Was sollte ich denn machen? Hätte eh nichts gebracht.« Juli hatte aufgehört zu weinen. Der Redeschwall entfaltete seine therapeutische Wirkung. »Na ja, Sven hat dann gesagt, er müsse ein Glas Pisse trinken. Dann würde er den Joint bekommen. Durch die Ohrfeige war der Alte ganz zahm. Hat Sven angefleht, erst den Joint zu bekommen, dann würde er die Pisse trinken. Und bitte von dem Wodka als Ausgleich für die Ohrfeige. Also während Dannys Cousin am Bauen war, hat der Alte den Wodka angesetzt. Wir wollten eh nix mehr, waren alle total besoffen. Als der Joint fertig war, hatte der Alte den Wodka auch leer gehabt. Während er geraucht hat – richtig gierig, der hatte Angst, teilen zu müssen, aber wollte eh keiner, weil das zu eklig war. Na, die Jungs haben gestritten, wessen Pisse der Alte trinken muss. Dannys Cousin hat sich durchgesetzt: Das Gras war schließlich von ihm, also musste es seine Pisse sein. Der hat in einen Becher gepinkelt, der auf dem Tisch stand. Da waren noch Kippenreste drin. Massiv ekelhaft. Das komplette Glas hat der Alte noch konsequenter leer gemacht als das Katzenfutter. Ex und weg.«

Pollys Magen gurgelte. Sie musste aufstoßen.

»Zu dem Zeitpunkt waren wir alle total dicht. Der Alte war lattenstramm. Der war so besoffen, dass wir kein Wort mehr von dem Gebrabbel verstanden haben. Da hat Dannys Cousin ein Kabel gefunden. Das lag da rum. Er hat dem Alten zehn D-Mark geboten, wenn der eine seiner Katzen damit umbringen würde. Um den Hals wickeln und zuziehen, sodass die keine Luft bekommt oder um den Hals und das Vieh vom Balkon werfen. Das wäre ihm egal, dürfte der Alte sich aussuchen. Aber der hat protestiert, das wollte er nicht machen. Dann ist Sven auf die Idee mit der Wette gekommen.« Aus Juli flossen die Worte, jedes spülte ein wenig ihrer Gesichtsfarbe weg. Sie hätte sich vor der Zimmerwand tarnen können wie ein Eisbär auf einem Gletscher.

»Was für eine Wette war das? Was habt ihr dem Alten vorgeschlagen?«

»Ich war total betrunken. Ich habe das nur so im Dämmerzustand mitbekommen.« Juli atmete tief aus, sprach langsamer, hatte ihre Kraftreserven aufgebraucht. »Also, Sven hat gesagt, wenn der Alte sich das Kabel um den Hals legt und zehn Sekunden daran aufhängt, dann gibt er ihm fünfzig Mark. Sie wollten die Zeit stoppen und ihn dann runterholen. Der Alte hat gesagt, sein Gewicht halte der Karabiner eh nicht aus, der würde aus der Decke brechen. Die Jungs haben sich beraten und meinten, wenn das passieren würde, dann hätte er die Wette trotzdem gewonnen. Sie sollten das Geld auf den Tisch legen, er wolle es sehen, hat der Alte gesagt. Plötzlich wurden die Jungs ganz hektisch, weil der das wirklich machen wollte. Die waren ganz fickerig vor Aufregung. Als die fünfzig Mark auf dem Tisch lagen, hat der Alte gesagt, das wäre zu wenig. Dann haben die Jungs alles, was sie in den Taschen hatten, zusammengekratzt. Über fünfundsiebzig Mark. Der Alte hat darauf bestanden, sich das Geld in die Tasche zu stecken. Das hat Danny aufgekratzt, er hat den Alten angeschrien, dass er sich nicht von einem Penner erpressen lasse. Aber die anderen haben ihn beruhigt. Die wollten sehen, ob der Alte zehn Sekunden unter der Decke hängt, ohne ohnmächtig zu werden. Sven hat das Kabel an der Heizung festgemacht, mehrmals drumgewickelt. Damit hättest du einen Panzer abschleppen können, so fest war das. Dann ging das hoch zu dem Karabiner, und dann hat er eine Schlinge geknotet. Ein richtiger Westerngalgen. Den Alten hat das nicht interessiert, der war nur auf die Kohle scharf, hat sich die Scheine und Münzen in die Hosentasche gesteckt. Dann ist der auf den Wohnzimmertisch gestiegen, hat sich auf einen umgedrehten Eimer gestellt und eigenhändig das Kabel um den Hals gelegt. Polly, du musst mir glauben, ich schwöre bei Gott: Er hat selbst den Kopf durch die Schlinge gesteckt.« Ein flehender Ton schwang mit. »Dann hat der sich richtig vom Eimer in das Kabel sacken lassen. Mit voller Wucht. In seinem ganzen Leben hat der niemals so viel Ehrgeiz aufgebracht wie bei dieser Wette. Wahrscheinlich dachte der, wenn er ordentlich Gewicht reinlegt, würde der Karabiner reißen und er die Wette sofort gewinnen. Aber der hat gehalten. Da ist einfach nichts passiert. Gar nichts. Der Scheißkarabiner hat sich keinen Millimeter bewegt, kein Stück nachgegeben, als wäre der in der Decke einbetoniert. Der Alte hat gezuckt und gezappelt und geröchelt, der Kopf ist blau angelaufen, Spucke ist dem aus dem Mund gesprudelt wie Schaum aus einem Glas, wenn man die Cola zu schnell reinschüttet. Aber der Karabiner: Da hättest du einen ausgewachsenen Elefanten dran aufhängen können. Ich schwöre es dir, da hat keiner mit gerechnet. Sven hat die Sekunden gezählt. Nach fünf Sekunden wollte Danny den von der Decke holen. Aber Sven hat gesagt, der Alte bekommt das Geld nur, wenn der das durchzieht, und dann würde der Danny bestimmt verprügeln. Also haben die den hängen lassen.« Juli fuchtelte unbeholfen in der Luft herum. »Nach zehn Sekunden wollten die Jungs den von der Decke holen. Aber der war zu schwer. Das hat nicht funktioniert. Und dann hat Dannys Cousin den Puls gefühlt. Das hat der im Erste-Hilfe-Kurs für den Führerschein gelernt. Der meinte, der Alte hat keinen Puls mehr. Der ist tot. Sven meinte, er sei zu blöd zum Pulsmessen. Aber Danny hat auch gesagt, der Alte sieht tot aus. Dann haben die Jungs diskutiert, wir Mädchen haben geweint. Sven meinte, wir würden alle ins Gefängnis kommen, wenn wir die Polizei rufen. Der Alte ist eh tot, den vermisst keiner. Er habe recht, haben die anderen gesagt. Und dann sind wir abgehauen.« Juli faltete die Hände zum Gebet. »Polly, du musst mir glauben. Keiner wollte das. Das war ein Unfall. Ich wollte nicht, dass das passiert. Du kennst mich; wäre ich nüchtern gewesen, dann hätte ich dem geholfen. Bestimmt!«

»Ihr müsst zur Polizei. Ihr müsst das gestehen.«

»Ich will nicht ins Gefängnis.« Die Tränen flossen in Strömen.

»Die haben einen Spezialisten von der Kriminalpolizei extra für diesen Fall abgestellt. Die werden überall in der Wohnung eure Fingerabdrücke finden. Ich flehe dich an, ihr müsst zur Polizei. Die kommen dahinter.«

»Ich bin verbrannt, wenn das rauskommt. Ich will hier leben. Ich kenne den halben Ort beim Namen, und der halbe Ort kennt mich. Niemand wird mir einen Ausbildungsplatz geben. Die Leute werden unsere Familie meiden, als hätten wir eine schlimme Krankheit.«

»Das ist ein Mensch. Ihr habt einen Menschen getötet.«

In Juli stieg die Temperatur. »Ich habe gar nichts gemacht. Ich war nur dabei. Verstehst du das nicht? Wieso soll ich dafür büßen, wenn ich nichts gemacht habe?«, argumentierte sie lautstark. Sie krallte sich mit beiden Händen in ihrem Top fest, als wollte sie es zerreißen, als würde dieser Akt ihre Unschuld demonstrieren.

»Du hättest die anderen abhalten können. Du hättest mit deinem verdammten Handy zum ersten Mal etwas Sinnvolles tun und einen Krankenwagen rufen können.«

Juli stand auf. Der offene Nagellack roch giftig wie die Atmosphäre. »Du willst das Leben deiner einzigen Schwester zerstören? Denk mal an Mama, denk mal an Oma. Du bist so egoistisch. Du denkst immer nur an dich«, brüllte sie, dass es im Hals brannte. Verunreinigte Tränen glitzerten auf ihren geröteten Wangen.

»Halte dich von diesem Arschloch Sven fern.« Polly war keinen My leiser. Die totale Eskalation lag in der Luft.

»Du bist doch selbst nicht besser. Verkaufst dieses geklaute Zeug an alle Leute. Das ist nichts anderes als Diebstahl. Du brichst in irgendwelche Wohnungen ein. Du bist selber eine Kriminelle. Wenn die Polizei davon erfährt, war es das mit Studieren für dich. Du bist über achtzehn, erwachsen. Das steht für immer in deinem Führungszeugnis wie ein Brandzeichen. Ich hätte mit achtzehn wieder ein sauberes. Alle Einträge wären gelöscht. Aber du wirst das nie wieder los!«

»Das hat überhaupt nichts miteinander zu tun. Du kannst das doch nicht ernsthaft mit einem Mord vergleichen.«

»Ich habe dir schon hundertmal gesagt, dass das keine Absicht gewesen ist. Ich habe diesen Mann in meinem ganzen Leben nie berührt. Wie soll ich ihn ermordet haben? Der hat sich selber aufgehängt!«

»Ihr müsst zur Polizei!«, schrie Polly. Sie wollte nur helfen. Verstand Juli das nicht?

Eine Klaue der in die Ecke gedrängten Raubkatze schoss hervor und versuchte, den Rucksack in ihre Gewalt zu bekommen. Instinktiv zog Polly das Beweisstück weg.

Julis Blut kochte. »Gib mir den beschissenen Rucksack, du Miststück!«

Polly rannte zu ihrem Zimmer. Juli hinterher. Polly sprang rein und drehte den Schlüssel. Julis Fäuste hämmerten gegen das Holz.

»Du bist so derartig feige. Komm raus und gib mir den Rucksack!« Das A in einem langen Echo.

Polly lehnte sich gegen die Tür, als müsste sie das Schloss vor dem Bersten gegen die Urgewalt ihrer Schwester unterstützen.

Das Trommelstakkato erstarb. »Also gut. Ich gehe jetzt zu Sven. Wenn ich wieder da bin, liegt der Rucksack auf meinem Bett. Wenn nicht, dann wird es nicht bei einem gesplitterten Brillenglas und einem kaputten Reifen bleiben!«

Wenige Sekunden später schepperte die Haustür.

KAPITEL 36

Michel, der Primat

Ruckartig zog Emil am Gummiprofil. Die Speichen drehten sich ohne die kleinste Abweichung. Das saubere, symmetrische Klackern erinnerte an die Elfenbeinkugel beim Roulette, die in eine der geeichten Kammern fällt.

»Das war's.« Emil spitzte zufrieden die Lippen.

Er legte die Reifenheber beiseite und verschmierte mit seinen fettigen Fingern den silbernen Regler des Radios. Brunner und Brunner trällerten ihren neuen Hit *Wir sind alle über 40*. »Super Lied!«, sagte Emil und hob beide Zeigefinger rhythmisch wie ein Aufziehmännchen in die Luft, »super Lied!« Mit dem beschmierten Blaumann, der öligen Tarnschminke im Gesicht und dem krustigen Dreck unter den Fingernägeln bräuchte er eine Drahtbürste und eine volle Stunde in der Badewanne.

Polly war nicht zum Feiern zumute. Kurz nach Julis Abflug hatte auch sie die Wohnung verlassen und ihr Rad den Hügel hinab in den Ortskern gerollt. Sie hatte Erfahrung, ihre Reifen mit Flicken aus dem Reparaturset selbst zu operieren und ihnen wieder zu Luft zu verhelfen – da hatte es den Vorfall mit den Scherben auf dem Schulgelände nach dem Abistreich gegeben oder einen herumliegenden Nagel auf dem Hof von Bauer Gemker, wo Mama jede Woche frische Eier von glücklichen Hühnern kaufte. Diesmal kam sie aber um das fachliche Geschick und entsprechendes Werkzeug eines Chefarztes für Schlauch- und Reifenkunde nicht herum. Zum Flicken waren die Gräben in der Lauffläche zu lang gewesen. Außerdem hatte das Messer alle Schichten, also sowohl den Mantel als auch den darunterliegenden Schlauch, durchtrennt. Emil war dieser Chefarzt für schlauchrettende Eingriffe. Eine Koryphäe, alternativlos im größeren Umkreis. Seit mehr als dreißig Jahren betrieb der kleine Mann mit der zu hohen Stimme und dem sizilianischen Einschlag – er beteuerte, weder italienische Wurzeln zu haben noch sich auf eine Sonnenbank zu legen – die älteste Fahrradwerkstatt Neuenkirchens. Auf Emil war zu hundert Prozent Verlass. Räder, die er nicht reparieren konnte, waren reif für den Schrottsammler, der mit seiner schiefen Musik durch die Straßen bimmelte.

Wie es zu dem Schaden gekommen sei, konnte Polly ihm nach eigenem Bekunden nicht erklären. Nein, Feinde habe sie keine. Wenn es ein Scherz war, dann ein dummer, hatte Emil gesagt. Er war sicher, dass Absicht dahintersteckte. Nach der Voruntersuchung eine positive Nachricht: Die Felgen hatten keine Schäden abbekommen; neue Schläuche und Mäntel würden reichen. Einen Tag? Es sei dringend, sehr dringend. Sie hätte aktuelle Kinofilme und CDs mit den aktuellen Charts dabei. Ja, da waren auch Schlager drauf. Sie gab ihm fünf gebrannte Scheiben im Tausch – eine stabilere Währung als der Schweizer Franken. Emil schützte die heiße Ware vor neugierigen Blicken, verstaute sie in der wackligen Schublade des Werkzeugschränkchens, die er nur mithilfe einer rüden Ruckeltechnik aufbekam. In weniger als zwanzig Minuten war ihr geliebtes Fahrrad wieder straßentauglich.

Polly versprach Kirby, die Sache mit dem Rucksack bald zu erklären. Noch sei es zu früh – er müsse ihr vertrauen. Die bestellten fünf Kracher für die Playstation 2 waren abholbereit. Von allen hatte er den Kopierschutz für künftige Klone entfernt – eine Goldgrube für den neuen Besitzer. Polly musste dringend los, es täte ihr leid. Er sei der Beste.

Eine weitere halbe Stunde später lehnte ihr Rad an der Mauer, und sie verteilte Fleischwurst an sabbernde Mäuler. Die Bauarbeiter lagen wie erschossen rücklings auf dem Gerüst und genossen die Sonne; sie hatten den Torbogen immer noch nicht fertiggestellt. Polly hetzte die Steintreppe der antiken Grabstätte bis unters Dach hinauf; nahm mit jedem Schritt zwei Stufen auf einmal. Eine Gruppe Frauen zwischen zwanzig und fünfzig in bunten Radlerhosen trainierte unter Aufsicht eines Trainers mit hochgegeltem Igel zu *Don't Stop Moving* von S Club 7. Jede Ansage begleitete er wie ein Animateur im Pauschalurlaub mit rhythmischem Händeklatschen. An den polierten Kraftgeräten pumpten Männer jeder für sich und trotzdem um die Wette. Polly steuerte auf das Familienwappen in Form des weißen Geweihs zu, unter dem Tony D lungerte.

»Hi Tony.« Polly positionierte den Rucksack vor ihrem Geschäftspartner. Sie mochte den Assi, sie wusste nur nicht, warum.

»Schau an, ein Vogelchen. Schon wieder kommst du zu mir?«, flötete Tony D und grinste. Er trug eine weiße Anzughose. Seine schwarzen Lederschuhe hatte er auf dem Schreibtisch geparkt. Die kleinen Quasten baumelten an den Schuhblättern wie Ohrringe. »Was treibt dich zu Tony D? Ich habe noch keine neue Ware für dich.«

»Deswegen komme ich nicht. Ich brauche einen deiner Gorillas.«

»Willst du Zoo aufmachen?« Tony D rieb sich herzhaft über den nackten Oberkörper, als wäre er eine Wunderlampe. »Weißt du, was Gorilla auszeichnet? Kurzes Penis, kleines Hirn. Musst du besser in Schule aufpassen, da lernt man.« Dann erinnerte er sich an Pollys Anfrage: »Ich glaube, Zuchtbulle ist besseres Begriff für meine Gorillas.«

»Was ist mit Enrique, kann ich mir den für einen Auftrag leihen?«

»Oioi, der hat dir gefallen? Tony D hätte nicht gedacht, dass du gut findest Latinomann.« Er spielte an seiner Goldkette mit dem Heiligenbildchen. »Aber das geht nicht. Enrique ist nicht mehr bei mir. Der ist für Sommerzeit Bademeister in Freibad. Die hatten Probleme. Viel Stress in Bad mit Proleten. Seitdem ich Enrique geschickt habe, dort ist ruhig wie Baby. Der pustet einmal in Pfeife, und zack, wie bei Armee: Alle stehen mit grades Rücken. Und Enrique mag das Job, weil Bikinifrauen mögen Enrique. Wie sagt man: Doppelgewinn-Situation.« Er leckte sich beherzt über die Lippen wie ein Philatelist in einer Postfiliale. »Für was für Auftrag brauchst du den? Hast du was angestellt, böses Mädchen?«

»Ich nicht, aber jemand anders, und ich brauche einen Argumentverstärker, um das geradezurücken. Quasi als Bodyguard.« Tony D in Aussicht zu stellen, dass es bei dem *Auftrag* zu Handgreiflichkeiten kommen könnte, war, als schenke sie einem Hooligan ein Ticket für ein Erstligaspiel.

»Meine Jungs haben die besten Argumente«, stellte Tony D fest. Er fühlte sich herausgefordert, nahm die Beine herunter und lehnte sich über den Tisch. »Aber Tony D ist nicht Caritas, sondern Geschäftsmann. Also: Was bietest du Tony D als Gegenleistung?«

Polly brachte der Fitnesstempelgottheit eine Opfergabe dar und stapelte die Videospiele vor Tony D.

»Na, was haben wir denn da?« Tony D merkte sofort, was für einen Schatz Polly ihm mitgebracht hatte. So oft hatte er danach gefragt. Erfolglos. Bis zu diesem Tag. »Hui s gory!« Er war aus dem Häuschen. Endlich war er in den Besitz der legendären Artefakte gekommen. »Du hast immer gesagt, Playsi-2-Games geht nicht zu brennen.«

»Hat doch funktioniert.«

»Und das kann ich kopieren, kopieren, kopieren? Zack, zack, zack?« Seine Hand schwang wie eine Saloontür.

»Kannst du.«

»Hui s gory!« Er hob die Arme.

»Was heißt das?«

»Hui s gory?«

»Ist das ein Fluch?«

»Ist russisches Sprichwort. Sehr beliebt. Wenn du jedes Wort einzeln übersetzt, heißt: *Der Schwanz vom Berg*.«

»*Der Schwanz vom Berg*«, echote Polly. Sie musste es selber sagen, um es zu glauben. »Hui s gory.«

»Aussprache sehr gut! Aber du brauchst mehr …«, er presste die Lippen aufeinander, schwang eine Faust durch die Luft. Sie sollte noch einmal Anlauf nehmen.

»Hui s gory«, sagte Polly mit mehr Überzeugung.

»Bedeutet: Jemand kommt und ist plötzlich da, und keiner weiß, wer das ist. Redewendung für Überraschung. Kann gutes Überraschung sein, kann schlechtes Überraschung sein. Hui s gory, der Schwanz vom Berg kommt, wo hat keiner mit gerechnet.« Er rieb sich über die Brust, holte tief Luft, damit seine Schallwellen auch die hinterste Ecke unter der riesigen Glaskuppel erreichten, und brüllte: »Michel!« Das *ch* kratzte grob durch die Halle. »Michel!«

Ein behäbiger Felsbrocken schleppte sich neben Polly. Sie war klein, er überragte sie nur um einen halben Kopf. Ein Meter siebzig waren schon großzügig geschätzt. Der rundum kurz rasierte Schädel des jungen Mannes ließ oberhalb der Ohren eine karge Insel zurück. Nie zuvor hatte Polly einen Menschen mit derart unterschiedlichen Gesichtshälften gesehen. Der Parasit einer geschwungenen Narbe wand sich an der linken Schläfe und dem Auge vorbei und endete am Wangenknochen. Michel war ein Golem, von einem verrückten Wissenschaftler stümperhaft aus einem Klumpen Lehm geformt.

»Michel …«, setzte Tony D an.

»Oui. Betonung auf dem I«, korrigierte ihn Michels ausgeprägter französischer Akzent.

»Ist das nicht ein Mädchenname?« Polly hatte noch nie von einem Männchen gehört, das Michelle hieß.

»M. I. C. H. E. L.«, buchstabierte er. Kein Mann vieler Worte. Nach jedem Buchstaben stand sein Mund ein wenig offen, als passten die Kieferknochen nicht aufeinander, womit er dümmlich aussah. Polly würde ihn sofort für die Rolle von Victor Hugos Glöckner casten.

»Michel«, sagte Tony D und ignorierte die Korrekturen des Franzosen, »ist ein Supermann.« Er stellte sich neben ihn und legte eine Pranke auf Michels niedrige Schulter. »Jeden Tag er macht Training.« Zum Beweis knetete er demonstrativ die definierte Muskelpartie seines Schützlings. »Hast du Lust, junges Mädchen in Notlage zu helfen?«

Der Franzose blickte stur wie ein Esel geradeaus und ließ sich zu einem dezenten Schulterzucken hinreißen. »Oui.«

»Ich kann wirklich auf dich zählen?«, hakte Polly nach. Sie zweifelte an der Erfahrung des kompakten Zwerges.

»Oui«, sagte Michel. Er zog sein eng anliegendes schwarzes T-Shirt aus und legte damit auf jeder Schulter einen rosigen Hummer frei. Mit einer Hand klopfte er auf seine Brust, auf der in Babyblau das Wappen von Olympique Marseille tätowiert war, als wollte er die französische Nationalhymne anstimmen. »Mon équipe.«

Polly unterdrückte ihre Verwunderung und musterte Michel. Er war das komplette Gegenteil ihrer Vorstellung eines Idealmannes: schlicht und stumpf. Das einstudierte Hieven von Metallklötzen bestimmte seinen Alltag, angetrieben von einem Kraftstoff namens Testosteron. Ein Mensch, der sich quasi von seinen Hoden lenken ließ. Kurzum: Michel war perfekt für ihre Belange.

»Zieh dich wieder an«, sagte sie. Michel gehorchte. »Ich nehme ihn. Du kannst ihn einpacken«, bestätigte sie Tony D.

»No, gut. Das ist meine Handynummer.« Tony D reichte ihr eine selbst gemachte Visitenkarte. Der billige Farbdruck verschmierte bei Körperkontakt. »Wenn du brauchst Michel, du rufst mich an, und ich schicke ihn dir.«

Polly steckte die Visitenkarte ein. »Er soll sich bereithalten.«

KAPITEL 37

Meins gegen deins

»Die Redaktion hat für dich angerufen«, sagte Mama. »Es geht um den Toten aus dem Palazzo, über den du geschrieben hast. Du sollst dich dringend bei denen melden.«

Polly griff zum Hörer. Laut Gabi hatte der Kripospezialist diesen Ort betreten und war schon auf eine heiße Spur gestoßen. Er mache seinem famosen Ruf alle Ehre. Die Frage nach dessen Erreichbarkeit stotterte Polly in das grüne Hartplastik wie eine über Kopfsteinpflaster gezogene Sackkarre. Gabi hauchte eine verschämte Entschuldigung. Sie rufe nicht wegen eines Termins an. Eigentlich sei das Pollys Geschichte, aber Hermanns sei heute nicht im Haus, und Niklas habe die Recherche übernommen. Polly wisse ja selbst, wie Niklas ticke, sagte Gabi. Jeder im Ort wisse das, bestätigte Polly. Sein Ruf eile ihm voraus wie blutiger Husten einer Tuberkulose. Gabi spendete dem Vergleich einen Lacher, verlieh ihm das Prädikat »passend«. Dann räusperte sie sich. Sie habe angerufen, um Polly diese Info zu überbringen. Man werde groß damit aufmachen. Sie wollte vermeiden, dass Polly es erst am nächsten Morgen druckfrisch erfahre, wenn die ganze Stadt schon drüber redete.

Ihre Antwort bestand aus nur zwei Buchstaben: einem O, durch einen Atemzug getrennt von einem K. Gabi sicherte Polly ihr uneingeschränktes Verständnis zu, falls sie enttäuscht sei. Es gehöre sich für Niklas nicht, ihr die dickste Story des Jahres vom Teller zu stehlen. Das verstoße gegen die Journalistenethik. Für Polly war es keine Frage von angekratzter Eitelkeit. Es ging ihr nicht um Trophäen, Pokale und goldene Federn. Es ging ihr nicht darum, sich einen Namen in einer Stadt zu machen, der sie gedanklich längst den Rücken gekehrt hatte. Heimat war für sie kein Gefühl, das sich im Bekanntheitsgrad in der Bevölkerung ausdrückte. In ihr keimte eine absonderliche Form von Mitleid für Niklas. Er würde ohne den Zwist, den er zwischen den Menschen säte, aufhören zu existieren. Eine Seifenblase, deren zarter Film zum Platzen verurteilt war.

Für Polly wäre der Auftrag nicht nur ein netter Bonus gewesen, sondern vor allem eine wichtige Informationsquelle. Es waren die Ermittlungsergebnisse des Spezialisten, die sie ins Stottern gebracht hatten. Juli und ihre Freunde hatten den Tatort mit Spuren übersät. Polly war ebenfalls nicht wie eine Fee durch die Wohnung geschwebt. Sie hatte das polizeiliche Türsiegel zerstört, Gegenstände rumgeschoben, Türklinken und Möbelstücke angefasst. Der Gedanke, die Koryphäe könnte längst auf diese Spuren gestoßen sein, hockte mit dem Gewicht eines steinernen Wasserspeiers auf ihren Schultern. Gabi verschwieg sie ihre Gedankenschübe, die allesamt in einer Verhaftung endeten. Sie kredenzte ein Placebo, indem sie versicherte, über den Story-Diebstahl hinwegzukommen.

Dann fragte Polly, was sie wirklich wissen wollte: Wie heiß war die Spur, auf die der Spezialist gestoßen war? Gabi konnte ihr diese Auskunft nicht vorenthalten: heiß, siedend heiß wie die Sonne der vergangenen Wochen. Sie berichtete von einem Einbruch in die Wohnung des Katzenmannes. Die örtliche Polizei sei just in diesem Moment, in dem sie miteinander telefonierten, unter dem Kommando des Kripospezialisten vor Ort und sammle Beweise. Das werde man morgen in der Zeitung lesen. Was laut Gabi niemand erfahren dürfe: In Wahrheit bedeute die Formulierung »die örtliche Polizei«, dass der Kripospezialist eine einzelne Polizeianwärterin zur Seite gestellt bekommen habe, was zu einem heftigen Streit zwischen ihm und Wachleiter Zumberge geführt haben solle. Weitere Ressourcen könne Zumberge »nicht jetzt und auch nicht in Zukunft« anzapfen. Woraufhin der Spezialist ihm unterstellte, die Ermittlungen zu boykottieren. Niklas habe sich vor wenigen Minuten nach dem Zwischenstand erkundigt. Man habe »interessante Finger-« und »mehrere Schuhabdrücke« in der Wohnung sichergestellt. Das Zitat: »Der oder die Täter haben sorglos in der ganzen Wohnung so eindeutige Spuren verteilt wie Hänsel und Gretel bei ihrem Weg in den Wald«, habe Niklas notiert. Der Spezialist hätte erklärt, am Wochenende im Ort zu bleiben und intensiv an dem Fall zu arbeiten. Dessen Ankündigung: »Ich werde dieses Verbrechen in den nächsten Tagen aufklären«, sei die Überschrift des Aufmachers. Ob der Spezialist erfolgreich sein würde, war Niklas egal. Schließlich werde nicht er, sondern der Polizist an dieser Aussage gemessen. Er habe den Spezialisten für fünfzehn Minuten auf dessen Handy angerufen – das werde mindestens fünfzig D-Mark kosten. Hermanns werde nicht erfreut sein, mutmaßte Gabi. Seit dem Gespräch, so berichtete sie genervt, hörte sie Niklas in seinem Büro mit sich selbst reden. Der faulige Geruch einer Überdosis männlicher Hormonausdünstungen läge in der Luft.

Polly bedankte sich für die Hintergrundinfos. Ihr abschließender Wunsch zur baldigen Aufklärung des Falls war eine Floskel, so unecht wie programmierte Roboterliebe. Der Spezialist schien sein Handwerk zu verstehen. Gepaart mit dessen Bedürfnis, Neuenkirchen möglichst schnell wieder zu verlassen, könnte dies zu rapiden Ermittlungserfolgen führen. Polly musste schneller sein. Ihr lief die Zeit davon.

Die Gabel federte den Hörer sanft ab, Polly zog sich zum Pläneschmieden in die Hauptzentrale zurück. Aus einem Spalt zwischen Rahmen und Tür ihres Zimmers schimmerte ihr ein verdächtiger Fetzen Tageslicht entgegen, als hätte er auf sie gewartet. Sie blieb im Türrahmen stehen. Sie war sich sicher, ihr Zimmer spaltlos zurückgelassen zu haben, als sie sich zu Rekrutierungszwecken auf den Weg zu Tony D gemacht hatte. Ihre Augen tasteten jeden Millimeter ihres Zimmers ab wie ein Supermarkt-Scanner die Strichcodes auf Maisdosen. Jede noch so geringe Abweichung würde sie bemerken. Das goldene Triforce auf moosgrünem Hintergrund wachte über ihrem Bett. Die *Harry Potter*-Bücher, hinter denen sie ein uraltes und bestimmt längst vertrocknetes Knöllchen Marihuana für Kirby bunkerte, standen chronologisch sortiert in Reih und Glied im Regal. Den Klamottenberg hatte seit Ewigkeiten niemand außer Polly bewegt, die ihn Abend für Abend wachsen ließ und selten eine Schicht abtrug. Die Controller der Playstation waren in ihre eigenen Kabel eingewickelt. Am Rechner war niemand gewesen – die Maus stand auf der linken Seite der Tastatur, Mama und Juli waren Rechtshänder. Die Edding-Spitze trocknete ohne Kappe neben einer Rohlingspindel vor sich hin. Kurz bevor Polly an Verfolgungswahn glaubte, schnappte eine böse Ahnung zu. Sie schob das graue Gehäuse des Rechners auf, dessen Rahmen eingeklickt, aber nicht verschraubt war. Normalerweise leuchtete ihr zwischen Halbleitern, nachgerüsteten Laufwerken und angestaubten Rotorblättern des überbeanspruchten Lüfters das Herz des Towers entgegen, das sie selbst im Stile einer Kardiologin eingepflanzt hatte. Aber Organdiebe hatten die rote Schatulle geraubt und durch einen gefalteten Zettel ersetzt.

»Oh, bitte nicht«, flüsterte Polly. Der Sog des Strudels riss sie immer weiter in die sauerstoffarme Tiefe. Es war zu spät, unbeschadet an die Oberfläche zu schwimmen. Alle ihre Träume und Erwartungen waren mit einem winzigen Schlüssel hinter dem roten Metall ihres Kästchens verschlossen. Der Diebstahl brachte ihre Unabhängigkeit ins Wanken.

Polly schob ihr Brillenfragment bis zum Anschlag an die Stirn. Entlang des Risses, der ihr linkes Glas spaltete, sammelte sich Dunst. Sie entfaltete die Zeilen:

Hallo Polly,
jetzt haben Wir Beide Etwas, an dem der Andere hängt. Ich schlage einen Tausch vor: Meine Vergangenheit gegen Deine Zukunft!!! Sven und die Anderen wollen mit Dir reden. Mach keinen Scheiß!!1! Übergabe Rucksack gegen deine rote Kiste im Penguin. Hinten im White Room sind Wir ungestört. Keiner will Dir was. 0 Uhr!!! Wehe, Du kommst nicht!!!

Polly warf sich rücklings auf die zerknitterte Bettdecke und hielt die Zeilen gegen das Licht, als versteckte sich tief in den Papierfasern die Säure einer Geheimschrift. Die Erfahrungen, die Polly mit Julis Freunden und vor allem mit Sven gemacht hatte, erstickten jegliche Zuversicht. Der Brief bestand aus einem Dutzend Fangarme, die wild um sich schlugen und ihre muskulösen Glieder gierig nach ihr ausstreckten. Es widerstrebte ihr, sich der Kannibalenhorde auszuliefern. Den französischen Zuchtbullen an seinem Nasenring durch das Gatter auf die saftige Weide zu führen, damit er sich austobte, war höchstens Plan B. Es war beruhigend, ihn an der Leine mit sich zu führen. Aber es wäre fahrlässig, ihre Hoffnung in jemanden zu setzen, den sie erst wenige Augenblicke kannte.

KAPITEL 38

Vorbereitungen

Aus der Küche piepte die Mikrowelle. Dreißig Stunden galt es zu überbrücken. Eine irre Zeit der Ungewissheit. Michel bearbeitete den Boxsack, als sie anrief. Das Training benötige seine volle Aufmerksamkeit, Tony D könne ihn unmöglich unterbrechen, wenn er fokussiert war. Verlöre Michel den Rhythmus, dann wär's das für heute. Spielte eh keine Rolle: Michel werde sie »pünktlich« abholen, »wie versprochen«. Irgendetwas zu beachten? Ja, Einsatzort war die Disco. Im Fitnessstudio-Outfit könnte es schwierig werden reinzukommen. Tony D lachte, sagte: »Kriegen wir schon hin, mach dir mal keine Sorgen«, und legte auf. Polly zweifelte an Tony D in seiner Funktion als Style-Berater.

Polly bog die Ränder der kochenden Pappschachtel nach unten. Die Fertiglasagne blubberte wie Lava. Sie hätte den Backofenhandschuh nehmen sollen. Das waren nicht die ersten Brandblasen verursacht durch ihren knurrenden Magen. Sie legte das Pfefferspray neben die qualmende Schale. Die Wohnung hatte sie bis zur Abholung in einen Bunker verwandelt. Der Schlüssel steckt von innen. So konnte Juli nicht mit ihrem Gefolge zur Tür hereinspazieren.

Polly schleppte die Lasagne zu ihrem Computer und schaltete die Leitung von Telefon auf Internet um. Sie startete die grüne Blüte, aus der ein einzelnes rotes Blatt hervorlugte, und loggte sich in Julis Account ein. ICQ grüßte mit dem typisch synthetischen »Uh-oh«. Da sie Juli seit den Streitereien den Zugang zu ihrem Rechner verwehrt hatte, zahlte sich das Stalking aus kriminalistischer Sicht nicht aus. Aber ebenso würzig wie ihre Lasagne waren die Unterhaltungen zwischen Juli und Sven über deren Beziehung. Sven spürte ein unbändiges Verlangen, Sauereien im Textformat durch die Datenleitung zu schicken. Juli ließ sich darauf ein und antwortete verführerisch. Ihre erste passive Erfahrung mit Cybersex brachte Pollys Ohren zum Glühen, das Gewissen plagte sie, sie fühlte sich schäbig – auch weil sie die Ältere war. Andererseits schadete es niemandem. Sie las die Protokolle der Unterhaltungen der vergangenen Monate zwischen Juli und Sven. Als ihr Blick in die untere rechte Ecke des Bildschirms abdriftete, bemerkte sie, dass das schamlose Stalking mehr als zwei Stunden geschluckt hatte. Sie schaltete die ISDN-Leitung wieder ab, um telefonisch erreichbar zu sein.

Polly absolvierte zehn Liegestütze und zwanzig Sit-ups – sie wiederholte diese Einheit im Zweistundentakt. Sie schaute eine Folge *King of Queens;* die Serie war mit großem Erfolg im deutschen Fernsehen gestartet. Die Wiederholungen der ersten Staffel liefen bereits zum zweiten Mal. Die Ausstrahlung der sehnsüchtig erwarteten dritten Staffel hatte der Sender für Ende Oktober angekündigt.

Nach dem Comedy-Abstecher band Polly sich die Haare zum Zopf, während sie das Haargummi zwischen den Zähnen bereithielt. Zwei Anderthalb-Liter-Pakete übersüßen Pfirsich-Eistee und ein ehemaliges Senfglas positionierte sie neben sich auf dem Teppichboden. Sie fischte in ihrer Videospielekiste nach *A Link to the Past*, ihrem liebsten *Zelda*-Abenteuer. Sie nutzte in den Dungeons keine Karten und verzichtete darauf, Zaubertränke und Feen in Flaschen zu füllen, um den Schwierigkeitsgrad anzukurbeln. Die dunklen Mächte hatten dennoch keine Chance. Sie starb weder im Skelettwald noch im Eispalast oder im Schildkrötenfelsen. Sie pausierte das Spiel nur fünfmal: für zwei Toilettengänge und dreimal für ihre Fitnessübungen. Nach sechs Stunden schoss sie den letzten Pfeil in Ganons Schweinekörper und rettete Prinzessin Zelda. Mehrmals hatte sie sich beim Mitsummen des Soundtracks ertappt, obwohl ihr eigentlich nicht zum Singen zumute war. Eine hypnotische Aura umgab das von Kõji Kondõ famos komponierte Opus. Das graue Plastikmodul konservierte auf seiner Platine einen geliebten Teil ihrer Kindheit. Als sie die Schattenländer Hyrules verlassen hatte, war auch das Land vor ihrem Fenster der Dunkelheit anheimgefallen. Es war kurz nach drei, als sie sich auf ihre Bettdecke legte. Während sie daran dachte, wegen der Aufregung nicht einschlafen zu können, trieb ihre erschöpfte Seele schwerelos auf einem Bach ins Land der Träume.

Als ein aufdringliches Klingeln sie aus dem Schlaf riss, war es bereits Mittag. Mama kehrte von der Nachtschicht heim und fragte Polly, ob sie übergeschnappt sei, sich in der Wohnung einzuschließen und sie klingeln zu lassen. Viel wichtiger war Mama aber die Frage, ob Polly wisse, wo Juli stecke. Ja, Juli hätte sich gemeldet – was aufgrund des im PC deponierten Zettels prinzipiell der Wahrheit entsprach.

»Unseren Patienten macht die Hitze zu schaffen. Alle paar Stunden müssen wir die Älteren umziehen. In der Wäscherei wird auf Hochtouren gearbeitet. Bei den Dämpfen ist es da unten in den Kellergewölben wie in einer finnischen Sauna. Aber laut der Statuten darf keine Klimaanlage installiert werden. Sonst könnte das die Verbreitung von Bazillen in den Räumen fördern.« Mama stellte ihre weißen Krankenhausschuhe auf die Matte im Flur und knetete jeden Fuß zweimal. »Wir müssen noch eine Woche durchhalten. Nächstes Wochenende soll endlich Schluss sein mit der Schwüle, hieß es in den Nachrichten. Ich finde, ein verregneter Herbstanfang ist sehr willkommen. Die Leute haben langsam genug vom Sommer.« Mama machte keine Anstalten, sich aus ihrer restlichen Arbeitskleidung zu pellen, und legte sich im Kittel auf die Couch. Polly schloss die Haustür heimlich wieder ab und folgte Mama ins Wohnzimmer. Die Übungen waren fällig, Polly ging in die Ausgangsstellung für die Liegestütze.

»Weißt du, wie ich mich freue? Ich habe morgen frei und werde erst am Sonntag wieder zur Spätschicht erwartet. Ich sage dir eines, Polly: Ich werde die Couch bis Sonntagabend nicht mehr verlassen.« Mama nahm die Fernsehzeitung vom Tischchen. »Morgen heiratet Prinz Haakon. Das wird schön. Wird live aus Norwegen übertragen. Ich bin schon auf das Kleid von dieser Mette-Marit gespannt.« Mama senkte ihre Brauen. »Was machst du da?«

»Ich muss fit bleiben«, quetschte Polly zwischen zwei Atemzügen heraus und drückte ihre Nase vom Boden weg, die Ellbogen nach schräg hinten gerichtet.

»Dazu könnten mich bei diesen Temperaturen keine zehn Pferde kriegen«, sagte Mama und blätterte im TV-Programm. »Eine Bürgerliche. Dass das heutzutage möglich ist. Ihre Eltern sind geschieden, und sie hat ein Kind von einem anderen Mann. Jetzt wird sie eine Adelige, und all die Gräfinnen und Fürstinnen und Baronessen und wer sonst alles eingeladen ist, müssen sich vor ihr verbeugen. Ist das nicht eine tolle Geschichte?« Sie schüttelte fasziniert den Kopf, während sich Polly im Gabelstaplermodus hochdrückte. »Stell dir vor, ich würde den Kronprinzen von irgendeinem Land heiraten. Dann wäre ich offiziell Kronprinzessin. Theoretisch ist das möglich. Er müsste hier in der Gegend bei der Fuchsjagd vom Pferd fallen, sich den Knöchel anknacksen, und ich würde ihm im Krankenhaus den Verband anlegen …« Sie lachte nach dem Redeschwall und sah sich mit einer Krone auf dem Kopf. Die Aussicht auf den freien Samstag sorgte für einen überhöhten Dopaminausstoß. »Dann würde ich nicht diesen Kittel tragen, sondern ganz elegante Kleider, die bis auf den Boden reichen. Die Leute würden mir zuwinken, wenn ich über die Straße gehe.«

Polly drehte sich auf den Rücken, legte die Handflächen hinter den Kopf und hob ihn so weit wie möglich zu den angewinkelten Knien.

»Deine Mutter spinnt nur.« Mamas Wangen waren gerötet, erregt von ihren Gedankenspielereien, die unwahrscheinlicher waren als ein Millionengewinn genau an ihrem Geburtstag. »Ein Thronfolger und eine Bürgerliche. Das kann nicht funktionieren. Diese Macht hat selbst die Liebe nicht. Ich prophezeie dir hier und heute: Noch vor dem nächsten Sommer werden die in den Nachrichten die Trennung bekanntgeben. Hör auf meine Worte.« Sie legte die Beine zufrieden auf die Couchlehne. »Aber mir soll es egal sein, ich freue mich auf die prunkvollen Kleider. Das wird ein richtig toller Tag.«

Polly horchte auf und warf einen verschüchterten Blick auf die Frau, die auf der Couch entspannte. Mama tat ihr leid. Sie hatte keinerlei Ahnung von den Ereignissen der kommenden Nacht, die über das destruktive Potenzial einer Abrissbirne verfügten. Die Metallkugel nahm binnen der nächsten Stunden Schwung auf und war drauf und dran, den gemütlichen Samstag mit klirrenden Schampusgläsern und weißen Tauben in Schutt und Asche zu legen.

KAPITEL 39

Im blauen Pinguin

Das Penguin war Feindesland. Das hatte Tradition. Die einzige Disco im Umkreis, deren Partyareal sich auf mehrere Etagen erstreckte, hatte per se keinen guten Stand. Die musikalische Vielfalt bestand darin, die in Subkategorien unterteilten Charts-Platzierungen eins bis hundert zu spielen und von vorne zu beginnen: Es gab eine Pop- und Schlageretage, eine für Hip-Hop und R'n'B und das Zelt, in dem Elektro und Techno aufgelegt wurden. Keine Gitarren, keine Innovationen, keine Experimente. Dafür günstigen Alkohol. Die fragile Schaumschicht auf dem Bier löste sich in kürzester Zeit auf, schmeckte chemisch nach Spülmittel und hinterließ einen öligen Film auf der Zunge. Bei einem Preis von zehn D-Mark für vier Halbliter hinterfragte das niemand. Ebenfalls für einen Zehner phosphoreszierte jede Stunde ein anderer Shot im Achterpack auf den Anzeigetafeln. Kaum ein Besucher behielt diese toxische Billigmischung im Magen. Trotzdem waren die Verzehrkarten der Jugendlichen Woche für Woche voller Pinguinstempel.

Es gab Schlägereien im und um das Penguin, der Laden war Umschlagpunkt Nummer eins für Koks, Speed, Ecstasy und das ganze Zeug. Mädchen, die einigermaßen wie sechzehn Jahre aussahen oder sich wenigstens überzeugend schminkten, wurden durchgewunken. Und das waren nur die Standardspielregeln, die Grundvoraussetzungen.

Jeder, der mindestens einmal dort gewesen war, hatte eine andere Penguin-Geschichte im Repertoire. Polly erinnerte sich an eine Vorabifeier, die ihre Stufe im Penguin organisiert hatte. Für sie als Mädchen akzeptabel, sahen sich männliche Mitschüler mit Eskapaden rund um das Personal und die anderen Gäste konfrontiert. Mehreren Jungs wurde die Verzehrkarte abgezogen, sodass sie jeweils sechzig D-Mark für eine neue zahlen mussten. Am härtesten hatte es Boris, genannt Bob, getroffen. Jede speckige Bomberjacke und jeder durchgelatschte Turnschuh war auf der Tanzfläche, aber Bobs Dreadlocks waren unvereinbar mit der Kleiderordnung. Er zerschellte an den Türstehern wie Wellen an den kreidigen Klippen von Dover. Die halbe Stufe redete auf die Sicherheitsleute mit dem Militärhaarschnitt ein. Man argumentierte, Bob gehöre zu ihnen, er hatte die Feier mitfinanziert, mitorganisiert, mitdekoriert. Keine Chance. Von dem Rastamann ging ein zu großer Imageschaden für das Penguin und seine feine Klientel aus, man konnte ihn auch nicht ausnahmsweise reinlassen. Im Penguin hatten Proleten das Sagen, und dieses eine Königreich ließen sie sich unter keinen Umständen entreißen. Bob musste draußen bleiben, so hatten es die Herrscher entschieden.

Mama erschrak, als Michel an der Wohnungstür klingelte. Sie bat ihn um einen Moment Geduld, er musste draußen warten. Sie klopfte an Pollys Zimmer, äußerte Verwunderung über ihr Outfit, noch mehr über den »jungen Mann«, der soeben geklingelt hatte. Polly war drauf und dran, Michel zu verteidigen – pauschal, ohne dessen Aufmachung gesehen zu haben. An der Tür wurde ihr klar, was Mama gemeint hatte. Michel hatte sich zwar Mühe gegeben – wenigstens obenrum, denn das Polohemd war gebügelt. Aber mit dem hochgeklappten Kragen und seiner grobschlächtigen Visage fehlte nur ein silberner Baseballschläger, der ein hübsches Alugeräusch von sich gab, wenn man auf jemanden eindrosch. Unterhalb des Bauchnabels hatte Michel den Auftrag zu angemessener Kleidung vergessen. Die Adibreak-Jogginghose mit den drei senkrechten Streifen hatte sich durch die seitliche Knopfleiste den Namen Schnellfickerhose redlich verdient. Aus der Hosentasche hing eine dicke Portemonnaie-Kette. Eine Zigarette steckte in der hintersten Ecke des Mundwinkels, die Hände in den Taschen seiner Jogginghose.

Polly verspürte diese Fremdscham, die sonst nur bei Talkshows aufkam. Wie er dastand, mit dem halben Grinsen, das sich nur über eine Gesichtshälfte zog wie bei Sylvester Stallone. An seiner Kraft bestand keine Frage, die kurzen Ärmel des Polos umspannten seinen ausgeprägten Bizeps und schnürten die Adern ab wie Blutmanschetten. Aber seine Bewegungen hatten die Behäbigkeit einer Lavalampe. Sie fragte sich, wie er im Boxring auch nur einen Treffer landen wollte. Vielleicht hatte sie auf das falsche Pferd gesetzt.

»Schön, dass du da bist«, war das Beste, was Polly rausbekam. Sie hoffte innig, niemanden vor oder im Penguin zu treffen, der sie erkannte.

Sie hatte sich auf ihren Einsatz vorbereitet. Hatte ein Kleid über der Hose angezogen, ihre fuchsigen Haare zu zwei Zöpfen geflochten, sich an der reichhaltigen Schminke ihrer Schwester bedient und großzügig Eyeliner aufgetragen. Auf ihrer Schulter lag das Riemchen ihrer einzigen Handtasche; sie hatte sich das Samttäschchen für den Abiball zugelegt. Das Outfit war quasi Arbeitskleidung und würde seinen Zweck erfüllen. Um die Brille mit dem Riss kam sie nicht herum.

»Gehen wir?«

»Oui«, sagte Michel, saugte kräftig an der Kippe und schnippte sie in den Vorgarten des Nachbarhauses, dass die Glut zerplatzte.

Mamas Mund stand noch offen, als die beiden in dem weißen 206er um die Ecke bogen.

Ein ausgelaugter Duftbaum schaukelte unter dem Rückspiegel. Michel hatte ein Bad im Parfum seiner Wahl genommen. Er lenkte und schaltete den Wagen lässig mit seiner rechten Hand, hatte sich längst die nächste Zigarette angesteckt und hielt sie locker aus dem Fenster.

»Ich dachte, du bist Sportler.«

»Oui.« Michel zog die Bejahung lang und nickte.

»Braucht man dafür nicht Kondition?«

Diesmal etwas kürzer: »Oui.« Er nickte wieder, als habe er nicht die geringste Ahnung, worauf Polly hinauswollte. »Was hast du heute so gemacht?«, fragte er mit seinem charmanten französischen Akzent.

Das Interesse an ihrer Person überraschte Polly, sie spielte verlegen an einem der Zöpfe. »Dies und das. Ich mag Videospiele.« Er reagierte nicht. »Und du?«

»Non. Ich habe keine Zeit, mit dem Computer zu spielen.«

»Ich meinte, was deine Hobbys sind.«

»Boxen, Marseille, Klavier und ficken.« Seine Stimme war so entspannt, als bestellte er Mohntorte in der Bäckerei. »In der ordre. Hm. Wie sagt man auf Deutsch?« Er schaukelte den Kopf von links nach rechts und zurück, in der Hoffnung, der richtige Begriff falle dabei heraus. »In der Reihenfolge.« Da war er ja.

Polly gab sich alle Mühe, letztes Hobby überhört zu haben, als wäre es mit dem Rauch der Zigarette aus dem Fahrerfenster in die Nacht geweht. »Ich muss zugeben, dass ich dich nicht für einen Pianisten gehalten hätte. Kannst du gut spielen? Was spielst du am liebsten?«

Er ließ das Lenkrad los, seine rechte Hand vibrierte, um anzuzeigen, dass er seine Klavierfähigkeiten als durchschnittlich einstufte. »Chopin. Und Jazz.«

»Weil er wie du Franzose war?«

»Chopin war Pole. Hat die ersten zwanzig Jahre seines Lebens in Warschau gelebt.«

Michel gab sich keinerlei Mühe, ein vorteilhaftes Bild von sich zu zeichnen. Er lieferte Farben, die offenkundig nicht zusammenpassten, und dazu einen ausgefransten Pinsel. Polly musste ihren ersten Entwurf verwerfen.

»Und du? Hast du schon immer hier gewohnt?«

»Non.«

»Sondern …?«

Er klopfte sich auf die Stelle des Hemdes, die sein hellblaues Tattoo verdeckte. »Marseille. Droit au but.«

»Seit wann bist du hier?«

»Ich weiß nicht genau. Zwei Jahre vielleicht.«

»Dafür sprichst du verdammt gut Deutsch.« Aufgrund des ausgeprägten Akzents war seine Aussprache so wackelig wie ein Milchzahn. Aber an der Grammatik und dem Vokabular gab es nichts zu meckern. »Wieso hast du Marseille verlassen?«

»Musste die Wogen glätten. Oui. Die Situation beruhigen, wenn du verstehst. Marseille ist eine unruhige Stadt. Schöne Landschaft, aber aufgewühlte Gemüter.«

»Bist du jetzt beunruhigt? Mich macht unsere Situation schon nervös.«

»Non.« Er kehrte zu seiner Einsilbigkeit zurück.

»Na, immerhin einer von uns.« Der Wind, der durch das offene Fenster durch die Kabine strömte, war eine angenehme Abwechslung. Sie hielt ihre Handtasche fest, als hinge ihr Leben von deren Inhalt ab. »Du bleibst hinter mir, okay? Machst gar nichts.«

Michel nickte. Er hatte die Kippe bis zum Filter runtergesaugt, schnippte die glühende Fackel in einen ausgetrockneten Busch.

»Nichts. Es wird nichts passieren, ganz unspektakulär. Wir gehen da rein, ziehen unser Ding durch. Du bist meine Versicherung. Eine Art verlängerter Schatten von mir. Und was macht ein Schatten?«

»Ist nur im Hintergrund. Ombre dans la nuit. Oui.« Sie passierten ein gelbes Ortsschild und verließen Neuenkirchen. »Wieso bist du so unentspannt? Tony D hat das auch bemerkt.«

Polly zupfte an ihrem Kleid, als hätte sie Michel bei einem anzüglichen Blick erwischt. Man hatte also über sie geredet. »Erst war das alles nur eine Art Detektivspiel. Spannung in einem ausgebrannten Ort, irgendwo im Nirgendwo. Das erste Teil passte, dann das zweite und so weiter. Trotzdem war ich die ganze Zeit der Überzeugung, dass es früher oder später in einer Sackgasse enden würde. Tief im Innern habe ich mir das sogar gewünscht. Jetzt habe ich den Tunnel so tief gegraben, dass er über mir zusammenzustürzen droht. Wir haben nur diesen einen Versuch, und ich weiß nicht, ob mein Plan funktionieren wird.«

»Wird funktionieren.« Michel gab Gas. »Darf ich grimmig gucken?«

Sie hielten vor einer Ampel, deren Rotlicht Polly in Wut zu baden schien.

Sie prüfte mit einem Blick, ob er einen Scherz machte. Keine Hinweise in seiner Mimik. »Wenn dich das glücklich stimmt, dann darfst du richtig grimmig gucken«, sicherte Polly ihm mit einem Grinsen zu. Sie hob den Zeigefinger. »Aber die Hände bleiben unterhalb der Hüfte.«

»Ich bin ganz entspannt. Keine Sorge. Ich passe nur darauf auf, dass dein zweites Brillenglas heile bleibt.«

Polly mochte seinen Humor. »Wir werden sehen«, sagte sie, als Michel den 206er vor der Jugendstilvilla auf den vernarbten Parkplatz lenkte, der mit seinen Schlaglöchern einem vergessenen Acker gleichkam. Jetzt galt es, die Jogginghose an den Türstehern vorbeizuschleusen.

Der Prachtbau stand im argen Kontrast zum heruntergekommenen Parkplatz. Durch seine Größe und die altrosa Fassade stach das Gebäude in architektonischen Belangen hervor. Es hatte zahlreiche Bewunderer, aber lange Zeit aus unterschiedlichsten Gründen keinen Abnehmer gefunden. In dieser ländlichen Region gab es für solche Immobilien keine Zielgruppe. Für Liebhaber von Exklusivität waren der Standort nah an einer viel befahrenen Hauptstraße und der riesige Asphaltfriedhof in Form eines Parkplatzes ungeeignet. Niemand, der sich ein solches Gebäude leisten konnte, wollte beim Frühstück auf einen Baumarkt gucken. Die Tristesse erstickte jegliches Flair. Historiker hingegen hätten sich mit Vorliebe einen Teil lebendiger Geschichte einverleibt. Ein Kauf der Villa, mit ihren einundzwanzig Zimmern auf vier Etagen, war aber utopisch. Ganz kurz war sie zu einem Geschäft umfunktioniert gewesen. Ein Händlerehepaar für hochwertige Brautmode hatte aufgeplusterte Tüllexzesse in den hohen Fenstern ausgestellt. In jeder Großstadt hätte das Konzept eine Erfolgsgarantie gehabt, doch hier fanden die hochpreisigen, extravaganten Stücke nicht genügend Abnehmerinnen, um die Miete annähernd zu decken. Nach vier Monaten war Schluss.

Bei der überfälligen Zwangsversteigerung gab es mutige Investoren, die das Gebäude in acht großräumige Wohnungen zu separieren gedachten. Sie hatten ihre gerollten Umbaupläne unter die Arme geklemmt, wollten ihr Projekt nach dem Hammerfall der Öffentlichkeit präsentieren. Den Zuschlag schnappte ihnen ein Diskothekenbetreiber aus dem Umland weg. Fast zehn Jahre war das her. Das Vorhaben hatte sich bewährt, die tausendzweihundert Quadratmeter waren auch unter der Woche voll. Das erhabene Gebäude, dem noch immer der zarte Charme einer Künstlerresidenz innewohnte, versumpfte hinter der Fassade zu einem Proletenmagneten; sein Regent fiel im Ansehen vom willkommenen Geschäftsmann, der etwas für die Region bewegte, zum schmierigen Ganoven, der die Jugend verdarb.

Aus den Fenstern schossen bunte Laser, als würde ein Feuerwerk in der Villa abgefackelt. Das ungleiche Duo steuerte auf den Eingang zu, über dem die grelle Silhouette eines niedlichen Pinguins flackerte, geformt aus blauen Kaltkathodenröhren. Das eisblaue Neonlicht lehnte sich gegen die Schwüle auf, ohne zu schmelzen. Mit dem Ellbogen drückte Polly die Handtasche gegen ihren Brustkorb, dass es schmerzte. Sie fühlte sich nicht willkommen, fremd in einer fremden Welt. Sie reihten sich in die Schlange ein. Das Treiben vor ihnen stimmte Polly wenig zuversichtlich. Vor dem Eingang führten die Herren über Absturz oder Absage ihr hedonistisches Lieblingsstück auf. Es war wie ein Besuch im Affengehege. Vorneweg führte das schmächtige, gewitzte Schimpansenmännchen die natürliche Selektion durch: »Das wird heute leider nichts«, »Versuch es nächste Woche noch mal«, »Du ja, aber deine Freunde … das funktioniert nicht«. Jeder zweite Gast – egal, ob reingelassen oder abgewiesen – bekam einen Spruch über Klamotten oder Begleitung gedrückt. Man schickte das kleinste und frechste Äffchen vor, ohne dass es sich Sorgen um seine Gesundheit machen musste: Regungslos wie Statuen in einem griechischen Tempel standen hinter ihm zwei Gorillas in Lederjacken mit Bowlingkugelfrisuren und Unterkieferbehaarung. Hinter den Gorillas wiederum aalte sich ein alternder Orang-Utan auf einem für ihn bereitgestellten Sessel. In seiner fleischigen Klaue hielt er einen

Gehstock mit verchromtem Totenkopfgriff, auf den er seinen massigen Körper stützen konnte, um sich aus dem Thron zu hieven. Er überwachte das Treiben vor seiner Tür und labte sich an den leidenden Jugendlichen, für die die Nacht zu seinen Füßen endete. Ihre Enttäuschung war sein Hauptnahrungsmittel. Kippte seine Laune in Langeweile, blockierte er mit dem Stock die Übergabe der Mindestverzehrkarte und schob einen dürftigen Grund vor. Während die Bässe daran arbeiteten, das Glas aus den Fensterrahmen zu drücken, schaffte es keine einzige Jogginghose an dem Schimpansen vorbei. In seinem Ohr funkelte ein Brilli. »Och, Leute, ist kein Sportfest heute.« Der Skater musste umdrehen. Sein Rudel lachte.

Der Strom schwemmte Polly und Michel in passiver Erwartung an das Unvermeidliche immer näher an die Tür, als trieben sie in einem Fluss auf einen Wasserfall zu. Je klarer ihr wurde, dass sie alles auf ihre Unvernunft gesetzt hatte, desto nervöser kribbelten die Härchen auf ihren Armen. Ein Gelingen ihres Planes war mit Michel als Begleiter wackelig, aber ohne ihn brauchte sie es gar nicht zu versuchen.

Als sie an der Tür angespült wurden, machte der Schimpanse bei Michels Anblick einen Ausfallschritt nach hinten. Er riss ruckartig seine Schultern zurück, zog seinen Kopf ein wie eine Schildkröte, ging in Kampfstellung. Seine Faust schnellte in Richtung von Pollys Begleiter. Wenige Millimeter vor Michels definiertem Wangenknochen stoppte der Schlag wie an einer unsichtbaren Mauer. Michel ließ den Pseudoschlag gewähren, als hätte er ihn erwartet. Er hatte weder geblinzelt noch seine Hände aus den Hosentaschen gezogen. Für Polly ging es viel zu schnell. Der Schimpanse sprang nach vorne und umarmte Michel.

»Dich habe ich ewig nicht mehr gesehen«, freute sich der Türsteher wie ein kleiner Junge. »Hey, Jungs. Das ist er. Das ist mein Coach.« Viel Freude, aber noch mehr Respekt lag in der Stimme. Es schien angebracht, sich vor Michel in den Staub zu werfen und ihm zu huldigen. Polly staunte.

Die Gorillas drängten sich an dem Schimpansen vorbei. Unter der Lampe hatten ihre Glatzen die Leuchtkraft von Heiligenscheinen. Sie schüttelten Michel die Hand. Der Papst persönlich stand vor ihnen und brachte per Berührung die Absolution. Michel musste versprechen, Bescheid zu geben, wenn ein neuer Kurs bei ihm startete. Der breitere Gorilla sprach von einer großen Ehre. Aus der wartenden Schlange war kein Ton des Missmutes zu hören; jeder wusste, dass Kritik die Reise vorzeitig beenden würde. Als das Püppchen mit der Plastikoberweite Michel eine Mindestverzehrkarte überreichen wollte, nahm ihr der Schimpanse das gelbe Rechteck aus der Hand und warf es beschämt auf den Boden. Michel und seine Begleitung müssten selbstverständlich weder Stempel sammeln noch bezahlen. Er solle beim Bestellen an Ignazio verweisen. Erst als sie sich in Zeitlupe durch die Neonkaskaden schoben, begriff Polly, dass sie den Sturz nicht nur überlebt, sondern mit Bravour gemeistert hatten und im See unter dem Wasserfall schwammen. Sie hatte ihren Bodyguard unterschätzt.

Im Erdgeschoss feierten Mädels mit Zickzackscheiteln und Fransenschnitten erst *Lady Marmelade*, danach *Eternal Flame*. Die erste Etage gehörte einer deutschsprachigen Newcomerin, die mit ihrem Debüt-Hit *Let's Get Back to Bed – Boy!* in ihre Gemächer einlud. Die Tanzfläche quoll über; die Räume konnten unmöglich für so viele Menschen zugelassen sein.

Auf Höhe der Theke beugte sich Polly zu Michel und rief ihm: »Einen Moment«, ins Ohr. Sie hob den Zeige- und Mittelfinger der linken Hand: »Zwei Genever auf Ignazio!« Der Barmann goss die Pinnchen randvoll. Michel lehnte ab, er trinke nicht. Polly schüttete beide Wacholderschnäpse herunter. Sie schmeckten dickflüssig wie Tubenkleber. Der Alkohol wärmte ihren Magen und ihre Wangen. Sie tendierte dazu, schnell rot anzulaufen, als hätte sie Fieber, was in Verbindung mit ihrem nordischen Teint nicht zu übersehen war. »Ich bin bereit«, rief Polly berauscht vor Energie.

Wie eine glühende Eisenkugel durch eine meterdicke Eisscholle schmolz sie durch das Epizentrum der Tanzfläche, wo sich beißender Schweißgeruch mit der Vielfalt eines Parfümregals mischte. Am Ende der Etage wartete eine weiß lackierte Stahltür, so dick, als verberge sich dahinter der Tresorraum der Bundesbank. Nach jeder Öffnung fiel die Tür automatisch wieder zu. Michel folgte ihr durch die Menschenmenge.

Mit Kraft glitt die Tür gleichmäßig auf. Dahinter wartete der White Room, die Kammer der Entspannung, wo sich dehydrierte Muskeln vom Tanzen regenerierten. Als herrschte Unterdruck, vereinte sich die Tür mit ihrem Rahmen, abrupt verstummte Sarah Connor. Ein mantraartiges Flüstern untermalte aus den Lautsprechern murmelnde Naturgeräusche. Es klang nach Dschungel. Mobiliar, Boden, Wände: Alles war weiß – bis auf die schwarzen Vorhänge. Mannshohe Kerzenständer unterstrichen die schummrige Atmosphäre. Auf den wie kleine Inseln verstreuten Sesseln und Sofas kauerten Körper. Raumtrenner sorgten für Privatsphäre. Polly lugte in jedes Abteil wie ein Schaffner bei der Fahrkartenkontrolle. Sie griff in ihre Handtasche und prüfte ihr Equipment. Zwei Köpfe hatten sich ineinander verkeilt wie siamesische Zwillinge, woanders hatte der Schlaf gesiegt. In der hintersten Ecke, am äußersten Ende, stand ein kleiner Menschenknubbel wie eine verbotene Frucht. Die Knospen lösten sich voneinander, als Polly mit ihrem Schatten vor ihnen stand. Man war unter sich.

»Null Uhr hatten wir gesagt«, zischte einer der Typen und tippte auf das Ziffernblatt seiner futuristischen G-Shock.

»Ey, wo ist der Rucksack?«, lallte der Typ, der Polly auf dem Schützenfest das Glas gespalten hatte. Bierflecken trockneten auf seinem hellen Shirt.

Sven hielt Juli umschlungen wie auf dem Schulhof. Doch diesmal sah sie nicht weg, versuchte nicht, sich aus dem Zwiespalt zu winden. Anklagend fixierte sie Polly. In den Händen hielt Juli eine Tüte, ausgebeult von einem Gegenstand, dessen Form der roten Schatulle entsprach.

»Ich bin nur wegen meiner Schwester gekommen«, sagte Polly. Es lag nicht an Michel, der das Aufeinandertreffen seelenruhig mit den Händen in den Taschen der Jogginghose beobachtete, dass sie keine Angst spürte.

»Das hatten wir doch schon besprochen.« Sven strich sich über die Schläfe. »Außerdem haben wir uns aus einem anderen Grund hier getroffen. Also …« Er streckte eine Hand aus.

»Was ist, wenn ich deinen Rucksack längst bei der Polizei abgeliefert habe?«, fragte Polly. Sie erntete mehrere große Augenpaare.

Nur nicht von Sven. Der schüttelte den Kopf. »Nee, nee. Hast du nicht. Dann wären die Bullen längst hier. Die Scheiße kannst du wem anderes erzählen.«

»Du kleine Fotze«, krächzte es hinter Sven. »Diesmal wirst du nicht mit dem einen Brillenglas davonkommen.«

Sven hob die Hand, die Krächzstimme verebbte. »Bring mir meinen Rucksack, und alles wird wieder wie vorher. Dann könnten wir sogar Freunde werden.« Er sah sich um, wartete auf die Zustimmung seiner Leute. »Oder? Was sagt ihr? Dann könnte sie mit uns feiern gehen.«

»Für den Katzenmann wird gar nichts mehr wie vorher.«

Sven schob Juli zur Seite, er beugte sich ein wenig nach vorn. »Ich weiß nicht, was dein Problem ist. Den Penner vermisst keine Sau. Die freuen sich doch im Palazzo, dass die Wohnung bald wieder sauber ist.«

»Das war ein älterer Mann, der sich bloß über ein wenig Gesellschaft gefreut hat. Und ihr habt das ausgenutzt.«

»Der hat Schwänze gelutscht. Für Bares. Da werden höchstens ein paar Homos traurig sein, dass ihre Pimmel nicht mehr mit so viel Einsatzbereitschaft bearbeitet werden.«

»Wieso habt ihr das gemacht?«

»Einen Scheiß haben wir gemacht. Der Alte wollte Party, und genau das hat der bekommen. Er hatte auch seinen Spaß. Er hätte nicht so gierig sein und keine Wetten eingehen sollen, die er nicht gewinnen kann. Oder habe ich etwa den unzerstörbaren Karabiner in die Decke eingebaut?« Sven gestikulierte sich vor Pollys Gesicht in Rage. »Selber schuld. Wettschulden sind Ehrenschulden. Ich lasse mir von dir nicht so was einreden. Ist halt passiert.«

»Gleich verpasse ich dir eine«, drohte die Blondine mit dem Tattoo-Schmuck.

»Ihr müsst der Polizei gestehen, dass ihr den Mann in den Tod getrieben habt! Ihr habt die ganze Stadt mit dieser Geschichte durcheinandergewirbelt und ein riesiges Tohuwabohu angerichtet. Die Polizei hat extra wegen euch einen Kripospezialisten auf die Tat angesetzt. Ist dir das klar?«

Sven setzte einen ängstlichen Blick auf. »Oh, nein«, imitierte er Pollys hohe Stimme, wechselte aber sofort wieder vom Sarkasmus zur Aggression zurück. »Ich geh bestimmt nicht zu den Bullen. Denk du mal lieber an deine Schwester und ihre Zukunft. Da ist ein toter Greis ein Nichts gegen. Ist ärgerlich, ja. Aber in ein paar Wochen spricht da kein Arsch mehr drüber.« Svens Ansprache versetzte seine Armee für die anstehende Schlacht in Wallungen. »Was ist das für ein Egotrip, dass du uns für einen alten Sack opfern willst? Bist du behindert?«

»Warum. Habt. Ihr. Den. Umgebracht?« Jedes Wort einzeln, Polly wollte es aus Svens Mund hören.

»Er hat sich selbst umgebracht. Nur die Wette war meine Idee. Die Schlinge haben wir geknüpft. Und ja: Wir haben die schön straff um die Heizung gewickelt und festgeknotet, damit es nicht zu schnell reißt. Aber er hat sich die Schlinge selbst um den Hals gelegt. Er hätte Nein sagen können. Aber er war geil auf die Kohle. Und weißt du was?« Sven war Polly so nah, dass er sie hätte beißen können. »Die Sache ist mir kackegal. Eigentlich müsste sich der Bürgermeister höchstpersönlich bei mir bedanken, einen Schmarotzer weniger durchfüttern zu müssen. Du hast die Leute mit deinen Storys nervös gemacht. Das waren nicht wir. Du bist nur eine beschissene, kleine Reporterin.«

Polly zog ihre Hand aus der Tasche und hielt einen kleinen schwarzen Kasten in die Höhe. »Eine beschissene, kleine Reporterin mit einem erstklassigen Diktiergerät. Damit nehme ich Interviews auf. Und diesmal hat mir so ein Trottel direkt auf's Magnetband gestanden, einen Menschen in den Tod getrieben zu haben.«

Sven ballte seine Hände zu Fäusten und ging zum Angriff über. »Gib mir sofort die Maschine, du hässliche …«

Weiter kam er nicht.

Aus dem Nichts bearbeiteten drei Faustschläge Svens Gesicht. Wie Würfel in einem Knobelbecher mischte der Franzose die Zähne seines Gegners komplett durch. Zweimal mit links; der erste Schlag zur Vorbereitung ließ Svens Kopf nach hinten und ruckartig wieder vorschnellen, der zweite hatte den Effekt einer Steinplatte, die auf eine gefüllte Wasserbombe geschmettert wurde: Die Nase zerplatzte regelrecht. Polly war perplex, plötzlich stand sie im Red Room. Sie hatte sich nicht vorstellen können, dass so viel Blut in so einem kleinen Stück Fleisch steckte. Sven hustete einen Schwall rote Farbe an die weiße Wand, der Rest besudelte seine Kleidung. Michel tänzelte elegant auf seinen Füßen, seine Schultern wippten auf und ab. Er war ein Künstler beim Schaffensprozess. Sein dritter Punch, ein sauberer Haken mit der Rechten, streckte seinen Kontrahenten endgültig nieder. Svens Augäpfel rollten nach hinten, er sackte zusammen wie ein Bettlaken ohne Geist. Es ging so schnell, dass niemand die Chance hatte zu reagieren. Die blutbespritzte Blondine kreischte. Juli hatte noch gar nicht begriffen, was passiert war. Sie war versteinert. Michel zeigte eine bemerkenswerte Beinarbeit.

Die Krächzstimme riss eine Bierflasche am Hals in die Luft und war entweder nicht clever genug oder zu betrunken, um zu realisieren, dass er gegen Michel chancenlos war. Er fing sich eine saftige Schelle mit der flachen Hand ein, die so laut klatschte, als applaudierte ein riesiges Publikum bei der Verleihung des Hauptpreises. Die zweite Kanonenkugel schleuderte ihn von den Beinen.

Mit einer geschmeidigen Handbewegung signalisierte Michel, für den nächsten Angreifer bereit zu sein. »Suivant s'il vous plaît«, sagte er so laut wie nötig. Er tänzelte weiter. Der Rest der Meute verwarf ab dem Knock-out ihres zweiten Mannes jegliche Widerstandsbemühungen.

»Ihr geht noch heute Nacht zur Polizei und zeigt euch selbst an.« Polly nahm die Tüte vom Boden auf und prüfte den Inhalt. Erleichtert hob sie die Tüte hoch: »Damit habt ihr den zweiten Teil schon eingelöst.« Sie beugte sich zu dem zuckenden, röchelnden Sven, der in einer Parallelwelt zwischen Ohnmacht und Schmerzensrausch schwebte. Ein Blutbläschen füllte sich an seinem Nasenloch. »Und du, Freundchen, hältst dich von meiner Schwester fern. Wenn ich dich noch einmal bei ihr sehe, dann läute ich Runde zwei bis zwölf ein. Merk dir das.« Polly zeigte auf Juli. »Nimm sie mit!«

Passend zu dem Urwaldambiente aus den Boxen schulterte Michel wie King Kong mit einem Griff die weiße Frau. Juli war zu konfus, um wirkungsvolle Gegenwehr zu leisten. Das Sicherheitspersonal stand hinter ihnen.

»Beeilt euch. Ihr müsst hier raus«, sagte Ignazio zu Polly und Michel. Der Spaßmacher hatte sein Lächeln verloren.

KAPITEL 40

Nicht öffentlich

Polly lehnte mit der Hand im Nacken in der hintersten Ecke der Wache und knetete ihren Kapuzenmuskel. Michel hatte ihr die richtige Technik gezeigt. Ihr Mund war einen Spalt geöffnet. Sie brauchte keinen Sitzplatz, hatte weder Block noch Stift dabei. Das Diktiergerät war nicht zurückgespult; es lag zu Hause versteckt in ihrer privaten Asservatenkammer. Die Batterien hatten sich entladen, der Elektrolyt war ausgelaufen, und die fingergroßen Energiespeicher waren mit einer klebrigen Schicht überzogen, als hätte man die Pole angeleckt und in Zucker getunkt.

Wie hungrige Aasgeier waren die Journalisten auf den klapprigen Stühlen in den Reihen vor ihr gelandet. Sie warteten geifernd mit krummen Rücken auf das angekündigte Festmahl. In der Presseeinladung hatte Zumberge seinen Sprecher nur anteasern lassen. Lokale und überregionale Zeitungen, der Hörfunk – alle waren gekommen. Ein TV-Team hatte ein Kamerastativ in der Größe einer Flugabwehrkanone errichtet; bereit zum Feuern. Es war nicht der Tod des Katzenmannes, der für die enorme Medienpräsenz gesorgt hatte. Es war das Mysterium um die polizeiliche Aufarbeitung des Falles. Vor gut zwei Wochen hatte die Presse berichtet, dass der oder die Täter gefasst waren. Seitdem: Funkstille. Die Öffentlichkeit musste unfreiwillig eine Informationsdiät über sich ergehen lassen, sodass man der Polizei hinter vorgehaltener Hand Vertuschung vorhielt.

Es gab nur zwei Ereignisse, die im Ort seit dem Ende des Hochsommers noch eifriger diskutiert wurden: einerseits die Scheine der neuen Währung, die Wim »Mr. Euro« Duisenberg, Präsident der Europäischen Zentralbank, in Frankfurt vorgestellt hatte und mit denen ab dem 1. Januar die dreihundert Millionen Menschen des Kontinents bezahlen sollten. Eine Ankunft, der mehr Skepsis als Vorfreude vorausging, schließlich hatte die internationale Finanzwelt Duisenberg wenige Monate zuvor Inkompetenz bescheinigt. Noch skeptischer ging es bei den Theken- und Vereinsgesprächen zu, was das historisch blamable Auftreten der deutschen Fußballnationalmannschaft bei der Qualifikation zur Weltmeisterschaft, die im kommenden Jahr in Südkorea und Japan stattfinden sollte, betraf. Die Vorzeichen waren vielversprechend gewesen: Das Hinspiel in London hatte die deutsche Auswahl mit eins zu null gewonnen, damit war England seit dem Finale 1966 sieglos gegen die DFB-Elf gewesen. Im vorletzten Gruppenspiel in München gab es ein böses Erwachen. Die Three Lions fegten das Team von Trainer Rudi Völler mit fünf zu eins vom Rasen – und das trotz früher Führung durch Carsten Jancker, der Monate zuvor mit dem FC Bayern gegen den FC Valencia die Champions League gewonnen hatte. Das Ticket zur WM war in Gefahr, wofür den Herren an den Theken jegliches Verständnis fehlte. »Und selbst wenn die DFB-Deppen sich doch noch qualifizieren«, war man sich beim Bierchen einig, »würden sie kein gutes Turnier spielen und nur mit Glück die Gruppenphase überstehen«.

Im Gegensatz zum Rest der Bevölkerung war Polly nicht an den *Details zum Mordfall Katzenmann* – so die Überschrift der

Presseeinladung – interessiert. Anders als der Rest der Anwesenden war sie an diesem verregneten Tag mit exklusiven Hintergrundinformationen ausgerüstet – in die sie Kirby eingeweiht hatte, nachdem er mehrfach Grabesstille hatte schwören müssen – und aus privaten Gründen zu dem Pressetermin erschienen. Die stille Beobachterin hatte von ganz hinten einen wunderbaren Blick auf das Treiben.

Unter den blitzenden und klackernden Kameraobjektiven der Pressevertreter schritten Wachleiter Zumberge und sein Pressesprecher zum Podium. Den Pressesprecher hatte sich Polly jünger vorgestellt, er hatte am Telefon so jovial geklungen. Er sah aus wie ein Mann mittleren Alters, der dem Leben nichts mehr abgewinnen konnte. Sein Kopf war gesenkt, die lieblos geknotete Krawatte schien aus Blei. Bevor Zumberge die Ermittlungsergebnisse verkündete, wies der Pressesprecher mit ernster Miene darauf hin, dass Nachfragen ausdrücklich nicht gestattet waren. Ein Raunen hallte durch den kargen Raum, dessen einzige Dekoration das großflächige Polizeibanner hinter dem Podium war. Es sollte nicht das letzte Raunen bleiben.

Zumberge, sichtlich ungeübt in Pressekonferenzen, hielt in seinen unruhigen Händen das vorbereitete Schreiben und las emotionslos wie ein Nachrichtensprecher vor, um bloß nicht auch nur mit einem einzigen Wort von den abgesprochenen Formulierungen abzuweichen. Entgegen den Spekulationen handelte es sich nicht um einen Einzeltäter, sondern um eine Tätergruppe, die man nicht näher zu definieren gedachte. Aufgrund des Alters wie auch des Reifegrades der entsprechenden Personen seien alle angedachten juristischen Maßnahmen nicht öffentlich. Die beiden Haupttäter würden Ende des Jahres angeklagt, die anderen müssten umfassende Sozialstunden leisten, sie hätten sich zu wöchentlichen Gesprächen verpflichtet, teilweise war eine psychologische Behandlung notwendig, um das Erlebte aufzuarbeiten. Ob die Anklage auf Mord lauten würde, rief ein Reporter rein – Zumberge ignorierte die Frage und blieb beim abgestimmten Prozedere. Was das mutmaßliche Tatmotiv wäre, unterbrach ein anderer – keine Antwort. Ob alle Täter wohnhaft in Neuenkirchen wären oder aus anderen Städten kämen, fragte ein Journalist – Zumberge ging darüber hinweg, als würden die Fragen nicht ihm gelten. Kopfschütteln bei der schreibenden Zunft, Schweißperlen auf Zumberges Stirn, als wäre ein Heizstrahler frontal auf seinen Kopf gerichtet, ein Lächeln bei Polly. Ihre Zufriedenheit war kein Produkt der Qualen der ungeübten Beamten, die innerlich rotierten wie Spanferkel am Spieß, bis sie knusprig waren. Ihr Lächeln setzte sich aus den Reaktionen der Medienvertreter zusammen, die keinen anderen Schluss zuließen, als dass sie genauso ratlos an ihren Arbeitsplatz zurückkehren würden, wie sie gekommen waren. Leere Blöcke, hohle Phrasen, keine Titelstory. Die örtliche Polizei hielt sich, ohne einzuknicken, an die Versprechungen, die mit den Eltern zum Schutz der Täter getroffen worden waren.

Eine Zusatzinformation, die nicht mit seinem Medienchef abgesprochen war, gab Zumberge zum Ende hin aber doch preis: Die Tätergruppe habe sich aus freien Stücken gestellt, der Spezialist aus der Großstadt hätte »keinen nennenswerten Beitrag zur Aufklärung des Falles geleistet« und sei längst abgereist. In der vordersten Reihe zappelte Niklas aufgeregt, wedelte wie ein Schuljunge mit dem Zeigefinger und echauffierte sich über die Beschneidung des öffentlichen Interesses. Er werde sich »noch heute, da können Sie sich sicher sein«, an die Bezirksregierung wenden. Er habe vorzügliche Kontakte.

Geteert und gefedert erhoben sich Zumberge und der Pressesprecher synchron, noch bevor die letzte Silbe der letzten

Zeile verhallt war. Zumberge zerquetschte vor Anspannung die Zettel, an die er sich klammerte. Beim Rausgehen bedankte man sich für das zahlreiche Erscheinen und große Interesse der Medien. Die gezückten Mikrofone der TV- und Rundfunkmedien, die »um zwei Sätze, damit wir wenigstens ein bisschen brauchbares Material haben«, bettelten, zeichneten ein: »Tut uns leid, kein Kommentar«, auf. Polly genoss jeden Moment der Zirkusvorstellung. Nach der Sache mit dem Telefonbuch würde sie nach Hause radeln und Mama im Krankenhaus anrufen, in deren Auftrag sie unterwegs war. Danach bei Papa.

Ebenfalls zum Deal mit der Polizei gehörte die räumliche Trennung der Jugendlichen voneinander. Das Telefonat zwischen Mama und Papa war nicht herzlich gewesen, aber sie hatten auf Vorwürfe und Anschuldigungen verzichtet. Polly hatte stellenweise sogar den Eindruck gehabt, als würden sich zwei Erwachsene unterhalten – das war ein Fortschritt. Papa hatte Juli ein kleines Dachbodenzimmer in seinem Haus angeboten, unter der Bedingung, dass sie sich mit seiner neuen Frau Andrea und den Kindern verstehe. Nach ihrem Tränenmarathon war Juli zu erschöpft gewesen, um Forderungen zu stellen. An den Anblick des gerupften Schminktisches im halb leeren Zimmer hatte Polly sich noch nicht gewöhnen können.

So überfallartig, wie die Medienvertreter gekommen waren, so panisch wuselten sie zu ihren Autos und Übertragungsfahrzeugen und flüchteten, als wäre die Stadt radioaktiv verseucht. Als alle Journalisten den Raum verlassen hatten, stieß sich Polly von der Raufaserwand ab. Sie musste noch eine Sache zum Abschluss bringen.

KAPITEL 41

Demontage

Polly drückte mit ihrer Schulter gegen das kalte Metall. Sie war beladen, sogar der Platz zwischen Rippen und Oberarm war blockiert. Mit der heißen Ware stolperte sie in die Räumlichkeiten, die sie zum letzten Mal für mindestens eine sehr lange Zeit oder sogar, wenn es das Schicksal so wollte, in ihrem Leben betrat. Bürostühle und Absatzschuhe hatten das Echtholzparkett gezeichnet. Hunderte Male war sie hier gewesen, niemals hatte sie gemerkt, wie die Zeit langsam, aber beständig an der Redaktion nagte.

»Ich habe Ihnen etwas mitgebracht«, sagte Polly beim Betreten von Hermanns' Büro, der sich so weit auf seinem Stuhl zurücklehnte, dass es den Gesetzen der Physik widersprach, wenn er nicht umkippte. Sie reichte ihm einen der heißen Pappbecher.

Der alte Herr stieß einen Laut der Freude aus. »Das ist aber lieb von Ihnen. Danke, Polly, das weiß ich sehr zu schätzen.« Er nahm den Kakao entgegen. »Sogar der gute aus der Bäckerei. Wie komme ich zu der Ehre?« Er hielt seine Nase über den Becher und atmete den anheimelnden Geruch von geschmolzener Vollmilchschokolade ein.

»Vorsicht, Sie sollten erst pusten, der ist kochend heiß.« Polly reichte dem Chefredakteur mit den buschigen Augenbrauen das Telefonbuch. »Ich wollte mich für die Leihgabe bedanken.«

»Ach, das wäre nicht nötig gewesen. Wirklich nicht.« Hermanns kam sich wie ein Dieb vor. Er gab lieber, als zu nehmen, und stimmte er einem Tausch zu, dann nur, wenn er zu seinen Ungunsten war. Dieses Tauschgeschäft stand für ihn in keinerlei gesundem Verhältnis. »Also, das wäre … Wissen Sie was: Beim nächsten Auftrag runde ich Ihren Lohn auf.« Er zwinkerte ihr zu. Die innere Waage senkte sich in die andere Richtung. Hermanns würde diese Nacht ruhig schlafen.

»Ich fürchte, dazu wird es nicht mehr kommen«, erwiderte Polly und prostete Hermanns mit ihrem Kakao zu.

Er nahm einen Schluck, hatte nicht gepustet, das Gesicht blieb unbeeindruckt. Der Mann mit der Magenschleimhaut aus gegerbtem Leder. »Nun, das müssen Sie mir erklären.«

Plötzlich platzte Niklas in das Büro. »Wir müssen uns zusammensetzen. Ich habe schlechte Neuigkeiten«, rief er in dem üblichen penetranten Befehlston. Er musste gespürt haben, dass die Erde sich einen kurzen Moment um eine andere Sonne drehte.

»Wenn Sie fünf Minuten haben, dann kommen Sie doch mit. Wir beide reden im Anschluss«, sagte Hermanns zu Polly.

Der selbst erkorene Junggockel hatte gekräht, die Redakteure und ihr rechtmäßiger Anführer bildeten einen Stuhlkreis. »Eins nach dem anderen.« Hermanns übernahm die Kontrolle. Niklas stöhnte, als säße er auf einer Herdplatte. Hermanns zog sein Ding durch, jede eingeplante Geschichte mit seinem hellbraunen Kugelschreiber abzuhaken. »Von Gabi haben wir die beiden neuen Ziegen im Streichelzoo, richtig?«

»Westafrikanische Zwergziegen sind das. Die werden höchstens fünfzig Zentimeter groß.« Gabi hielt eine Hand neben ihre Hüfte. Eine vage Schätzung. »Sehen sehr niedlich aus. Ich habe ein Foto, da stehen die neben dem Sohn vom Tierpfleger. Das zeigt gut, wie klein die sind. Itchy und Scratchy sollen die heißen. Hat sich der Junge gewünscht.«

»Wie?« Hermanns notierte sich Details in seiner Krakelschrift.

»Itchy und Scratchy«, wiederholte Gabi.

Niklas litt Höllenqualen. Jede Sekunde, die er und seine Enthüllungsstory nicht im Zentrum des Interesses standen, war eine mit Widerhaken gespickte Nadel in seinem Fleisch.

»Itschi und Skrätschie. Bescheuerte Namen«, murmelte Hermanns und kritzelte. »Schön. Ludger, Sie haben gestern gesagt, dass Sie eine Leseranwalt-Geschichte schreiben. Was hat sich da ergeben?«

»Ist rund.« Ludger reckte beide Daumen nach oben. Er war passionierter Schreiber, aber kein Typ für Konferenzen. Er hatte ein Buch über die Storchenpopulation der Region verfasst, was die umliegenden Krankenhäuser seitdem jedem Elternpaar auf den Geburtenstationen als Geschenk mitgaben.

»Einmal kurz, bitte.« Hermanns klopfte mit dem Kuli auf seine Notizen.

»Ein Anwohner am Dörper Berg schläft immer so lange, dass er vergisst, morgens seine Mülltonne rauszustellen. Ihn stört das nicht, dass die Deckel permanent offen stehen, was wiederum Ungeziefer anlockt. Das Problem ist, dass es sich um den Innenhof des Dörper Bergcafé handelt, und die haben jetzt den schönsten Ausblick, den man sich bei einem Stück Marzipantorte vorstellen kann: direkt auf die stinkenden, übervollen Mülltonnen. Also hat der Betreiber …«

»Berens?«, fragte Hermanns.

»Genau. Also, Berens hat letzte Woche morgens um sechs bei dem Anwohner geklingelt. Es kam zu einem Streit. Das

Ende der Geschichte: Der Anwohner hat Berens wegen Beleidigung und Ruhestörung angezeigt. Der Anwohner behauptet, Berens habe ihn als Drecksau beschimpft; Berens behauptet, er hätte ihn nur als dreckig bezeichnet.«

»Sehr gut. War nur eine Frage der Zeit. Eine Lektion ist für den Choleriker längst überfällig. Brüllt immer wie ein Wahnsinniger rum, beleidigt die Leute und hat sich nicht im Griff.«

»Ich habe Meyer & Meier um eine Einschätzung gebeten. Die Antwort können wir danebenpacken als Expertenratschlag.«

»Genau die Richtigen!« Hermanns grinste. »Die Rechtsverdreher von Meyer & Meier sind selber heiß drauf, den Berens vor den Kadi zu zerren. Haben die sich gefreut?«

»Klar. Lassen die sich nicht entgehen. Ich bin selbst gespannt, was dabei rumkommt. Ich habe da so eine Theorie.«

»Gut. Also, Niklas, kommen wir zu Ihnen. Ihre Story ist ein Selbstläufer, oder?«

»Nein, ich wittere eine Verschwörung.« Es klang wie eine gezielte Übertreibung, aber wenn Niklas »Verschwörung« sagte, dann meinte er genau das: eine konspirative Zusammenkunft mit dem Ziel, ihm das Leben und die Arbeit zu erschweren. Niklas sprach schnell und hoch und unterstrich ausgewählte Worte mit energisch zuckenden Armen. »Die Polizei hat etwas gegen uns. Dieser Dilettant Zumberge hält uns bewusst Informationen vor. Aber damit werden die nicht durchkommen.«

»Sie haben also nichts Genaues zu den Tätern erfahren können?« Bei keiner Silbe klang Überraschung mit. Bei dem Wort »*Tätern*« streifte Hermanns' Blick Polly. »Dann schreiben Sie, was Sie haben. Mit den Rahmeninformationen ist das stark genug, und die Konkurrenz hat auch nicht mehr als wir.«

»Aber, Hubert, sehen Sie denn nicht?« Niklas sprang aus seinem Bürostuhl. »Die bescheißen uns, wo sie nur können.

Die decken Verbrecher. Ich bin mir da sicher.« Da war wieder die Eunuchentonlage.

»Und ich bin mir sicher, dass die Polizei einen guten Grund hat, diese Informationen nicht an die Öffentlichkeit zu geben.« Bei dem Wort »Grund« wiederholte er den Blick zu Polly. Dieser alte Teufel wusste über alles Bescheid – es konnte nicht anders sein.

»*Einen guten Grund?* Um eine kriminelle Bande zu decken?« Am liebsten hätte Niklas eine Bürgerwehr gegründet und wäre mit Mistgabeln und brennenden Fackeln zur Wache gezogen. Die anderen schauten an ihm vorbei. Er verzweifelte daran, für seinen Feldzug keine Unterstützer rekrutieren zu können. »Dann ist Zumberge noch über den Experten von der Kripo hergezogen. Hinter dessen Rücken.«

»Ich glaube, das war nur ein kleiner Seitenhieb gegen den Spezialermittler«, mischte Polly sich ein.

»Du hast dir dieses schändliche Treiben also auch angesehen?« Niklas hüpfte einen Schritt nach hinten, als wäre ihm in Polly der Leibhaftige erschienen. »Misch dich bitte nicht ein.« Er schaute an ihr herunter. »Wie siehst du überhaupt aus? Wenn du die Redaktion bei einem offiziellen Termin repräsentierst, kannst du doch nicht mit so einem Assi-T-Shirt auftauchen.« Auf Pollys *Mega-Man*-Shirt richtete der niedliche 16-Bit-Kampfroboter in der lapislazuliblauen Rüstung seine Plasmakanone auf den Beobachter. »Wir haben ein Image in der Stadt. Wenn du für uns unterwegs bist, dann bist du das Gesicht der Redaktion.«

»Ich bin privat bei der PK gewesen.«

Niklas stutzte. »Was machst du privat bei einer Pressekonferenz in der Polizeiwache?«

»Ich wollte wissen, wie der Fall zu MEINER Story ausgeht. Die du mir weggenommen hast.«

»Du bist nur eine freie Mitarbeiterin. Du machst, wofür wir dir einen offiziellen Auftrag geben.« Er zielte mit seinem Zeigefinger auf den Rahmen über seinem Schreibtisch. »Diese Feder habe ich nicht umsonst bekommen. Für dich ist so eine Ehre unerreichbar.«

»He!«, mahnte Hermanns zur Disziplin.

Polly stand auf. »Deine Geschichten sind wie Öl. Ein Tropfen reicht aus, um tausend Liter Wasser zu verseuchen. Aber deine sensationsgeilen Storys sorgen für geistige Kontamination. Du hast vielleicht diese Feder, aber samstags beim Bäcker meiden dich die Menschen. Was du für Respekt hältst, ist blanke Furcht vor einer Schmutzkampagne.«

»Das muss ich mir nicht bieten lassen. Du bekommst nie wieder einen Auftrag. Von keiner Redaktion dieser Welt. Dafür werde ich sorgen. Deine journalistische Karriere hast du heute selbst begraben!«

Diesen Ball schlug Polly nicht zurück über das Netz. Nach einer kurzen Pause richtete sie sich an Hermanns, mit Güte und Dankbarkeit in ihrer Stimme: »Das ist es, was ich Ihnen sagen wollte, Herr Hermanns. Der eigentliche Grund für meinen Besuch. Ich bin raus. Ich gehe in zwei Wochen an die Uni und habe weder Zeit noch Muße für Termine.«

»Du kriegst auch keine, habe ich gerade gesagt«, brüllte Niklas.

»Jetzt seien Sie sofort still!«, maßregelte ihn Hermanns in einer für ihn sehr ungewohnten Lautstärke. Gabi und Ludger kreuzten ihre Blicke, um sich der Premiere zu vergewissern. Wie ein Blitz hatte Hermanns sich urzeitlich entladen und wandte sich danach seelenruhig an Polly. »Mit Ihnen verlieren wir eines unserer größten Talente, das bedauere ich sehr. Ich hoffe, Sie haben während Ihrer Zeit bei uns mehr mitgenommen als nur Ihre Gage.«

»Das habe ich. Ich habe hier vieles gelernt, das ich für mein Studium brauchen kann. Aber auch vieles, das ich fürs Leben brauchen kann. Vor allem habe ich nette Menschen kennengelernt.« Polly schob die neue Brille mit den runden Gläsern hoch, die Oma ihr spendiert hatte, und sah alle an – alle, bis auf einen.

»Dann würde ich sagen: ran an die Arbeit«, beendete Hermanns mit einem antreibenden Klatschen den emotionalen Moment und scheuchte sein Team aus der Kabine zur zweiten Halbzeit. »Folgen Sie mir bitte in mein Büro«, sagte er zu Polly und stand auf. Bevor er sich auf den Weg an seinen Schreibtisch machte, stoppte er bei Niklas. »Wir sprechen uns anschließend.« Niklas antwortete nicht und verschwendete seine Konzentration darauf, geschäftig zu wirken.

»Bitte schließen Sie die Tür«, sagte Hermanns zu Polly. Seine Aktenberge wuchsen und schrumpften von Besuch zu Besuch, als gehorchten sie den Naturgesetzen von Ebbe und Flut. »Kommen Sie über die Runden?«

»Ich habe ein bisschen was gespart.« Das Geld in der roten Schatulle, von dem nach der Rettungsaktion nur dreißig D-Mark fehlten, würde reichen, um sie locker durch das erste Semester zu bringen. Bevor sie pleite wäre, hätte sie längst einen Studentenjob. Außerdem könnte sie bis Semesterbeginn noch ein paar D-Mark mit den Raubkopien machen – diesmal jedoch ohne den Verkauf auf Pausenhöfen.

»Sie betteln nicht. Das imponiert mir.« Hermanns' dicke Finger stopften Tabak in seine Holzpfeife. »Wundern Sie sich nicht, wenn Sie auf der nächsten Rechnung Fotos honoriert bekommen, die Sie nicht gemacht haben. Sie verstehen, was ich meine.«

Polly ging auf ihn zu und umarmte ihren alten Mentor. Ihre Arme reichten nicht komplett um seinen fülligen Oberkörper. »Danke«, sagte sie mit geschlossenen Augen.

Hermanns lachte verschämt und drückte sie kurz. »Ach, Polly. Diese Redaktion wird Sie vermissen.«

Polly hatte schon die Hand auf der Klinke, da sprach der Chefredakteur ein letztes Mal zu ihr: »Passen Sie auf Ihre Familie auf.« Qualm entstieg seiner Pfeife. Es bestand kein Zweifel: Hermanns wusste alles.

KAPITEL 42

Eine neue Zeit

Polly füllte ihre Lungen mit einem tiefen Zug Hofluft.

»Ja, den Unterschied merkt man sofort«, raunte es neben ihr. »Das ist schön, nicht wahr?«

Polly nickte.

»Ich liebe das auch.« Mit beiden Händen in den Taschen machte Yvonne es ihr nach. Sie sog so viel Luft durch ihre Nase ein, wie ihre Lungenkapazität zuließ. »Es ist etwa zwei Wochen her, dass du hier warst, aber für das Heu ist ein ganzes Jahr vergangen. Ein neuer Zyklus. Was du riechst, kommt frisch vom Feld, deswegen ist das Aroma so kräftig.« Yvonne rieb sich über den gebräunten Unterarm. »Ist echt kühl geworden. Das könnte ein Omen für mich sein, dass ich zu lange an diesem einen Ort gewesen bin. Dass ich Wurzeln zu schlagen drohe, obwohl ich ständig neuen Boden brauche, um nicht zu verdorren.«

»Weißt du schon, wohin?« Unterhaltungen mit Yvonne ersetzten jede exotische Reisedoku.

»Irland. Oder Wales.« Yvonne lachte. »Ach, Scheiße, wahrscheinlich beides, wenn ich schon drüben bin. Schottland nehme ich dann auch noch mit. Aber jetzt erst das andere Projekt beenden.« Sie sah Polly an. Sie beneidete die Neunzehnjährige, die auf den Startschuss zu ihrem Abenteuer wartete. Die ersten Schritte zu erleben war intensiver, als über die schönsten Erinnerungen zu sinnieren. Das Ziel vor Augen, der Weg verzweigt.

»Da würde ich auch gerne mal hin.«

»Was du machst, ist viel großartiger. Für dich geht es geografisch vielleicht nicht so weit, aber du schlägst eine neue Richtung ein, die dein künftiges Handeln, dein künftiges Denken für immer beeinflusst. Du krempelst dein Leben komplett um. Du bist eine mutige, junge Frau. Du wirst die Großstadt erobern.«

»Danke für deine Unterstützung«, sagte Polly. Das Licht brach auf dem befeuchteten Film ihrer Augen, sodass sie leuchteten wie gläserne Murmeln.

»Du musst dich nicht bedanken. Du hilfst mir, ich helfe dir. Deine Anwesenheit ist mir ohnehin lieber als ein paar furzende Bauarbeiter, denen ich jeden Tag einen Kasten Bier hinstellen müsste«, stellte Yvonne klar. »Das trinke ich doch lieber selbst.« Sie musste lachen, Polly lachte mit.

Dann streckte sich Polly, schüttelte so den Anflug von Sentimentalität ab und mobilisierte ihre Kraftreserven. Sie reckte beide Arme von sich, knickte ihre Handgelenke nach innen und wippte auf den Zehenspitzen, als demonstrierte sie ihre Flügelspannweite. »Ich habe alles vorbereitet und bin megamotiviert. Es gibt kein Zurück mehr. Ich freue mich total, jeden Morgen in meinem Studentenwohnheim aufzuwachen, und noch bevor ich einen Fuß vor die Tür setze, wuseln Tausende Menschen um mich herum, diskutieren über die kleinen Dinge des Lebens, als wären es die großen, und jeder hat auf seine individuelle Weise die Absicht, die Welt zu verändern. Der Zeitpunkt ist perfekt. Ich spüre das.«

Das angenagelte Radio versuchte, Signalreste in Form von elektromagnetischen Schwingungen zu bündeln. Der Moderator knackte, als käme seine Stimme durch den Trichter eines

Grammofons: »Es ist der 10. September 2001, und hier sind die No Angels mit ihrem Nummer-eins-Superhit *There must be an Angel.*« Yvonne zog zwei Paar Arbeitshandschuhe aus ihrer Latzhose und reichte Polly eines. Die beiden Frauen packten eine verbeulte Schubkarre voll mit Werkzeug, das sich in der Scheune angesammelt hatte. Ein Seil, einen Vorschlaghammer mit immensem Eisenkopf, einen Eimer. Das Equipment war abgenutzt und dreckig, gezeichnet von Tausenden Arbeitsstunden.

Yvonne schnappte sich einen Gehörschutz mit großen gelben Muscheln. »Willst du auch einen?«

»Ich habe doch die hier.« Polly zeigte auf ihre Kopfhörer, deren Bügel sich um ihren Nacken schmiegten.

Yvonne reichte ihr ein Sortiment an kompakten Geräten, die Polly nie zuvor gesehen hatte. Damit könnte man einen Panzer in seine Einzelteile zerlegen.

»Sag mal: Könntest du Astronautin werden?«

Polly schmunzelte. »Das ist so, als würdest du einen Politikstudenten fragen, ob er Bundeskanzler werden könnte.«

»Und, kann er?«

»Es besteht eine Restwahrscheinlichkeit.«

»Also besteht in deinem Fall eine Restwahrscheinlichkeit, die größer als null ist.« Mathematisch gesehen war sie im Recht. »Jetzt mal angenommen, du würdest Astronautin werden …«, setzte sie zu einem zweiten Versuch an. Polly lachte und rüttelte damit an Yvonnes Gedankenkonstrukt. »Ich meine ja nur theoretisch.«

Yvonne war eine Romantikerin fantastischer Prägung. So wie Polly sie einschätzte, wäre nicht weniger als eine Landung auf der Venus oder ein Flug zu den Ringen des Saturns Yvonnes Ziel, wenn sie montagmorgens im Grundkurs Mechanik neben den anderen Erstsemestern Platz nähme.

Polly dachte nicht an den letzten Schritt, sie legte all ihre Anstrengungen in den ersten, den Urknall ihrer Bemühungen. »Du vergisst die Basis. Ein Astronaut muss nicht nur einen Studienabschluss mit Topnoten in der Tasche haben. Physik, Chemie, Medizin sind nur die Theorie. Das bringt jeder Bewerber mit. Das Sahnehäubchen, um die Minichance zu haben, sich überhaupt bewerben zu *dürfen*, sind die Zusatzqualifikationen. Ein Astronaut muss auch praktische Fähigkeiten mitbringen, schließlich ist es eine seiner Hauptaufgaben, pragmatisch ausgedrückt, ein Fluggerät zu steuern. Ich kann keine bemannten Transatlantikflüge in meiner Vita vorweisen.«

»Der Satz müsste korrekt lauten: *Ich kann DERZEIT keine bemannten Flüge vorweisen.*« Yvonne nickte sich selbst zu. »Kannst ja im Anschluss an deinen Doktortitel noch eine Pilotenausbildung absolvieren. Aber du musst dich beeilen, bist auch schon neunzehn«, flachste die Weltenbummlerin. »Wie ist das denn für deine Ma, wenn du nicht mehr bei ihr wohnst? Wenn du nicht mal eben zum Abendessen rumkommst?«

Polly gab ein nachdenkliches »Hm« von sich und legte leise hinterher: »Das wird für uns alle ungewohnt. Besonders in den ersten Monaten.« Diese karge Antwort war das Beste, was ihr zum jetzigen Zeitpunkt einfiel, obwohl sie mehrere Nächte mit dieser Frage verbracht hatte. »Wie ist das bei dir: Was passiert mit deinem Hof, wenn du unterwegs bist?«

»Dann schlummert der vor sich hin, lässt sich von Efeu verpuppen und erwacht wieder, wenn ich zurückkomme. Dann kommen die Vögelchen angeflogen und singen mir ein Lied, und die Tiere des Waldes helfen mir beim Fegen und räumen auf. Ich lebe in einem Disneyfilm.« Sie hob den Ärmel ihres Oberteils bis über die Schulter und legte Schneewittchen mit ihrer Wespentaille und dem bodenlangen gelben Rock auf ihrem Oberarm frei. »So wie die.«

Polly bestaunte das Tattoo. »Ich hätte dich nicht für den Prinzessinnentyp gehalten.«

»Ich kann alles sein, was ich will. Bäuerin, Handwerkerin oder Prinzessin. Heute das eine, morgen das andere. Du auch. Heute bist du Bauarbeiterin, morgen fliegst du ins All. Denk immer daran. Lass dich nicht kategorisieren. Alles, was du willst, fängt immer in deinem Kopf an und materialisiert sich nach deinen Wünschen. Ich bin davon überzeugt, dass man Glück forcieren kann.« Yvonne warf sich ein aufgerolltes Verlängerungskabel um die Schulter wie ein Cowboy sein Lasso. »Hast du schon alle Abschiede hinter dir? Das ist wichtig. Während deiner Abwesenheit werden Dinge passieren, an die du bislang nicht gedacht hast. Du solltest deine Angelegenheiten ins Reine bringen.«

»Ich bin dabei.« Auf Wiedersehen sagen bedurfte mehr Übung, als Polly gedacht hatte. Sie ließ nicht nur Mama zurück, sondern auch Oma Anna, ein bisschen und trotz allem Juli, Liv, Hermanns. Bei Kirby würde es lange dauern, darüber hinwegzukommen. Für beide Seiten. Er gab sich ihr gegenüber robust, doch die ärgste Konkurrentin in *Doom*, *Mortal Kombat II* und *Age of Empires II* zu verlieren musste er noch verkraften. Ohne Polly verloren diese Spiele für Kirby ihre Seele; ohne Kirby verloren diese Spiele für Polly ihre Seele. Am heutigen wehmütigen Abend würden sie den ewigen *Mario Kart 64*-Champion ermitteln; das hatte sich Kirby gewünscht. Diesmal würde Polly Kirby nicht mit Gnade demütigen. Dazu würde sich auch Kirby nie herablassen. Jeder Sieg würde zelebriert, jede Niederlage kleingeredet – das machte die Magie ihrer Duelle aus.

Polly manövrierte die beladene Schubkarre aus der Scheune über den unebenen Hofboden. Auf der Mitte des Weges blieb sie stehen und betrachtete das Panorama der Anlage.

Dreihundertsechzig Grad Authentizität. Der Hof war eine mittelalterliche Festung: schön, ehrlich und resistent gegen äußere Einflüsse. Man musste keine Rücksicht auf Nachbarn nehmen, keinen Parkplatz suchen, lebte nicht in passiver Umklammerung ständigen Verkehrslärms. Im Winter musste Yvonne sich keinen Wecker zur Schneebeseitigung stellen. Ging sie im Sommer nackt in den Stall, sah das niemand. Sie konnte den Hof mit Musik beschallen oder ein weißes Laken vor die Scheune spannen und Freunde zu Kinovorführungen einladen. Doch diese Freiheiten forderten ihren Tribut. Der Fluch des eigenen Königreiches war dessen gesellschaftliche Isolation wie in einer Schneekugel. Alle Wege waren partout weit, manche noch weiter. Eine Internetverbindung, selbst die langsamste, war für die nächsten Jahre ausgeschlossen. An vielen Tagen musste das Königreich aufpassen, nicht von der Erdrotation vergessen zu werden.

»Kommst du?«, riss Yvonne sie aus den Gedanken.

Mit einem Ruck sprang der Gummireifen über die Schwelle ins Hauptgebäude des geräumigen Fachwerkhauses. Rustikale Sitzbänke, Tische, Stühle, Schränke und Kommoden des gesamten Erdgeschosses waren in den Durchgangszimmern auf der linken Gebäudeseite konzentriert. Im ersten Raum standen alle Möbelstücke, auf denen der weiße Lack bereits getrocknet war, und ließen nur einen schmalen Gang der Diele frei. Die handgefertigten Rechtecke und Quader waren so eng zusammengeschoben, dass man keine Schranktür oder Schublade öffnen konnte. Im zweiten und dritten Raum warteten die noch unbearbeiteten Möbel auf einer Plastikfolienschicht. Vor der Wand, die den vierten vom fünften Raum des Fachwerkhauses trennte, waren Matratzen ausgelegt. Dort hatten sie die linke Seite des Erdgeschosses komplett durchschritten.

Mit in die Hüften gestemmten Fäusten betrachtete Yvonne die Trennwand. »Meinst du, das kriegst du hin?«

Polly stellte die Schubkarre mit den Gerätschaften in die hintere Ecke, zog einen Handschuh ab und legte ihre flache Hand auf den rudimentären Putz. Das Mauerwerk war kühl und ursprünglich. »Ich denke schon. Ist nur eine Frage der Zeit.« Sie drehte ihren Kopf zu Yvonne. »Die trägt nicht?«

»Die wurde erst später eingebaut. Dieser Flügel des Hauses war eine Zeit lang die Unterkunft für die Knechte, und dafür brauchte man viele kleine Kammern. Von diesen nachträglich errichteten Wänden gibt es mehrere im Gebäude.«

Polly stülpte sich den Handschuh wieder über, hob den Vorschlaghammer aus der Schubkarre und stellte ihn vor der Wand auf dem Kopf ab. Der Stiel reichte ihr bis zu den einst zerschmetterten Beckenschaufeln. Polly, die Zockerin. Polly, die Schwarzbrennerin. Polly, die Investigativjournalistin. Polly, die Astronautin.

»Hast du so was schon mal gemacht?«

»Heute ist ein guter Tag, um damit anzufangen«, sagte Polly selbstbewusst.

Sie setzte sich die Kopfhörer auf und atmete tief aus. Dann positionierte sie sich vor der Steinwand, hob den Hammer und legte den Stiel auf ihrer Schulter ab.

»Mit der richtigen Musik geht alles.« Polly drückte auf Play.

Break stuff.

Friedrich Schönhoff

TOD AN DER LEHMKUHLE

Taschenbuch, 288 Seiten

ISBN 978-3-95441-604-2

13,00 EURO

Ein bizarrer Mord im Naturidyll
Ein packendes Krimidebüt aus dem Tecklenburger Land

Das Haus Cappeln, ein altes Gut im Ortskern von Westerkappeln, ist das geistige Zentrum der Büßer Gottes, einer Gemeinschaft von Menschen, die sich den Himmel verdienen wollen. Ist der Preis dafür das Leben einer jungen Frau, die mit den furchtbaren Spuren einer Geißelung tot am Ufer der Lehmkuhle, einem kleinen Waldsee in der Bauernschaft Seeste gefunden wird?

Den ungewöhnlichen Fall nimmt Hauptkommissar Matthias Brockmann aus Münster zum Anlass, nach zwanzig Jahren erstmals wieder in seinen Heimatort zurückzukehren. Gemeinsam mit der temperamentvollen Kollegin Julia Degraf aus Ibbenbüren beginnt er zu ermitteln, und schon bald verhaften sie einen jungen Mann, der in der Todesnacht am Tatort gesehen wurde und jetzt in die Wohnung der getöteten Frau einbrechen will. Die Aufklärung des Falls scheint eigentlich nur noch eine Frage der Zeit zu sein.

Doch dann wird plötzlich ein Polizist entführt, und die Kommissare stehen mit einem Mal wieder am Anfang ihrer Ermittlungen. Lange tappen sie im Dunkeln, bis Brockmann schließlich einer uralten Geschichte nachgeht, die ihm sein Vater früher einmal erzählte …

KBV KRIMINALROMAN

KBV KRIMINALROMAN

Sabine Gronover

DIE ROTTE

Taschenbuch, 320 Seiten
ISBN 978-3-95441-584-7
13,00 EURO

Mord im Münsterland: Killer, Keiler, Klatenberge
Schmitt & Kemper unter Borstentieren …

Drei Schüsse hat Jäger Lutz Fröhlich im Naturschutzgebiet Klatenberge bei Telgte auf eine große Wildschweinrotte abgegeben. Doch nun liegen da im Unterholz zwei erlegte Wildschweine und eine tote Frau.

Die Leiche weist eine verblüffende Ähnlichkeit mit einer anderen, gerade erst verschwundenen Frau auf: Heidi Klostermann. Auf der Suche nach der Vermissten stoßen Kommissar Schmitt und sein Kollege Kemper auf Frau Klostermanns dubiose DDR-Vergangenheit. War sie eines der unglücklichen Kinder, die während des SED-Regimes zwangsadoptiert wurden? Die Kripobeamten ermitteln in alle Richtungen, doch irgendjemand scheint ihnen immer einen Schritt voraus zu sein.

Zum Entsetzen des tierphobischen Kommissars stellt sich heraus, dass auch Wildschweine nicht ganz so unschuldig sind, wie sie manchmal scheinen. Denn die Rotte betrachtet die Klatenberge offenbar als ihr alleiniges Revier und duldet keine Einmischungen.

»Ein heiterer Krimi, der zum Lachen bringt und gleichzeitig unheimlich spannend ist. Die Autorin weiß genau, wie sie den Spannungsbogen aufrecht erhält.«
(Westfälische Nachrichten zu »Wölfe im Münsterland«)

KBV KRIMINALROMAN

André Storm

ABGETAUCHT!

Taschenbuch, 344 Seiten
ISBN 978-3-95441-610-3
14,00 EURO

Wer kann am längsten die Luft anhalten?

Ein Wagen samt Insassen versinkt im Dortmunder Phoenix-See. Unter ihnen Privatdetektiv Ben Pruss, der sich gerade noch retten kann – im Gegensatz zum Brauereibesitzer Paul Althoeffer.

Für die Polizei ist es ganz klar ein tragischer Unfall, aber bei Ben und seiner Auftraggeberin, der frischgebackenen Witwe Lina Althoeffer, regen sich Zweifel. Hatte es jemand auf den Bierbrauer abgesehen, der bei seiner gewaltigen Körperfülle niemals aus der Luxuskarosse hätte flüchten können? War vielleicht einer der gierigen Erben zu ungeduldig, endlich sein Erbteil einzusacken?

Ein Krimi aus der Bier-Stadt Dortmund, in dem nicht nur Autos absaufen. Privatdetektiv Ben Pruss muss höllisch aufpassen, denn er stellt fest, dass es viele Arten des Ertrinkens gibt.

»Humorvoller Krimi mit Lokalkolorit und zwei Freunden, die zwar nicht die Hellsten sind, aber ihr Herz auf dem rechten Fleck haben (...)« (Hoerspiegel.de zu »Vorhang zu!«)